L'ESPAGNOL

OUVRAGES
DE
BERNARD CLAVEL

Romans

Édit. Robert Laffont : L'Ouvrier de la nuit. — Pirates du Rhône. — Qui m'emporte. — L'Espagnol. — Malataverne. — Le Voyage du père. — L'Hercule sur la place. — Le Tambour du bief. — Le Seigneur du fleuve. — Le Silence des armes. — La Grande Patience (1. La Maison des autres ; 2. Celui qui voulait voir la mer ; 3. Le Cœur des vivants ; 4. Les Fruits de l'hiver, *prix Goncourt 1968*). — Les Colonnes du ciel (1. La Saison des loups ; 2. La Lumière du lac ; 3. La Femme de guerre ; 4. Marie Bon Pain ; 5. Compagnons du Nouveau-Monde).

Édit. J'ai Lu : Tiennot.

Édit. Albin Michel : Le Royaume du Nord (1. Harricana ; 2. L'Or de la terre ; 3. Miséréré ; 4. Amarok ; 5. L'Angelus du soir ; 6. Maudits Sauvages). — Quand j'étais capitaine.

Nouvelles

Édit. Robert Laffont : L'Espion aux yeux verts.

Édit. André Balland : L'Iroquoise. — La Bourrelle. — L'Homme du Labrador.

(suite page 447)

BERNARD CLAVEL

L'ESPAGNOL

roman

ROBERT LAFFONT

IL A ÉTÉ TIRÉ DE CET OUVRAGE
SUR PUR FIL DU MARAIS
TRENTE EXEMPLAIRES
NUMÉROTÉS DE 1 A 30, PLUS
QUELQUES EXEMPLAIRES
D'AUTEUR, LE TOUT
CONSTITUANT L'ÉDITION
ORIGINALE

ISBN 2-221-00603-8

Le sens de mes écrits comme de ma vie,
C'est le triomphe de ce qui est humain.

GŒTHE.

Si votre quotidien vous paraît pauvre, ne l'accusez pas. Accusez-vous vous-même de ne pas être assez poète pour appeler à vous ses richesses.

RAINER-MARIA RILKE.

PREMIÈRE PARTIE

I

Enrique murmura quelques mots qui se perdirent dans le bruit et se retourna pour soulever la bâche. La camionnette avait ralenti. Elle roulait à présent sur le bas côté de la route. Penché à son tour, Pablo regarda au-dehors. La lueur des phares ébauchait quelques formes que la nuit reprenait aussitôt. Les rafales giflaient la bâche avec un bruit de vagues et la pluie crépitait sur la tôle de la cabine.

Il y eut un grand éclaboussement et la camionnette s'arrêta. La portière s'ouvrit et ils entendirent le chauffeur patauger dans les flaques, hésiter puis s'éloigner. Enrique remua un peu.

— C'est à nous, dit-il.

Il souleva de nouveau la bâche et Pablo se tourna encore vers lui pour regarder. Le chauffeur était debout sur le seuil d'une maison, à quelques mètres de la route. Une main au chambranle et l'autre sur la poignée de la porte, il devait parler à quelqu'un qu'on ne voyait pas, mais le vent et la pluie couraient toujours, emportant ce qu'il disait.

— C'est un café, dit Enrique en laissant retomber la toile. Il y a une réclame d'apéritif collée contre la vitre de la porte.

— Si c'est un café, dit un des autres, c'est sûrement pas là qu'on s'arrête.

Son camarade eut un ricanement pour ajouter :

— Ce serait trop beau si on nous envoyait dans des cafés. Moi, j'avais un copain, garçon de café à Teruel, il gagnait gros.

— C'était sûrement pas un café comme celui-là, grogna Enrique.

L'autre n'avait sans doute pas compris. Un moment s'écoula, toujours avec le bruit de la tempête et le ronronnement du moteur.

Pablo avait plié ses jambes et posé son menton sur ses genoux. Il était presque bien. A sa gauche, il sentait la chaleur d'Enrique. En face, il voyait aller et venir le point rouge de la cigarette que les deux autres se passaient.

Après quelques minutes, le chauffeur revint. Sur la route, à côté de son pas, il y avait un bruit de sabots. La bâche du fond se souleva. Il y eut trois étincelles, puis la flamme d'un briquet derrière une main. Le chauffeur se pencha vers l'intérieur et tira son papier de sa poche. La flamme se couchait en tremblant. Le chauffeur hésita puis dit lentement :

— Pedrel Enrique et Sanchez Pablo.

Les deux hommes se levèrent. Les autres leur dirent au revoir en leur souhaitant bonne chance. Comme ils sautaient à terre, l'un d'eux leur cria en riant :

— Et si vous pouvez acheter le café, je sais tirer le vin.

Aussitôt dehors, ils reçurent en pleine figure une gifle glacée. Toute la bonne chaleur qu'ils avaient réussi à garder autour d'eux à force de rester immobiles venait d'être emportée par le premier coup de vent.

Pablo essaya de voir l'homme qui accompagnait le chauffeur, mais la nuit était trop épaisse et la lumière du café ne venait pas jusqu'à la route. Elle coulait sur deux marches de pierre et s'arrêtait dans une flaque où l'eau bouillait sous l'averse.

— On va vous expliquer où il faut aller, dit le chauffeur.

— C'est pas là? demanda Pablo.

— Non, mais c'est pas bien loin. Seulement, voilà, pour y aller avec la camionnette, il aurait fallu prendre à gauche, à plus de trois kilomètres d'ici. Alors, vous comprenez, je ne peux pas retourner, ce serait trop long.

— Sûrement, dit l'homme aux sabots. D'ici, vaut mieux aller à pied en prenant par le raccourci. Ça monte un peu, mais vous pourrez pas vous tromper. Je vais vous expliquer.

Il parlait vite et prononçait mal.

— Qu'est-ce qu'il dit? demanda Enrique.

Dès que Pablo eut achevé de traduire, Enrique fit quelques pas en jurant.

Le chauffeur remercia l'homme et dit bonsoir, puis il remonta dans sa cabine.

La camionnette s'éloigna. La lumière jaune des phares tira un instant de la nuit deux maisons basses, puis une rangée d'arbres aux troncs marqués de blanc. Le feu rouge dansa un moment avec son reflet qui courait dans les flaques et l'ombre se referma.

L'homme aux sabots marcha jusqu'au sentier qui conduisait à la porte éclairée. Marquant l'arrêt, il demanda :

— Vous voulez boire un coup?

Pablo n'avait pas envie de boire. Il hésita pourtant. Il devait faire chaud et sec dans la salle du café. Enrique n'avait pas compris. L'homme fit un pas en direction de la maison.

— Allons, venez, dit-il.

Pablo n'arrivait pas à se décider. Il ferait bon, et puis, après, il faudrait ressortir ; il pleuvrait toujours ; la nuit semblerait encore plus épaisse.

— Non, dit-il, vaut mieux aller tout de suite.

L'homme n'insista pas. Il se remit à marcher en suivant le bord de la route. Pablo n'avait toujours rien pu voir de son visage. Il avait seulement remarqué qu'il portait un ciré noir dont le capuchon retombait très bas. Ils marchèrent jusqu'au débouché d'un sentier qu'on devinait à peine, sur la gauche, et qui se perdait entre deux formes accroupies le long du fossé.

— Voilà, expliqua l'homme. Vous prenez ce chemin. Vous ne pouvez pas vous perdre, il y a des haies tout le long. A un endroit, vous passez sur un petit pont. Tout de suite après, le sentier se partage en deux. Vous prenez à main droite et vous allez jusqu'à une autre route en montant. Vous ferez attention, ça tourne beaucoup. Une fois sur la route, vous prenez toujours à droite, et c'est la première maison... à droite.

Il avait hésité un instant avant de dire le dernier « à droite ». Il se tut un moment puis ajouta en riant :

— C'est peut-être pas dans vos idées à vous autres, d'aller comme ça, toujours en tirant à droite. Hé ben, moi non plus, c'est pas dans mon idée. Mais on n'y peut rien. C'est comme ça.

Pablo remercia et s'engagea le premier dans le sentier où ils ne pouvaient pas marcher de front. Derrière eux, le rire de l'homme résonna encore, perdu dans cette nuit trempée.

— Qu'est-ce qu'il a à rigoler comme ça ? demanda Enrique.

Pablo essaya de traduire la plaisanterie, mais son camarade ne put comprendre. Les rafales redoublaient, sifflant dans les haies. Des branches lourdes d'eau se balançaient, longues et souples, s'accrochant aux vêtements.

Ils marchèrent longtemps sans mot dire, grognant seulement lorsque leurs pieds restaient pris dans la boue d'une ornière.

Pablo sentait la pluie couler de ses cheveux sur sa nuque et descendre ensuite le long de son dos. Puis, bientôt, il ne sentit plus rien : sa veste était traversée et sa chemise aussi. Pourtant, il avait chaud.

Dans ses vêtements, la sueur devait aller au-devant de la pluie.

— Qu'est-ce qu'on entend? cria Enrique.

Pablo s'arrêta. Un grondement venait de la nuit, devant eux, par saccades entre les bourrasques. Ils se remirent à marcher.

— Ça doit être la rivière, dit Pablo après un moment.

Le chemin descendait légèrement et, à mesure qu'ils avançaient, le grondement se faisait plus fort. Il domina bientôt le bruit du vent. Ils avancèrent encore et, d'un coup, ils sentirent que la rivière était sous leurs pieds.

Pablo souleva le bras, tâtonna, et sa main rencontra bientôt la pierre du parapet. Il se pencha en avant. L'eau était là, tout près, il la sentait qui ébranlait le pont à grands coups, mais elle restait invisible. Il se redressa. Le vent lui fouetta le visage, toujours chargé de pluie. Le vent n'avait pas faibli, mais on ne l'entendait plus. Ici, la terre criait plus fort que le ciel.

— Alors, demanda Enrique, on continue?

Il avança un peu et, comme Pablo ne bougeait pas, il ajouta, parlant plus haut :

— Qu'est-ce qu'il y a, tu t'es trompé de chemin?

— Non, c'est maintenant qu'il faut prendre à droite.

Ils repartirent et le grondement de la rivière diminua très vite.

A présent, le chemin était plus large et moins boueux. L'eau devait courir sur les cailloux et les pieds rencontraient seulement çà et là des flaques glissantes. Le chemin montait aussi, et il fit plusieurs tournants avant de déboucher sur la route.

Quand ils sentirent le goudron sous leurs pieds, ils s'arrêtèrent. Ils étaient essoufflés tous les deux. La ficelle qui leur servait de bandoulière pour porter leur paquet leur sciait l'épaule.

— Pour trois saloperies qu'on a, remarqua Enrique, avec la pluie qui traverse tout, ça finit par faire du poids.

Ils reprirent leur souffle et Enrique dit encore :

— De quel côté on prend, maintenant?

Pablo hésita un instant, puis :

— Quand je pense qu'on est libre, dit-il.

— Qu'est-ce que tu dis?

— Je dis qu'au fond, si on voulait, maintenant, on pourrait s'en aller.

— S'en aller où?

Pablo soupira.

— N'importe où.

— Bon Dieu, je me demande où on pourrait aller.

— N'importe où, répéta Pablo. N'importe où.

Enrique eut un ricanement.

— Tu penses que le chauffeur qui avait charge de nous mener chez le gars, il ne doit sûrement pas se faire de souci. Lui, il sait bien qu'on ne risque pas de foutre le camp bien loin, par une nuit pareille.

Enrique empoigna le bras de Pablo et ajouta :

— Allez, déconne pas. De quel côté il faut prendre?

— Là.

Et Pablo se remit à marcher, essayant de distinguer les formes qui bordaient la route. Après quelques pas, sans s'arrêter il demanda :

— Ça ne te fait pas drôle, à toi, qu'on soit comme ça, rien que tous les deux, sur une route, avec la liberté d'aller où ça nous plaît?

— Tu me fais rigoler. Moi, ce que je voudrais, c'est me mettre à l'abri, me sécher, manger, dormir. Le reste, je m'en fous.

Pablo ne répondit pas. De temps à autre il s'arrêtait, cherchant à voir, toujours sur le côté droit de la route. Puis, remontant la ficelle qui glissait sur son épaule, il repartait.

— Tu vas tout de même pas me dire que tu as vraiment envie de t'en aller? demanda Enrique.

— Pourtant, ce serait peut-être le moment.
— Mais où tu irais?
— Je ne sais pas.
— Alors, tu vois, vaut mieux aller chez ces gens. Demain, tu pourras aussi bien t'en aller. Tu penses tout de même pas qu'ils vont nous attacher?

Enrique essaya de plaisanter.

— Le meilleur truc, c'est encore de voir ce que ça vaut. Paraît que c'est un pays de vignoble, on est au moins sûr de pas manquer de vin, c'est toujours ça. Une fois qu'on se sera remplumés, on pourra faire ce qu'on voudra. On a le temps de voir.

Pablo fit quelques pas sans rien dire, puis il soupira :

— Après, on sait pas.
— Ecoute, on en a toujours pour une semaine à être tranquilles. Ensuite, bien sûr, on peut pas savoir. Seulement il y a une chose certaine : en général, les paysans, ça mange. Et pour nous, en ce moment, c'est ça le principal.

Ils marchèrent encore en suivant toujours le côté droit de la route. Ils passèrent sous une voûte d'arbres dont les fûts se devinaient à peine. Les branches craquaient au-dessus d'eux, et tout le vent était là, qui menait la sarabande. Des gouttes plus larges tombaient. Sur le goudron, il y avait des feuilles collées qui claquaient et des branches où les pieds butaient.

Passé les arbres, le vent criait moins. On le sentait toujours, mais moins brutal. La nuit paraissait encore plus épaisse et les pas sonnaient davantage; leur bruit suivait les deux hommes et même, parfois, semblait les précéder un peu. Pablo comprit bientôt que la route passait entre deux murs très hauts qui obligeaient le vent à faire un bond.

— C'est peut-être là, dit Enrique.
— On ne voit vraiment rien.
— Non, il devrait y avoir de la lumière.
— Ça doit être simplement un mur de clôture, la maison est sûrement derrière.

— Alors, faudrait trouver la porte.

Pablo monta sur le talus. Marchant lentement dans l'herbe, il avança en tâtant le mur. Il fit ainsi une dizaine de pas, puis, comme sa main rencontrait une arête, il se trouva face à face avec le vent glacé qui débouchait à l'angle, tout chargé de force accumulée. Pablo baissa la tête, tâtonna plus loin et trouva les barreaux d'une grille ouverte.

— C'est sûrement là, dit-il.

— Ils auraient pu laisser un peu de lumière.

— Ici aussi, ça doit être défendu.

— Tu parles, ils avaient bien l'air de s'en soucier, au café, et pourtant ils sont au bord de la grand-route.

Ils avancèrent un peu.

— C'est ouvert, on va toujours entrer, s'il y a une maison on la trouvera bien.

Maintenant ce n'était plus le goudron, mais de nouveau la boue, et le sol descendait lentement.

— J'ai pas l'impression que ce soit là, dit Pablo.

— Si tu y vois quelque chose, tu as de la chance ; moi je ne me souviens pas de m'être trouvé dehors par une nuit aussi noire.

— En tout cas, si c'est ici, la maison doit être encore loin, ou alors elle est sur le côté.

— Qu'est-ce que tu en sais?

— Rien qu'à sentir le vent.

Le vent leur arrivait en pleine face, à large souffle continu, poussant la pluie qui leur cinglait les yeux. Il devait venir de loin, sans obstacle à franchir. Il avait pris son galop allongé comme pour la traversée des grandes plaines nues.

Soudain, Pablo s'arrêta.

— Ecoute.

Enrique s'immobilisa et tendit l'oreille à son tour.

— Qu'est-ce que c'est?

— Comme si on avait fermé une barrière.

— Ho! Ho! cria Pablo. Il y a quelqu'un?

Le bruit de fil de fer se répéta.

— C'est sûrement une barrière, remarqua Enrique, mais c'est le vent qui la secoue.

Il avança de quelques pas. Le sol devenait plus bourbeux et il fit une glissade mais put rétablir son équilibre.

— Bon Dieu, j'en ai assez! cria-t-il. Le chauffeur est un salaud. Il aurait dû nous amener jusqu'au bout. C'était son travail. Tous ces Français sont des salauds.

— Tais-toi, on ne doit pas être loin, faut trouver cette barrière.

Enrique ne se calmait pas. Il cria encore très fort, dans son mauvais français :

— Ouvrez une lumière, quoi, si c'est là!

Comme rien ne bougeait, il lâcha encore une longue bordée de jurons catalans. Mais Pablo l'appela :

— Viens, c'est là.

Enrique avança et heurta un bâti de métal. Le cliquetis recommença et un fil de fer vibra longuement.

— Essaie d'ouvrir.

La main de Pablo suivait une barre de fer plat, horizontale. Elle rencontra bientôt un montant. Quelque chose grinçait au-dessus de leur tête. Quelque chose que le vent balançait. C'était de là que venait le bruit qu'ils avaient entendu.

— C'est pas une porte, dit Pablo, ça s'arrête là.

Il avança, tâtant la nuit du bout de son soulier. Son pied heurta de la pierre. Il le souleva.

— Un escalier.

— Fais attention, ça descend peut-être dans un bassin.

— Non, un escalier qui monte.

— T'es fou, il y a rien, devant.

Pablo chercha du pied le dessus de la deuxième marche, mais la pierre montait trop haut. Il avança une main, tenant toujours de l'autre la barre de fer rugueuse. Sa main ne trouvait rien. Il chercha plus bas et rencontra le froid d'une pierre lisse.

Il lâcha le montant de fer et s'appuya des deux mains sur cette pierre. Il eut un soupir.

— Alors ? demanda Enrique, qui tenait toujours la barrière.

— Ça alors! murmura Pablo, on est dans un cimetière.

Enrique tâta lui aussi la pierre tombale. Il revint ensuite à la barrière où se balançait toujours la couronne de perles à monture métallique, accrochée à son fil de fer.

Ils se turent un instant, tournant le dos au vent. Pablo s'était assis sur la pierre où l'eau ruisselait.

Soudain, la colère d'Enrique éclata.

— Bon Dieu de bon Dieu! mais on n'en sortira pas. Le vieux qui rigolait tout à l'heure, c'était pour ça! Salaud! Plus salaud que le chauffeur!

Sa voix s'étranglait. Il insultait tout. Le chauffeur, l'homme aux sabots, les paysans qui n'avaient pas éclairé. Il insultait même la nuit et le vent.

Pablo ne bougeait pas. Enrique se tut enfin. Il demeura sans geste quelques instants. Le vent le poussait, plaquait contre lui ses vêtements trempés. Il était dans un moule de vent et d'eau glacée qui épousait la forme de son dos étroit. Et ce vent rechargeait sa colère. Elle éclata de nouveau, contre Pablo cette fois.

— Tu vas pas nous laisser crever là, non ? Tu sais plus ce qu'il t'a expliqué. Tu nous as perdus. Tu fais toujours celui qui comprend tout et puis, en fin de compte, tu comprends pas mieux que moi!

Pablo se leva lentement.

— Il a dit la première maison à droite, c'est tout ce que je sais.

Pablo ne criait pas. Il n'avait pas envie de crier, mais il comprenait la colère de son camarade.

— Maintenant, il s'agit de retrouver la route.

Pablo ne répondit pas. Il marchait, poussé par le vent. Il sentait qu'il allait droit sur le portail.

Ils furent assez vite sur le goudron et reprirent leur marche d'aveugles, de nouveau abrités par le mur.

Quelques pas plus loin, le mur s'arrêtait et ils entrèrent une fois de plus dans le domaine du vent. Il y eut encore quelques arbres, avec des branches qui gémissaient, puis, sortant soudain de terre, une lumière troua la nuit. Elle était à quelques mètres d'eux, sur la droite, et son reflet chaud courait à leur rencontre en zigzaguant sur la route.

Ils marchèrent plus vite. Des buissons sortirent de l'ombre, puis une barrière plantée sur le sommet d'un mur bas.

La lumière venait d'une ampoule qui éclairait la façade d'une maison. Elle était placée très haut, juste sous un avant-toit où pendaient quelques épis de maïs.

La cour était assez large et fermée par un portail de bois. Enrique le secoua.

— Secoue pas! il y a un crochet.

Pablo souleva le crochet de fer et le portail s'ouvrit. Avant de traverser la cour, Enrique demanda :

— Tu es sûr que c'est là?

— Viens toujours, on verra bien.

Ils firent quelques pas et Enrique s'arrêta encore.

— Tu crois vraiment qu'ils vont nous donner à manger tout de suite?

— Je ne sais pas.

— S'ils n'y pensent pas, faudra réclamer.

Pablo avança en direction de la porte.

— Oui, dit-il, viens toujours, faut déjà savoir si c'est bien là.

— C'est sûrement là, puisqu'ils ont éclairé cette lampe dehors. Ils doivent nous attendre.

Ils n'étaient plus qu'à quelques pas de la porte lorsqu'un bruit de sabots sortit de la nuit sur leur droite. Quelqu'un avançait, rasant une façade qu'ils n'avaient pas encore remarquée, et qui prolongeait la maison, légèrement en retrait.

C'était une femme toute petite. Elle se dandinait en marchant et portait un seau de chaque main. Ses cheveux noirs étaient mal peignés et le vent rabattait une mèche sur son visage. Elle s'approcha, toujours en se dandinant et comme tirée en avant par le poids de ses deux seaux. Elle continua de longer le mur. Elle regardait les deux hommes sans tourner la tête de leur côté.

Comme elle passait devant eux, Pablo demanda :

— C'est bien ici chez M. Bichat?

On ne voyait pas bien s'il s'agissait d'une enfant ou d'une toute petite femme. Elle ne répondit rien.

Arrivée devant la porte, elle posa un de ses seaux, ouvrit et entra. Elle avait les hanches larges et sa jupe trop courte découvrait des jambes arquées. Ses chevilles étaient presque aussi grosses que ses genoux.

— Elle est sourde, celle-là, grogna Enrique.

— Elle nous a pourtant bien vus, quoi.

En entrant, elle avait laissé la porte ouverte. Enrique et Pablo s'avancèrent. De l'intérieur, une voix d'homme cria :

— La porte, Jeannette, la porte.

Pablo avança plus vite. De nouveau, la voix cria :

— Quoi, qu'est-ce qu'il y a?

Pablo aperçut une femme dans la lumière de la pièce. Il frappa contre la porte ouverte et entra.

II

— Pardon, demanda Pablo depuis le seuil, chez M. Bichat?

Une femme s'avança.

— C'est là, dit-elle.

Pablo passa son avant-bras sur son visage ruisselant. Sa manche de veste était comme une serpillière.

— Bon Dieu! lança l'homme, c'est sûrement nos Espagnols. Mais comment donc qu'ils viennent pour être dans cet état?

Il se mit à rire et ajouta:

— Ben, mon vieux, s'il faut les payer au poids, moi je marche pas. Je marche pas.

Et il se remit à rire.

— Comment êtes-vous venus? demanda la femme.

— En camion, dit Pablo, mais on nous a laissés sur la route. On est monté par un chemin que l'homme d'un café nous a indiqué.

— Ils ont dû monter par la porcherie, dit la femme. Avec la nuit qu'il fait, c'est une chance qu'ils ne soient pas tombés dans le ruisseau.

L'homme se remit à rire.

— Ils ne seraient pas plus mouillés qu'ils sont, remarqua-t-il.

Ils avaient posé leur paquet à côté d'eux et demeuraient là sans bouger, au milieu d'une flaque qui s'élargissait sur le sol de ciment.

— Vous avez de quoi vous changer? demanda la femme.

Pablo montra les paquets.

— Oui, dit-il, mais ça doit être mouillé aussi.

— Défaites toujours, on verra bien. Tenez, mettez-vous ici.

Elle repoussa un gros pain rond et deux bouteilles qui se trouvaient sur le bout d'une longue table recouverte d'une toile cirée, à carreaux rouges et blancs, délavée et usée. A l'autre bout, le couvert était mis et un homme était assis.

Pablo et son compagnon posèrent leur paquet sur la table. Leurs doigts étaient engourdis et l'eau avait resserré les nœuds des ficelles.

— Coupe, dit l'homme, coupe.

Et il lança sur la table un couteau de poche qui glissa jusque devant eux. Une fois les ficelles coupées, ils déplièrent leurs vêtements. La pluie avait tout traversé et les bleus de travail qu'on leur avait distribués au départ étaient aussi mouillés que les vêtements qu'ils portaient sur eux.

Pablo regarda la femme et il eut un geste des deux mains, comme pour s'excuser.

— Ils ne peuvent pas rester comme ça, dit l'homme. On va bien leur trouver quelque chose.

La femme se dirigea vers le fond de la pièce. Il y avait au mur plusieurs portemanteaux surchargés. Elle rapporta deux vestes, l'une en toile bleue, l'autre en velours côtelé marron.

— Ça ira, dit l'homme. Allez, mettez ça et vous vous chaufferez. Le bas, c'est rien. C'est toujours du haut qu'on prend la crève.

La femme s'était approchée de la cuisinière et mettait du sarment sur le feu. Des flammes montaient du foyer. Des étincelles giclaient. Ils quittèrent même leur chemise. L'homme les regardait, les deux coudes sur la table, le menton dans ses mains. Celle qu'ils avaient vue dehors les regardait aussi, debout entre ses deux seaux qu'elle avait posés devant un large évier de pierre.

Leurs pantalons collaient à leurs jambes et, dès qu'ils furent debout près du feu, l'étoffe se mit à fumer. Ils restèrent ainsi un long moment, tournant de temps en temps sur place pour arriver à se chauffer devant et derrière.

— Vous êtes Espagnols tous les deux? demanda l'homme.

— Catalans, dit Pablo.

— Quoi?

Pablo hésita quelques instants, puis il dit :

— Oui, enfin, quoi, on est Espagnols.

— Mais tu n'as presque pas d'accent, il y a longtemps que tu parles français?

— Oui, il y a longtemps.

— Et ton copain, il ne parle pas?

— Si, un peu, mais vous causez trop vite, il ne doit pas vous comprendre.

L'homme n'avait pas bougé. Il tenait toujours sa tête dans ses mains. Il était large et épais. Son visage était rouge, avec une forte moustache blonde brunie de tabac. Il portait une casquette rejetée en arrière qui laissait voir son front et le devant de son crâne chauve.

— Vous voulez boire un canon? demanda-t-il.

Enrique avait compris. En catalan, il dit à Pablo :

— Dis-leur qu'on a surtout faim.

— Qu'est-ce qu'il raconte? demanda l'homme.

Pablo hésita. Enrique le regarda puis, se tournant vers l'homme, il dit en montrant la miche de pain.

— Faim. Manger.

L'homme se remit à rire en disant :

— Ah! il est rigolo celui-là, quand c'est pour bouffer, il comprend et il sait parler. En voilà un qui fera son chemin.

La femme s'approcha de la table.

— Allez, Jeannette, dit-elle, aide-moi à débarrasser.

Puis se tournant vers l'homme, elle ajouta :

— S'ils n'ont pas mangé, faut leur donner quelque chose.

— Evidemment, qu'il faut leur donner quelque chose. C'est tout de même fort qu'on les ait fait partir avec un temps pareil sans rien de chaud dans le ventre. Ça doit être du joli, dans ces camps.

Tout en parlant, l'homme s'était redressé. Son menton resta blanc un instant de la marque de ses mains, puis le sang se remit à circuler.

Celle qu'ils avaient vue dans la cour et que la femme avait appelée Jeannette ne bougeait toujours pas. Debout, les mains pendantes, la bouche à demi ouverte sur des dents très larges, elle regardait les deux hommes. Ses yeux étaient grands et ronds, avec des prunelles d'un noir sans transparence, sans reflet. Elle n'avait presque pas de sourcils. A plusieurs reprises, Pablo avait tourné la tête de son côté, mais n'avait pas pu soutenir ce regard vide et trop fixe.

— Alors, cria la femme, tu bouges, Jeannette, oui?

La fille eut un sursaut, se balança deux ou trois fois de droite à gauche, puis marcha jusqu'à la table. Elle ne portait plus ses deux seaux, mais tout son corps semblait malgré tout tiré vers le sol par ses mains pendantes. Sa poitrine était absolument plate.

Pablo la suivit du regard tandis qu'elle débarrassait la table. De temps à autre, elle levait les yeux de leur côté puis se remettait vite à son travail. Quand elle emporta les assiettes, Pablo eut vraiment l'impression qu'elle allait tomber en avant. Elle arriva pourtant sans encombre à la pierre d'évier.

La femme lui dit de mettre deux couverts, puis, prenant un grand couteau et une assiette, elle quitta la pièce par une porte basse située dans un angle que la lampe laissait dans l'ombre.

Jeannette posa les assiettes, les fourchettes et les cuillères, puis elle retourna vers l'évier et se planta de nouveau entre ses deux seaux. Immobile, elle se remit à fixer Enrique et Pablo.

— Venez vous asseoir, dit l'homme.

Ils prirent place à table. Leurs pantalons étaient encore mouillés mais chauds.

— Et alors, cria l'homme en se tournant vers Jeannette, dans quoi ils vont boire, dans mes sabots peut-être?

La fille se remit en marche, toujours de son même pas. Elle prit deux verres dans le placard et les posa devant les deux assiettes.

— Merci, mademoiselle, dit Pablo.

La fille grogna et sa bouche s'ouvrit un peu plus.

L'homme avait maintenant les bras croisés sur la table. Il venait d'allumer une cigarette à demi fumée qu'il avait prise à l'intérieur de sa casquette, sous la bordure de cuir.

— Faut pas faire attention expliqua-t-il, elle ne parle pas. Elle est comme ça, on peut rien y faire.

Il hésita un peu, déplaça plusieurs fois son mégot en le faisant rouler entre sa lèvre supérieure et le bout de sa langue, puis, l'ayant ramené à l'endroit où sa moustache était brune, il reprit :

— Elle sera toujours comme ça, qu'il paraît. C'est pas qu'elle soit vraiment muette, mais elle parle pas. Seulement, elle comprend bien et on peut lui donner de l'ouvrage, ça ne va pas toujours très vite, mais c'est bien fait.

Il regarda la fille qui était retournée se placer devant l'évier.

— Allons, dit-il, fais ta vaisselle, va; attends pas que ta mère remonte.

La fille se mit au travail. L'homme tira deux fois sur sa cigarette éteinte et la ralluma avec un gros briquet de cuivre. Ensuite, il emplit de vin les verres des deux Espagnols et se versa le reste du litre.

— Elle va en remonter de l'autre, dit-il avec un geste du menton vers la porte par où la femme était sortie.

Il leva son verre en disant :

— A la vôtre les gars!

— A la vôtre! dit Pablo.

La femme revint bientôt. Elle posa sur la table un litre de vin rouge, son grand couteau et son assiette. Sur l'assiette, il y avait deux tranches de lard froid épaisses comme une main et deux petits fromages secs couverts de moisissure. La femme tira encore de la poche de son tablier quatre œufs qu'elle montra à l'homme en demandant :

— Je leur fais une omelette?

— Tu n'as plus de soupe?

— J'ai celle pour demain matin, mais pas plus.

— Alors, fais-leur les œufs. Le matin, il faut de la soupe.

Elle se mit à casser les œufs dans un bol, puis elle posa sa poêle sur la cuisinière.

— Allez, dit-elle, mangez, mangez. C'est encore ça qui réchauffe le mieux.

— Ça et un bon canon, dit l'homme en remplissant les verres.

Il vida le sien d'un trait, passa le revers de sa main sur sa moustache puis tira de sa poche un paquet de tabac et un carnet de feuilles.

Tout en mangeant, Pablo regardait la femme. Elle paraissait beaucoup plus jeune que l'homme. Elle était forte. Son corsage bleu était bien plein. Elle avait des bras ronds et bronzés avec des fossettes au coude. Une autre au milieu du menton. Elle avait les cheveux noirs et les yeux aussi. Ses yeux ressemblaient un peu à ceux de sa fille mais plus petits et ombrés de sourcils plus fournis.

Quand ils eurent mangé le lard, elle leur servit

l'omelette. Comme elle souriait, Pablo remarqua qu'il lui manquait plusieurs dents, légèrement sur le côté.

L'homme s'était remis à fumer en parlant du travail qu'il y avait à faire. Au bout d'un moment, Enrique qui s'efforçait à suivre ce qu'il disait montra la fenêtre aux volets clos en disant :

— Pluie. Pluie.

L'homme le regarda en riant puis, se tournant vers Pablo, il dit :

— Dis donc, c'est un numéro, ton copain : pas plutôt arrivé, il dit « manger ». Quand on lui parle de travailler, il trouve qu'il pleut trop. Mon vieux, c'est un rigolo, celui-là!

Pablo sourit. Enrique fronçait les sourcils.

— Non, non, dit Pablo, ne vous faites pas de souci pour le travail, il veut seulement dire que c'est ennuyeux qu'il fasse ce temps-là.

— Demain, il fera beau, affirma le paysan. Et puis, de toute façon, j'aime mieux vous dire tout de suite qu'il faudrait que ça tombe rudement pour nous empêcher de vendanger. Parce que c'est mûr, et avec un vent pareil, ça va tout être par terre.

L'homme s'énervait tout seul à parler du mauvais temps et de la récolte qui serait peut-être gâchée. Il se versa coup sur coup deux verres de vin qu'il avala d'un trait.

— Tu devrais peut-être te coucher, dit la femme, c'est déjà tard.

— C'est ça, je vais monter, dit-il. Tu leur montreras où ils couchent. Et surtout, qu'ils ne foutent pas le feu.

— Non, non, t'inquiète pas, dit encore la femme.

L'homme posa ses deux poings sur la table, se pencha en avant et se leva en repoussant sa chaise du pied. Il empoigna une canne accrochée au dossier et s'éloigna vers le fond de la pièce. Il avait la jambe droite absolument raide et semblait marcher avec beaucoup de difficultés. Il était plus petit que sa femme et son ventre sautait à chaque pas. Il sortit lui aussi par la porte basse et Pablo l'entendit monter un escalier de bois.

— Mon mari a eu un accident voilà deux ans, expliqua la femme. Il est tombé sous la voiture, un soir, en rentrant de la foire. Sa jambe est restée raide.

Pablo chercha un instant ce qu'il pourrait répondre.

— Ça peut encore s'améliorer, dit-il, ces choses-là, c'est parfois très long.

— Non, ça ne s'arrange pas. Et lui non plus ne s'arrange pas. Il ne s'est pas habitué. Il voudrait faire, il ne peut pas, et ça l'énerve.

Elle se tut le temps de prendre sur le fourneau une marmite de fonte qu'elle porta sur l'évier.

— La cocotte, tu la laisseras tremper, dit-elle à sa fille. Et maintenant c'est bien, monte te coucher.

Elle revint vers les deux hommes et s'appuya d'une main sur la barre de la cuisinière. Elle demeura immobile un moment, puis reprit, parlant plus bas :

— Le plus terrible c'est que, depuis son accident, il ne supporte plus le vin.

Elle regardait surtout Pablo. Pablo réfléchit un moment et dit simplement :

— Bien sûr, c'est très ennuyeux.

— En tout cas, j'aime mieux vous le dire, si jamais il se fâche, ne dites rien. Même s'il a tort. Il a mauvais vin, mais quand c'est fini, c'est fini. Il revient vite.

Les deux hommes se regardèrent. La femme s'était retournée. Derrière elle, sa fille était restée debout, le regard toujours fixé sur Pablo. Pablo l'avait remarquée, mais il évitait de tourner la tête de son côté.

— Qu'est-ce que tu fais là? cria la mère. Tu ne vas pas prendre racine, non! Je t'ai dit de monter, monte, quoi!

Jeannette grogna, se balança trois fois et tourna sur place de façon curieuse, en faisant cinq ou six petits pas. Ensuite, toujours tirée en avant par ses mains pendantes, elle gagna la petite porte. Dès qu'elle fut sortie, on l'entendit monter l'escalier de bois. A chaque marche, elle butait lourdement.

La mère soupira, tira un banc et, s'asseyant de biais, un coude sur la table, elle dit :

— C'est un calvaire, vous savez. Un calvaire. A treize ans, elle est comme à quatre ans. Et butée, en plus de ça. Même quand elle comprend ce qu'on lui demande, elle fait répéter. C'est un calvaire, vous savez. Un vrai calvaire, une fille comme ça. On ne peut rien lui confier, elle fait tout de travers.

Pablo et Enrique avaient fini de manger. Ils demeuraient sans bouger. Après avoir hésité, Enrique se leva et alla jusqu'au fourneau. Il fouilla dans la poche de sa veste et réussit à en sortir quelques miettes de tabac mouillé qu'il mit dans le creux de sa main.

— Qu'est-ce que vous cherchez, demanda la femme, du tabac ?

— Oui, dit-il, tabac.

Elle se leva et prit sur le rebord de la cheminée un pot en grès rouge fermé par une assiette posée à l'envers.

— Tenez, dit-elle, seulement, je n'ai pas de papier.

Enrique fit des yeux le tour de la pièce et se dirigea vers la fenêtre. Il prit un journal posé sur le rebord de bois et le tendit pour le montrer à la femme en demandant :

— Ça, on peut prendre ?

Elle se mit à rire.

— Mais ça va être mauvais. Il aurait fallu demander des feuilles au patron avant qu'il monte.

— Non, dit Pablo, si ce journal ne sert plus, on s'en contentera, on a l'habitude, vous savez.

La femme les regarda l'un après l'autre.

— Vous pouvez le prendre, dit-elle.

Enrique revint s'asseoir, posa le journal sur la

table et en déchira un petit carré. La femme les regarda rouler leur cigarette puis elle demanda :

— Vous étiez bien traités, au camp ?

Pablo eut un haussement d'épaules.

— Comme ça.

— Et la guerre, demanda-t-elle, ça s'est passé comment au juste ?

Ils se regardèrent.

— Racontez-moi un peu, insista-t-elle, ça m'intéresse à cause de mon garçon.

— Votre fils ? demanda Pablo.

— Oui, il avait juste dix-neuf ans quand les Allemands sont entrés en Pologne. Comme il est très intelligent, il allait à des cours d'agriculture. On a dû leur monter la tête, un jour, il a voulu s'engager. On a tout fait, mais il est aussi têtu que son père. Alors il est parti. Comme voilà, il est près de la Ligne Maginot.

Pablo baissa la tête. Enrique eut un geste vague des deux mains et un haussement d'épaules. Comme la femme insistait, il désigna Pablo. La femme pensa qu'il l'invitait ainsi à s'adresser à son camarade. Elle étendit le bras et toucha des doigts la main de Pablo posée sur la table. Pablo retira sa main et, relevant la tête, il regarda la femme en fronçant les sourcils. Il y avait presque de la colère sur tout son visage maigre et anguleux. De nouveau, il baissa la tête.

Il y eut un silence lourd qui semblait venir des angles de la pièce où la lumière n'allait qu'à mi-hauteur. Le plafond était sombre, fait de grosses poutres, et l'abat-jour ne laissait monter qu'un tout petit rond de lumière au centre de la pièce. Le reste faisait comme une voûte de nuit. C'était de là que venait le silence. C'était cette voûte qui rejetait au dehors le bruit de la pluie et du vent.

Quand Pablo releva la tête, il souriait. Lentement, presque à mi-voix, il expliqua :

— Vous comprenez, nous, on ne peut rien dire.

La guerre que vous faites, ça n'a rien à voir avec celle qu'on a faite... Ça m'étonnerait que ça dure longtemps.

— Notre garçon, s'il fallait se battre, il serait dans la Ligne Maginot. A ce qu'il paraît, c'est très bien et ils ne risquent presque rien.

— Bien sûr, c'est mieux que d'être dehors. J'en ai entendu parler, on dit que les Allemands ne pourront pas passer.

— Heureusement, ça ne serait pas drôle qu'ils fassent comme en Quatorze.

Ils se turent un instant, puis la femme demanda encore :

— Vraiment, vous croyez que ça n'est pas la même chose qu'en Espagne ?

— Non, pour l'instant on ne se bat presque pas et puis, même quand on se bat, on ne tue pas les femmes et les enfants.

Les yeux de la femme s'étaient éclairés. Elle se pencha un peu au-dessus de la table, posant ses seins sur son avant-bras.

— Vous avez vu tuer des femmes, chez vous ? demanda-t-elle.

Pablo baissa encore la tête. Il resta sans bouger quelques instants. La femme attendait, les yeux fixés sur lui.

Brusquement, il recula sa chaise et se leva. Son visage s'était durci encore une fois.

— Nous voudrions nous coucher, dit-il.

Elle parut décontenancée et regarda Enrique qui se levait à son tour.

— Très fatigué, dit Enrique en montrant Pablo d'un geste du menton.

— Je vais vous conduire, dit-elle, laissez-moi seulement clairer la lanterne.

Elle se dirigea vers le placard, ouvrit la porte et s'accroupit. Elle sortit quelques paires de chaussures, déplaça des boîtes en fer et revint en portant une grosse lanterne carrée dont un des verres était rouge.

Elle prit une bougie dans un tiroir, l'alluma et la fixa dans la lanterne.

— Vous avez entendu ce que le patron vous a dit. Je vous fais confiance, il y a du fourrage et la baraque flamberait comme rien si vous mettiez le feu.

— Vous pouvez être tranquille, madame, dit Pablo.

Elle le regarda un instant, parut hésiter, puis elle dit :

— Ne m'appelez pas madame, dites « Patronne ».

Comme ils s'approchaient du fourneau pour reprendre leurs bleus étendus sur les dossiers de chaises, la femme posa la main sur l'étoffe.

— Non, dit-elle, ils sont encore mouillés. Laissez-les ici, je vous les ferai passer demain matin en vous appelant.

Pablo remercia et ils suivirent la femme. Avant d'ouvrir la porte, elle jeta un grand châle de laine noir sur sa tête et chaussa ses sabots.

Le vent n'avait pas faibli, mais il pleuvait moins. Ils traversèrent la cour éclairée par la lampe de l'avant-toit.

— Heureusement que vous aviez laissé la lumière dehors pour qu'on se repère, dit Pablo, sans ça on ne vous aurait pas trouvés facilement.

— La lumière ? demanda la femme.

— Oui, quand on est arrivés.

Elle réfléchit.

— Ah! non, dit-elle, c'est la gosse qui avait éclairé pour aller à l'écurie.

Elle sembla regretter ce qu'elle venait de dire et ajouta très vite :

— Vous comprenez, on ne savait pas au juste quand vous arriveriez, et comme c'est défendu de faire de la lumière, on n'ose pas la laisser trop longtemps... Et puis, à vrai dire, à cette heure-ci, on ne vous attendait plus guère. On se disait : Ils arriveront demain, à la première heure.

Ils avaient traversé la route et marchaient maintenant l'un derrière l'autre dans un sentier boueux et glissant. La femme allait devant, s'éclairant avec la lanterne dont la flamme vacillait un peu.

Ils arrivèrent bientôt devant une masure. La femme se retourna et tendit la lanterne à Pablo.

— Tenez une minute, dit-elle, faut toujours forcer pour ouvrir.

Pablo prit la lanterne. Enrique qui était derrière lui se précipita.

— Laissez, dit-il, moi je ferai.

Pablo dirigea sur eux la lueur de la lanterne. La femme s'était arc-boutée pour soulever la porte en la poussant. Enrique, pour pousser aussi, se colla contre elle. La porte s'ouvrit.

On entrait de plain-pied dans une pièce où le sol était de terre battue. Enrique et la patronne pouvaient se tenir droits, mais Pablo dut baisser la tête pour ne pas heurter les poutres. Il sentit des toiles d'araignées sur son visage et s'essuya avec sa manche. Déjà, la femme gravissait un escalier de bois aux marches hautes et étroites qui craquaient. Arrivée en haut, elle se retourna pour leur donner de la lumière. Ils montèrent.

— Faudra vous méfier, dit-elle en montrant un angle du grenier, là-bas, le plancher est mauvais.

Elle dirigea le faisceau vers une porte basse et ajouta :

— Là, il ne faut pas ouvrir ; derrière, c'est le vide : c'est pour rentrer la paille.

Elle posa ensuite sa lanterne par terre, prit deux couvertures étendues sur un fil de fer et les posa sur la paille qui s'entassait, allant par endroits jusqu'au toit.

— Je pense que vous saurez vous arranger ? dit-elle. Je vais vous laisser la lanterne, mais je compte sur vous pour faire attention.

Elle fit quelques pas en direction de l'escalier puis, se retournant soudain, elle reprit :

— Ah! j'y pense! Tout à l'heure, le patron a oublié de vous en parler, mais si un de vous veut porter, qu'il le dise.

Les deux hommes se regardèrent.

— Pardon ? demanda Pablo.

— Oui, vous, par exemple, vous devez être assez fort pour porter!

— Porter quoi ? dit Pablo.

La femme se mit à rire.

— Porter la bouille, parbleu! Chez nous, on porte la vendange à dos, dans une bouille. C'est une espèce de grande hotte en fer.

— Moi, dit Pablo, je ferai ce qu'on me dira.

— Ça n'est pas ça. Seulement, celui qui porte, il gagne dix francs de plus par journée. Alors, si ça vous intéresse, moi, j'aime autant que vous en profitiez. Je suppose que vous avez besoin de gagner. Et puis, avec cette guerre, tous ceux qu'on va avoir cette année, ça sera tous des vieux ou des gamins.

— C'est bien, dit Pablo, je porterai. J'espère que j'y arriverai.

— Sûrement, dit la femme, sûrement.

Elle s'éloigna et commença de descendre l'escalier. Enrique prit la lanterne et s'approcha pour lui donner de la lumière.

— Laissez, dit-elle, je connais le chemin. Bonne nuit et attention au feu. Attention!

— Bonne nuit, madame, cria Pablo. Soyez tranquille.

Elle referma la porte en la tirant très fort. Toute la baraque vibra. Puis les deux hommes entendirent les sabots s'éloigner rapidement en claquant dans les flaques de boue.

III

Au-dessus d'eux, sur les tuiles, la pluie crépitait, toujours fouettée de vent.

Pablo souleva la lanterne et inspecta le grenier.

— Qu'est-ce que tu cherches ? demanda Enrique.

— Rien, je regarde.

Il reposa la lanterne et s'assit dans la paille à côté d'Enrique. Ils restèrent un moment sans rien dire, délaçant leurs chaussures trempées.

— Faut les bourrer de paille sèche, dit Enrique, sinon, demain on pourra pas les remettre.

Ils emplirent de paille leurs brodequins et les posèrent sur le plancher. Puis, quittant leurs pantalons encore mouillés, ils les étendirent sur le fil de fer où la femme avait pris les couvertures.

— La veste du vieux, dit Enrique, ça va faire un bel oreiller.

Pablo le regarda faire. Il avait pris une bonne brassée de paille et l'enveloppait avec la veste.

— Elle va être propre, demain matin.

— Tu parles si je m'en fous, dit Enrique. Et puis, c'est pas son costume des dimanches. Allez, fais pas des manières, fais comme moi, tu verras que c'est bien.

Pablo se décida et prépara lui aussi son oreiller. Ensuite ils se roulèrent dans les couvertures et tirèrent sur eux quelques brassées de paille.

— Moi, j'ai déjà chaud, dit Enrique, après quelques minutes d'immobilité.

— Moi aussi, ça va.

Pablo étendit le bras, souleva la lanterne, l'ouvrit et souffla sur la bougie. Il reposa la lanterne sur le plancher et fixa le point rouge de la mèche qui diminua lentement avant de disparaître.

— Dommage qu'on n'ait pas pu faucher un peu de tabac dans le pot. J'y ai bien pensé, mais cette garce nous regardait tout le temps.

— Elle nous en a donné, remarqua Pablo, c'est déjà bien. Elle n'était pas obligée. Et puis, de toute façon, ça ne serait pas prudent de fumer ici.

— Tu parles, je vais bien me priver, quand j'aurai de quoi!

Pablo ne répondit pas. Il n'avait pas sommeil, mais la fatigue montait en lui avec la chaleur. Il s'engourdissait peu à peu.

— Qu'est-ce que tu en penses, de cette femme, demanda Enrique ?

— Ils n'ont pas l'air d'être mauvais, je crois qu'on aurait pu tomber beaucoup plus mal.

— Je ne te parle pas de ça, mais la femme, tu te l'enverrais pas, toi ?

Comme Pablo se taisait, Enrique insista :

— Tout à l'heure, en bas, quand elle ouvrait la porte, je me suis approché et j'ai touché ses nichons. C'est plus ferme qu'on pourrait croire.

— Tu ferais mieux de ne pas trop faire de conneries, sinon on ne tardera pas à se faire foutre dehors.

— Penses-tu, j'ai senti tout de suite qu'elle en demande, cette bonne femme. Je suis sûr que le vieux ne peut plus rien faire. Ça se voit qu'elle a besoin. Ça se voit au premier coup d'oeil.

— Tais-toi, dit Pablo, tu te montes la tête et tu nous feras arriver des histoires.

Mais Enrique était lancé. Il ne voulait rien entendre. Au contraire, se soulevant sur un coude dans l'obscurité, il se remit à parler.

— Moi, je t'assure qu'elle en a envie. Et je te parie qu'avant trois jours je me l'envoie. Seulement, t'inquiète pas, je ne vais pas lui faire des propositions devant son vieux. Suffira que je trouve l'occasion de la coincer seule.

Il s'arrêta un instant, remua un peu, puis reprit :

— Tiens, tout à l'heure, quand elle nous a amenés, si j'avais été seul avec elle, elle y passait. Et même, tu vois, je ne suis pas certain qu'elle n'aurait pas marché avec les deux.

Pablo se retourna et, élevant un peu la voix, il demanda :

— Ecoute, fous-moi la paix avec ça, tu veux ?

— Moi, tu sais, ce que je t'en dis, mais enfin, j'aimerais autant elle qu'une femme de bordel. Je ne sais pas ce que tu lui trouves, mais elle n'est pas si mal que ça.

La colère de Pablo déborda d'un coup. Se soulevant à son tour, il cria :

— Je m'en fous, tu sais ce que ça veut dire ? Je veux que tu me foutes la paix avec ça.

— Ah! te fâche pas... Je ne sais pas comment tu es fait.

Pablo soupira longuement. Déjà sa colère tombait. Lentement, presque à voix basse, il dit :

— J'avais une femme, tu comprends, ils me l'ont tuée. Maintenant, c'est fini. Les autres...

Il n'acheva pas sa phrase.

— Je sais, dit Enrique après un temps de silence, je sais. Pourtant, bon Dieu, ça fait plus d'un an, tu devrais essayer d'y penser un peu moins. C'est pas bon de toujours remâcher comme ça son malheur, ça ne mène à rien de bien.

Pablo eut un ricanement.

— De toute façon, tout ce qui peut m'arriver à présent...

— Bien sûr, si tu parles comme ça, il ne peut rien t'arriver de bon. Mais moi, parler comme tu parles à trente-cinq ans, je trouve que ça n'a pas de sens.

Sans se fâcher vraiment, Pablo encore une fois éleva la voix.

— Ce qui n'a pas de sens, c'est de faire la guerre. De tuer les femmes et les gosses qu'elles ont dans le ventre. Et de laisser vivre des hommes comme moi, qui n'ont plus rien.

Il se tut brusquement et se recoucha, tournant le dos à Enrique. Pendant un long moment, il n'y eut que le bruit du vent qui courait toujours en poussant sur les tuiles de longues vagues de pluie.

Dans ce bruit d'eau, il y avait aussi un autre bruit d'eau. D'un angle du toit, une gouttière devait descendre dans un bassin. On l'entendait gargouiller, puis, à chaque coup de vent, elle s'arrêtait pour reprendre ensuite.

— Tu dors ? demanda Enrique après un long moment.

— Non.

— Tu ne comprends pas que moi je puisse avoir envie d'une femme ?

Pablo écouta encore le va-et-vient de la gouttière, puis il dit :

— Si, je comprends, mais ne brusque rien, c'est pas la peine de t'attirer des ennuis.

— A ton avis, quel âge elle peut avoir ?

— Je ne sais pas, peut-être quarante ans.

— Penses-tu, elle a sûrement moins que ça. Seulement, une paysanne, ça fait toujours plus que son âge. Elles ne savent pas s'arranger, mais je suis sûr que celle-là, si elle était bien coiffée et habillée chic, elle serait pas mal du tout.

Pablo ne répondit rien. Il avait surtout envie de silence. Mais Enrique devait réfléchir. Il demeurait muet quelques instants, puis, soudain, il reprenait tout haut le fil de la conversation qu'il se tenait.

— Pourtant, si elle a un fils de dix-neuf ans... Quoique, si elle l'a eu à dix-huit ans...

Il calculait, se taisait, puis reprenait :

— Elle a sûrement plus de trente-cinq ans... Mais à trente-cinq ans, une femme n'est pas vieille.

Il continua longtemps son monologue. Enfin il se recoucha, tira sur lui un peu de paille et dit encore :

— Allez, bonne nuit, vieux. Je vois bien que je t'emmerde avec mes histoires de femmes. Mais, en tout cas, j'aimerais quand même mieux la mère que la fille.

Et il termina sa phrase par un ricanement.

Pablo ne dormait pas. Immobile, les yeux grands ouverts, il écoutait couler la nuit.

Il demeura longtemps ainsi. Il avait très chaud maintenant. Bientôt Enrique respira plus fort, plus régulièrement. Il dormait.

Pablo écoutait d'une oreille les pattes menues de la pluie qui continuait de courir sur le toit, de l'autre il entendit la paille craquer sous sa tête comme un grand feu.

La veste de l'homme sentait fort la sueur refroidie et le tabac. Pablo se coucha sur le dos.

Les derniers mots d'Enrique avaient été pour se moquer de la fille. Pablo la revoyait, immobile, muette, penchée en avant et les bras ballants. Il revoyait surtout son regard fixe et vide, sa bouche entrouverte pour un sourire qui ne venait jamais.

Plusieurs fois, Pablo ferma et rouvrit les yeux pour essayer de ne plus voir cette fille.

Jeannette. Elle s'appelait Jeannette. En français, c'était *un nom de fleur*. Une fleur qui sentait bon. Qui souriait comme toutes les fleurs. Pablo pensa qu'on ne devrait pas avoir le droit de donner à une personne un nom de fleur. C'est trop risqué.

Cette fille devait être sale. Elle sentait sûrement mauvais. En ce moment, elle devait dormir la bouche entrouverte.

Peut-être parce qu'il avait évoqué cette fille couchée, Pablo pensa de nouveau à Mariana morte.

Mariana qu'il n'avait pas vue morte, mais qu'il tentait constamment d'imaginer. Il la revoyait, brune, elle aussi, les yeux noirs. Mais pas semblable du tout à cette fille répugnante.

Il essaya encore de se débarrasser de ces deux visages. Il s'imposa de ne plus penser qu'à la pluie sur le toit. La pluie qui *courait* sur les tuiles. Il avait vu, de l'intérieur, que les tuiles étaient plates. Elles devaient être vieilles, moussues. Il avait remarqué quelques tuiles neuves. Celles-là devaient être lisses. Avec la pente du toit, l'eau devait descendre très vite. Lui, Pablo, il avait chaud à présent. Il pensa au chemin glissant. Espérant parvenir ainsi à trouver le sommeil, il refit tout le chemin, s'efforçant de n'oublier aucun détail. Le rire de l'homme du café ; les gifles lourdes des branches dans le sentier bordé de haies ; le grondement du ruisseau trop plein ; la montée ; le silence entre les murs. Là, sa pensée marcha plus vite. Il fut tout de suite dans le cimetière. Il pensa soudain qu'il s'était assis sur une pierre.

Cette pierre, c'était une tombe.

On ne s'assied pas sur une tombe. Tout à l'heure, il n'y avait pas pensé.

Si un étranger allait s'asseoir sur la tombe de Mariana!

Mais d'abord, est-ce que Mariana avait une tombe ? Est-ce qu'on l'avait enterrée dans un cimetière ? Est-ce que son corps mutilé n'était pas resté enseveli sous les pierres de la maison ?

Là-bas, le cimetière, c'était peut-être tout le village. Toute la Catalogne.

Pablo tenta de repartir. Il voulut reprendre la route interrompue. Mais, tout de suite, il arrivait à la ferme. Là, c'était la lumière, les inconnus. Le visage de la fille idiote et sale. Sa bouche aux lèvres toujours entrouvertes.

Et maintenant c'était de nouveau Mariana. Mariana qui avait de belles lèvres bien dessinées. Des lèvres peut-être ouvertes dans la mort, avec du sang coulant de la bouche.

A la guerre, les morts ont souvent du sang qui coule de leur bouche entrouverte.

Pour Mariana, il aurait fallu une grande tombe, une tombe avec deux croix. Une pour elle, et une pour le petit qu'elle portait dans son ventre au moment de sa mort.

Pour Mariana et son petit, il aurait fallu une tombe avec une pierre. Une pierre solide, une pierre comme un toit, pour empêcher l'eau d'entrer dans la terre.

IV

Pablo s'était endormi très tard. Plusieurs fois, au cours de la nuit, il s'était réveillé. Chaque fois, il avait envié le sommeil d'Enrique qui ronflait à côté de lui.

Maintenant encore, Enrique dormait. Pourtant le jour était là. Pablo le regardait depuis un bon moment avancer au ras du plancher, sous le volet que la femme avait recommandé de ne pas ouvrir.

Il ne pleuvait plus. Le vent s'était arrêté aussi.

Avant l'aube, plusieurs coqs avaient chanté. A présent, c'était le silence. Le grand silence avec le jour qui continuait d'avancer lentement sur le plancher, dessinant un à un les brins de paille.

Pablo attendit encore, puis il sortit sans bruit de sa couverture. Il s'était couché nu pour que tout son linge pût sécher. Il toucha son pantalon étendu. L'étoffe était encore humide. Il revint vers la paille et défit son oreiller pour reprendre la veste de l'homme. Elle était tiède.

Pablo s'approcha du volet, colla son œil à une fente puis, comme il ne pouvait rien voir, il regarda entre les tuiles et le sommet du mur. Là aussi, passait un peu de jour qu'il n'avait pas vu d'où il était couché, à cause du tas de paille. Le toit, débordant largement, permettait seulement de regarder le sol. Il y avait de l'herbe et quelques brindilles noires éparpillées. Pablo allait se retirer lorsqu'une poule blanche traversa l'espace qu'il pouvait voir. Elle allait lentement, soulevait très haut ses pattes en repliant ses doigts. Elle regardait dans tous les sens, inquiète. Elle gratta un peu le sol, piqua quelque chose, puis s'éloigna.

Pablo revint près du petit volet dont il chercha le loquet. Sa main rencontra d'abord plusieurs toiles d'araignées. Il s'en débarrassa en s'essuyant avec la veste. Enfin, il sentit une ferrure ronde. Il poussa doucement, mais le fer rouillé résistait. Il poussa plus fort et la barre glissa d'un coup dans sa gâche avec un grincement. Pablo demeura immobile un instant. Enrique dormait toujours.

Pablo tira le volet en le soulevant un peu. Il s'ouvrit sans bruit. Agenouillé, légèrement en retrait, Pablo regardait.

Il y avait d'abord la terre semée d'herbe irrégulière et pauvre, avec le sentier qui menait à la route. Une murette de pierre puis, tout de suite après, un grand pré qui descendait. Le pré fumait. Il fumait de plus en plus jusqu'à disparaître sous un épais nuage blanc.

Pablo tendit l'oreille. Rien ne bougeait. Simplement, çà et là, le caquetage bref d'une poule. Il ouvrit davantage le volet, avança plus près du bord et se pencha un peu. A droite, il y avait la maison qui semblait peinte en gris sur le pan de brouillard blanc. A gauche, il y avait aussi des maisons, mais plus éloignées, imprécises et pâles comme les buissons qui bordaient la route.

Une fois encore Pablo regarda la ferme. Elle paraissait vieille. Le faîte du toit s'incurvait. De l'herbe sortait du chéneau à plusieurs endroits. Sur la façade, il y avait trois fenêtres au premier étage et deux au rez-de-chaussée avec, au milieu, la porte par laquelle ils étaient entrés. Les volets du premier étaient ouverts. Ceux du bas fermés. Se penchant encore un peu, Pablo put voir le bâtiment qui prolongeait la maison. Il semblait moins ancien. Toutes les tuiles étaient neuves. Le grand portail devait ouvrir sur la grange. Plus loin, il vit encore une porte et une lucarne. Sous la lucarne, un robinet sortait du mur, au-dessus d'un bassin en pierre. Pablo remarqua aussi les outils qui traînaient dans la cour, une brouette puis, plus loin, deux grandes sapines tournées à l'envers et dont le fond était rempli d'eau. Le portail était ouvert. Des poules allaient et venaient, d'autres étaient immobiles, toutes leurs plumes ébouriffées, groupées devant la porte de la cuisine.

Pablo frissonna. Il se redressa et revint vers le centre du grenier en frottant très fort ses cuisses nues. Il toucha encore son pantalon, hésita puis, serrant un peu les dents, il l'enfila. Au moment où il bouclait la ceinture, il eut le souffle coupé tant l'étoffe était froide. Il retira la paille de ses chaussures et les enfila.

— Qu'est-ce que tu fais ? demanda Enrique en s'étirant.

Pablo se retourna.

— Rien, il faut que je descende, je m'habille.

— Quelle heure il est ?

— Je ne sais pas, mais il fait jour.

— Il ne pleut plus, mais j'ai l'impression qu'il doit faire froid.

— Un peu, oui. Il y a beaucoup de brouillard.

— Ils sont déjà venus nous appeler ?

— Non, personne n'est levé.

— Alors, fais pas de bruit, va pas les réveiller, on commencera toujours assez tôt.

Pablo descendit. Comme il venait d'ouvrir la porte, les volets de la maison grincèrent. La femme l'aperçut et agita la main en criant :

— Bonjour! Vous êtes déjà debout ? La petite allait vous porter vos bleus. Ils sont secs!

Pablo se dirigea vers la maison. La patronne ouvrait les autres volets quand il entra dans la cour.

— Venez, dit-elle, le patron est à la cave depuis un moment. Je vais vous donner vos bleus et vous descendrez voir. Il aura sûrement besoin de vous.

Pablo entra. Le feu ronflait déjà et il faisait bon dans la cuisine. Il y avait une odeur curieuse mais agréable. Un mélange de café au lait et de fumée de bois.

Jeannette était debout derrière un banc sur lequel se trouvait une grande marmite en fonte et une corbeille en osier. Elle était immobile, un couteau pointu dans la main droite, une moitié de pomme dans la gauche. La bouche toujours entrouverte, les yeux vides, elle fixait Pablo. Il fit un signe de tête. Elle grogna mais ne bougea pas.

— Tenez, c'est tout sec, dit la femme.

Elle tendit à Pablo les bleus et le reste de leur linge qu'elle avait déjà rassemblé.

— Merci, madame, dit-il.

— Appelez-moi : Patronne.

Pablo alla jusqu'à la porte puis, se retournant, il demanda :

— Pourriez-vous me dire où on peut se laver ?

La patronne le regarda un instant, très étonnée. Elle parut réfléchir, se tourna du côté de l'évier puis, regardant de nouveau Pablo, elle demanda :

— Vous voulez vous laver maintenant ?

— Oui, si ça ne vous dérange pas.

— Il y a deux robinets, un dans la cour, l'autre dans l'écurie. Vous ferez comme vous voudrez.

Pablo remercia et sortit tandis que la femme ajoutait :

— Mais dépêchez-vous, le patron vous attend sûrement.

Dès qu'il fut dehors, il entendit la femme qui criait :

— Alors, tu te réveilles, oui? On dirait bien que tu n'as jamais vu un homme!

Pablo revint à la petite baraque. Enrique n'avait pas bougé.

— Lève-toi, le patron nous attend.

— Pour quoi faire, pour casser la croûte ?

— Non, à la cave, pour faire je ne sais quoi.

Pablo lança sur la paille les bleus de son camarade. Il quitta son pantalon humide et enfila l'autre. Enrique s'étirait toujours. Dès que Pablo fut habillé il descendit.

— Dépêche-toi, dit-il, ne commence pas à mécontenter ces gens-là dès le premier jour.

— Ça va, cria Enrique, tu veux te faire bien voir pour t'envoyer la vieille!

Au moment où Pablo arrivait dans la cour, la patronne sortit de la cuisine, un seau dans une main et un grand bidon à lait dans l'autre.

— Vous voyez, dit-elle, le robinet est là-bas.

Elle désignait le robinet que Pablo avait remarqué sous la fenêtre du bâtiment annexe. Ils firent quelques pas côte à côte puis, en entendant la voix d'Enrique, ils se retournèrent. Accroupi au bord de l'ouverture du grenier, torse nu, il criait en catalan :

— Quand tu auras fini de lui faire du charme, dis-lui qu'elle me monte mon café, j'ai une surprise pour elle!

Et il se mit à rire très fort.

— Qu'est-ce qu'il dit? demanda-t-elle.

— Il dit qu'il va descendre, il s'excuse d'être un peu en retard, mais il ne trouvait plus ses chaussures.

— Ça ne presse pas, dit-elle. Pourvu qu'il y en ait un pour aider le patron s'il a besoin.

— Je vais descendre, dit Pablo, je me laverai plus tard.

La patronne posa son bidon dans le bassin en pierre et fit couler l'eau. Elle ouvrit ensuite la petite porte et entra. Pablo la suivit. C'était l'écurie. Il y faisait chaud et l'odeur forte des bêtes surprenait. Pablo eut le temps d'apercevoir une vache et un cheval séparés par un bat-flanc. Dans le fond, à peine éclairées, quelques chèvres tiraient sur leurs chaînes en bêlant.

La femme poussa tout de suite une autre porte qui donnait sur la grange, où une lampe était allumée.

— Tenez, dit-elle, vous ouvrirez le grand portail pour pouvoir sortir la voiture, ça fera de la place. Et puis, comme ça, vous pourrez éteindre la lumière.

Pablo ouvrit les deux grands battants de bois et regarda du côté de la baraque. Enrique ne venait toujours pas.

Il se dirigea ensuite vers la porte d'où venaient des bruits de bouteilles. Un escalier en pierre d'une vingtaine de marches, assez large et tout droit, conduisait à la cave. A droite, il y avait le pressoir. Et partout ailleurs des fûts de toutes tailles.

— Venez par là! cria le patron.

Sa voix montait de derrière une rangée de quatre foudres plus hauts qu'un homme et qui occupaient le centre de la cave, atteignant presque la voûte de pierres noires. Pablo fit le tour.

— Salut! dit l'homme.

— Bonjour, monsieur.

— Dis-moi : Patron. Et toi, comment c'est ton nom?

— Pablo Sanchez.

— Pablo... Pablo. C'est rigolo ça, tiens, Pablo.

Et l'homme répéta plusieurs fois ce prénom. Puis il demanda :

— Pablo comment, tu dis?

— Pablo Sanchez.

Il réfléchit quelques instants, puis son visage s'éclaira.

— Sanchez, dit-il en éclatant de rire. Sanchez, alors, tu peux pas t'asseoir!

Son rire sonnait sous la voûte avec un écho de tonneau vide. Son ventre tressautait.

— Sacré Sanchez! dit-il encore en donnant une claque sur l'épaule de Pablo, vous êtes des rigolos, vous autres. Nous, ici, on aime bien rigoler. Tu verras, il va venir une bonne équipe.

Il se tut un instant, se pencha pour regarder du côté de la porte que Pablo avait laissée ouverte puis, à mi-voix, il reprit avec un clin d'œil :

— Pour les vendanges, y a toujours de la fesse.

Il rit de nouveau en répétant plusieurs fois :

— Sacré Pablo, va. Sacré Pablo!

Quand son rire fut calmé, il demanda :

— Et ton copain, il ne vient pas?

— Si, il va descendre.

— Il a pas l'air de courir après la besogne, celui-là!

Tout en parlant, il s'était approché d'un petit tonneau posé sur deux autres plus gros.

— Soulève un peu le cul, qu'on finisse de le vider complètement.

Pablo souleva doucement le tonneau. L'homme tenait le litre sous le robinet.

— Comment il s'appelle, ton copain?

— Enrique Pédrel.

— Enrique, c'est pas un nom ça. On l'appellera Henri.

Le litre était plein. L'homme ferma le robinet.

— Bouge pas.

Il prit un autre litre. Pablo souleva un peu plus. Maintenant, le vin coulait trouble et épais.

— Ça, dit l'homme, on le donne à la patronne pour mettre sur son vinaigre.

Il posa le litre.

— Qu'est-ce que tu faisais, comme métier ?

Pablo hésita, puis il dit :

— Je travaillais dans une maison de transport.

— Et tu y faisais quoi?

Pablo regarda l'homme et hésita encore quelques instants avant de dire :

— C'est difficile à expliquer... Je m'occupais du courrier, je recevais les clients...

— Si je comprends bien, tu étais bureaucrate ?

— Si vous voulez.

L'homme eut un ricanement.

— Si je veux, si je veux. Je suis bien obligé de te prendre comme tu es. Mais la patronne m'a dit que tu voudrais porter, j'aime mieux te dire que c'est pas du travail de fillette.

— Je ferai ce que vous me direz de faire.

L'homme eut un geste de la main comme pour couper court à toute explication.

— Non, non, dit-il, tu veux porter, tu porteras. Tu seras payé en conséquence, mais je te préviens, faudra pas, à midi, venir me dire que tu veux changer.

Enrique descendait l'escalier. Se tournant de son côté, le patron lança :

— Tiens, voilà le courageux. Il arrive quand c'est fini. Allez, prenez les litres, on remonte. On va préparer la voiture et après vous descendrez me laver le tonneau qu'on vient de vider.

L'homme passa le premier. Il montait lentement, s'appuyant d'une main sur sa canne et se cramponnant de l'autre à la rampe de fer. Sans s'arrêter ni se retourner, il demanda :

— Et l'Henri, qu'est-ce qu'il faisait, lui? Gendarme, je parie!

Il termina sa phrase en riant.

Enrique n'avait pas bien compris. Quand Pablo lui eut traduit les paroles de l'homme et expliqué pourquoi il avait parlé ainsi, il eut un haussement d'épaules.

— Dis-lui que je l'emmerde, dit-il. Et dis-lui aussi qu'avant trois jours il sera cocu.

— Qu'est-ce qu'il raconte? demanda l'homme.

Pablo répondit très vite :

— Il dit qu'il était chauffeur de taxi. Et c'est vrai, c'était son métier.

— Puisqu'il peut parler français, il n'a qu'à parler français.

Comme ils arrivaient dans la grange, trois femmes traversaient la cour. L'une était vieille, cassée en deux et toute vêtue de noir avec un châle sur la tête. Une autre paraissait avoir une quarantaine d'années et la troisième un peu plus de vingt ans. Toutes trois étaient chaussées de sabots.

— Holà! Marguerite, cria le patron.

Les femmes changèrent de direction et entrèrent dans la grange.

— Je vois que tu as reçu tes Espagnols, dit la vieille.

— Oui, dit l'homme, un bureaucrate et un conducteur de taxi ; avec ça, je suis bien monté.

La vieille les dévisageait. Elle avait de tout petits yeux très mobiles. Son regard vif allait sans cesse de l'un à l'autre. Sa bouche sans lèvres mâchait constamment. Sur sa joue ridée, une grosse verrue montait et descendait en agitant un long poil frisé.

— Le grand est plutôt sec, mais il doit être costaud, dit-elle.

Puis, faisant une moue en direction d'Enrique, elle ajouta :

— Celui-là ressemble à l'homme de ma petite-fille. Tu sais, la Denise, celle qui est à Saint-Claude. Lui aussi il a la poitrine toute en dedans comme celui-là. C'est signe qu'ils n'ont pas de santé.

Elle fit quelques pas en direction de la cuisine, puis se retourna pour dire encore :

— Moi, je dis que la maladie qu'ils ont, ça vient toujours de vivre enfermés. L'homme à la Denise, il est pharmacien, alors tu penses.

Quand elles eurent disparu, le patron se mit à rire. Se tournant vers Pablo, il expliqua :

— On va rigoler, tout à l'heure. La vieille a dû penser que vous ne compreniez pas un mot de français.

Il cligna de l'œil comme il avait déjà fait, puis, baissant le ton :

— Les deux autres c'est sa fille et sa petite-fille. Elles sont bonnes à faire toutes les deux.

Pablo ne put réprimer un haussement d'épaules. Il se tourna du côté de la voiture et demanda :

— Qu'est-ce qu'il faut faire, à présent ?

L'homme leur fit tirer la voiture jusqu'au milieu de la cour. Ensuite, ils chargèrent les deux sapines et placèrent dans la première une petite échelle et la bouille à porter. Dans l'autre, ils empilèrent les seilles.

L'homme les suivait, donnant des ordres et montrant du bout de sa canne tout ce qu'il fallait faire. Il s'énervait pour peu de chose et jurait sans cesse. Pablo s'efforçait de comprendre tout ce qu'il disait, mais l'homme employait parfois des mots curieux pour désigner un outil ou un objet. Pablo faisait alors répéter et l'homme criait.

Enrique ne faisait pas grand-chose. De temps à autre, il insultait l'homme en catalan.

— Tu vois, dit-il à un certain moment, il est nerveux parce qu'il sent que je vais lui faucher sa femme. Rassure-le, dis-lui que j'aime mieux les deux qui viennent d'arriver. Explique-lui que je lui laisse la sienne et la vieille.

— Tais-toi! dit Pablo. C'est de te voir sans rien faire que ça l'énerve. Et aussi de t'entendre parler catalan.

La voiture était prête. Tout y était, même le sac de foin pour le cheval.

— Quand la patronne aura préparé le dîner, tu accrocheras le panier derrière. On attellera au dernier moment. Maintenant, venez, on va déjeuner.

Et l'homme se dirigea vers la cuisine.

V

Pendant qu'ils déjeunaient, il arriva encore un vieux qui boitillait légèrement et que le patron appela Clopineau.

— Vous comprenez, expliqua-t-il, tant qu'il est pas mort, on continue de m'appeler par mon nom, dans le village. Il peut pas y avoir deux clopineaux. Seulement, une fois qu'il sera plus là, c'est moi qu'on appellera comme ça. Lui, c'est d'un coup de pied de cheval qu'il boite, mais, depuis le temps, il s'est habitué : il n'a pas besoin de canne.

— Tu t'habitueras aussi, dit le vieux, seulement ce sera long parce que toi, c'était plus grave que moi.

La vieille Marguerite, qui était restée près du fourneau avec ses filles et la patronne, s'approcha de la table.

— Dis donc, Lucien, demanda-t-elle au patron, c'est pour qui que tu expliques tout ça?

Sa vieille face était encore plus fouillée de rides que tout à l'heure. Ses yeux étaient presque clos. Le patron la regarda, regarda Clopineau, puis, soudain, se tournant vers Pablo, il éclata de rire.

La vieille s'était mise à gesticuler.

— Qu'est-ce que tu as à rire comme ça, hein ? Qu'est-ce que tu trouves de drôle là-dedans? C'est pour eux que tu expliques.

— Bien sûr que c'est pour eux.

Elle était de plus en plus furieuse.

— Alors, qu'est-ce que tu m'as chanté, que c'étaient des Espagnols.

— Ce sont des Espagnols qui parlent français.

Près du fourneau, la fille de la vieille Marguerite dit quelques mots à voix basse à la patronne, puis toutes les trois éclatèrent de rire à leur tour. La vieille se retourna, leur cria quelque chose dans un patois que Pablo ne put comprendre. Tout le monde rit de plus belle. Alors, haussant les épaules, la vieille s'assit en face de Pablo. Elle attendit la fin de cette grosse crise de rire puis, méprisante, elle regarda le patron.

— Et alors, dit-elle. Qu'est-ce que j'ai dit ? Rien de mal. J'ai dit que le grand était sûrement costaud et que l'autre ressemblait à l'homme de ma petite-fille. Y a pas de honte!

Pablo regardait la vieille ; il regardait aussi le père Clopineau. Ces deux vieux devaient être sensiblement du même âge. Clopineau était moins ridé que la Marguerite, mais il portait une grande moustache tombante que sa lèvre inférieure suçait sans arrêt.

Pablo les regarda longtemps, il eût aimé leur dire quelque chose d'agréable. Il ne trouva rien.

Le patron s'était arrêté de rire et les femmes préparaient, sur le bout de la table resté libre, ce qu'il fallait emporter pour le repas de midi. La patronne avait déplié plusieurs torchons propres pour tout envelopper. Ce fut d'abord un quartier de jambon cru, deux saucisses cuites dans la soupe, des fromages et un gros pot de confiture.

Elles placèrent le tout dans un grand panier. Les deux grosses miches de pain furent enveloppées à part.

— On les mettra dans la sapine, dit la patronne.

Ils allaient se lever de table quand une autre femme entra. Elle était très grosse avec un goitre aussi important que son chignon. Elle était essoufflée.

— Je nous croyais en retard, dit-elle.

— C'est juste, dit l'homme, on y va.

— Bonsoir, dit encore la grosse femme, le garçon m'a fait courir. J'en peux plus ravoir mon souffle.

— Donne un verre, Jeannette, cria le patron.

Jeannette quitta le coin de l'évier, d'où elle n'avait pas bougé depuis un long moment, comme effrayée par tant de monde et de bruit.

La grosse femme vida d'un trait son verre de vin rouge et tout le monde sortit.

Dehors, un garçon d'une quinzaine d'années attendait, assis sur le timon de la voiture.

— Allez, le costaud, cria le patron, va chercher la Noire.

Le garçon courut à l'écurie et ressortit bientôt en tenant la jument par la bride. C'était une bête un peu lourde, belle de poil et vraiment noire. Seule, sa crinière avait quelques reflets roux. Elle recula, docile, et se laissa caresser par Pablo tandis que le garçon aidait le patron à l'atteler.

— Est-ce que tu aimes les chevaux ? demanda le patron.

— J'aime toutes les bêtes, dit Pablo.

— Ça ne veut rien dire. Les chevaux, c'est pas pareil. Je veux dire, est-ce que tu les connais bien ?

— Non, avoua Pablo, mais j'aimerais vraiment les connaître.

— Eh bien, ma Noire, c'est la meilleure jument que j'aie jamais eue.

— C'est juste, approuva Clopineau qui s'était approché, c'est une bête rare. Et je parle aussi bien de douceur que de force.

En parlant, il donnait à la bête quelques croûtes de pain qu'il avait ramassées sur la table, avant de sortir.

— Surtout de douceur, dit le patron. Si j'avais eu cette bête-là, le soir de mon accident, j'aurais encore ma jambe intacte à l'heure qu'il est.

L'attelage terminé, il accrocha sa canne au rebord de la sapine, posa une main sur la croupe de la jument et parvint ainsi à s'asseoir sur le devant de la voiture.

— Allez, petiot, cria-t-il, monte!

Le gamin grimpa sur la roue et s'installa dans la sapine. Le patron souleva les rênes, et tout le monde se mit en marche derrière la voiture.

Tout autour d'eux, la brume semblait s'être resserrée. Ils marchaient dans un cercle blanc qui avançait du même pas, découvrant le chemin mètre par mètre. Ils passèrent sous des arbres dont la cime restait invisible et qui s'égouttaient sur un tapis de feuilles collées et boueuses. Ils passèrent ensuite entre deux maisons. Là, le brouillard sentait bon le feu de bois. Une femme ouvrit une porte.

— On y va? demanda-t-elle.

— On va essayer, dit la patronne. Et chez vous, ils sont partis?

— Tout juste depuis cinq minutes. Ça va patauger salement.

La patronne s'arrêta un instant et Pablo, en passant, l'entendit qui disait :

— Pourvu que le vent n'ait pas tout fait grener, avec ça qu'on a déjà pas une forte équipe!

Elle les rattrapa et leur demanda, en les devançant, s'ils n'avaient pas froid.

— Ça va, dit Pablo, en marchant, on se réchauffe.

Elle leur sourit et allongea le pas pour rejoindre le groupe des femmes qui marchaient à quelques sabotées derrière la voiture. Pablo les entendait bavarder sans arrêt, mais elles étaient un peu trop loin pour qu'il pût suivre leur conversation. De temps à autre, ils traversaient des nappes de brouillard encore plus épaisses que le reste. La voiture s'estompait alors, et, quelquefois, même les silhouettes des femmes devenaient imprécises.

Bientôt, le chemin se mit à monter. Le père Clopineau qui avait, jusque-là, marché sans rien dire à côté de Pablo et d'Enrique s'arrêta. Respirant profondément, il dit :

— Ça me fait souffler. Allez devant, vous êtes jeunes, vous autres.

Il souleva sa casquette. Son crâne blanc était couvert de sueur. Il s'essuya d'un revers de manche et dit encore :

— Ce n'est plus très loin, mais c'est égal, la Marguerite trotte encore rudement. Moi, je vais attendre la Jeannette, nous ferons le reste de la route ensemble.

Avant de repartir, Pablo se retourna. La fille arrivait, marchant toujours à la façon des canards, toujours ses bras en avant, toujours sa lèvre pendante. Quand son regard croisa celui de Pablo, elle ouvrit la bouche un peu plus et Pablo pensa qu'elle avait dû grogner.

À mesure qu'ils avançaient, la brume blanchissait. De grands remous s'amorçaient par endroits, découvrant un arbre, un buisson ou un tas de sarments.

— Voilà des vignes, observa Pablo.

— Elles ne sont pas comme chez nous, dit Enrique.

C'étaient les premières qu'ils voyaient depuis leur arrivée dans le pays. Ils ne pouvaient distinguer que le début des lignes qui s'enfonçaient dans la vapeur grise. Les feuilles étaient rouges ou jaunes, toutes luisantes d'eau.

Comme ils passaient à un endroit où le chemin dominait une plantée, ils entendirent des voix étouffées qui semblaient monter de terre.

— Ho! Ho! la Noémie, cria la patronne, c'est pas trop grené ?

La voix monta.

— C'est toi, Germaine?

— Oui.

— C'est pas trop grené, mais il était temps que la pluie s'arrête, c'est bien mûr.

— Vous avez tout votre monde?

— Oui, et toi?

— Nous aussi.

Ils ne s'étaient pas arrêtés. Rien n'était sorti de

la brume que cette voix, d'autres voix, un rire de fille et quelques chocs des seilles cognées l'une contre l'autre. Ils étaient déjà loin quand la voix monta de nouveau, plus étouffée.

— Et ton garçon, Germaine, tu as des nouvelles ?

— Non, rien depuis trois jours, cria la patronne.

Pablo s'était retourné. Le vieux et la fille n'étaient pas encore en vue.

Quand ils rejoignirent la voiture arrêtée sur le bord du chemin, le patron et le gamin dételaient déjà.

— Allez, descendez tout le fourbi!

Une fois les seilles distribuées, le patron plaça son monde. Deux personnes par rangée. Dans la travée du milieu, il plaça Enrique et la patronne.

— Tu feras voir à l'Henri comment on vide les seilles. Allez, en route!

Toute l'équipe entra dans la vigne. Clopineau et Jeannette arrivés après les autres étaient ensemble, tout au bout.

— Toi, dit le patron à Pablo, reste là, je vais te montrer comment on vide la bouille.

Il regarda encore si tout le monde se plaçait convenablement puis revint à la voiture.

— Je mets le vieux avec la petite, expliqua-t-il à voix basse. Il n'y a que lui qui la supporte, les autres crient toujours qu'elle ne va pas assez vite. Moi, comme je ne peux pas me baisser, pas question que je mène une ranche, alors je vais près d'eux et je coupe ce qui est en haut, ça soulage toujours un peu le vieux, et comme ça, personne n'est en retard.

Il avait accroché sa canne à la roue et passé les bretelles de la bouille posée sur le bord de la voiture.

— Voilà, expliqua-t-il, quand tu arrives, tu montes l'échelle, tu empoignes d'une main le bord de la sapine, et de l'autre, tu pousses au large le cul de la bouille. En même temps, tu te penches sur le côté.

Il fit plusieurs fois le mouvement, se tenant d'une main à un piquet de vigne.

— Tu as compris ?

— Je crois, dit Pablo.

— C'est bon, essaie.

Pablo se chargea, grimpa sur l'échelle et fit le simulacre de verser.

— Plus en avant, criait le patron. Ce serait tout par terre.

Il recommença plusieurs fois.

— C'est bon, je crois que tu t'y feras. Reste à savoir si tu tiendras le coup.

— J'espère.

— Moi aussi, parce que tu vois l'équipe qu'on a : à part ton copain, personne peut porter, sauf la patronne, mais si on voyait ça, les gens du village critiqueraient.

— La bouille ! cria la patronne.

Ils se tournèrent du côté de la vigne. A quelques mètres d'eux, les vendangeurs étaient debout.

— Allez, fonce ! dit le patron.

Pablo grimpa. Il courait presque, heureux de se réchauffer. La terre était molle et collait un peu aux pieds. Arrivé près de la patronne, il tourna le dos et fléchit les genoux.

— Te baisse pas, hurla le patron resté près de la voiture, sinon, dans une heure tu as les genoux sciés. Ecarte les jambes et tiens-toi à un piquet !

La patronne versa les premiers seaux.

— Essayez, dit-elle à Enrique.

Il prit une seille, la souleva et la laissa retomber à bouchon sur la bouille. Pablo vacilla. Il sentit des grains de raisin rouler sur sa nuque et du jus glacé couler le long de son dos.

— Fais attention ! dit-il.

Les autres riaient.

— Montre-lui encore, Germaine, cria le patron. Et commencez pas à rigoler, sinon c'est foutu.

Une fois la bouille pleine, Pablo dut la secouer

pour permettre de vider les deux derniers seaux. Ce fut encore la patronne qui les vida.

— Allez, dit-elle.

Pablo descendit à grands pas. Ses pieds enfonçaient davantage qu'à la montée à cause du poids du raisin qu'il portait.

— Racle tes semelles au premier barreau, avant de monter, dit le patron, sinon tu vas te foutre par terre.

Pablo obéit. Il monta et versa en s'appliquant à exécuter le mouvement tel que le lui avait indiqué le patron.

— C'est bien, tu t'y prends comme il faut. Je crois que tu t'en sortiras. Seulement, ce qu'il faut faire, c'est prendre une cadence. Ne cours pas en montant. Pour descendre, allonge le pas, laisse-toi pousser par la charge. Tu verras, quand ils seront en haut de la plantée, tu auras juste le temps de faire le trajet.

Pablo remonta. Le patron prit sa canne et monta en même temps que lui, mais dans la rangée où se trouvait sa fille. Quand Pablo arriva près des vendangeurs, Enrique lui demanda :

— Tu n'as pas froid?

— Non, ça va.

— Moi je ne sens déjà plus mes mains. Laisse-moi faire un voyage, ça me réchauffera.

— Il faut demander au patron.

— Qu'est-ce qu'il dit? demanda la femme.

— Il voudrait porter un peu, pour se réchauffer.

Le patron s'était redressé. Brandissant son sécateur, il se mit à crier :

— Ah non, hein! Qu'il commence pas à nous emmerder, celui-là. Sinon, ça ne va pas traîner. Moi je vais descendre à la poste et téléphoner qu'on vienne le chercher.

Enrique n'insista pas. Il frotta ses mains bleuies et se remit à couper les grappes mouillées.

— Ne vous en faites pas, dit la patronne, le soleil ne va tarder à percer.

A chaque voyage, la distance s'allongeait, mais Pablo devait malgré tout attendre un peu entre chaque bouille. Au début, il avait demandé un sécateur pour aider Enrique et la patronne, mais le patron s'y était opposé.

— Celui qui porte ne coupe pas. C'est la règle. Si tu ne sais pas quoi faire, roule une cigarette.

Et il avait fait passer sa blague et ses feuilles.

— Tu peux en rouler une pour ton copain aussi, ça lui chauffera toujours un peu le bout du nez.

Les autres riaient. Ils riaient sans cesse et pour un rien. De temps à autre, le patron criait.

— Un peu moins de paroles! Quand les langues marchent, les mains s'arrêtent.

On se taisait quelques minutes, puis les bavardages reprenaient. Le patron parlait aussi avec le vieux Clopineau.

Seuls, Pablo et Enrique se taisaient. Pablo avait l'impression de ne pas appartenir vraiment à l'équipe. Maintenant, quand il arrivait à la voiture et se retournait pour vider, il ne voyait même plus les autres, perdus dans la brume au-dessus de lui. Il entendait seulement çà et là un rire de femme ou un coup de gueule du patron. Il était seul. Personne ne pouvait le voir. La jument attachée à un pieu de l'autre côté du chemin était la seule vie dans cet univers restreint à un cercle de brume. La Noire tournait la tête vers lui. Chaque fois, avant de remonter, il venait à elle et caressait son encolure ou son front.

— Est-ce que tu aimes le raisin ? lui demanda-t-il.

La bête secoua la tête. Pablo sourit. Il avait parlé en catalan.

— Est-ce que tu comprends le catalan? demanda-t-il encore.

La Noire secoua de nouveau la tête. Cette fois,

Pablo rit carrément. Il lui donna une grappe de raisin qu'elle mâcha en bavant du jus rouge.

A ce voyage-là, quand Pablo arriva, les seilles étaient pleines.

— Ça s'allonge, dit le patron.

— Ça va, dit Pablo, seulement je me suis arrêté près de la jument.

Comme s'il avait deviné, le patron recommanda :

— Lui donne pas trop de raisin glacé, c'est pas bien bon.

Pablo fit encore plusieurs voyages, puis comme il remontait, le dos courbé, regardant le sol devant lui, il eut soudain l'impression que le ciel s'ouvrait d'un coup. Ce fut comme une pluie de lumière.

Il s'arrêta et leva la tête.

Pourtant la brume courait sous le soleil, en grandes vagues molles qui s'accrochaient aux ceps.

Les vendangeurs aussi s'étaient redressés. On voyait plus loin qu'eux maintenant. Les premiers arbres émergeaient, encore pâles, mais scintillants.

Pablo se retourna et demeura quelques instants le souffle court.

Toute la vigne dorée luisait. Tout remuait. Les feuilles se redressaient dans une pluie de gouttes de soleil. Et comme ça, jusqu'au chemin, où la Noire faisait une tache, et plus loin encore, plus bas, avec d'autres vignes, des haies vertes, quelques arbres. Ensuite, tout au pied du coteau, c'était une mer de brume blanche avec des remous bleutés et de longues venelles grises. Et de l'autre côté, prenant appui sur ce moutonnement compact, le soleil montait. Il était la limite entre la brume et le ciel. Un ciel encore pâle mais déjà bleu, et qui se débarrassait de quelques restants de nuages transparents.

Tout s'était animé. Dans cette étendue de vignes que Pablo avait devant lui, dans cette mer de brume où baignait le pied du coteau, rien n'était vraiment immobile. Rien. Sauf la voiture et la jument.

La buée qui montait de la terre secouait les treilles au passage. Tout s'ébrouait, même les arbres dont les branches se redressaient une à une. Tout se colorait aussi, chaque plante prenait sa place qu'elle marquait sur le sol en dessinant une ombre bleue.

— Ho! là-bas, tu dors debout?

Des rires sonnèrent. Ils paraissaient plus clairs.

Pablo se retourna et se mit à monter. Les rires continuaient, les plaisanteries venaient à sa rencontre.

— Alors, demanda le patron, t'as jamais vu le soleil se lever?

Pablo sourit. Il ne répondit pas.

Non, il n'avait jamais vu le soleil se lever ainsi. Il l'avait vu sur la ville, quelquefois sur la mer, quelquefois dans la montagne, mais jamais ainsi.

Sa bouille chargée, il redescendit. Il marchait face au grand vide qui ne s'arrêtait qu'au pied du soleil.

Il vida, remonta, fit plusieurs voyages encore et, chaque fois qu'il se retournait pour la descente, il découvrait quelque chose de nouveau. Ce fut d'abord le clocher du village. Puis un autre plus loin, puis des peupliers, isolés ou par groupes. Et chaque fois, c'était en même temps une tache bleue qui s'allongeait sur la brume.

A midi, l'équipe avait fait trois fois la montée. La première sapine était pleine.

Le patron était content, la tempête n'avait pas fait autant de mal qu'on aurait pu le croire.

Le soleil était très chaud. La terre ne fumait plus, déjà elle séchait par places, collant moins aux pieds et au cul des seilles.

Pablo n'avait posé sa bouille qu'une seule fois, le temps de quitter sa veste et de boire un verre de vin au moment où l'équipe avait entamé sa deuxième montée. Il sentait une brûlure aux épaules, et le bas de son dos lui faisait mal. Pourtant, le temps ne lui avait pas semblé long. A chaque voyage, il avait pu découvrir un peu plus de l'immense plaine bressane qui filait maintenant jusqu'à la ligne bleue des premiers contreforts du Massif Central. Des kilomètres et des kilomètres de plaine à découvrir avec partout des tronçons de routes noires ou jaunes, des villages, des fermes isolées, la flaque de lumière d'un étang qui garde plus longtemps que le reste son écharpe de brume. Des kilomètres de terre et d'herbe que le grand soleil faisait rire.

Dans le sens de la montée, devant lui, c'était le sommet presque tout de suite. Au-dessous de la vigne, il y avait une friche rousse qui courait jusqu'au bois dont les premiers arbres se détachaient nets et durs sur le bleu du ciel. Le ciel semblait tout proche. Passé le bois, on devait pouvoir le toucher de la main. A gauche, la ligne des coteaux se rabattait sur la plaine entourant le village. Là-bas, la grisaille s'entassait encore. C'était le nord, le bas du ciel restait froid. A droite, le coteau filait très loin avec des rentrées qui faisaient ombre ou lumière plus dures.

De loin en loin, des taches de couleur, par groupes, montaient dans la rouille des vignes. Sur les chemins, des charrettes attendaient, des chevaux aussi.

Quand Pablo avait quitté sa veste, le patron lui avait dit :

— Tu peux ôter celle de la Noire aussi.

Il avait enlevé la couverture qu'on avait jetée, en arrivant, sur le dos de la bête. Elle n'avait guère touché au foin que le gamin avait posé devant elle. Elle préférait arracher des branches à la haie ou mendier un raisin à Pablo qui continuait de la caresser et de lui parler à chaque voyage.

Pour manger, ils restèrent près de la voiture. Le patron empila trois seilles, puis trois autres plus loin et posa une planche dessus. Il s'y installa et Clopineau vint s'asseoir à côté de lui.

— Allons, la Marguerite, dit-il, il y a une place pour vous.

Elle se mit à rire.

— Je suis point une vieille pour qu'on me donne un fauteuil, dit-elle.

Enrique et Pablo s'étaient assis sur l'herbe, le dos au talus. La terre était tiède en surface, mais il fallait changer de place souvent, à cause de l'humidité qui montait.

Les femmes s'étaient assises sur des seilles, excepté la patronne qui mangeait appuyée au plancher de la voiture où elle avait étalé ses provisions. Elle coupait de larges chanteaux de pain, posait dessus le lard, la saucisse ou le fromage, et distribuait. Elle versait à boire aussi.

Jeannette non plus ne s'était pas assise. Un peu à l'écart, elle restait plantée au bord du chemin, jambes écartées, toujours penchée en avant et mangeant la bouche ouverte, le regard fixé sur Pablo, sur son père ou sur le vieux Clopineau.

Pablo l'observa un moment. Quand celui qu'elle regardait portait les yeux sur elle, elle faisait son tic de la bouche et fixait un des autres. Pablo cessa de la regarder ; elle était répugnante, quand elle mâchait.

Le repas dura longtemps. Ils mangèrent beaucoup et lentement, d'abord sans parler, puis en échangeant des propos sur la récolte ou écoutant les grosses plaisanteries du patron.

Une fois le repas terminé, la patronne servit la goutte. Le patron fit passer sa blague et, pendant que les femmes replaçaient les restes dans le panier et rangeaient les verres et les litres vides, les hommes fumèrent leur cigarette.

Lorsque Pablo se leva, une douleur aiguë lui empoigna les reins. Il serra les dents et marcha jusqu'à la voiture. Déjà les vendangeurs étaient à l'œuvre. Pablo s'assura que personne ne l'observait puis, ouvrant sa chemise, il regarda ses épaules. Elles étaient rouges et la place des courroies était dessinée nettement. Juste sur l'os, la peau s'était même soulevée et la chair était à vif. Il referma sa chemise, marcha vers la Noire et lui donna un morceau de pain qu'il avait gardé pour elle. Tandis qu'elle mâchait en hochant sa grosse tête, Pablo regarda la plaine.

La terre fumait encore, mais la buée qui montait était transparente. Au loin, la ligne bleue des monts se soulevait, ondulait, se confondait parfois avec le bas du ciel. Les ombres étaient plus ramassées, plus dures.

Pablo chercha des yeux la maison qu'il avait déjà repérée le matin. Elle était facile à trouver à cause du cimetière. Dans la cour et dans les prés, des taches claires ou foncées se déplaçaient : les poules, les oies, les canards. Sur la route, quelques voitures passaient avec des éclairs rapides. Il n'y avait pas un souffle de vent. Pas de bruit, seul le cliquetis des sécateurs, un fil de fer vibrant, une seille traînée sur des cailloux, quelques mots ou un rire.

Pablo soupira. Il caressa encore le front de la Noire qui mendiait en lui donnant des coups de museau dans la poitrine, puis il marcha vers la voiture. Il passa les courroies et partit, les mâchoires serrées, les mains sur les reins pour soulever un peu la bouille.

Au premier seau versé, il faillit crier. Il dut enlever ses mains et la brûlure des épaules redoubla. C'était Enrique qui versait. La patronne avait peut-être remarqué les grimaces de Pablo.

— Faut faire attention, dit-elle. Pas taper les seillots sur la bouille.

Enrique ne répondit pas et versa une autre seille de la même façon.

— Vous n'avez pas compris? demanda la patronne en haussant un peu la voix.

— S'il n'a pas compris, moi, je vais aller lui expliquer! cria le patron.

Enrique prit plus de précautions.

— Ma parole, dit-il à Pablo en catalan, elle a le béguin pour toi, la vieille.

— Qu'est-ce qu'il raconte? demanda le patron.

— Il dit qu'il n'avait pas compris la première fois.

— Secouez, dit la patronne.

Il secoua.

— Vous êtes fatigué? demanda-t-elle.

Pablo secoua plus fort. Sans desserrer les dents, il dit :

— Non, ça va très bien.

Et il repartit, poussé en avant par le poids du raisin, avec les courroies qui semblaient à chaque pas pénétrer plus profond dans sa chair.

Au bout d'un moment, la brûlure s'apaisa. Il s'efforçait à regarder la plaine, accrochant son regard à un point quelconque, et fixant toujours pour éviter de penser.

Comme une mécanique, il marcha ainsi jusqu'au soir. A la dernière montée des vendangeurs, le chemin était encore plus long. Il y avait à parcourir en plus toute la largeur de la vigne. Ça n'était rien. Quelques dizaines de mètres seulement, mais la fatigue était là. Le sol ne collait plus, mais Pablo sentait malgré tout ses semelles s'alourdir à chaque voyage. Ses genoux étaient raides. Il remontait, le dos courbé, les pouces tirant sur les bretelles de la bouille vide. La sueur coulait sur tout son corps et le vent du soir collait sa chemise sur sa poitrine, chaque fois qu'il se redressait. C'était bon, cette gifle fraîche.

A la descente, il courait presque, titubait, empoignait çà et là un piquet pour se retenir. Il vidait, repartait, redescendait aussitôt qu'on lui disait :

— Allez!

Il ne faisait même plus les quatre pas qui séparaient la voiture de la jument. Elle avait beau secouer la tête en faisant cliqueter son bridon, Pablo ne levait plus les yeux.

A la fin, les autres criaient déjà, qu'il lui restait encore le quart du chemin à remonter. Pablo fonçait, fermant parfois les yeux, aveuglé par la sueur.

— La bouille!... La bouille!

Pablo mâchonnait quelques injures en catalan. Arrivé en haut, il souriait.

— Vous n'en pouvez plus, dit la patronne. Donnez, je vais vous reprendre, il n'en reste guère.

— Non, ça va. Je vous assure que ça va.

— Tu veux que je te reprenne? proposa Enrique

— Allez, allez! cria le patron. Perdons pas de temps. Il a la cadence, il tiendra. Le tout c'est de ne pas s'arrêter. Qu'est-ce que vous croyez, que c'est une gonzesse!

Plus personne ne riait. La fatigue alourdissait aussi les seilles, cassait les reins et les cuisses.

— C'est bon, dit enfin la patronne, il ne reste presque rien, ne remontez pas, on descendra nos seilles.

Pablo se redressa. Ils étaient à quelques mètres de la friche. Alors, aussitôt sa bouille chargée, il se laissa aller jusqu'au bas de la pente. Il vida dans la sapine presque pleine et laissa sa bouille couchée sur le raisin. Puis, une fois par terre, il s'appuya contre l'échelle et regarda la plaine, très loin, en respirant lentement.

Le soleil avait disparu depuis longtemps. Des lampes brillaients déjà. Des fumées montaient des villages. Et, sur toute la terre, il y avait une grande fatigue qui brouillait le regard. Une grande fatigue qui montait du sol, qui coulait des coteaux en ondes sonores comme des vagues. Des vagues qui montaient le long des jambes de Pablo, serraient son corps, résonnaient dans sa tête et se laissaient tomber de tout leur poids dans ses mains pendantes de chaque côté de l'échelle.

Sur tout cela, le vent du soir poussait d'autres vagues, fraîches et molles.

Il y avait sur toute la plaine une grande fatigue et comme la promesse d'un grand repos.

VI

Ils arrivèrent à la nuit tombée. En silence, ils avaient suivi la voiture dont les bois geignaient sous la charge. Dans la descente, la mécanique serrée à fond bloquait les roues dont les fers traçaient des sillons dans la terre et écrasaient les cailloux en poussière blanche.

Pablo ne sentait plus sa fatigue. Il était ivre, simplement. Et c'était presque agréable. Il titubait un peu. Il n'avait plus sur ses épaules que le seul poids de sa veste et il s'en étonnait à chaque pas. Il marchait, les yeux rivés à la voiture. Il ne s'aperçut même pas que les femmes quittaient le groupe.

Quand ils entrèrent dans la cour, il n'y avait plus que la patronne, Enrique et lui derrière la voiture. La patronne se précipita, entra par l'écurie et ouvrit les deux battants du portail de la grange. L'homme descendit, prit la Noire par la bride et la fit reculer pour rentrer le char chargé.

— Et Clopineau, demanda-t-il à sa femme, tu ne l'as pas laissé partir, au moins?

— Non, il doit être derrière avec la gosse.

— En tout cas, le laisse pas partir. D'abord, il mange la soupe avec nous et puis, il sera pas de trop pour décharger la vendange.

En entendant parler le patron, Pablo se réveilla. Il n'avait pas pensé à cela. Il n'avait pensé à rien, mais il avait marché comme le cheval épuisé qui trouve encore la force de trotter parce qu'il sent l'écurie.

Il ne dit rien, comme assommé.

Le patron détela et conduisit la Noire à l'écurie. Assis sur le rebord du bassin de pierre, Pablo l'entendit qui lui donnait à boire.

Bientôt le père Clopineau arriva. Il boitait plus que le matin et marchait lentement. Il avait coupé un bâton et s'appuyait dessus. En pénétrant dans la cour, il jeta le bâton le long du mur.

Jeannette était toujours avec lui et rien n'était changé, ni sur son visage ni dans sa démarche. Elle se dirigea tout de suite vers la cuisine où sa mère remuait déjà des casseroles. Pablo entendit crier :

— Dépêche-toi de faire le feu et de mettre chauffer la soupe.

Puis la patronne sortit avec ses deux seaux à traire et se dirigea vers l'étable.

— Vous ne partirez pas, Clopineau, dit-elle.

Le vieux vint s'asseoir sur le rebord du bassin, à côté de Pablo et d'Enrique. Il resta un moment sans parler, tira sa blague et roula une cigarette. Puis, tendant la blague et les feuilles à Pablo, il dit :

— Tiens, roulez-en une, ça délasse, de fumer.

— Merci, dit Pablo.

Ils roulèrent leur cigarette et le vieux sortit son briquet. Quand ils eurent allumé, Pablo demanda :

— Qu'est-ce qu'on va faire à présent?

— Décharger la vendange.

— C'est long?

— Pas tellement. Aujourd'hui, c'est le rouge, on ne presse pas, on laisse fermenter avec la grappe.

— Et alors? demanda encore Pablo

— Alors? Eh bien, c'est plus vite fait que le blanc. Le temps que la patronne et la gosse nous préparent la soupe, ce sera fini. Tandis que le blanc, faut y retourner après manger pour presser.

Le patron sortait de l'écurie.

— C'est bon, dit-il, allons-y.

Clopineau et Pablo se levèrent et suivirent le patron dans la grange.

— On va installer le couloir. Vous deux, prenez...

Il s'arrêta, cherchant Enrique des yeux.

— Où il est?

Pablo appela :

— Enrique!

Rien. Pablo alla jusqu'à la porte. Enrique n'avait pas bougé.

— Allez, viens! dit-il.

— Non, j'en ai marre. J'ai faim. Je veux bouffer et dormir.

Le patron s'approcha.

— Qu'est-ce qu'il a?

Pablo hésita.

— Il est très fatigué, dit-il.

Le patron serra les poings. Les muscles de sa mâchoire roulaient sous sa peau mal rasée. Le père Clopineau s'était avancé aussi.

— Forcément, dit-il, s'il n'a pas l'habitude. Et puis, dans ces camps, ils étaient peut-être mal nourris.

Le patron regarda le vieux, puis Pablo et il soupira. Dans la pénombre de la cour, Enrique demeurait immobile, le dos voûté et les mains posées sur ses genoux. Seuls, ses yeux brillaient. Il avait un regard de bête malade.

Il y eut un silence de quelques instants, puis ce fut encore le vieux qui parla.

— S'il pouvait seulement nous aider à placer le couloir, après, à nous trois, on ferait.

— Dis-lui qu'il vienne cinq minutes, expliqua le patron. Après, il ira chercher un bout à manger à la cuisine et il montera se coucher.

Le patron rentra dans la grange en ajoutant comme pour lui :

— J'aime mieux rien, que d'avoir un qui travaille sans idée.

Pablo expliqua ce qu'avait demandé l'homme et Enrique se leva lentement. Il traînait ses brodequins sur le ciment de la grange et marchait comme un homme endormi. Il aida pourtant à décrocher du plafond, où il pendait, un long couloir de bois qu'ils enfilèrent dans un soupirail de la cave. Passant pardessus le pressoir où il prenait appui vers son milieu, le couloir allait en pente douce jusqu'au sommet d'une des grandes pièces alignées au centre de la cave. Un autre couloir plus court s'adaptait au premier et venait jusqu'à la sapine posée sur la voiture.

Dès que l'installation fut terminée, sans dire un mot Enrique partit vers la cuisine. Le patron le regarda s'éloigner puis, se tournant vers Pablo, il demanda :

— Et toi, t'es pas fatigué?

Pablo s'efforça de sourire.

— Non, ça va, dit-il.

Puis le patron fit un geste en direction de Clopineau.

— C'est encore bien les plus vieux qui tiennent le mieux.

Clopineau eut un bon rire, et, en même temps, un geste des deux bras comme pour s'excuser d'être encore si résistant.

Ils descendirent à la cave et les deux hommes aidèrent le patron à s'installer à cheval au sommet de la pièce.

— Le tout, disait-il en riant, c'est de se mettre en place ; après, c'est les bras qui marchent, et avec les bras, je crois que j'en enterrerais encore pas mal!

Il devait pousser la vendange dans l'énorme entonnoir, à mesure qu'elle arriverait par le couloir de planches.

Le vieux et Pablo remontèrent ensuite et grimpèrent sur la voiture, chacun d'un côté de la sapine. Là, armés de bigots à manche court, ils se mirent à piocher la vendange.

— Faut qu'on se règle bien la cadence, expliqua Clopineau. Sinon, on risque de se taper dessus ou de se gêner.

Ils commencèrent lentement puis, peu à peu, leur mouvement s'accéléra. Pendant que Pablo tapait dans le raisin et tirait pour amener sur sa main gauche la charge des grappes dégoulinantes de jus, le vieux déversait sa propre piochée dans le couloir. Là, le raisin glissait, entraîné par le jus qui coulait en longs ruisseaux violets.

Les grappes étaient tièdes. Les mains poissaient mais c'était agréable, propre, et l'odeur qui montait de la sapine était comme du soleil et de la brume mêlés.

Lorsqu'ils arrivèrent à la moitié de la sapine, le vieux avait le souffle court. Pablo l'entendait qui laissait filer entre ses lèvres serrées un râle retenu à chaque mouvement. Il ralentit un peu, mais le vieux soufflait toujours très fort.

Une fois de plus, Pablo avait réussi à oublier sa fatigue. Elle était toujours là. Il la sentait. Mais elle restait immobile et muette.

Bientôt, la patronne sortit de l'étable et vint jusqu'à la voiture.

— Ça va, demanda-t-elle?

— Ça va, dit Pablo sans s'arrêter.

Elle se pencha par-dessus l'escalier, regarda dans la cave, puis se retourna.

— Et votre copain?

— Couché.

Elle s'éloigna vers la cuisine puis revint après avoir posé ses bidons. Elle empoigna le bord de la sapine et, posant le pied sur le moyeu de la roue, elle se hissa pour regarder.

— Envoie-nous les puisoirs, demanda le vieux en se redressant.

Pablo s'arrêta aussi et passa son bras sur son front où ruisselait la sueur.

— Ça chauffe, haleta le vieux.

Ils étaient arrivés au fond de la cuve, il restait plus de jus que de grappes et les dents des bigots ne prenaient plus rien. La patronne leur passa deux puisoirs en bois.

— Alors, criait le patron, ça vient?

— Ça vient, dit-elle, ils sont au fond.

Lorsqu'ils descendirent pour pousser la voiture et mettre en place la deuxième sapine, la patronne était toujours là. Elle souleva le couloir tandis que les deux hommes manœuvraient. Lorsque tout fut prêt, avant que le vieux ne soit revenu, elle grimpa et prit place en face de Pablo.

— Veux-tu bien descendre de là! cria Clopineau.

Elle se mit à rire en empoignant le bigot.

— Chacun son tour, dit-elle.

— Non, je te dis de descendre!

Le vieux se fâchait. Son menton tremblait.

— Non, dit-elle, laissez-moi. Je veux voir si je sais encore faire.

— Tu te fous de moi. Ou alors, tu trouves que je ne vaux plus rien à l'ouvrage.

— Qu'est-ce qu'il a à rouspéter? hurla le patron qui avait compris. Ferait beau voir qu'on empêche ma femme de rentrer sa part de vendange! Si c'est comme ça, elle boira pas de vin cette année!

Ils se mirent à rire. Le vieux haussa les épaules et s'éloigna en marmonnant.

— Allez donc voir si la Jeannette ne laisse pas brûler la soupe, cria la patronne. J'aime pas la sentir toute seule près du feu.

Aussitôt dit, elle planta son bigot dans les grappes. Tout de suite ils prirent une cadence plus rapide et pas une seule fois leurs outils ne se heurtèrent. On n'entendait plus que le « tchiac » régulier des dents mordant la vendange, le bruit du jus et des grains glissant le long du couloir. Bientôt, on entendit aussi leur souffle saccadé.

Au parfum de la vendange, se mêlait, à présent, l'odeur forte de la transpiration de la femme.

Pablo sentait de nouveau sa fatigue, mais il serrait les dents pour l'empêcher de geindre trop fort. Elle criait, mais c'était dans ses reins surtout, et ça ne s'entendait pas, ça ne sortait pas de son corps.

Lorsqu'ils arrivèrent à la moitié de la cuve, il fallut se pencher davantage. A plusieurs reprises, Pablo sentit au passage une mèche de cheveux frôler sa joue. Il s'écarta un peu.

Dès qu'ils eurent vidé leur dernier puisoir, ils se relevèrent en soupirant.

La femme souriait. La sueur collait sur ses tempes et ses joues, des mèches brunes échappées à son chignon.

— Je crois qu'on a bien marché, dit-elle en reprenant son souffle.

— Je crois, oui.

— C'est tout ? cria le patron.

— Ça y est, oui !

— Alors, venez m'aider.

Ils descendirent tous deux pour le soutenir tandis qu'il quittait le sommet de son tonneau. Une fois à terre, il ôta sa casquette et brossa d'un revers de manche les toiles d'araignées qui y étaient accrochées.

— Ça a besoin d'un sérieux coup de plumeau! plaisanta Pablo.

Les deux autres se regardèrent et se mirent à rire.

— Qu'est-ce qu'il y a ? demanda Pablo.

— On n'enlève jamais les toiles d'araignées dans une cave, expliqua le patron, c'est ce qui sert à attraper toute la vermine qui ferait piquer le vin.

Pablo sourit à son tour et dit :

— Je suis de la ville.

— Ça s'entend, dit le patron, mais le principal c'est que ça ne se voie pas quand tu travailles.

Ils remontèrent, fermèrent la grange puis, après

s'être lavé les mains et les bras au robinet de la cour, ils se dirigèrent vers la cuisine.

— Ton copain doit déjà roupiller comme un sourd, dit le patron.

— Sûrement, oui, il était très fatigué.

— Il n'a pas voulu attendre la soupe, dit la patronne, il a seulement demandé à la petite un morceau de pain et du lard.

Quand ils entrèrent dans la cuisine, le père Clopineau dormait, les bras et la tête sur la table.

Debout près du fourneau où la marmite de soupe fumait, Jeannette attendait, les bras pendants, la bouche entrouverte et les yeux fixés sur la porte.

VII

Le lendemain matin, quand Pablo s'éveilla, le jour était déjà là et s'infiltrait par chaque fente. Il ne se contentait plus, comme la veille, de ramper sous le volet. On sentait que c'était une lumière plus forte qui s'avançait sur la terre à la rencontre du vent. Car il y avait du vent aussi. Mais il ne se déchirait pas sur le pignon de la baraque, il la contournait en chantant.

Pablo pensa qu'il devait être tard. Il voulut se lever.

— Ah! cria-t-il.

Et il laissa retomber sa tête dans la paille.

Il venait, d'un seul coup, de réveiller la grande douleur qui dormait en lui. Elle s'était élancée toute folle dans tout son corps, elle était devenue mille et mille douleurs toutes liées entre elles pour mieux se concerter et frapper en même temps. Et ça allait du bout des pieds aux poignets en passant par la nuque et la poitrine. Maintenant, après le premier élancement, tout s'apaisait un peu, sauf les épaules et les reins. Là, c'était plus qu'une douleur, c'était une blessure profonde, avec un fer qui tournait et retournait sans cesse à l'intérieur. C'était une bête qui mordait la chair, déchirait la peau et les muscles.

Lentement, Pablo tourna la tête. Etendu lui aussi sur le dos, Enrique le regardait. Il faisait une vilaine grimace. Quand leurs regards se rencontrèrent, la grimace d'Enrique s'élargit et il se mit à ricaner.

— Toi non plus, tu ne peux plus bouger ? demanda-t-il.

— J'ai mal partout, avoua Pablo.

— Ah! je me marre, moi. Monsieur voulait faire le costaud. Le porteur. Monsieur voulait en foutre plein la vue aux gonzesses. Eh bien! elles vont se marrer, ce matin, les gonzesses! Je me demande qui va le porter, aujourd'hui, leur baquet à bretelles!

Pablo ne répondit pas. Il fixait maintenant les poutres et les tuiles au-dessus de sa tête. Il entendit des sabots sonner sur la route.

Il soupira. Sa grande douleur restait comme lui, immobile et attentive. Elle ne s'était pas rendormie. Il savait, maintenant, qu'elle guettait chacun de ses gestes pour se mettre à l'œuvre en même temps que lui.

— Tu as pu dormir ? demanda Enrique.

— Oui, j'ai dormi d'une traite.

Enrique ricana encore. Pablo se tut. C'était vrai. Il avait dormi d'une traite.

Il se rappelait le dîner silencieux et rapide. Il se rappelait la lanterne préparée par la patronne. L'escalier. Enrique endormi. Puis, après, c'était le noir. Un grand trou tout de suite. Le sommeil épais, sans un instant de réflexion. Depuis des mois et des mois il n'avait jamais dormi ainsi. Chaque soir, il y avait toujours eu, pendant des heures et des heures, le visage de Mariana. Mariana morte. Mariana mutilée. Mariana perdue dans les ruines. Mariana que la nuit faisait sortir de l'ombre, qu'elle poussait vers Pablo. Une Mariana effrayante à force de douleur, à force de mystère.

Hier soir, elle ne l'avait pas accompagné jusque dans ce grenier. Elle ne l'avait pas quitté vraiment, mais elle avait été, elle aussi, écrasée par la fatigue de Pablo. Elle avait dormi le même sommeil que lui.

Ce matin, elle était là. Son visage était entre celui

de Pablo et les tuiles. Mais il ne pleurait pas. Il n'était pas couvert de boue et de sang.

Le visage de Mariana était un visage de matin.

Pablo le regarda un moment, à peine étonné. Et l'étonnement de Pablo se dissipa tout à fait lorsqu'il eut vraiment regardé la lumière.

Le visage de Mariana ne souriait pas. Il était grave, fatigué, mais il vivait de la lumière du matin. De cette lumière avec laquelle il entrait.

Il y eut encore des bruits de pas sur la route et des voix que Pablo reconnut. C'était la femme et son gamin qui arrivaient. Le gamin tapait du pied dans des cailloux et sa mère criait qu'il allait casser son sabot.

Pablo ferma les yeux. Il plia lentement ses genoux, posant ses pieds à plat sur la paille. Il demeura ainsi quelques instants. Sans desserrer les lèvres, il compta :

— Un... deux... trois!

La paille vola. La couverture glissa sur le plancher et Pablo mordit sa lèvre pour ne pas crier.

Maintenant, il était debout. Il savait que la partie était bien engagée.

— Allez, viens, Enrique!

L'autre ne bougea pas. Il continuait de ricaner.

— Tu peux crever, dit-il, et il ferma les yeux.

Pablo ouvrit le volet.

— Laisse ça, cria Enrique, j'ai pas pu roupiller, moi, tellement j'avais mal aux jambes et aux reins, laisse-moi tranquille.

Pablo ne répondit pas, mais il laissa le volet ouvert. Il enfila son pantalon et se chaussa, puis, sa chemise et sa veste sur le bras, il descendit et alla se laver à l'eau glacée du robinet de la cour.

Le patron sortit de la grange en compagnie du gamin et de la grosse femme.

— J'allais t'appeler, dit-il à Pablo.

Puis, se tournant vers le garçon, il reprit en montrant l'eau froide :

— Tu vois, petiot, c'est ça qui fait des hommes!

Il se dirigea vers la cuisine et, se retournant après quelques pas, il demanda :

— Et le courageux, où il est?

Pablo désigna la baraque d'un geste du menton, tout en se savonnant les bras.

— Tâche de lui dire de se dépêcher, la soupe est chaude et si vous voulez manger avant de partir, c'est le moment.

L'homme disparut et Pablo se hâta de remonter au grenier. Tout en étendant sa serviette sur le fil de fer, il expliqua :

— Tu devrais te lever. Une fois bien lavé à l'eau froide, on sent moins sa fatigue.

— Tu m'emmerdes. Si tu penses prendre des actions dans la ferme, moi pas.

Pablo était prêt. Il fit deux pas en direction de l'escalier, se retourna et demanda :

— Alors, je dis que tu ne viens pas ?

— Ils le verront pas, non ?

Enrique était hargneux. Pablo hésita.

— Je t'aurais cru plus courageux, dit-il pourtant.

L'autre se souleva sur un coude, grimaça et se mit à crier :

— Courageux! Tu appelles ça du courage, toi, de venir se planquer dans une ferme pendant que les autres se font casser la gueule!

Pablo avait sursauté. Il parut réfléchir quelques instants, puis il dit :

— Tu sais bien que pour nous la guerre est finie, Enrique. Il n'y a plus rien à espérer.

— C'est trop facile à dire. Et à t'entendre, on ne croirait jamais que tu as été dynamitero sur le front de Madrid. On est en France, Pablo. Et ici, c'est pas défendu de continuer à se battre contre les fascistes. Au contraire, c'est même plutôt recommandé. Seulement, faut s'en ressentir.

Les images de la guerre revenaient. Pablo se tourna vers la lucarne. De l'autre côté de la route, il y avait la plaine qui fichait le camp et montait jusqu'à rencontrer le rebord du toit. Elle vivait. Elle était pleine de vapeurs mauves et bleues avec du soleil qui courait en larges raies poussiéreuses.

Pablo se retourna vers Enrique qui s'était recouché.

— C'est bon, dit-il, comme tu voudras.

L'autre s'était calmé.

— Ce que je t'en dis, moi, tu comprends, ça ne t'empêche pas de rester libre. Chacun fait comme il veut.

Pablo avait envie d'expliquer. Il s'approcha d'Enrique.

— Tu comprends, commença-t-il à mi-voix et très lentement, moi, la guerre...

— Hé! Ho! cria la patronne, de la porte de la cuisine.

Pablo alla jusqu'à l'ouverture et se pencha pour crier :

— Voilà!

Il revint vers Enrique qui demanda, de la colère mal refroidie dans les yeux :

— Alors quoi, la guerre ?

— La guerre, pour moi, tu comprends...

Pablo s'arrêta, chercha ses mots, puis :

— Je ne peux pas t'expliquer, dit-il. Je ne peux pas. Je ne peux pas.

Sa voix s'était cassée soudain. Il se pencha vers son camarade et lui tendit une main qui tremblait un peu.

— Au revoir, Enrique, dit-il. Bonne chance!

Enrique lui serra la main.

— Bonne chance, Pablo!

Il y avait moins de colère dans ses yeux. Sa voix s'était adoucie.

— Tu n'as pas d'argent ? demanda-t-il.

— Non, dit Pablo, mais je peux demander qu'on te paye ta journée d'hier. Et puis, s'ils veulent m'en avancer un peu, je t'en donnerai sur ma paye.

Il fit un signe de la main et descendit l'escalier.

— Demande aussi qu'on me laisse un bout de pain, cria Enrique.

A la cuisine, deux assiettées de soupe fumaient sur la table.

— Qu'est-ce que vous foutez, bon Dieu, cria le patron, on devrait déjà être partis!

Il achevait de manger une tranche de lard. Tous les autres étaient là, prêts à se mettre en route et regardant la patronne qui terminait la préparation des paniers de victuailles.

Pablo s'assit et commença de manger.

— Et l'autre arsouille, demanda le patron, il attend que je monte le chercher?

Pablo s'arrêta de manger. Il hésita un peu, puis il lança très vite :

— Il ne descendra pas. Il ne veut plus rester ici. Il veut s'engager pour aller à la guerre.

En disant cela, il avait redouté la colère du patron. Mais personne ne prononça un mot. Tous regardèrent Pablo puis, un à un, les regards se détachèrent de lui pour aller de visage en visage. Et chacun semblait demander : « Est-ce que c'est bien vrai ? Est-ce que j'ai bien compris ? Est-ce que tu as compris comme moi ? »

La cuillère en suspens, Pablo les regardait aussi.

Ce fut la vieille Marguerite qui parla la première.

— Mais, demanda-t-elle, la face plus plissée que jamais, c'est à la guerre de chez vous qu'il veut aller ou bien de chez nous ?

— Chez eux, c'est fini, dit le patron. Et eux, ils n'ont plus le droit de retourner en Espagne. Là-bas, c'est Franco qui est le patron.

— Alors, c'est chez nous. Là où est ton garçon et les autres, qu'il veut partir ?

— Bien sûr.

Il y eut encore un long silence. La Marguerite hochait la tête. Ses petits yeux disparaissaient au fond de ses orbites, dans une ride plus creusée que les autres. La patronne s'était remise à préparer son panier. Le patron, repoussant son assiette vide vers le milieu de la table, roula sa cigarette. Jeannette était debout derrière son père, elle fixait Pablo qui la regarda un instant et se remit à manger.

Le patron alluma sa cigarette, fit passer sa blague au père Clopineau, puis il dit :

— Oui ; alors ça l'a pris comme ça! Comme une envie de pisser!

— C'est une maladie, marmonna le vieux. Une sale maladie.

La vieille s'approcha de la table.

— Tais-toi donc, Clopineau, dit-elle, s'il n'y en avait pas quelques-uns pour la prendre, cette maladie-là, on aurait les Prussiens ici avant qu'il soit longtemps! Evidemment, toi, tu n'as jamais fait la guerre, avec ta patte folle!

Clopineau ne répondait pas. Il ne levait même pas la tête vers la Maria qui postillonnait sur sa casquette. Ce fut la patronne qui intervint.

— Vous n'allez pas vous chamailler, non! Vous êtes des vrais gamins tous les deux.

Maintenant, tout le monde parlait à la fois de la guerre et de ceux qui partaient, volontaires ou non.

Pablo termina sa soupe, mit un morceau de lard entre deux chanteaux de pain et dit qu'il mangerait en route pour ne retarder personne. Avant de sortir, il demanda au patron de lui avancer de l'argent sur sa paye.

— C'est pour ton copain ?

— Oui, il ne peut pas partir sans rien.

Le patron alla au buffet, ouvrit un tiroir et prit dans un portefeuille noir un billet de cinq cents francs qu'il tendit à Pablo.

— Mais..., bredouilla Pablo, mais...

— File lui donner. Et dis-lui merde de ma part, en français ça porte bonheur.

Pablo courut porter l'argent à Enrique qui n'avait pas bougé.

— C'est bien. Ce vieux est moins couillon que je ne croyais, dit Enrique.

Pablo lui souhaita encore bonne chance et descendit rejoindre les autres.

Déjà, le char était attelé. Le patron monta et la Noire se mit en marche. Pablo aida la patronne à refermer la porte de la grange, puis ils partirent côte à côte pour rattraper les autres qui suivaient la voiture.

En passant devant la petite baraque, Pablo regarda la lucarne ouverte. Enrique n'avait pas dû bouger. Ils marchèrent un moment, puis Pablo tira son pain de sa poche et se mit à manger.

— C'est étonnant tout de même, dit la patronne, qu'il parte comme ça.

— Oui, dit Pablo.

Il finit de mâcher sa bouchée de pain, puis ajouta :

— Le patron a été très gentil.

— C'est la moindre des choses.

— Moi, dit encore Pablo, quand Enrique m'a dit ça, j'avais peur que le patron ne le prenne mal.

La femme se mit à rire. Elle regarda Pablo puis elle dit :

— Lui? Sûrement pas! D'ailleurs, hier soir, il m'a dit : « Celui-là n'est pas bien courageux. Il ne gagne pas sa journée et ça m'embête bien de le garder. »

— Alors, vous croyez qu'il l'aurait renvoyé de toute façon?

Elle le regarda, haussa les épaules, puis elle dit :

— C'est pas certain. Vous savez, avec lui, on ne sait jamais. Il dit blanc le soir et le lendemain en se levant il fait noir. Depuis son accident, il est comme ça. Moi, j'ai fini par m'y faire, je ne le contrarie jamais, c'est le meilleur moyen d'avoir la paix.

La femme se tut. Ils avaient presque rattrapé le père Clopineau et Jeannette qui marchaient les derniers. Pablo sentit que la patronne ralentissait un peu le pas. Il ralentit aussi pour demeurer à sa hauteur. Tout en marchant, il continuait de manger son pain et son lard.

Le soleil était encore derrière la colline. On le sentait tout proche du sommet où les arbres se frangeaient de lumière.

— Aujourd'hui, on va faire du blanc, dit la patronne.

Pablo ne répondit pas. Ils firent quelques pas en silence puis la patronne dit encore :

— Ça va nous faire coucher tard ; en rentrant, faut presser. Et c'est là que votre copain aurait été utile.

Elle soupira, puis, comme Pablo ne répondait toujours pas, elle ajouta :

— Enfin, puisqu'il veut aller à la guerre...

Ils arrivaient près des maisons. La même femme que la veille sortit sur le pas de sa porte et les salua. Arrivée à sa hauteur, la patronne s'arrêta. Pablo fit quelques pas, se retourna et entendit la femme qui demandait :

— Tu as déjà plus qu'un seul Espagnol?

Comme la patronne se mettait à expliquer ce qui s'était passé, Pablo reprit sa route. Il marcha même plus vite pour rattraper Clopineau et Jeannette. L'autre groupe était assez loin devant, et Pablo décida de marcher à côté de ces deux-là. Il redoutait les questions de la patronne. Il savait qu'elle lui parlerait encore de la guerre. Avec Clopineau et Jeannette, c'était le silence, car le vieux soufflait trop pour parler en marchant.

La patronne les rattrapa bientôt et marcha un moment à leur hauteur. Puis, peu à peu, elle accéléra le pas et prit de l'avance. Deux fois, elle se retourna et regarda Pablo. Enfin, voyant qu'il continuait à marcher du même pas que le vieux et la fille, elle avança plus vite et rejoignit bientôt le groupe des femmes.

Pablo soupira. Il regarda sur sa droite. Ils étaient

arrivés au flanc du coteau et la plaine s'étalait plus loin à mesure qu'ils montaient. Ils ne pouvaient pas encore voir le soleil, mais toute la plaine était déjà baignée de lumière. La ligne d'ombre des coteaux se rétrécissait peu à peu et bientôt le soleil toucha le ruisseau qui se mit à flamber.

Le visage de Mariana était toujours là, transparent et doré. Il demeurait grave, mais Pablo n'avait plus peur de le regarder.

Non, ce matin, avec tout ce qui était là, il n'aurait pas pu parler de la guerre. La femme s'était éloignée, elle bavardait avec les autres femmes. Lui, Pablo, marchait à côté du vieux et de la fille. Ceux-là ne le gênaient pas. Ils ne parleraient pas de la guerre.

Pablo regarda encore la plaine, puis, comme la voiture s'arrêtait au pied d'une longue vigne en pente raide, il regarda le coteau.

Malgré lui, ses mains se portèrent à ses épaules. La brûlure était là, profonde et vivante. Pablo eut une grimace. Il pensa un instant à Enrique qui s'était peut-être rendormi dans la paille. Puis, voyant le char et les sapines d'où la bouille dépassait, il pensa qu'il allait encore ajouter à sa fatigue. Qu'il allait jusqu'au soir grimper entre les rangs de vigne, l'œil rivé aux mottes de terre jaune ; qu'il allait redescendre, poussé par sa charge et le regard perdu vers la ligne bleue où la plaine rencontrait le ciel. Ainsi jusqu'à la nuit, sans penser, avec le seul but de marcher.

Ensuite il tomberait de nouveau dans la paille, écrasé de fatigue et de sommeil. Là, il dormirait, et la douleur de son corps s'assoupirait avec lui. La fatigue de son corps lui donnerait encore ce sommeil épais qui vous fait traverser, sans le voir, le mystère de la nuit et vous mène d'un trait jusqu'à l'eau fraîche du matin.

VIII

La journée fut très chaude. Aussitôt léchée par le premier rayon de soleil, la terre devint poussiéreuse. Les pieds n'enfonçaient plus, la glaise ne collait plus aux semelles, mais les cailloux roulaient sous le pied.

La pente était plus raide que dans la vigne où ils avaient vendangé la veille et l'eau avait raviné le sol, mettant les pierres à nu et traçant des sillons profonds.

A chaque pas, il fallait assurer son pied. Les mottes fumaient. Le vent du sud emportait la poussière qui courait au flanc du coteau.

— C'est un vent blanc, disait la vieille Marguerite, s'il passe les trois jours, il nous laissera finir sans une goutte d'eau.

— Avec un soleil comme ça, disait le père Clopineau, la récolte gagne un degré par jour.

Le patron riait. Il plaisantait sans cesse.

— Si je savais, j'attendrais trois semaines, ça serait plus du vin qui coulerait du pressoir, ça serait de la goutte. On n'aurait pas besoin de distiller, pas besoin de soigner le vin ni de savoir si on le vendra ou pas. Ça serait la belle vie.

Pablo continuait d'aller et venir, s'arrêtant seulement de temps à autre pour piquer quelques grains aux grappes oubliées. Ils étaient sucrés et tièdes. La Noire, à l'ombre d'un ormeau, continuait, appelait toujours Pablo en secouant la tête et en battant du sabot. Et Pablo continuait de lui porter du raisin.

Le patron plaisantait, et il buvait beaucoup aussi. Chaque fois que les vendangeurs descendaient pour commencer une autre ligne, il proposait de boire. Les autres refusaient la plupart du temps, sauf la grosse femme qui buvait presque autant que lui.

— Tu bois trop, disait la patronne, avec le soleil qu'il fait, c'est pas bon.

— Si tu te voyais, ajoutait la vieille Marguerite, tu te ferais peur. On dirait une tomate. Ma parole, tu éclaterais que j'en serais pas tellement étonnée.

Tout le monde riait, même le patron qui disait :

— Au moins, ça entretient le moral. Et il faut bien tout ça quand on a autant de jupons dans son équipe.

Pablo ne buvait presque pas. Il n'avait jamais beaucoup aimé le vin, et il savait qu'il tiendrait mieux le coup l'estomac vide. Le patron l'effrayait un peu, mais à force d'entendre rire et plaisanter, il se disait que ce devait être l'habitude.

Quand l'heure arriva de rentrer, la patronne dut atteler la Noire et il fallut aider le patron à s'installer sur sa voiture.

— C'est comme ça que les accidents arrivent, grommela Clopineau.

Mais la patronne marchait à hauteur du char.

— Heureusement que la Germaine est là et qu'elle a l'œil à tout, dit encore le vieux. Sûr que c'est une maîtresse femme. Elle a toujours l'air de ne s'occuper de rien, mais en fin de compte, c'est elle qui fait tout.

Arrivé à la maison, il fallut décharger et, pour gagner du temps, ce fut la patronne qui monta sur le char en face de Pablo. Pour le blanc, il suffisait d'être deux puisque le couloir menait directement la vendange au pressoir.

Pendant qu'ils travaillaient, le patron s'était assis sur une botte de paille, à côté de Clopineau. Au début, il criait sans cesse.

— Pas comme ça, bon Dieu! vous savez pas vous y prendre. Vous perdez du temps! Si seulement je pouvais monter... Clopineau et moi, tiens, comment qu'on vous en remontrerait si on avait les jambes solides.

Pablo s'énervait, perdait la cadence.

— Vous occupez pas de lui, souffla la femme. Il est saoul, il est saoul, un point c'est tout. Faut le laisser gueuler. Il se fatiguera.

Elle ne se trompait pas. Au bout d'un moment, le patron s'étendit sur la paille et se mit à ronfler.

— Vous devriez aller jeter un œil à la Jeannette, demanda la patronne. Vous lui direz de me préparer les bidons pour la traite.

Clopineau se leva doucement et quitta la grange.

Restés seuls, ils continuèrent à besogner sans un mot. Au bruit de leur travail et de leur souffle, s'ajoutait le ronflement du patron.

De temps à autre, dans son sommeil, il jurait entre ses dents.

— Pourvu qu'il ne nous embête pas trop pendant qu'on pressera, dit la patronne. De manger, ça le désaoulera peut-être un peu.

— Au fond, dit Pablo, on pourrait peut-être presser sans lui, il pourrait aller se coucher aussitôt mangé.

— Il ne voudra jamais. Et puis, vous savez, ça n'est pas un petit travail. Le pressoir est en mauvais état. Évidemment, si Clopineau était de votre force, à nous trois, on ferait, mais il est vieux. Il se fatigue vite.

Elle se tut un instant, puis ajouta encore :

— Je sais bien que le patron ne peut pas grand-chose non plus, avec sa jambe, mais, à eux deux, ils font presque un homme.

Au début du repas, le patron somnolait. Mais, quand il eut avalé deux verres de vin, il se remit à parler sans arrêt.

Une lettre du fils était arrivée le matin et la patronne l'avait lue à haute voix pendant que les hommes commençaient de manger leur soupe. Le fils était toujours derrière la Ligne Maginot. Il racontait qu'ils passaient leur temps à jouer au football et à écouter la radio.

Tout cela excitait le patron.

— C'est dégueulasse! criait-il. Dire qu'il nous serait si utile ici et qu'on le garde là-bas pour lui faire passer ses journées à foutre des coups de pied dans un ballon!

La patronne resta longtemps sans rien dire. Pablo la regardait. Son visage était tendu par une colère qu'elle n'arrivait pas à cacher. Elle mangeait coup sur coup trois ou quatre cuillerées de soupe, puis s'arrêtait soudain. Ses yeux se fixaient sur son homme, elle baissait à demi les paupières et Pablo pensait alors à une chatte privée de ses petits et qui va bondir pour griffer et mordre n'importe qui. Mais personne ne répondait au patron. Et, quand il se taisait, il y avait de longs moments de silence rompu seulement par le bruit des cuillères dans les assiettes et le bruit des bouches qui aspiraient la soupe.

Le patron était au bout de la table ; à sa droite, il y avait Pablo et, en face de lui, le père Clopineau qui le regardait de temps en temps avec un hochement de tête et une moue qui voulaient dire : « Laisse-le parler. Ça n'a pas d'importance. »

Jeannette était à côté de Clopineau et Pablo s'efforçait à ne pas la voir. Pourtant, c'était plus fort que lui. Chaque fois qu'il levait la tête, ses yeux se portaient sur elle. Et, bien souvent, il constatait qu'elle le regardait sans lever le nez de son assiette. Elle mangeait en faisant beaucoup de bruit avec sa bouche, les coudes très écartés et collés à la table, où s'appuyait aussi sa poitrine plate. Sa mère était à côté d'elle.

Quand le patron eut achevé sa soupe, il servit à boire et vida encore son verre d'un trait. Puis, essuyant sa moustache d'un revers de main, il se remit à parler de la guerre.

— Au fond, dit-il, ça m'étonne pas que ton copain soit parti. C'est moins pénible que les vendanges et on risque quasiment pas davantage.

Il commençait toujours ses discours calmement, mais il s'excitait vite. Ses gestes prenaient de l'ampleur et devenaient saccadés.

— La guerre c'est comme la caserne, criait-il, c'est ni plus ni moins que l'école du vice. Les types restent à rien foutre, ils en prennent l'habitude et quand ils reviennent ça fait des voyous parce qu'ils ne veulent pas se remettre au travail.

Il parla longtemps ainsi de tout ce que la guerre pouvait, à son sens, comporter de risque pour la jeunesse puis, s'étant arrêté le temps de boire un coup, il se mit à hurler :

— Ça me dégoûte, moi! Etre obligé de se crever comme on fait pour des gosses que le gouvernement s'évertue à pourrir!

Depuis un moment, la patronne avait pâli. Ses joues s'empourprèrent soudain et elle se mit elle aussi à crier.

— Tu es un imbécile. On dirait que ça te met en rage de savoir que ton garçon ne risque rien. Tu aimerais mieux qu'il se fasse tuer ou estropier!

Le patron s'était arrêté. Il regardait sa femme, et ses yeux rouges montraient autant d'étonnement que de colère. Quand elle se tut, il frappa du poing sur la table en criant :

— Nom de Dieu! Faudrait tout de même pas me faire dire ce que j'ai pas dit, hein!

Les assiettes avaient sauté sur place, et, dès les premiers mots de son père, Jeannette s'était mise à pleurer.

Lorsque le patron se fut arrêté, on n'entendit plus que son grognement régulier qui n'arrivait pas à ressembler à un sanglot. C'était le même cri bizarre que lorsqu'elle semblait contente. Simplement, au lieu de s'arrêter, il se répétait sans cesse, à la cadence de sa respiration. L'aspect de son visage restait le même aussi. Elle pleurait la bouche ouverte et presque sans baisser les paupières.

Tout d'abord, personne ne dit rien puis, se tournant vers elle, sa mère lui demanda, sans élever la voix :

— Est-ce que tu vas te taire, dis?

Mais Jeannette ne bougea pas et ses larmes continuèrent à couler. Alors la mère reprit, un ton plus haut :

— Tu vas te taire, oui ou non ?

Sans crier, cette fois, le père lança :

— Tu ne vas pas l'engueuler, non ? Si elle chiale, c'est pas de sa faute, c'est de la mienne. Si tu as quelque chose à redire, c'est à moi qu'il faut t'en prendre.

La patronne se contenta de hausser les épaules et se leva pour apporter sur la table une grande cocotte en fonte. Quand elle souleva le couvercle, l'odeur du ragoût emplit la pièce et la buée monta jusqu'à la lampe, chassant un instant les papillons qui battaient des ailes en frôlant l'ampoule. La patronne servit tout le monde puis reprit sa place. Tout en mangeant, elle jetait sans cesse des regards furieux à son homme et à sa fille. Le patron mangeait sans lever les yeux, se bornant à marmonner entre ses dents. Jeannette continuait de pleurer tout en mâchant ses pommes de terre. A la regarder, Pablo avait l'impression qu'elle ne s'arrêterait jamais, que son chagrin était installé en elle, qu'il continuerait ainsi de couler sans rien changer à son existence.

Le repas s'acheva sans un mot. Clopineau et le patron burent la goutte, puis tout le monde se leva.

— Tu débarrasses, tu fais la vaisselle et tu montes te coucher, dit la patronne à Jeannette qui continuait de pleurer.

Ils sortirent et, lorsqu'ils furent sur la porte, le

patron se retourna. Pablo l'entendit qui disait à sa fille :

— Pleure plus, mon petiot, pleure plus. J'ai pas voulu te faire peur.

Avant de monter, ils avaient serré le pressoir à bloc et vidé le baquet. Pendant leur absence, le baquet s'était rempli aux trois quarts. Ils se mirent en place aux barres, d'un côté la patronne et son homme, de l'autre Clopineau et Pablo. Le patron commandait :

— Allez! Hei...ein... Hein!

Ils avançaient de quelque dix centimètres, s'arrêtaient le temps de souffler et de reprendre appui, et le patron recommençait :

— Allez! Hei...ein... Hein !

Quand ils ne purent plus avancer que d'un ou deux centimètres à chaque poussée, le patron reprit sa canne et lâcha la barre.

— Maintenant, faut vider. Vous allez m'aider, je vais monter sur la pièce.

— Non, dit la patronne, c'est pas ta place.

— Tu m'emmerdes, il n'y a que là que je peux faire, parce qu'il suffit de travailler des bras.

— Tu ne monteras pas, dit la patronne très dure. Clopineau va monter, Pablo se mettra sur l'échelle et je lui passerai les seilles.

Le patron alla s'asseoir sur l'escalier en ronchonnant.

— Puisque je ne suis plus bon à rien, autant crever.

Pablo aida le vieux à s'installer sur une planche posée entre deux futailles. Puis, suivant les indications de la patronne, il se plaça debout sur l'échelle, le dos appuyé contre les barreaux.

— Tu lèves au-dessus de ta tête et tu ne t'occupes de rien, dit le vieux.

La patronne emplissait la seille dans le baquet et la passait à Pablo qui la soulevait. Le vieux l'empoignait, vidait, puis repassait à Pablo. Pablo se penchait en avant pour donner à la patronne, et, chaque fois qu'il faisait ce mouvement, son regard plongeait malgré lui par l'échancrure du corsage de la femme. Après le rebord du col, la peau était blanche et une ombre marquait la naissance des seins.

De temps à autre, sans bouger de son escalier, le patron criait que c'était se donner trop de mal pour le peu d'argent qu'on pouvait gagner. Il insultait tout le monde, le gouvernement, les gabelous, Hitler, le curé du village et toute une foule de gens que Pablo ne connaissait pas. A un certain moment, il cria :

— Quand je pense qu'il serait si simple d'avoir une pompe, pour faire ça. Tous les autres ont des pompes, mais nous, rien du tout. Nous, on est bons pour se crever.

La patronne soupirait et haussait les épaules.

— Mais enfin, dit le vieux, tu en avais bien une, de pompe, elle est détraquée?

— Tout est détraqué, ici. Faudrait avoir quatre bras pour y arriver.

— Si tu ne l'avais pas prise pour le purin, remarqua la patronne, elle pourrait encore nous servir, cette pompe, elle marchait encore bien.

— Elle marchait? Avec des fuites partout, oui! Et des tuyaux qui pissaient à chaque raccord! Si je l'ai prise pour le purin, c'est qu'elle ne valait plus rien. Et parce qu'on devait en acheter une autre, mais va donc trouver les sous, toi, la maligne!

La patronne se tut. Le baquet était vide et ils aidèrent le vieux à descendre.

De la dalle du pressoir, le jus ne coulait plus qu'à tout petit fil. Quand personne ne parlait, on l'entendait chanter contre la paroi de bois.

— On va redonner un coup de queue, dit le patron.

Il se leva, s'appuyant sur sa canne d'une main et se tenant à la rampe de l'autre. Ils reprirent leur place aux barres et le patron se remit à commander :

— Allez! Hei...ein... Hein!

Quatre ou cinq fois, et le jus se remit à couler plus fort.

— C'est bon, dit le patron en reprenant sa canne, maintenant on va boire un coup.

— Pas moi, dit Clopineau, il est trop tard.

— Y a pas d'heure pour boire.

— Puisque personne ne veut boire, insista la femme.

— Je dis qu'il n'y a pas d'heure pour boire. Ou plutôt, il n'y a pas d'heure pour ne pas boire.

Et il disparut derrière la rangée de pièces, en riant très fort. Il revint bientôt en portant une bouteille couverte de poussière et dont le goulot était encapuchonné de cire jaune.

— Tu ne vas pas ouvrir ça maintenant, dit Clopineau, ce serait de la bêtise, puisqu'on te dit qu'on ne peut pas boire.

— Il ferait beau voir.

Il tira son couteau de sa poche et se mit à casser le capuchon de cire.

— Je voudrais bien voir que quelqu'un refuse de boire de celui-là. C'est du 1923. Une sacrée année. Et c'est de la vigne des Brulis.

— Des Brulis, dit le vieux en hochant la tête. Il t'en reste encore?

— Une vingtaine de bouteilles.

Les yeux du père Clopineau pétillaient. Il regardait tour à tour la bouteille et le patron. Deux ou trois fois, il passa sa langue sur ses lèvres, mordit sa moustache avec sa gencive édentée, puis il regarda la patronne. Elle s'était adossée à une des barres du pressoir où elle avait posé ses bras écartés. Elle ne bougeait pas. Ses lèvres étaient serrées. Le vieux se retourna vers le patron.

— Tu as tort de déboucher ça, Lucien, tu as tort. C'est des choses à garder pour les grandes occasions.

— Les vendanges, c'est une occasion.

— Non, dit encore le vieux, une occasion, c'est un baptême, une communion, un mariage.

Le patron s'arrêta, la bouteille dans la main, le tire-bouchon enfoncé dans le bouchon. Il fixa le vieux un instant, puis sa femme, avant de dire :

— Le baptême, père Clopineau, c'est plus à nous que ça arrivera. Du moins, j'espère bien. Maintenant, pour ce qui est des mariages, dix bouteilles pour chaque, c'était bien, seulement, comme la petite se mariera pas...

Il se tut, baissa la tête et, s'adossant à un fût, il tira le bouchon. Les veines de son cou enflaient, son visage était cramoisi. Le bouchon céda enfin.

— Donne des verres, dit-il à sa femme.

La patronne prit trois verres sur le bord de la dalle et alla les rincer au robinet. Elle en tendit un à chacun des hommes.

— Et toi?

— J'ai pas soif.

Le patron qui levait déjà la bouteille arrêta son geste.

— Tu te fous de moi? Est-ce que c'est par soif qu'on boit de ce vin-là?

Elle alla rincer un autre verre et revint à côté d'eux.

Pablo non plus n'avait ni soif ni envie de boire du vin, mais il lui semblait que quelque chose de grave se passait. Le silence de la cave où sonnaient chaque parole et chaque pas ; le soin qu'apportait le patron à verser ce vin ; le visage des deux hommes et même celui de la femme qui se détendaient peu à peu. Il y avait tout cela. Il y avait aussi la couleur de ce vin. Il y avait aussi son parfum.

Le parfum, c'était même la première chose qui avait intrigué Pablo, mais il s'était demandé d'où il venait. Ça ne sentait pas le vin. C'était une odeur curieuse, qu'il n'avait encore jamais perçue, et qui ne ressemblait à rien de ce qu'il connaissait.

Le patron et Clopineau avaient levé leur verre en direction de la lampe. Pablo les imita.

Vue à travers le vin, l'ampoule était un gros soleil doré comme celui qui s'était couché tout à l'heure, au fin fond de la plaine. De chaque côté et en bas, l'épaisseur du verre donnait le bleuté des collines.

— Alors ? demanda le patron.

— Oui, dit le vieux. Oui.

Et ils ne buvaient pas. Ils restaient là, à se regarder en approchant de temps à autre leur verre de leur nez. Ils reniflaient à petits coups puis éloignaient leur verre. Le patron se tourna vers Pablo.

— Qu'en dis-tu?

— Je n'ai jamais vu de vin de cette couleur, dit Pablo.

— C'est le vin jaune, dit le vieux. Il est unique. C'est le vin du Revermont.

— Il paraît que le seul qui lui ressemble un tout petit peu, dit le patron, c'est le vin de Grèce.

— Ta, ta, ta, fit Clopineau. On le dit, mais c'est pas possible.

Et ils ne buvaient toujours pas. Et le parfum du vin continuait à monter, emplissant la cave. Avec lui, montait comme une chaleur, comme une paix aussi, qui calmait tout. Le patron lui-même s'était adouci. Il parlait à voix presque basse. Il était moins ivre que tout à l'heure.

Enfin il leva son verre en disant :

— A la bonne nôtre!

— A la nôtre, dit le vieux, et que le garçon revienne vite!

— A votre santé! dit Pablo.

Et ils burent.

Pablo goûta et regarda les autres. Ils avaient fait comme lui. Ils avaient à peine pris une gorgée de vin qu'ils gardaient dans leur bouche et qu'ils faisaient aller et venir, aspirant un peu d'air en pinçant les lèvres.

Ils avalèrent, burent une autre gorgée, puis le vieux dit :

— Ça, c'est du vin.

Pablo, à la première gorgée, avait pensé : « Ça, ce n'est pas du vin. »

Il trouvait cette boisson curieuse. Elle avait un goût aussi indéfinissable que son odeur. Elle était bonne, meilleure que le vin sans aucun doute, mais il fallut à Pablo plusieurs gorgées pour l'apprécier vraiment.

Le patron versa de nouveau. Là, il ne faisait pas comme avec le rouge, il mettait à peine la moitié du verre.

— Il chauffe, dit le vieux. Faudrait pas s'y fier.

— Oui, c'est du soleil, fit le patron en hochant la tête. Tout Brulis, c'était du soleil.

Le vieux laissa aller un soupir, sirota encore une gorgée, puis il dit :

— Quand je pense qu'il n'y a plus un arpent de cultivé de ce côté.

Il marqua encore un temps, puis, s'approchant du patron, il demanda :

— As-tu une idée de ce que ça vaudrait maintenant, du vin comme ça?

L'autre parut réfléchir. Il fit une vague grimace en disant :

— On ne peut pas savoir. Ça n'a pas de prix. En tout cas, moi, je ne vendrais pas ce qui me reste pour tout l'or du monde.

Le patron posa son verre à côté de la bouteille, reprit sa canne et se dirigea vers le pressoir.

— Allez, dit-il, un petit coup de queue.

Ils reprirent leur place et se mirent à pousser aux commandements du patron. C'était de plus en plus dur et il fallait s'y reprendre à trois ou quatre fois pour gagner quelques centimètres. Pourtant, le jus coulait toujours.

— On vide le baquet? demanda Pablo.

— Non, attends encore un peu, on videra avant de monter se coucher.

Le patron emplit de nouveau les verres.

— Tu devrais pas, dit le vieux. Garde le reste pour demain.

— Vous rigolez, père Clopineau, du vin comme ça, ça se laisse pas en vidange. Vous me refuseriez un canon que je me dirais : tiens, il ne le trouve pas bon.

Il alla s'asseoir sur un petit tonneau vide.

— Asseyez-vous, dit-il.

Puis, s'adressant à sa femme il lui demanda d'aller chercher des noix et du pain. La patronne monta.

Pablo avait maintenant dans la bouche ce goût étrange du vin qui venait longtemps après. Pour bien le faire ressortir, il fallait avaler puis, une fois la bouche vide, sucer sa langue un bon moment. Alors là, on avait vraiment le goût. Un goût très chaud, un peu comme celui de la buée qui monte de la terre rouge quand on l'arrose en plein midi. Un peu aussi, mais très peu, celui de la poudre brûlée. Et ça, c'était ce qui avait le plus intrigué Pablo. C'était peut-être ce qui l'avait poussé à se méfier, au début. Mais maintenant il sentait mieux. Sa langue était imprégnée de ce goût qui collait à son palais. Ce n'était pas un mauvais goût de poudre de guerre ; à peine celui des pétards d'un soir de fête.

En lui, Pablo sentait une bonne tiédeur. Comme un amollissement de ses muscles durcis de fatigue.

— Alors, lui demanda encore le patron, il te plaît?

— Oui, on peut dire que c'est une chose extraordinaire.

— Est-ce qu'il y en a du pareil chez toi?

— Non, rien de semblable.

— Est-ce qu'il est meilleur ou moins bon que le vin de chez toi?

Pablo réfléchit quelques instants. C'était difficile

à dire. Il goûta encore longuement. Attendit, en suçant sa langue, l'arrivée du vrai goût.

— C'est tellement différent, dit-il, qu'on a du mal à se décider.

Les deux autres se mirent à rire.

— Mais vraiment, dit encore Pablo, vraiment, c'est très bon.

Il regarda le baquet où s'égouttait le jus du pressoir.

— C'est avec ce même raisin qu'il est fait? demanda-t-il.

— A peu près, oui.

— Et comment s'appelle ce raisin.

— C'est un mélange de plusieurs plants. Ce qui domine, c'est le Savagnin, le vrai, le presque sauvage, du Gamey blanc et quelques pieds de Poulsard. Seulement, ce qui compte, c'est la terre. Et celui-là, il vient des Brulis...

La patronne revint, distribua des chanteaux et posa devant eux un panier plein de noix et de pommes.

Pablo trouvait bizarre de se remettre à manger, comme ça, deux heures après être sorti de table.

— Je n'ai pas tellement faim, dit-il quand la patronne lui tendit le pain.

— Il faut manger tout de même dit-elle, ce n'est pas pour la faim, c'est pour mieux goûter le vin.

Pablo cassa quelques noix et se mit aussi à manger. Après, il but de nouveau et le vin lui parut encore plus savoureux.

Pendant longtemps ils mangèrent sans rien dire. Il n'y avait plus que le bruit des noix qu'ils cassaient l'une contre l'autre en les serrant entre leurs mains. Ils mâchaient lentement, buvaient à petites gorgées et restaient un long moment avant de recommencer à manger, pour bien profiter de toute la saveur de ces trois choses qui s'alliaient si parfaitement : les noix, le pain et puis le vin qui venait tout enflammer.

Ils restèrent longtemps et vraiment, Pablo ne vivait que la minute présente. Il la vivait un peu comme dans un rêve qui mettait une brume légère autour des êtres et des choses. Le vieux pressoir patiné et ruisselant paraissait loin, très loin. Et lorsque le patron se mit à parler, ses paroles trouvèrent un écho curieux sous les voûtes de la cave.

— Celle-là, c'est une que les Boches boiront pas, disait-il et si je savais qu'ils risquent de boire les autres, quitte à m'en faire crever, je les finirais cette nuit.

Il recommençait à parler plus fort, la patronne se leva.

— Allons, dit-elle, on pourrait peut-être redonner un coup et vider le baquet. Après, on pourra monter.

— Laisse-nous au moins finir ça, dit le patron en soulevant la bouteille du côté de la lampe. Il reste à peine un verre, on va partager.

Il tendit la bouteille, mais comme les autres retiraient leur verre, il emplit le sien en disant :

— Si vous n'en voulez pas, buvez donc de la piquette, moi je veux pas me faire prier.

Et, là-dessus, il vida son verre en trois ou quatre lampées.

IX

Ce soir-là aussi Pablo s'endormit rapidement. De fatigue d'abord, et puis peut-être bien un peu aussi à cause du vin. Le mélange des deux faisait d'ailleurs en lui une chose curieuse. Depuis qu'il avait bu le vin, sa fatigue était comme engourdie. Dans les muscles de ses jambes et de ses épaules, la douleur s'était transformée en poids. Il ne titubait plus, mais il avait mis plus longtemps pour monter l'escalier du grenier. Les marches lui avaient semblé plus hautes.

Il s'était laissé tomber sur la paille, avait jeté ses vêtements un peu au hasard et, aussitôt la bougie soufflée, le noir du sommeil était entré en lui aussi vite que la nuit noyait le grenier.

A certain moment, dans son sommeil, il lui sembla qu'une voix criait :

— Pablo! Pablo!

Il ne bougea pas. Il ne s'éveilla vraiment que lorsqu'il entendit grincer la porte du bas. Et là encore, ouvrant à demi les yeux, il pensa un instant qu'il avait rêvé. Il écouta pourtant... Des sabots heurtaient l'escalier.

Il se souleva sur un coude.

— Qu'est-ce que c'est? demanda-t-il.

— Venez, il faut venir!

Le pas s'arrêta. Pablo avait reconnu la voix de la patronne. Le souffle court, elle reprenait :

— Venez... Venez vite... Le patron, ça ne va pas. Faut appeler le docteur. Venez vite.

— J'y vais, dit-il.

Déjà la patronne redescendait l'escalier dans l'obscurité. Elle avait dû courir en venant. Elle avait parlé vite, à mots hachés.

Pablo alluma la lanterne, chercha ses vêtements et s'habilla en toute hâte. Il avait la tête lourde, la bouche pâteuse.

Dehors, la nuit était calme et claire : pas de lune mais beaucoup d'étoiles.

Il traversa la route et la cour. Il y avait de la lumière dans la cuisine et la porte était grande ouverte. Jeannette était là, debout devant la table, un grand châle noir sur ses épaules, une chemise de nuit blanche tombait droit jusque sur ses sabots.

— Où est-ce? demanda Pablo.

Jeannette grogna, eut son tic de la bouche et se mit en marche en direction de la porte du fond qui était restée ouverte également. Pablo n'avait encore jamais franchi cette porte. Il monta l'escalier derrière la fille, qui heurtait chaque marche du bout de son sabot.

En haut, il y avait un carré avec trois portes.

— Venez vite, appela la femme.

Pablo devança Jeannette et entra dans la chambre. Le patron était étendu au milieu de la pièce. A genoux près de lui, une cuvette à côté d'elle, la patronne lui lavait le visage avec le coin d'une serviette de toilette.

Il flottait dans la chambre une odeur qui souleva le cœur de Pablo. Le patron avait vomi.

— Aidez-moi à le remettre sur le lit.

Pablo serra des dents, empoigna le patron sous les aisselles tandis que la femme le prenait aux genoux.

Jeannette était restée debout près de la porte ; les bras ballants, la bouche entrouverte, elle les regardait faire. Pablo la vit comme dans un brouillard.

Quand il souleva le patron, la grande douleur de

ses reins se réveilla. Le lit était haut, et l'homme, lourd, se laissait aller. Ils réussirent pourtant à l'allonger sur le lit.

— Qu'est-ce qu'il a fait, demanda Pablo, il est tombé?

— Il a dû se lever pour rendre, il aura eu un malaise.

Le patron râlait, les paupières mi-closes sur ses yeux globuleux et injectés de sang.

— Où habite le docteur? demanda Pablo.

— Il n'y en a pas au pays. Faut appeler celui de Sainte-Agnès. Faudrait réveiller le maire pour qu'il téléphone.

— Où habite le maire?

La femme se tourna vers la petite qui n'avait pas bougé.

— Tu vas aller avec Pablo chez Mougein, dit-elle. Tu sais, chez le papa de la Denise Mougein?... Tu as compris?

Jeannette grogna.

— Allez, dit la patronne, et faites vite, je peux pas le laisser tout seul.

Pablo sortit derrière la fille qui marchait toujours de son même pas. Simplement, elle ne balançait pas ses mains qu'elle gardait croisées sur sa poitrine plate, où elles maintenaient les deux pointes du châle.

Ils suivirent le chemin qu'ils avaient pris pour aller dans les vignes jusqu'au premier croisement. Là, ils tournèrent à gauche en direction des maisons. La clarté des étoiles suffisait à les éclairer mais Pablo avait cependant pris la lanterne. Sa lueur paraissait sale.

Plusieurs fois, Pablo essaya de marcher plus vite, mais Jeannette demeurait alors en arrière et il devait l'attendre.

Ils passèrent devant l'église dont Pablo connaissait seulement le clocher pour l'avoir vu de loin. Sur la place, se trouvait un grand bassin rond où l'eau coulait d'un bec de fer sortant d'un socle recouvert de mousse. Le trop-plein se répandait sur les pavés. La chanson de l'eau les suivit jusqu'à un croisement de rues. Là ils prirent sur la droite une ruelle qui grimpait entre les maisons à balcons et à escaliers de pierre, aux murs tapissés de treilles. Comme ils arrivaient devant une grille, Jeannette grogna et s'arrêta. Empoignant à deux mains les barreaux, elle se mit à secouer. Aussitôt, un chien bondit en hurlant et se jeta contre le portail. Jeannette lâcha les barreaux et cogna du sabot dans le panneau de tôle.

Une fenêtre ouverte s'éclaira et, presque aussitôt, un homme parut.

— Qu'est-ce qu'il y a?

Le chien s'arrêta d'aboyer et se mit à renifler sous le portail.

Pablo expliqua pourquoi il venait.

— Il avait sûrement pas assez bu! cria l'homme.

— Il faudrait téléphoner, répéta Pablo.

— C'est bon, bougez pas, je téléphone.

Il y eut une longue attente. Pablo entendit l'homme marcher et parler. De la lumière filtra par la fente d'un volet au rez-de-chaussée et Pablo entendit encore la voix de l'homme. Enfin, la lumière s'éteignit en bas et l'homme reparut à la fenêtre du premier étage.

— Ça y est, dit-il, il va venir.

Pablo remercia.

—Je ne pense pas qu'on ait besoin de moi? demanda l'homme.

— Merci. Je ne pense pas.

Et Pablo revint à la ferme avec Jeannette qui marchait de son pas égal. Il pensa bien courir devant, mais il n'osait pas laisser la fille rentrer seule.

De la vigne, le père Clopineau lui avait désigné tous les villages que l'on dominait. Il se souvenait de Sainte-Agnès. Ce n'était pas bien loin. Peut-être le docteur n'était-il pas couché. Dans ce cas, il serait vite là. Pablo ne savait pas l'heure qu'il était.

Malgré lui, il ralentit. L'air frais qui montait de la plaine avec la nuit, achevait de le réveiller. Sa tête était moins lourde. Il pensa encore au docteur. En voiture, on va vite, et il viendrait sûrement en voiture.

Cette fois, c'était la fille qui avait pris de l'avance sur lui. Elle allait, se balançant toujours de droite à gauche. Traînant ses sabots sur les pierres. Sa chemise blanche faisait une tache insolite dans cette nuit, le haut de son corps et sa tête se fondaient presque dans la pénombre.

Pablo la rattrapa. De toute façon, il faudrait bien monter dans la chambre. Pourtant, sur le seuil de la cuisine, il se retourna et respira une ample bouffée de nuit avant d'entrer.

La patronne était là. Penchée sur l'évier, elle rinçait la serpillière.

— Alors? demanda-t-elle.

— Il vient tout de suite.

— Bon.

— Comment ça va?

— C'est pareil. Je l'ai laissé cinq minutes, le temps de nettoyer son vomi avant que le docteur arrive.

Pablo respira vite à petits coups. Il lui semblait que l'odeur aigre était maintenant jusque dans la cuisine.

— Est-ce que je peux faire quelque chose? demanda-t-il.

La femme jeta par terre sa serpillière tordue, s'essuya les mains avec son tablier, puis elle dit :

— Ma foi, je ne pense pas que le docteur ait besoin de rien. Moi, je vais remonter. Si vous voulez vous recoucher.

Pablo regarda la porte restée ouverte sur la nuit qui soufflait frais dans la cuisine.

— Je vais attendre. On verra, suivant ce qu'il dira.

— Alors, restez ici, dès qu'il arrivera vous le ferez monter… D'ailleurs, il connaît le chemin.

La patronne s'éloigna vers le fond de la pièce.

— Viens, Jeannette, dit-elle. Tu vas te recoucher.

Elles n'étaient pas encore à la porte quand le moteur de la voiture se fit entendre.

— Le voilà, dit Pablo qui était sur le seuil.

La patronne sortit dans la cour. Les phares débouchèrent d'entre les murs des deux cimetières, découpèrent les arbres de la route et la voiture s'arrêta devant la maison.

Dès que le docteur entra dans la cuisine, Jeannette, qui était restée debout près de la table, grogna très fort et se mit à pleurer.

— Tais-toi, dit la patronne.

Le docteur hocha la tête. C'était un petit vieux voûté et maigre, tout vêtu de noir. Il avait des mains longues et blanches. La gauche portait une trousse de toile, la droite faisait des gestes souples et rapides.

— Pauvre petite, dit-il. Depuis la mort de sa grand-mère, c'est pareil. Chaque fois qu'elle me voit, elle se met à pleurer. Elle doit croire que je viens pour faire du mal à quelqu'un de la maison.

Il s'approcha d'elle lentement, sa main allant et venant toujours comme un oiseau blanc. Jeannette ne bougea pas, mais elle se mit à pleurer plus vite et plus fort en le fixant de ses yeux grands ouverts d'où les larmes sortaient pour rouler sur ses joues pâles.

La main du docteur retomba, ses épaules se courbèrent un peu plus et il alla vers la porte du fond en soupirant.

— Pauvre Jeannette, on ne sait plus que dire… On ne sait jamais, avec toi.

Arrivé au pied de l'escalier, il s'arrêta et se retourna vers la patronne qui le suivait.

— Qu'est-ce qu'il a pris ? demanda-t-il.

— Comme l'autre fois. Mais en plus, il a vomi.

— Il n'a pas saigné du nez?

— Non, pas une goutte.

Ils montèrent. Pablo hésita un instant, puis il revint sur le seuil.

Le ciel vibrait. Toute la nuit respirait doucement. On ne voyait pas la colline. Mais elle était là, tout près, elle commençait où s'arrêtaient les étoiles.

Pablo fit quelques pas dans la cour, tendant l'oreille chaque fois qu'il passait devant la porte. Jeannette pleurait toujours. Pablo rentra et s'approcha d'elle.

— Faut pas pleurer comme ça, dit-il.

Elle avait les joues mouillées. Son nez aussi coulait. Pablo baissa les yeux. De nouveau, il avait envie de vomir. Il alla une fois de plus jusqu'au seuil. La patronne descendit l'escalier, ouvrit le placard, prit un torchon et remonta.

Au passage, elle avait lancé à Jeannette :

— Tu vas t'arrêter de chouiner comme ça, oui ?

Pablo s'était retourné. La patronne avait parlé d'une voix dure et son regard aussi montrait une grande colère.

Lorsqu'elle eut disparu, Pablo revint près de Jeannette.

— Pleure pas, dit-il. Pleure pas, va.

Il parlait doucement. Jamais il ne s'était trouvé si près d'elle.

— Tu devrais te moucher, dit-il.

Elle passa sa main sous son nez. Un long fil s'étira, collant au châle noir où il brillait. Elle s'essuya sur son tablier.

Pablo détourna la tête un instant, puis il s'imposa de regarder de nouveau la fille.

Les larmes avaient tracé des sillons sur son visage sale. Elle pleurait toujours.

Pablo fit encore un demi-pas. Cette fois, il était tout près d'elle.

— Pleure pas, dit-il. Ce n'est rien. Faut pas pleurer.

Il la regardait en souriant. Elle secoua la tête deux

ou trois fois comme pour dire : « Non », et ses sanglots recommencèrent de plus belle. Pablo soupira profondément. Il regarda du côté de la cour puis, revenant à la petite, il souleva sa main.

— Faut pas pleurer comme ça, tu vas te faire mal.

Et il osa toucher les cheveux de Jeannette. Une fois posée, sa main passa deux ou trois fois sur la tête de la fille.

Elle pleurait toujours, mais un peu moins fort.

Ils restèrent ainsi quelques instants, puis le docteur et la patronne redescendirent. Alors le chagrin de Jeannette redoubla. Sa mère la regardait en serrant les mâchoires.

— Allez, gronda-t-elle, monte te coucher.

— Ce n'est rien, lui lança le docteur. Il ne faut pas pleurer, ce n'est rien.

Pablo était revenu sur le seuil. Le médecin et la patronne s'approchèrent de lui. Il sortit pour les laisser passer. Aussitôt dehors, ils s'arrêtèrent.

— Alors ? demanda Pablo.

— C'est une attaque, quoi, dit le docteur. J'ai fait ce qu'il fallait, mais je ne peux encore rien dire. Je reviendrai demain.

— Et qu'est-ce qu'on fait, pour le gamin ? demanda la femme.

— Moi, si j'étais vous, je le ferais venir. Ça lui fera toujours une permission. Et puis, on ne sait jamais. C'est tout de même grave. Réfléchissez. Demain matin, si vous voulez, je vous ferai le certificat.

Il se dirigea vers sa voiture.

— Combien de jours pensez-vous qu'ils vont lui donner? demanda la patronne.

— Ça alors, je ne peux rien dire. En général, je crois qu'ils ne sont pas tellement généreux.

Ils firent quelques pas en compagnie du médecin et la femme murmura :

— On avait bien besoin de ça! Des choses pareilles qui vous tombent dessus en pleines vendanges.

Le docteur s'arrêta.

— Ecoutez, dit-il, je sais ce que c'est, hein? Alors, je vais vous dire carrément : comme il est maintenant, il ne risque pas de bouger, même pas de tomber du lit. Trouvez seulement quelqu'un qui vienne le voir deux ou trois fois dans la journée, et vous pouvez partir tranquille.

— Tout de même, laisser comme ça un malade tout seul...

— C'est comme vous voulez, mais à votre place, dans le pays, je n'en connais guère qui feraient autrement. Le travail c'est le travail, tout le monde le sait et personne n'a rien à redire.

Il monta dans sa voiture, mit le moteur en marche et dit encore, avant de démarrer :

— Je viendrai de bonne heure demain matin, pour ne pas vous retarder trop.

La voiture s'éloigna et disparut.

— Est-ce que vous avez besoin de moi? demanda Pablo.

— Non, dit-elle.

— Si vous avez besoin, appelez-moi.

— Oui, merci.

Pablo traversa la rue. La patronne retourna vers la maison et, dès qu'elle arriva sur le seuil, elle se mit à crier. Pablo s'arrêta pour écouter. C'était à Jeannette qu'elle s'adressait, à Jeannette qui devait continuer de pleurer, debout au milieu de la cuisine. La patronne claqua la porte et Pablo n'entendit plus rien.

Alors, lentement, les jambes lourdes de toute sa fatigue, il remonta se coucher.

Mais cette fois il fut longtemps avant de trouver le sommeil. De nouveau, l'image de Mariana était là. Une Mariana douloureuse, encore vivante mais déjà près de la mort contre laquelle Pablo la voyait se défendre.

Il retrouvait le visage de Mariana tel qu'il lui était

apparu chaque soir, pendant des mois et des mois, à partir du moment où il avait reçu la nouvelle de sa mort.

Souvent, alors, il avait eu envie de mourir. Maintenant, il savait qu'il ne pourrait pas se donner la mort. Pourtant, il retrouvait encore le visage bouleversé de Mariana.

X

Il faisait encore nuit quand Pablo ouvrit les yeux. Il avait mal dormi. Sa fatigue était toujours là et il voulut s'imposer de rester allongé jusqu'au jour, pour tenter de se délasser. Il ferma les yeux, essaya de ne pas penser. Mais, tout de suite, il sentit comme un poids qui l'empêchait de respirer. Il n'avait aucun effort à faire pour savoir d'où venait ce mal. Depuis cette nuit, la mort était là.

Pablo avait trop longtemps vécu à côté d'elle. Il la connaissait, il la sentait de loin. Il n'avait pas besoin d'attendre les trois cris de chouette ou le vol des corbeaux autour de la maison pour l'identifier. Il pensa aux jours précédents, à la fatigue qui l'avait presque fait oublier, en lui donnant le sommeil.

Enrique était parti.

Enrique était fait pour vivre, lui. Pour vivre avec la vie, pas avec la mort. Enrique pouvait croiser la mort, ça ne devait pas le déranger beaucoup. Ou bien alors, d'instinct, il la sentait venir. Il partait.

Pablo se répétait parfois les paroles du vieux Pérez qu'il avait connu à Madrid.

— La mort, si tu fais celui qui ne la voit pas, elle se vexe. Elle fout le camp. Elle te laisse tranquille. Elle aime le travail facile.

A ce moment-là, Pablo avait souvent plaisanté sur la mort avec le vieux Pérez. On peut toujours plaisanter sur la mort tant qu'elle ne vous a pas touché.

Maintenant, c'était fini. Il y avait Mariana.

Mort, pour Pablo, ça voulait dire Mariana. Guerre aussi voulait dire Mariana.

A présent, Pablo était comme ces chiens que la mort empêche de dormir et qui hurlent pendant qu'elle accomplit son œuvre ; qui hurlent jusqu'à ce que tout soit terminé.

Le patron allait mourir. C'était certain. Restait à savoir combien de temps il durerait.

Pablo pensa que c'était peut-être lui qui traînait la mort avec soi, partout où il allait.

Enfant, il avait connu des vieilles de son pays qui prétendaient que certains êtres apportent le malheur avec eux.

Pablo se secoua. Il rejeta sa couverture et se leva d'un bond. Dans l'obscurité, il chercha le volet, l'ouvrit et se pencha pour voir la ferme. Il y avait de la lumière dans la cuisine. Le jour n'était pas encore sorti de la terre, mais le ciel pâlissait déjà et Pablo put s'habiller et descendre sans allumer sa lanterne.

Dehors, il faisait froid. L'herbe était blanche au revers des fossés et la brume montait du ruisseau, derrière le mur du cimetière.

A la cuisine, la patronne était seule. Le feu ronflait déjà et l'eau du café chantait.

— Bonjour, dit Pablo.

— Bonjour, vous êtes déjà levé.

— Comment ça va?

— Il a râlé toute la nuit. Maintenant il dort, mais j'ai peur que ça ne s'arrange pas vite.

La patronne emplissait le moulin à café.

— Donnez, dit Pablo.

Il alla s'asseoir près de la cuisinière ; le moulin serré entre ses genoux, il se mit à tourner la manivelle.

La patronne posa la cafetière sur la cuisinière.

— Vous sauriez le passer? demanda-t-elle.

— Oui, je pense.

— Alors je vais vous laisser faire. Pendant ce temps, j'irai traire. Je n'ai pas fait lever la gosse, si seulement elle pouvait dormir jusqu'après la visite du docteur... Si elle le voit ce matin, c'est foutu pour la journée, elle va se mettre à chialer et on ne pourra rien en tirer.

Elle rinça sur l'évier son seau à traire et son bidon ; avant de sortir, elle dit encore :

— Pendant que le café passera, vous devriez déjeuner, la soupe va être chaude. Tout le reste est dans le placard, vous saurez bien trouver. S'il n'y a pas assez, vous n'aurez qu'à vous faire cuire une paire d'œufs. Ça m'avancera toujours.

Dès qu'elle fut sortie, Pablo versa la poudre dans le filtre et commença de passer le café. C'était la première fois qu'il se trouvait seul à la cuisine. Seul avec le bruit des gouttes qui tombaient dans la cafetière et la chanson du feu et de l'eau.

Tout ça, c'était la vie.

Pablo regarda vers le fond de la pièce ; la porte qui donnait sur l'escalier était entrouverte. Il s'en approcha sans bruit, passa la tête et écouta.

Le patron geignait faiblement.

Il poussa un peu plus la porte et revint vers la cuisinière. Il souleva le couvercle de la marmite et se pencha sur la soupe. Elle sentait bon le lard fumé. Pablo prit un bol dans le placard et rapporta en même temps l'assiette de lard qu'il posa sur la table. Il versa encore de l'eau sur le café, emplit son bol de soupe et commença de manger.

Il avait faim, mais il dut se forcer pour terminer sa soupe. Toujours, l'image du patron, étendu dans la chambre, revenait devant lui. Et, avec l'image, revenait aussi l'odeur de vomissure. Pablo regarda l'extrémité de la table où était la place habituelle du patron. Il se leva lentement, porta son bol sur l'évier et rangea le lard dans le placard.

La patronne venait à peine de rentrer avec son bidon plein de lait tiède et mousseux lorsque la voiture du docteur s'arrêta devant le portail. Pablo alla ouvrir et le vieux médecin entra en se frottant les mains.

— Bonjour, ça sent bon le café, dit-il. Vous m'en verserez une tasse, je n'ai pas pris le temps de le boire.

Il s'approcha du feu et tendit ses mains blanches au-dessus de la cuisinière.

— Alors? demanda-t-il.

La patronne commença d'expliquer comment était son homme, mais le docteur l'interrompit.

— Je suis venu, je ne vais pas m'en aller sans le voir. Tout ce que vous me dites, je le sais. Et ce que je ne sais pas, je le verrai ; ce que je vous demande, c'est la décision que vous avez prise pour le fils.

La patronne n'hésita pas.

— Faut le faire venir, dit-elle. Ça vaut mieux.

— Je crois, oui.

Il but son café brûlant à petites gorgées rapides puis, tirant de sa poche un bloc et un stylo, il rédigea un certificat.

— Tenez, il suffira de le faire viser par le maire avant de l'envoyer.

La patronne posa le papier sur le buffet, puis se dirigea vers la porte du fond.

— Surtout ne parlez pas dans l'escalier, je ne voudrais pas que la petite vous voie, vous savez comme elle est.

Ils montèrent en silence, mais dès qu'ils furent en haut Pablo entendit la patronne parler. Elle ne criait pas, mais on sentait la colère mal contenue. Il s'approcha de la porte ; Jeannette descendait. Pablo se retira. Elle entra dans la cuisine et vint se planter près de l'évier, les mains pendantes, les pieds écartés.

Elle pleurait.

Elle pleurait comme la veille et Pablo pensa qu'elle n'avait peut-être pas dormi ; qu'elle n'avait peut-être pas cessé un instant de pleurer.

Ce n'était plus lui qu'elle fixait, mais la porte du fond.

Il s'approcha d'elle doucement. Elle avait toujours le visage aussi crasseux et les sillons des larmes étaient plus nombreux. Par endroits, où elle s'était essuyée avec ses doigts, la crasse faisait comme des veines de bois.

— Pourquoi tu pleures comme ça? dit Pablo. Faut pas pleurer comme ça!

Il parlait doucement, très doucement. Mais Jeannette ne paraissait pas l'entendre. Elle le regarda un instant puis se remit à fixer la porte ouverte sur l'escalier.

Quand les pas de sa mère et du médecin se firent entendre, les sanglots de la petite redoublèrent. Sa poitrine plate se soulevait, son cou se gonflait par saccades et sa tête tremblait.

Le médecin la regarda et hocha la tête. La patronne aussi la regardait. Elle serrait les poings et les muscles de sa mâchoire roulaient sous sa peau.

— Cette gosse se fait du mal, dit le médecin.

— Est-ce que j'y peux quelque chose? demanda la mère. Vous savez bien ce qu'il en est.

— Il faudrait essayer de lui faire prendre un calmant. Son chagrin devient nerveux, ça doit pouvoir se calmer un peu.

Il se tourna vers la patronne.

— Je reviendrai ce soir, dit-il, ou demain matin. De toute façon, maintenant, on ne peut pas lui faire grand-chose. Le cœur a tenu, il peut tenir encore. C'est une question de temps.

— Et vous croyez vraiment qu'il restera paralysé?

Le vieux médecin hésita. Ses mains ébauchèrent plusieurs gestes qui restèrent indécis, puis il ajouta :

— Je ne peux rien affirmer, mais j'en ai bien peur.

La patronne soupira profondément, regarda encore sa fille puis se dirigea vers la porte.

— Restez, dit le docteur, ne perdez pas de temps, vous aurez assez à faire comme ça.

La patronne retourna à son fourneau. Le médecin fit quelques pas, puis, se tournant vers Pablo, il lui dit :

— Tenez, jeune homme, venez avec moi, je dois avoir dans ma voiture quelques échantillons médicaux, nous allons regarder s'il n'y aurait pas quelque chose pour cette petite.

Ils traversèrent la cour. Le soleil n'allait pas tarder à paraître. Tout le sommet de la colline était frangé de rouge. Plus haut, le ciel pommelé commençait à se colorer.

Une fois à la voiture, le docteur ouvrit le coffre arrière et en sortit une vieille valise dont le couvercle tenait au moyen de ficelles. Ses mains blanches se mirent à voltiger, sortant et reposant des boîtes de toutes les couleurs. Enfin, il en tendit une à Pablo en disant :

— Une dizaine de gouttes dans son déjeuner. Et le soir, pour la faire dormir, autant au repas.

Il referma son coffre, se redressa et, tendant la main à Pablo, il ajouta :

— Je ne sais pas si vous vous rendez bien compte de ce que c'est, d'avoir une fille comme ça.

Pablo fit oui de la tête et le docteur dit encore en parlant lentement, comme s'il avait cherché ses mots :

— Cette petite est sûrement moins intelligente qu'un chien, mais elle a autant d'instinct. Moi, j'ai eu un chien dont j'ai été obligé de me défaire tant il sentait la mort. Dès que je rentrais de voir un client qui était proche de la fin ou qui venait de passer, il se mettait à hurler pendant des heures... Voyez-vous, cette petite est pareille, elle sent la mort.

Pablo regarda du côté de la maison puis demanda, presque à voix basse :

— Parce que vous croyez vraiment que c'est la fin ?

Le médecin eut un geste évasif des deux mains.

— Moi, je ne peux rien dire de précis, mais c'est tout de même sa deuxième attaque.

— Il en avait déjà eu une ?

Le docteur parut surpris.

— Vous avez bien remarqué sa jambe raide?

— Je croyais que c'était un accident.

— Accident, accident, c'est facile à dire. D'accord, il est tombé sous sa voiture, mais s'il est tombé, moi je sais bien que c'est parce qu'il avait eu une attaque. Une jambe ne reste pas dans cet état pour une simple fracture du tibia. Seulement, il y a eu l'attaque, et puis il n'a jamais voulu m'écouter. Il ne s'est jamais arrêté de boire.

Le médecin monta dans sa voiture et, tout en tirant sur le démarreur, il ajouta :

— Ils sont tous comme ça, ils se croient forts. Ils ont tous eu un grand-père qui est mort à cent ans et qui buvait comme un trou, seulement, ce qu'ils ont tous oublié, c'est ceux qui claquent à cinquante ans avec un foie comme une éponge.

La voiture recula dans la cour, démarra lentement tandis que le docteur criait :

— Une dizaine de gouttes matin et soir!

Pablo sourit et fit oui de la tête. La voiture disparut et Pablo rentra avec la petite boîte.

Il pensait au chien du docteur. Le chien sentait la mort, la fille sentait la mort, et lui, Pablo, l'avait sentie toute la nuit. Et déjà, ce matin, il avait lui aussi pensé aux chiens qui sentent la mort de très loin.

Le médicament était inodore et Jeannette absorba son café au lait probablement sans rien remarquer. Malgré tout, elle continua de pleurer et sa mère dut faire tout le travail seule jusqu'à l'arrivée des vendangeurs.

Ce furent la mère Marguerite et Clopineau qui arrivèrent d'abord. Aussitôt entrée, la vieille lança :

— Rougeur du matin fait tourner les moulins. Nous aurons à bien tenir le chignon, il ventera fort d'ici midi...

Elle s'arrêta. Elle venait d'apercevoir Jeannette qui pleurait toujours.

— Qu'est-ce qu'elle a? demanda-t-elle.

La patronne expliqua ce qui était arrivé et la vieille se mit à pester contre le mauvais sort qui s'acharnait toujours sur les mêmes.

La patronne la laissait dire. Elle continuait son ouvrage, préparant le panier pour midi.

— Est-ce qu'il faut atteler? demanda Clopineau.

— Oui, je pense que les autres ne tarderont pas.

Pablo sortit avec le vieux qui lui expliqua comment on devait procéder pour atteler la jument.

— On ne sait jamais, dit-il, suffirait qu'il m'arrive quelque chose, vaut mieux que tu saches.

Quand les autres vinrent, tout était prêt, et ce fut Clopineau qui monta sur la voiture. La patronne resta derrière, elle devait passer par le village pour donner la clef à une femme qui viendrait voir le patron deux ou trois fois au cours de la journée.

Pablo marcha derrière la voiture, avec la mère Marguerite et la grosse femme. A quelques pas, Jeannette les suivait, toujours en pleurant.

— C'est tout de même malheureux, dit la grosse femme, le père à la mort et la fille dans cet état! Pourvu qu'il n'arrive rien au garçon.

La Marguerite se retourna et regarda Jeannette.

— C'est pas la peine de l'attendre, dit-elle, rien ne peut la calmer.

Pablo avait toujours son idée de la mort. Presque malgré lui, il raconta ce que le docteur lui avait dit.

— Si elle sent la mort? s'exclama la vieille. Je pense bien qu'elle doit la sentir. Et ça m'étonnerait qu'elle se trompe. L'instinct, ça ne trompe pas. Moi je dis qu'il y a le malheur sur cette maison depuis le jour où le valet qu'avait pris le grand-père à la Germaine s'est pendu.

La grosse femme approuva.

— C'est vrai que, depuis, ils ont toujours eu de la malchance.

— Mort violente dans une maison, malheur sur trois générations, dit la vieille.

— Il ne s'était pourtant pas pendu dans la maison, à ce qu'on raconte.

— Non, mais c'est pareil. C'est la même ferme, ça fait tout un.

Ils marchèrent un moment sans mot dire. Pablo hésita longtemps puis, n'y tenant plus, il demanda :

— Où est-ce qu'il s'était pendu?

La vieille le regarda, les yeux mi-clos, puis elle eut un haussement d'épaules, mais déjà la grosse femme précisait :

— Il s'est pendu dans l'ancienne écurie, en dessous du grenier à paille où vous couchez.

Pablo regretta aussitôt d'avoir posé la question. La grosse femme parut embarrassée. Elle s'empressa d'ajouter :

— C'est ce qu'on raconte. Mais moi, hein, je n'étais pas là pour y voir. Ça fait sûrement plus de cinquante ans que c'est arrivé.

Ils firent tout le reste du chemin sans parler et la patronne les rattrapa comme ils arrivaient à la vigne.

Son premier soin fut de crier après Jeannette qui n'avait pas cessé de sangloter. Mais le père Clopineau s'interposa.

— Laisse faire, dit-il, dès que j'aurai dételé, je m'en occuperai.

Pablo l'aida et emmena la Noire près d'une haie où il l'attacha. Lorsqu'il revint à la voiture, les vendangeurs entraient dans la vigne. Dans la rangée du bout, Clopineau était avec Jeannette. Pendant longtemps, Pablo entendit le murmure du vieux qui allait, régulier et doux comme un infatigable bourdon. Puis, lorsque la fille se redressa pour tendre sa seille de raisin, Pablo remarqua qu'elle ne pleurait plus. Elle avait simplement le visage barbouillé de terre, et le soleil accrochait une longue perle entre son nez et sa lèvre supérieure.

XI

Le matin, ils vendangèrent en silence. A midi, la patronne ouvrit le panier, donna quelques explications à la mère Marguerite puis, prenant une tranche de lard sur un morceau de pain, alla jusqu'à la ferme pendant que l'équipe mangeait. La vieille distribuait la nourriture et quand il fallut servir à boire, elle tendit le litre à Pablo.

L'après-midi, on parla un peu plus. Du patron et du travail d'abord, puis de tout, comme les jours précédents. Et comme il était impossible de trouver un homme libre au village, la grosse femme proposa de rester pour aider au pressoir. La patronne accepta et les vendanges continuèrent. Chaque jour, on rentrait deux sapines bien pleines que la patronne et Pablo déchargeaient tandis que le père Clopineau soignait les bêtes et que la grosse femme préparait le souper avec Jeannette.

Le patron avait repris connaissance, mais il ne bougeait pas et ne faisait que grogner. Pablo n'avait pas pu monter le voir, les journées de travail étaient trop longues.

Jeannette ne pleurait plus. Le médecin était seulement revenu une fois pendant qu'ils étaient à la vigne.

Le soir, Pablo s'endormait vite. Les vignes qu'ils vendangeaient étaient très en pente et il se saoulait chaque jour de fatigue et de soleil. Le vent tenait toujours, les matins étaient frais et Pablo avait les lèvres et les mains gercées. Mais, maintenant, il avait pris le rythme de cette vie et, peu à peu, son corps s'habituait à toutes ces blessures si douloureuses les premiers jours. Sa fatigue faisait partie de sa vie, il s'habituait à elle. Il lui arrivait encore, quand il allait se coucher, de projeter le faisceau de sa lanterne sur le plafond de l'ancienne écurie, avant de monter l'escalier. Maintenant, il ne cherchait plus. Tout de suite, la lumière rougeâtre s'arrêtait sur le gros crochet de fer qu'il avait découvert le premier soir. C'était là, c'était sûrement là que le valet du grand-père s'était pendu.

Le premier soir, Pablo était resté longtemps à regarder le crochet. Il avait eu envie un instant de monter chercher sa couverture et d'aller se coucher au pied d'une haie ou bien à l'écurie, près de la Noire. Mais il s'était contraint à monter en se rappelant les paroles du vieux Perez :

— La mort, faut se foutre d'elle.

Maintenant, c'était machinal. C'était un peu comme un rite ; en entrant il regardait le crochet, mais il ne s'attardait pas, il montait, se couchait, et, presque aussitôt, il s'endormait.

Le matin, lorsqu'il se réveillait de bonne heure, il lui arrivait de rester un moment à suivre l'avance du jour sous le volet. Alors, il pensait à Mariana. Mais il y pensait selon sa volonté. Il était maître de l'image qu'il faisait apparaître entre ses yeux et la poutre du grenier.

Il se levait, faisait sa toilette dans la cour, puis donnait le foin aux bêtes. Ensuite il déjeunait, tandis que la patronne achevait sa traite et préparait sa cuisine. Pablo avait pris l'habitude de se servir, et la patronne n'avait jamais rien à lui dire. Ils parlaient rarement. Simplement, quand Pablo arrivait, il demandait comment allait le patron et la femme répondait invariablement :

— Ça va, c'est toujours pareil.

Quatre jours passèrent ainsi puis, un soir, comme ils venaient de se mettre à table, la porte s'ouvrit toute grande et un soldat entra.

— Bonsoir, dit-il en refermant la porte.

La patronne se leva, courut au-devant de lui et l'embrassa longuement.

Quand elle revint vers la table avec son fils, Pablo remarqua qu'elle avait les yeux mouillés. Elle se tourna vers la cuisinière et s'essuya avec un coin de son tablier.

Le garçon serra la main de la grosse femme et du père Clopineau, puis il embrassa très vite sa sœur qui n'avait pas bougé mais ne le quittait pas des yeux.

— Ben quoi, lui dit-il, t'as jamais vu un trouffion?

La petite grogna. Le garçon s'approcha de Pablo.

— C'est notre Espagnol, dit la patronne. Je t'en ai parlé dans une lettre.

Pablo serra la main du garçon en disant :

— Je m'appelle Pablo.

L'autre eut une espèce de ricanement.

— Je savais, dit-il.

La mère s'approcha.

— Notre garçon s'appelle Pierre, dit-elle.

Pierre quitta sa veste qu'il jeta sur le rebord de la fenêtre avec son calot.

— Tiens, dit-il, faudra profiter que je suis là pour me laver tout ça, ça commence à être rudement dégueulasse.

Il alla s'asseoir à la place du patron et il demanda :

— Alors, qu'est-ce qu'il a, au juste?

Sa mère lui expliqua ce qui s'était passé. Quand elle eut terminé, le garçon demanda si son père dormait.

— Peut-être pas encore. Si tu veux, on va monter le voir tout de suite.

Elle mit une assiette pour son fils, servit la soupe et ils montèrent.

Les autres les attendirent pour se mettre à manger. Ils ne parlaient pas. Ils avaient tous les coudes sur la table, la tête un peu rentrée dans les épaules et les yeux baissés sur leur soupe qui fumait.

En redescendant, le fils dit simplement :

— Oui, ça a l'air de l'avoir rudement secoué, ce coup-ci.

Ils commencèrent à manger puis, au bout d'un moment, le fils demanda :

— Le travail, vous en êtes où donc?

— Ça marche bien, dit la mère. On a fait les trois quarts à peu près. Il reste deux bonnes journées et les greffés seront finis.

— Oui, dit Clopineau, on peut dire que le temps était pour nous. Sans compter que ça va faire du degré.

— Et la quantité? demanda Pierre.

— Bon. Pas la grosse récolte, mais au-dessus de la moyenne tout de même.

— Combien de pièces?

— Trois pour le moment. Quand on aura fini le coteau, ça fera pas loin de quatre.

Le fils avait l'air satisfait. Ils parlèrent encore de la vendange, puis le garçon expliqua qu'il n'avait que deux jours mais, si le médecin était d'accord, il pourrait rester jusqu'à la fin des vendanges.

— Alors, dit la mère, tu iras le voir demain matin.

— Demain matin j'irai à Courlans. Après, on verra.

La mère hésita.

— Tu vas pas y rester toute la matinée?

Le fils se mit à rire.

— Tu penses bien qu'ils vont me garder à midi.

— Tu ne serais pourtant pas de trop ici, ça me permettrait de partir un peu plus tard et de faire un peu d'ouvrage à la maison. J'ai des tas de choses qui sont à la traîne.

— Que veux-tu, observa Clopineau. Il arrive, c'est normal qu'il aille voir sa fiancée.

Aussitôt après le repas, ils se levèrent de table et la grosse femme, jetant son châle sur ses épaules, déclara :

— Moi, je me rentre. Avec le garçon, vous n'avez pas besoin de moi pour presser.

Et elle sortit très vite. Pierre fit la grimace.

— Merde! dit-il, c'est que j'ai voyagé toute la journée, j'en ai plein les pattes.

Il descendit pourtant avec eux et, entre chaque tour de vis au pressoir, il visitait la cave, tapait sur les fûts, fourrageait dans les casiers à bouteilles. Il buvait souvent aussi, tirant le vin directement au petit tonneau où Pablo avait pris l'habitude de venir chaque matin, depuis la maladie du patron, emplir les litres pour la journée.

— Vous ne buvez pas? demandait-il souvent à Pablo.

— Non, merci.

— Bon Dieu, il est meilleur que leur saloperie au bromure!

La patronne ne disait rien. Elle le regardait. Simplement, de temps à autre, elle demandait :

— Est-ce que vous êtes bien nourris? Est-ce que tu reçois mes colis?

A un certain moment, elle demanda aussi :

— C'est vrai que vous ne vous battez jamais?

Le garçon partit d'un gros rire.

— Se battre? Mais faudrait se battre entre nous, si on en avait envie? Il y a jamais un type qui ait vu la couleur d'un Boche.

Là il se tourna vers Pablo et demanda :

— Et vous, vous vous êtes battu en Espagne?

Pablo fit oui de la tête.

— Ça faisait vraiment vilain?

Pablo hésita un instant puis, comme tout le monde le regardait, il répondit :

— A certains moments, c'était assez dur.

Le garçon posa encore quelques questions, mais, comme Pablo ne répondait guère que par monosyllabes ou hochements de tête, il se lassa et se remit à marcher de long en large dans la cave.

Il était à peu près de la même taille que son père, mais plus mince. Il avait le visage plus émacié aussi et son regard ressemblait beaucoup à celui de sa mère.

Quand la pressée fut terminée, avant de remonter, le fils alla chercher une bouteille qu'il prit sous son bras.

— Qu'est-ce que tu veux faire avec ça? demanda la mère.

— C'est du marc.

— Je vois bien, mais il y en a un litre entamé à la cuisine.

— C'est pas pour boire, c'est pour porter à son père, il l'aime bien. Je porterai une poule aussi, je ne veux tout de même pas arriver les mains vides.

La patronne paraissait embarrassée. Pourtant, comme ils traversaient la grange, elle dit :

— Si tu veux emporter une poule, faut l'attraper maintenant, pendant qu'elles sont couchées.

— Alors, vas-y, dit le garçon, et ne me choisis pas ta meilleure ouveuse (1), mais ne me prends pas non plus une veille carne.

Ils rentrèrent tous à la cuisine, sauf le père Clopineau qui les quitta sur le seuil et disparut dans la nuit. Pablo alluma sa lanterne. Le fils commença d'ouvrir son sac et de déballer ses affaires.

— Avant de monter, dit la femme, vous profiterez que votre lanterne est allumée pour venir m'éclairer pendant que j'attraperai cette poule.

— Au fait, demanda Pierre, où est-ce qu'il couche, lui?

— En face, dit la mère avec un geste du menton.

Le fils se mit à rire.

— Le fantôme du pendu vous a jamais réveillé? demanda-t-il.

(1) Pondeuse.

Pablo ne répondit pas.

— C'est vrai que vous avez dû en voir d'autres. Mais moi, quand j'étais gosse, on ne m'aurait pas fait entrer dans cette baraque pour tout l'or du monde.

Pablo sortit, suivi de la patronne. Ils contournèrent la maison pour gagner le poulailler. La patronne ouvrit et entra.

— 'clairez bien du côté des perchoirs, dit-elle.

Pablo promena la lumière sur les volailles alignées. Il y eut quelques gloussements. La patronne en prit plusieurs qu'elle tâta puis reposa sur leurs barreaux. Elles vacillaient un moment, caquetaient, battaient un peu de l'aile et, aussitôt l'équilibre rétabli, elles se rendormaient. Enfin, elle en choisit une grosse blanche à col gris, qu'elle empoigna par les pattes.

— C'est bon, dit-elle.

Ils sortirent. Elle referma la porte, fit quelques pas à côté de Pablo puis, s'arrêtant, elle se tourna vers lui.

— Je voulais vous dire, au sujet de cette affaire de pendu...

Elle cherchait ses mots.

— Oui, dit Pablo, je suis au courant.

Il voyait mal la femme, éclairée seulement par le reflet de la lanterne qu'il tenait à hauteur de la poule dont la tête pendait à ras du sol. Pourtant, il lui sembla qu'elle était ennuyée.

— Ah! vous savez?

— Oui, c'est les femmes qui en parlaient l'autre jour.

— Et ça ne vous fait rien de coucher là-bas?

— Non, je n'y pense pas.

La femme se remit à marcher. Puis, arrivée à l'angle de la maison, elle demanda encore :

— C'est à propos de quoi, qu'elles parlaient de ça, l'autre jour?

Pablo hésita, se troubla, puis, essayant de se reprendre, il bredouilla :

— Je ne sais pas, je n'ai pas tout entendu... Je crois que c'est simplement parce qu'elles savaient que je couchais là.

Ils firent quelques pas en silence et la patronne s'arrêta encore. Ils étaient au milieu de la cour. La nuit était épaisse et la bise qui débouchait au coin de l'écurie faisait trembler la lueur de la lanterne. La patronne regarda vers la cuisine où la lumière dessinait chaque planche des volets, puis s'approchant de Pablo, elle demanda à voix basse :

— Quand elles vous ont dit ça, les femmes, c'était avant ou après l'attaque du patron?

— Je ne me souviens pas, dit Pablo. Je ne pourrais pas vous dire.

— Essayez de vous rappeler.

— Non vraiment, je ne sais pas.

Pablo réfléchit puis ajouta :

— Je pense d'ailleurs que ça n'a pas d'importance.

— Non, ça n'a pas d'importance. Et ce qui n'a pas d'importance surtout, c'est ce que les gens racontent.

Pablo avait envie de partir. Il n'osa pas.

— Bien sûr, dit-il. Ce qu'elles racontaient, c'était comme ça, en parlant.

— Elles n'ont rien dit d'autre sur la maison?

— Non, affirma Pablo, elles n'ont rien dit.

— C'est bon, dit la patronne. Bonne nuit.

— Bonne nuit, dit Pablo.

Et ils se séparèrent, lui portant sa lanterne, elle balançant au bout de son bras sa volaille à demi endormie.

XII

Le fils prit son vélo et partit en direction de la grand-route en même temps que les vendangeurs quittaient la maison derrière la voiture.

— Passe par Sainte-Agnès en rentrant, et arrête-toi chez le docteur, lui cria sa mère.

Sans se retourner, il agita la main pour dire qu'il avait compris.

— Et rentre pas trop tard! cria-t-elle encore.

Il avait promis de monter les retrouver à la vigne dès qu'il serait de retour. Aussi, dès le début de l'après-midi, la patronne commença de regarder de temps à autre du côté où le chemin débouchait entre deux plantées d'acacias. Quand Pablo remontait avec sa bouille vide, il la voyait se redresser, porter sa main en visière sur ses yeux et guetter vers le bois. Pablo comprenait mal cette inquiétude. Quand le garçon était au front, elle n'en parlait pas. On avait même l'impression qu'elle n'y pensait que rarement.

Le soir tomba et le soleil disparut plus tôt que les autres jours derrière de gros nuages qui dormaient depuis un moment tout au fond de la plaine. L'horizon s'embrasa et toute la terre fut teintée de rouge pendant quelques minutes.

— Rougeur du soir emplit les abreuvoirs, dit la vieille Marguerite.

La patronne ragea :

— C'était trop beau. Ça ne nous laissera pas finir sans eau.

— Et il nous reste tous les directs à vendanger. C'est tout sur le plat. Si jamais il pleut, on n'a pas fini de gabouiller.

Quand ils descendirent, la bise s'était calmée complètement et la vieille affirma que c'était mauvais signe également. D'autres vendangeurs qu'ils trouvèrent en chemin se plaignaient aussi de cette menace du ciel.

— Ciel de sang au couchant, pluie avant longtemps, leur dit un vieux à moustaches tombantes et qui avançait, cassé en deux, à tout petits pas en traînant sur les cailloux des sabots énormes.

Pablo qui marchait à côté de la voiture, la main sur la manivelle de la mécanique, sentait monter en lui une espèce d'angoisse. Ce soir d'octobre n'était pas comme les autres. En plus du ciel rouge et de la venue plus brutale de l'ombre, il semblait à Pablo que quelque chose de mauvais allait se produire.

En arrivant sur le replat, dès qu'il aperçut la maison, Pablo pensa au patron. Le patron était peut-être mort.

Maintenant, il n'y avait plus à s'occuper de la mécanique et Pablo laissa la voiture prendre le devant. La grosse femme et la Marguerite étaient parties vers le village. Comme toujours, Jeannette devait être loin derrière, et la patronne marchait seule à quelques pas de la voiture.

Un instant, en la voyant ainsi au milieu du chemin, dans cette plaine où le seul bruit était celui du cheval et de la voiture, Pablo eut l'impression qu'elle suivait un corbillard qui n'en finirait jamais de cheminer vers le bout de sa route.

Il l'attendit et se mit à marcher à côté d'elle. Même dans le crépuscule, la voiture avec ses deux sapines ne ressemblait pas à un corbillard.

Quand ils entrèrent dans la cour, le père Clopineau qui commençait à ouvrir le portail de la grange leur lança :

— Le garçon est rentré, son vélo est ici. Il a dû monter voir son père.

La femme disparut aussitôt et Pablo empoigna la Noire pour la faire reculer. Le vieux lui avait appris à manœuvrer et la jument se montrait docile avec lui.

Ils avaient à peine fini de mettre la voiture en place que la patronne revenait. Elle était essouflée d'avoir monté et descendu très vite l'escalier.

— Il n'est pas là, dit-elle. Je vais aller voir au village, commencez de décharger tous les deux.

Ils dételèrent la Noire que Pablo conduisit à l'écurie. Ils donnèrent du foin à toutes les bêtes, puis revinrent vers la voiture.

— Je ne comprends pas, dit Pablo, qu'elle se fasse autant de souci pour son garçon.

— Elle a peur qu'il boive. Il est comme son père, il a le vin hargneux. Chaque fois qu'il boit, faut qu'il tape.

Ils commencèrent de décharger, puis le vieux dit encore :

— Je n'aime pas les racontars des vieilles femmes, mais à bien regarder, c'est vrai qu'il y a le malheur sur cette maison.

Ils avaient presque vidé la première sapine quand la patronne revint avec son fils qui parlait haut et riait beaucoup.

— Allez, Clopineau, cria-t-il en entrant. c'est pas du travail pour vous ça, laissez-moi faire!

Le vieux descendit en s'épongeant le front. Pierre grimpa sur la voiture et empoigna le bigot. Tout de suite, la cadence s'accéléra. Pablo serrait les dents. Le garçon était bien reposé. De plus, il sentait le vin et ce qu'il avait bu devait l'exciter. Ils vidèrent très vite la première sapine et sautèrent pour reculer la voiture.

— Je crois qu'on ferait une fameuse équipe, dit Pierre en riant.

— Oui, ça marche bien, répondit Pablo.

Ils remontèrent et, avant de se remettre à la tâche, Pablo demanda :

— Vous avez obtenu cette prolongation?

— Non, ce docteur est un vieux con. Il dit que s'il me fait un certificat, je serai obligé de rester à la maison toute la journée pour le cas où les gendarmes viendraient me contrôler. Je m'en fous, si ça fait tant d'histoires, je repartirai.

Ils se mirent à piocher dans la vendange et le fils ajouta :

— Après tout, j'aime autant retourner. Je suis proposé pour être caporal, après, je vais faire le peloton de sous-off.

— Vous aimeriez être militaire de métier?

— Pourquoi pas? En temps de paix, c'est pas la mauvaise vie. Et puis, j'en ai parlé avec Denise cet après-midi : depuis qu'elle travaille à l'usine, ça lui dit plus rien de revenir à la campagne, alors, faire ça ou chercher une place en ville, moi, je m'en fous.

Il se tut et se mit à accélérer la cadence. Lorsqu'ils eurent fini, Pablo était trempé et le sang battait fort à ses tempes.

— Vingt dieux, dit le garçon en sautant dans la paille, c'est crevant, ce boulot-là.

Ils descendirent pour donner les premiers tours au pressoir.

— Faire ce métier, dit Pierre, c'est bon quand on a un grand domaine, du matériel moderne et toute une équipe de types solides. Là, ça vaut le coup. Mais tout faire par soi-même, c'est trop crevant pour ce qu'on gagne. Les vieux n'ont jamais été foutus de le comprendre, mais moi, ça m'intéresse pas de trimer comme ça.

Dès qu'ils eurent bien serré et vidé le baquet, ils montèrent à la cuisine. La soupe était prête.

— Si tu veux voir ton père avant de manger, dit la patronne, on dirait qu'il est un peu mieux ce soir ; il n'arrive toujours pas à parler, mais quand je suis allée le faire manger il me faisait des tas de grimaces avec ses yeux et il bougeait sa main valide. Je n'ai pas pu arriver à comprendre ce qu'il voulait, mais peut-être qu'il te réclamait.

Le garçon s'était déjà mis à table. Il se leva lentement et monta en traînant les pieds. Il ne resta pas longtemps.

— C'est drôle, dit-il en revenant, à moi aussi il m'a fait un tas de simagrées et quand je suis sorti de la chambre, il essayait de parler. Je me demande ce qu'il veut.

— C'est peut-être au sujet du travail, dit le père Clopineau.

— Ma foi, dit la patronne, ça se pourrait bien. Si vous voulez essayer de comprendre, vous, montez toujours.

Le vieux se leva.

— Est-ce que je peux monter aussi? demanda Pablo. Je ne l'ai pas vu depuis le premier soir.

— Bien sûr que vous pouvez.

Pablo suivit Clopineau.

Le patron était couché au milieu d'un lit en bois large et très haut. Quand ils entrèrent, il parut content de les voir. Il essayait de parler, mais il ne sortait de sa bouche entrouverte que des sons rauques, inarticulés. Il faisait :

— Hèèè! Hèèè!

Comme s'il avait voulu appeler quelqu'un.

— T'en fais pas, lui dit Clopineau en lui empoignant la main, ça va s'arranger. D'ici quelques jours tu vas être sur pied.

— Hèèè! Hèèè!

— Je n'y comprends rien, dit le vieux.

— Non, moi non plus.

Pablo serra la main gauche du patron. L'autre était sous le drap. On voyait que tout son côté était raide. Son œil gauche était à moitié fermé et il avait un tiraillement de la joue qui le défigurait un peu.

— On fait une bonne récolte, cria Clopineau. Ça va être fameux.

— Hèèè! Hèèè!

— Oui, c'est tout bon à mettre en bouteilles... Et ton garçon est venu..Tout va s'arranger, va. T'en fais pas, on te soignera bien ta cave.

En bas, la patronne cria :

— Allez, venez, la soupe est servie!

— Allons, repose-toi bien, dit le vieux. On remontera te voir... C'est un bon ouvrier, tu sais. Il s'y est bien mis.

Et le vieux désignait Pablo.

Ils redescendirent et, tout le long de l'escalier, ils entendirent le patron qui continuait de crier :

— Hèèè! Hèèè!

— Fermez la porte, dit Pierre, il nous fait une de ces musiques!

— Alors, vous avez compris quelque chose? demanda la patronne.

— Non, rien, dit Pablo.

— Moi, expliqua Clopineau, je crois qu'il se fait du souci pour la vendange. Il doit vouloir savoir si le vin est beau et si nous pourrons finir.

— Peut-être qu'il n'entend pas ce qu'on dit, remarqua Pablo. Seulement il a l'air de très bien y voir, on pourrait peut-être écrire sur un papier que le travail marche bien et on lui ferait lire.

— Oui, eh bien, on s'occupera de ça une autre fois. Pour le moment, vaudrait mieux se dépêcher de manger pour aller presser, moi, j'ai pas envie de me coucher à point d'heure.

Le Pierre avait parlé sec. Personne ne dit mot et le repas alla vite. Au moment de descendre, la patronne laissa sortir le vieux Clopineau et Pablo, puis elle dit :

— Allez devant, commencez à vider ce qui est dans le baquet, on vous rejoint tout de suite.

— Qu'est-ce que tu veux faire? demanda Pierre.

— Toi, reste avec moi deux minutes.

Pablo descendit, suivi du vieux. Quelques minutes seulement s'écoulèrent, puis la patronne et son fils les rejoignirent. Ils se mirent tout de suite aux barres et la patronne donna le rythme.

— Allez... Hein... Hein!

Le jus se remit à couler en chantant. Ils donnèrent encore quelques tours, jusqu'à bloquer la vis, puis ils s'installèrent pour attendre un moment. La patronne regarda son fils à plusieurs reprises et toussa par deux fois. Puis, comme le fils allait se tirer un verre de vin au fût de rouge, elle commença, en cherchant ses mots et en s'adressant à Pablo :

— Voilà! Le patron, ça ne s'arrangera sûrement pas vite à ce que dit le docteur. Et la guerre, ça pourrait bien durer aussi.

Là, elle s'arrêta un moment et regarda Pierre comme pour obtenir une approbation.

— Moi, dit le garçon, je suis première classe, c'est dire que je ne peux rien avancer. Seulement, de toute façon, faut pas compter sur moi avant l'été prochain. De l'avis de tous les officiers, on ne fera pas de grande offensive avant le printemps, et il faudra bien compter deux ou trois mois pour liquider les Boches.

Il but son verre, le secoua pour l'égoutter puis, s'étant essuyé la bouche d'un revers de main, il ajouta :

— Et puis, même après, je ne sais pas ce que je ferai. Alors...

La mère l'interrompit :

— Ça, c'est des histoires.

— C'est pas des histoires, je ferai ce que je voudrai!

Il criait. La patronne attendit quelques secondes, puis, toujours très calme, elle dit :

— Bien sûr que tu feras ce que tu voudras, mais pour l'instant, on n'en est pas là.

— Alors, cause, qu'est-ce que tu attends?

Elle se tourna de nouveau vers Pablo et reprit :

— Donc, vu qu'il n'y a pas d'homme valide à la maison, va falloir qu'on prenne quelqu'un ; alors, on a pensé si ça vous disait de rester...

Pablo les regarda sans répondre. Ils attendirent quelques instants, puis ce fut le fils qui parla.

— C'est à vous de voir. Les conditions, ce sera évidemment moins cher que pour les vendanges, parce que l'hiver, les jours sont courts et il n'y a pas grand-chose à faire. Mais enfin, on vous donnerait le tarif des valets.

Comme Pablo ne répondait toujours pas, la patronne ajouta :

— Bien sûr, en hiver, il n'est pas question de vous laisser coucher dans le grenier. On verra pour trouver une solution.

— C'est pas compliqué, dit le fils, il couchera dans ma chambre.

Pablo réfléchit encore quelques instants puis, se levant, il dit simplement :

— C'est entendu. Ça ira comme ça.

Et ils se mirent à presser.

XIII

Le ciel se couvrit dans la nuit et le vent d'ouest se leva dès le début de la matinée. Il amenait du fond de la plaine des nuages bas qui mettaient longtemps à se détacher de l'horizon. De temps à autre, le soleil trouvait le moyen de glisser un rayon par une déchirure. Un coin de plaine s'éclairait, dur et luisant, avançant très vite en s'élargissant. Puis, se rétrécissant soudain, il disparaissait.

D'heure en heure, le gris du ciel devenait plus épais, plus uniforme, et la lumière diminuait.

Les premières gouttes commencèrent à tomber vers midi. Il y eut une bonne averse et toute l'équipe se réfugia sous la voiture pour finir de manger.

Assis sur des seilles retournées, le dos voûté, ils mangeaient sans parler, regardant à leurs pieds la terre où l'eau commençait à ruisseler entre les mottes et les touffes d'herbe. De l'autre côté du chemin, le dos recouvert d'un carré de bâche verte, la Noire demeurait immobile sous l'averse, tournant seulement de temps à autre la tête de leur côté. Elle les regardait, et il semblait à Pablo qu'elle demandait pourquoi on la laissait ainsi, attachée à un piquet par un temps pareil.

L'averse ne dura pas et ils purent se remettre au travail. Mais il n'y avait plus le même entrain que les autres jours. Ils étaient trempés par les treilles que le vent secouait. Des branches s'égouttaient dans leur cou.

— Aujourd'hui, dit la mère Marguerite, c'est le porteur qui a la meilleure place.

Pablo l'avait compris. La terre n'était pas encore assez détrempée pour rendre sa marche pénible, et, depuis plusieurs jours, ses épaules étaient devenues moins sensibles. La vigne qu'ils vendangeaient était en pleine force, les grappes très grosses remplissaient vite les seilles et Pablo n'avait jamais à attendre. Il devait être le seul à ne pas souffrir du froid.

Malgré trois averses qui les obligèrent encore à s'arrêter, ils purent emplir les deux sapines et rentrer avant la tombée de la nuit.

A la maison, déjà en tenue, le fils qui avait passé sa journée à Coulans les attendait.

— Tu penses vraiment que tu ne pourrais pas partir demain matin? demanda la mère.

— Non, j'ai pas envie de faire de la taule en arrivant.

Il commença de serrer les mains.

— Mais tu as le temps, ton train ne part qu'à neuf heures.

— Faut que je passe dire au revoir aux copains.

Il embrassa sa mère et sa sœur, mit ses deux musettes et son bidon en bandoulière, et s'en alla en direction du village.

La patronne, Jeannette, Clopineau et Pablo restèrent debout devant le portail à le regarder s'éloigner. Arrivé au croisement, il se retourna et agita le bras avant de disparaître derrière la haie. Tous levèrent le bras, même Jeannette, et la patronne cria :

— Au revoir!

Elle n'avait dit que ce mot, mais Pablo la regarda, presque effrayé. Il lui semblait que tout un monde était dans ce cri rauque, un peu étranglé sur la fin. Ce cri qui était parti en courant sur la plaine d'où le soldat avait déjà disparu. Le cri qui était allé se perdre jusqu'au pied de la colline sans trouver aucun écho.

Ils se retournèrent tous et revinrent lentement vers la maison, sans oser se regarder.

Comme ils entraient dans la grange, la pluie se mit à tomber.

Aussitôt la vendange déchargée, la patronne et Pablo retournèrent à la cuisine où Clopineau et Jeannette avaient fini de préparer le repas et de mettre la table. La grosse femme était rentrée chez elle en disant qu'elle reviendrait au moment de presser.

— Allez, dit la patronne, mettez-vous à table, je vais monter faire manger le patron.

C'étaient les premiers mots qu'elle prononçait depuis le départ de son garçon. En face de Pablo, elle avait besogné pendant plus d'une heure, les dents serrées, les lèvres pincées et le front barré de rides inhabituelles. Sa voix n'était pas changée, mais les mots sonnaient curieusement dans le silence de la cuisine.

— Est-ce qu'il appelle toujours? demanda Pablo.

— Je ne sais pas, je ne suis pas montée depuis ce matin.

Elle prit un bol, l'emplit de bouillon et disparut par la porte du fond. Maintenant, Pablo pensait au patron. Il y avait pensé à plusieurs reprises, au cours de la journée.

— S'il continue à demander comme ça, dit-il à Clopineau, j'ai envie de lui écrire sur un papier que tout va bien.

— Oui, dit le vieux. Ça lui ferait sûrement du bien.

Quand la patronne redescendit, Pablo demanda :

— Alors?

— C'est toujours pareil. Il roule toujours son œil en répétant la même chose.

— Voulez-vous que j'essaie d'écrire sur un papier? demanda Pablo.

La patronne haussa les épaules.

— Écrivez si vous voulez, c'est pas ça qui le guérira.

Elle donna une feuille et un crayon à Pablo, puis elle se mit à manger sa soupe.

S'appliquant à tracer de gros caractères très lisibles, Pablo écrivit : « Tout va bien. La récolte est belle. Le vin sera bon. Vous serez bientôt guéri. »

— C'est très bien, dit Clopineau. Je vais monter avec toi. Comme ça, il verra qu'on ne le laisse pas tomber.

Dès qu'ils entrèrent dans la chambre, le patron se remit à crier en agitant sa main gauche sur la couverture :

— Hèèè! Hèèè!

Clopineau lui serra la main et Pablo lui mit devant les yeux la feuille de papier. Il l'examina en silence puis, agitant la main, il se remit à crier de plus belle :

— Hèèè! Hèèè!

Les deux hommes se regardèrent.

— Ça, dit le vieux, c'est tout de même curieux! Sûrement qu'il veut dire quelque chose.

— Sûrement, oui, parce qu'il a eu l'air de lire. Je suis presque sûr qu'il a lu.

En disant cela, Pablo avait laissé retomber, avec un geste de lassitude, sa main qui tenait toujours le papier. Le patron se mit à fixer la feuille en continuant de crier. En même temps, il essayait de soulever sa main gauche. Faisant aller ses doigts comme les pattes d'un animal, il avançait la main en direction du papier.

— Il veut le papier, dit Pablo.

Il lui tendit la feuille. Le patron la laissa sur la couverture et, avançant encore la main, il fit tant bien que mal le mouvement de celui qui écrit.

Pablo se retourna vers le vieux. Ils se regardèrent un instant sans rien dire. Ils s'étaient compris. Leurs yeux souriaient. Pablo descendit à la cuisine.

— Qu'est-ce qu'il y a? demanda la patronne.
— Le crayon, dit Pablo.
Il prit le crayon sur la table et demanda encore :
— Donnez-moi quelque chose de dur pour poser la feuille dessus.
— Mais qu'est-ce que vous voulez faire?
— Il veut écrire. Il a quelque chose à dire.
La patronne se leva et sortit de son tiroir le grand livre noir où elle faisait ses comptes.
— C'est bon, je monte avec vous.
Ils installèrent le livre sur le lit, y placèrent la feuille que Pablo tenait du doigt, puis la patronne mit le crayon dans la main de son homme et posa cette main sur la feuille.
Ils se taisaient tous les trois, le regard fixé sur cette main engourdie qui remuait lentement. Dehors, la pluie chantait, fouettée de vent.
La main tremblait. Elle descendit d'abord, tourna à gauche et remonta. Tous les regards suivaient cette pointe de crayon qui traçait un trait inégal. Le trait croisa le premier, monta un peu puis redescendit. Là, comme épuisée, la main s'arrêta.
— « Je », dit le père Clopineau. Vous voyez, il écrit « je », c'est qu'il veut quelque chose.
Le patron semblait à bout de forces. De grosses gouttes de sueur perlaient à son front et coulaient sur ses joues envahies par une barbe de plusieurs jours. Il respira profondément, serra les lèvres, et la main recommença son cheminement.
Les autres se taisaient toujours et la pluie seule continuait à courir sur les vitres.
Après un autre arrêt, la main repartit et soudain ce fut Pablo qui cria :
— Jeann! Il veut voir Jeannette. C'est sûrement ça!
Aussitôt le patron lâcha le crayon. Sa main tremblait et il s'était remis à crier :
— Hèèè! Hèèè!
Pablo était déjà dans l'escalier.

— Jeannette, Jeannette! Viens vite! criait-il.

Il remonta bientôt, suivi de la petite qui vint se planter près du lit, toujours dans sa même tenue, les bras ballants, la bouche ouverte.

Le patron ne criait plus. Sa main s'était allongée sur la couverture et tremblait à peine. De grosses larmes coulaient de ses yeux, se mêlant à la sueur.

— Embrasse ton père, dit la patronne.

La petite se pencha et embrassa les deux joues barbues du patron. Elle se redressa. Il l'observa encore un instant, puis il ferma les yeux.

Pablo et le père Clopineau se regardaient en hochant la tête. Ils demeurèrent un instant silencieux. Enfin, comme le patron paraissait profondément endormi, ils quittèrent la chambre sans bruit.

XIV

Cette nuit-là, Pablo coucha dans la chambre du fils, dont la porte donnait en face de la chambre du patron.

— Depuis qu'il est malade, expliqua la patronne, je couche avec la petite, il est mieux pour dormir et moi, je peux mieux me reposer aussi.

— Et s'il appelait pendant la nuit, vous l'entendriez?

— Oui, je laisse les portes ouvertes ; vous, vous fermerez la vôtre, c'est pas la peine qu'on soit deux à se réveiller.

Une fois seul, Pablo s'assit sur le lit, et regarda autour de lui. Il y avait plus de deux ans qu'il n'avait pas couché dans un lit. Les draps étaient propres, mais, des couvertures, montait l'odeur d'un autre homme. Pablo ouvrit la fenêtre toute grande sur la nuit. Des papillons entrèrent. Il éteignit la lumière et resta longtemps accoudé à la barre d'appui. Il respirait à longues bouffées la nuit mouillée où tout ruisselait. Il ne pouvait rien distinguer dans l'obscurité, mais il savait que cette fenêtre donnait au sud. A gauche, c'était la fuite du coteau qui s'en allait mourir très loin sur la plaine s'étendant devant et à droite.

Sous la fenêtre, il y avait le bassin cimenté où les canards barbotaient quand ils n'allaient pas jusqu'au ruisseau. Un peu plus loin, c'était des plantées qui n'étaient pas encore vendangées.

Pablo pensa à la récolte. Ce raisin-là, c'était ce qu'ils appelaient les plants directs. Il servait à faire le vin ordinaire et l'eau-de-vie. Maintenant, tout le bon raisin, les plants greffés, ce qui servait à faire le bon vin jaune était rentré.

Pablo respira encore longuement et revint à tâtons jusqu'au lit. Il se déshabilla et se coucha sans éclairer. Il ne s'endormit pas tout de suite. Il demeura un long moment les yeux ouverts, écoutant la pluie qui était seule à faire vivre la nuit depuis que le vent s'était calmé.

Il pensa d'abord à Mariana, et il s'aperçut que depuis quelques jours, il lui avait consacré moins de temps. L'image d'elle qui se présentait à lui ce soir était calme, comme reposée.

Pablo était allongé dans ce lit très doux. Il ne bougeait pas, mais il tâtait le lit de tout son corps. Pendant longtemps il demeura ainsi, partagé entre cette image parfaitement immobile de Mariana et la sensation de bien-être que lui procurait le lit. Enfin, après un moment il murmura :

— La guerre est finie.

Mais, aussitôt, ce mot de guerre fit revenir dans la nuit de la chambre l'image de Pierre. Ce lit où Pablo se sentait si bien était le lit d'un soldat. Un soldat qui était parti ce soir avec son bidon plein et des bouteilles dans ses deux musettes.

Pablo revit beaucoup de soldats. Tous avaient des bidons en bandoulières ou des bouteilles à la main. Tous faisaient des signes de loin à des femmes qui les regardaient partir.

Il y avait des mois que Pablo n'avait pas évoqué la guerre ainsi. Elle se présentait toujours à lui avec le visage ensanglanté et le corps déchiré de Mariana. Il y avait toujours des ruines. Beaucoup de ruines fumantes, mais jamais de soldats.

Jusqu'alors, Pablo ne l'avait pas remarqué. Au

fond, il n'avait jamais encore évoqué vraiment la guerre, c'était à Mariana qu'il avait toujours pensé. Seulement à Mariana. Mais ce soir, parce qu'il venait vraiment de sentir qu'il avait quitté la guerre, il la revoyait.

Et cette nuit-là, il s'endormit tard, après avoir revu en détail tout le film de la guerre qu'il avait vécue. Il évoqua tout cela presque sans souffrir. Il voyait trop de morts pour pouvoir les pleurer. Tous ces morts n'étaient plus des gens écrasés, brûlés, torturés ou fusillés. Ils étaient des cadavres entassés dans une immense fosse commune qui s'appelait la guerre. La fosse était recouverte, et toutes les blessures avaient cessé de saigner.

A côté, il y avait Mariana. Mariana était maintenant un visage qui avait fini de souffrir. A force de chercher en vain à imaginer comment elle avait pu mourir, Pablo avait fini par admettre que ce n'était pas cela qui comptait. Simplement, il avait la certitude que Mariana était morte, c'était tout.

Maintenant, son visage semblait s'être fixé à jamais. Pablo n'avait rien pu sauver dans sa fuite. Même pas une photographie de Mariana. Les premiers temps, il aurait donné n'importe quoi pour avoir au moins un portrait d'elle. Ce soir, c'était un peu comme s'il avait enfin retrouvé cette photo au fond de sa mémoire. Une image de Mariana qui ne souriait pas, mais qui ne souffrait pas non plus. Une image qui ne vieillirait pas.

Pablo la regarda pendant longtemps. Puis, volontairement, il cessa de la regarder. Il comprit alors qu'il pouvait ainsi la conserver dans un coin de son cœur et la regarder quand il le voudrait.

Et, dans la douceur de ce lit, dans la brume de son commencement de sommeil, bercé par la chanson monotone de la pluie, Pablo pensa qu'il était ici chez lui, dans cette chambre où il se trouvait seul avec l'image de Mariana. Ils étaient chez eux. Ils pourraient y rester ; loin de la guerre.

XV

Ils terminèrent les vendanges sous la pluie et les deux dernières journées furent pénibles. Les vignes se trouvaient en terrain plat, de l'autre côté du ruisseau. La terre était jaune. De la vraie glaise qui collait aux pieds et aux seilles.

Les treilles plus hautes laissaient filer en tous sens de longs sarments feuillus et chargés d'eau, si bien que, même lorsque la pluie ne tombait pas, les vendangeurs étaient trempés. Pablo, lui, n'était mouillé que jusqu'à la ceinture, mais il l'était à tordre son pantalon.

Il se fatiguait beaucoup plus que dans les vignes en coteaux, d'abord à cause de la terre plus molle et aussi parce qu'il devait marcher constamment en terrain plat. Il avait pris l'habitude des longues descentes faites à grands pas avec tout le poids de la bouille qui le poussait. Ici, l'effort était différent et la fatigue recommençait à monter le long de son corps, nouant d'autres muscles.

Heureusement, ce qu'ils récoltaient à présent servirait à faire le vin rouge, et ils n'avaient plus à presser la vendange. De retour à la maison, ils se hâtaient de vider les sapines et montaient changer de vêtements. Après, ils redescendaient à la cuisine où la patronne se remettait à l'ouvrage. Pablo s'asseyait près du feu et étendait ses jambes à côté de la plaque de tôle bien chaude. Clopineau était déjà là.

Lui n'allait pas se changer. Il vendangeait avec une grande pèlerine et parvenait à conserver ses vêtements à peu près secs. Il se bornait à poser ses pieds sur la porte ouverte du four pour faire sécher ses chaussons tandis que ses sabots fumaient, couchés sur le couvercle de la bouillotte.

— Vous me couvez mon feu, disait la patronne, on ne risque pas de nous voler la cuisinière, qu'est-ce que ce sera, cet hiver!

Pablo avait touché la paye de sa première semaine et il était allé acheter du tabac et une pipe. Il en fumait une après le déjeuner, en portant sa première bouille de l'après-midi, mais, la meilleure, c'était bien celle du soir, en attendant la soupe.

La patronne quittait la pièce pour aller traire. Clopineau commençait à piquer du menton et il n'y avait dans la pièce que le pas traînant de Jeannette qui mettait le couvert. Lorsqu'elle avait fini, elle allait se planter à côté de l'évier et elle attendait. Alors c'était le grand silence. Pablo fermait à demi les yeux et tirait sur sa pipe à toutes petites bouffées. La fumée montait lentement, mêlée à la buée qui s'échappait de la bouillotte. De temps à autre, un coup sourd résonnait ; c'était la Noire qui tapait du sabot.

Ce moment était vraiment le seul où Pablo parvenait à ne pas penser. Tout s'effaçait, tout devenait gris et lointain comme la fumée de sa pipe.

La patronne décida de garder Clopineau à son service, le temps de mettre Pablo au courant du plus gros travail.

— Vous serez le professeur, en quelque sorte, dit-elle. Vous comprenez, je ne vous demande pas de travailler, mais seulement de lui montrer ce qu'il faut faire.

— Va bien, va bien, répondit le vieux en clignant de l'œil, je te vois venir.

— Enfin, Clopineau, vous savez bien que je ne peux pas me payer deux valets!

— C'est bien ce que je dis. Mais ne te fâche pas, moi, ça m'arrange. Tu sais bien que je n'ai plus rien à faire pour moi. Le temps que je passe ici, j'économise mon bois et je suis nourri, je n'en demande pas plus.

Le marché fut conclu ainsi, le vieux exigeant seulement dix francs d'argent par semaine pour son tabac.

— Tu comprends, expliqua-t-il à Pablo, vu le manque de bras, je trouverais à m'occuper à meilleur compte dans le village, mais ce serait toujours des journées par-ci par-là, du travail de bric et de broc, moi, je n'aime pas ça. Je suis trop vieux, le changement me crève. Et puis, quand je me fais payer ma journée, j'aime que le monde qui m'emploie en ait pour ses sous. Alors, comme je n'ai plus la force d'un jeune, je me crève encore plus et je finis par travailler un jour sur deux. C'est plus une vie. Ici, au moins, je suis sûr de pouvoir manger tous les jours.

— Ici, remarqua Pablo, question de manger, je crois qu'il n'y a pas à se plaindre.

Le vieux hocha la tête.

—Moi qui te parle, dit-il, j'ai fait toutes les maisons du pays. Je n'ai crevé de faim nulle part, mais je n'en connais pas une où on mange mieux qu'ici. Pour ça, tu peux dire que tu es bien tombé.

En disant cela, il se mit à rire et frotta longuement l'une contre l'autre ses deux grosses mains qui faisaient un bruit de râpe à bois. Puis, se penchant vers Pablo, il ajouta en baissant la voix :

— Moi aussi, je suis bien tombé, seulement question de professeur, laisse-la toujours causer, mais je suis pas homme à regarder travailler les autres.

Le vieux continua en effet de travailler comme s'il avait été payé normalement. Dès que la pluie cessa, il fallut rentrer les betteraves et le maïs. Pablo apprit à conduire la Noire et à tenir une charrue. Il était robuste et mettait beaucoup de bonne volonté dans tout ce qu'il faisait. Pourtant, il ne réussissait pas toujours dès le premier essai et il s'énervait. La colère le prenait. Il se laissait aller à jurer en catalan, ce qui faisait rire Clopineau et la patronne.

— Tu te feras, disait le vieux. Tu te feras. Dans le travail de la terre, il faut de la force et de l'idée. Tu as les deux, ce qui te manque, c'est la patience, mais ça viendra.

Un jour qu'il labourait un mauvais terrain où s'agrippaient encore de nombreuses racines de pommiers mal arrachés, Pablo s'énerva plus qu'il ne l'avait jamais fait. Il lâcha les mancherons et se mit à insulter la terre en frappant du pied la souche que le soc venait de mettre à jour. La charrue versa et le vieux, qui menait la Noire par la bride, s'arrêta. Il laissa passer la colère de Pablo puis, s'approchant de lui, il dit :

— Tu vois, ça ne sert à rien et c'est courir un gros risque de faire ça. Si la Noire était une mauvaise bête, elle pouvait s'emballer et se blesser.

Pablo s'approcha de la jument et caressa son encolure toute humide de sueur.

— Si elle s'était blessée à cause de moi, dit-il, je m'en serais voulu toute ma vie.

— Avec les bêtes, la colère c'est très dangereux, dit le vieux.

Pablo s'en alla reprendre les mancherons. Clopineau le suivit. Et, avant de retourner à la bride, il dit encore :

— Tu as l'idée, tu as la force, tu as le bon vouloir, mais...

Il s'arrêta et regarda Pablo avec beaucoup de bonté et aussi un peu de reproche dans les yeux.

— Allez, dit Pablo. Continuez. Dites-moi ce que vous pensez, ça peut me servir, de savoir.

— Je peux me tromper, mais je ne crois pas que tu aimes vraiment la terre.

Pablo ne répondit pas. D'ailleurs, le vieux n'avait pas attendu de réponse, il était déjà retourné vers la

Noire. Immobile, les mains sur les mancherons, Pablo regarda toute la terre qui s'étendait autour de lui. Elle était pâle et morne, comme assoupie sous le ciel bas. Le ciel n'était qu'un seul et immense nuage gris tendu d'un horizon à l'autre. Tout était triste, même les fumées qui montaient des champs où les paysans brûlaient des herbes mortes.

— Ça y est? cria Clopineau.

— Allez, hue!

La Noire piétina, ondulant de l'échine et de la croupe. Les crochets grincèrent, le coutre s'enfonça et la charrue se remit à tracer son chemin. Une grande blessure rougeâtre s'ouvrait le long d'une autre blessure. L'herbe se soulevait, retombait, enfoncée sous la terre où couraient des racines blanches. A chaque restant de souche rencontré, Pablo serrait plus fort les mancherons, pinçant les lèvres pour étouffer le juron qui montait malgré lui. Le choc se répercutait jusque dans sa tête, électrisant ses bras et ses épaules. Parfois, à force d'appuyer, il n'était plus maître de son corps et ses pieds se soulevaient de terre. Malgré tout, cet après-midi-là, il vint à bout de ce lopin de mauvais pré sans crier une seule fois.

Quand ils rentrèrent, la nuit tombait. Ils étaient assis tous deux sur la planche du char. Derrière eux, la charrue bringuebalait contre les ridelles. La Noire allait lentement dans le chemin étroit aux ornières profondes. C'était le vieux qui menait. Les coudes sur les cuisses, Pablo regardait la terre qui s'endormait tout autour de lui. La voiture tanguait très fort et il semblait parfois que la terre se mettait à danser comme un immense océan de grisaille. On ne distinguait plus que des formes lourdes et frileuses, recroquevillées dans des replis de terrains ou blotties au pied du coteau. Partout, la fumée des feux d'herbes se mêlait aux brumes du soir. Tout se figeait. La terre paraissait fatiguée de vivre sous un ciel qui l'empêchait de respirer. Pour la terre, ce n'était pas encore le sommeil de l'hiver, c'était l'angoisse d'avant dormir ; c'était comme le regret des récoltes engrangées et des herbes mortes qui se consumaient. La brume sentait à la fois l'eau des bas-fonds et le feu mouillé. Ça et là, un petit œil rouge clignotait au milieu d'un champ où dormaient des formes accroupies.

— Aimer la terre, se répétait Pablo. Aimer la terre...

Est-ce qu'on pouvait vraiment aimer la terre?

Ce mot fit revenir devant lui l'image de Mariana. Il savait qu'il n'aimerait plus jamais. Il avait aimé Mariana. Il avait aimé l'enfant qu'elle portait dans son ventre et que la mort avait pris en même temps qu'elle. Maintenant, il n'était plus question d'aimer. Pablo vivait. Il acceptait de vivre, c'était tout. Et il vivait ici parce que le hasard l'avait fait échouer ici. Il s'y trouvait bien. Il ne souffrait ni du froid, ni de la faim et la fatigue était devenue pour lui une alliée. Il le savait. Il tenait à elle comme un malade tient au médicament qui calme sa souffrance.

Bien sûr, il aimait bien tout ce qui était autour de lui. Il l'aimait comme il aimait la Noire, par exemple, ou le père Clopineau. Mais ce n'était pas aimer vraiment.

De son passé émergeait rarement autre chose que l'image de Mariana. Le reste ne comptait pas. Le travail, la maison, les repas, tout était remplacé. Sans Mariana, la vie, ici ou là-bas, c'était la même chose. Ici, la vie était possible dans le calme ; sans les tracasseries de la police, sans la menace de la prison et de la torture. Il n'y avait autour de Pablo que des êtres silencieux.

La patronne parlait peu. Elle n'élevait la voix que lorsqu'elle n'obtenait pas ce qu'elle voulait de Jeannette. Pablo avait fini par s'habituer aussi à la présence de cette fille. Elle le dégoûtait moins. Elle était là, comme un chien qui ne cesse de regarder les hommes, essayant de comprendre ce qu'ils disent.

Quant à Clopineau, sans doute parce qu'il avait

été valet toute sa vie, il avait pris l'habitude de ne rien dire à table. Il ne parlait guère que pendant le travail, pour l'essentiel. Autrement, quand il leur arrivait de fumer ensemble en attendant le repas, comme tous les vieux, Clopineau aimait à raconter des histoires. Mais sa fatigue le trahissait toujours et chaque fois ses yeux se fermaient au milieu d'une phrase qui demeurait en suspens.

Si la patronne était là, elle disait invariablement :

— Voilà le vieux qui sonne les cloches.

Pablo souriait mais ne répondait pas, isolé du reste de la pièce par la fumée de sa pipe.

Parfois, quand ils rentraient plus tôt des champs, Clopineau et Pablo montaient voir le patron. Depuis qu'il faisait froid, le médecin avait recommandé de faire du feu dans la chambre. Un matin, ils avaient installé un vieux poêle en tôle où l'on pouvait brûler d'énormes bûches. C'était Jeannette qui était chargée d'entretenir le feu durant le jour, et jamais elle ne le laissait s'éteindre. Le patron ne criait plus. Simplement, quand elle avait chargé le poêle, il faisait tout doucement :

— Hèèè!

La petite allait près de lui. Il agitait sa main valide jusqu'à ce qu'elle la prenne entre les siennes. Ils restaient ainsi quelques minutes sans bouger, puis le patron disait :

— Hèèè!

Et Jeannette redescendait à son travail.

Si Pablo et le père Clopineau se trouvaient près de lui à ce moment-là, dès que la petite s'éloignait il les regardait en faisant battre sa paupière. Les hommes souriaient, et, dans le regard du patron, quelque chose disait qu'il était heureux.

Un soir, comme il ne restait plus qu'une bûche dans le panier à bois, Pablo descendit le remplir au bûcher. Quand il remonta, le patron s'agita et fit comprendre qu'il voulait dire quelque chose. Pablo posa le panier et descendit chercher le livre de comptes, un papier et un crayon. Toujours avec autant de peine le patron écrivit : « bois ».

Clopineau fronça les sourcils puis s'exclama :

— Ça y est, j'ai compris. Il se fait du souci pour le bois.

Il alla au panier, prit une bûche, revint près du patron et, posant la bûche debout sur le pied du lit, il la tint d'une main tandis que, du tranchant de l'autre, il frappait le bas de la bûche.

Aussitôt, la main du patron s'agita et sa paupière cligna.

— Bientôt, cria le vieux. Pablo et moi, avec la Noire. Le Bois de la Combe du Moulin. T'inquiète pas. On te laissera pas geler.

Puis, s'adressant à Pablo, il ajouta :

— J'en ai touché deux mots à la patronne, l'autre jour. La semaine prochaine, on s'y mettra sûrement. Mais, tu vois comme c'est drôle ; il sait bien que le bois qu'on va couper ce sera pour l'hiver prochain. Il sait bien aussi que le bûcher est plein. Tout de même, il a peur de manquer. Il faut croire qu'il se sent de vivre encore longtemps comme ça.

Il s'arrêta un temps, parut réfléchir puis, les yeux pleins de joie, il reprit :

— Ça, petit, le bois, c'est quelque chose !

Pablo attendit longtemps sans mot dire, espérant une explication, mais le vieux n'ajouta rien. Il ne regardait plus ni Pablo ni le patron. Son regard était perdu, très loin, et toutes les rides de son visage semblaient sourire avec, malgré tout, comme un brin de mélancolie.

XVI

Le temps demeura calme, avec de rares sautes de vent qui bousculaient un peu le ciel, déchiraient un nuage sans jamais aller jusqu'au bleu. Le soleil se montrait quelquefois à l'aube ou sur le soir, mais on avait à peine le temps de le voir que déjà le ciel ou la terre le reprenait. Malgré tout, le froid venait peu à peu et, un matin, en donnant à boire aux poules qu'elle gardait à l'engrais, la patronne trouva une mince couche de glace sur la gamelle.

— C'est le temps du bois, dit le père Clopineau. D'autant que le ciel sent la neige et qu'il vaudrait mieux commencer avant qu'il en tombe trop.

Comme tout était en ordre dans les terres et que rien ne pressait plus à la cave où la fermentation s'achevait lentement, on décida de partir dès le lendemain. Le soir, en allant se coucher, le père Clopineau se frotta les mains. Il avait les yeux qui brillaient.

— Sois prêt de bonne heure, dit-il à Pablo. Sois prêt de bonne heure.

Pablo s'éveilla très tôt et, lorsque le vieux arriva, la Noire était déjà attelée. Le temps d'avaler la soupe brûlante, et ils se mirent en route.

On voyait à peine clair pour se conduire, mais une fois sorti du village, il n'y avait plus qu'une seule route. La Noire la connaissait. Il suffisait de la laisser aller.

Le froid pinçait. Assis côte à côte sur le banc du char, les deux hommes avaient étendu sur leurs jambes la couverture et la bâche de la jument. Ils restèrent longtemps sans parler, encore engourdis de sommeil. Puis, comme le jour naissant ébauchait peu à peu les contours du chemin, Pablo demanda :

— Où va cette route?

— Elle monte du côté de Geruge.

A mesure que le chemin s'élevait, il devenait plus sinueux. Les terres cultivées se faisaient plus rares et, bientôt, il n'y eut plus que des bois de chaque côté. Ce n'étaient pas de hautes futaies, seulement des plantées de jeunes frênes et surtout d'acacias. A côté du chemin, légèrement en contrebas, le ruisseau coulait, sautant de temps à autre une marche et mettant dans la pénombre de l'aube une tache claire d'écume.

A plusieurs reprises, Pablo observa le vieux. Son regard allait d'un bord à l'autre de la route, fouillait le taillis, suivait un instant le cours du ruisseau pour retourner se perdre dans le bois. Il respirait à petits coups, comme un chien qui retrouve une piste. Voyant que Pablo l'observait, il sourit.

— Tu vas voir, petit. Ça c'est le bois. Evidemment, ça n'a rien de commun avec la vraie forêt, c'est ce qu'on appelle du bois de vigneron. Tu comprends, l'acacia, c'est ce qui fait les meilleurs piquets. Alors, on ne plante que ça. Quand on coupe, on choisit ce qu'il faut pour les vignes, et le reste on le débite en chevilles de feu.

A mesure qu'il parlait, son visage s'animait, ses mains entraient en action. Bientôt, pour mieux pouvoir s'expliquer, il enleva même ses moufles. Son haleine mettait autour de lui tout un monde de petits nuages blancs qui passaient un à un par-dessus son épaule.

Il expliqua ce qu'étaient les grandes forêts où il avait passé toute sa jeunesse à travailler dans les coupes.

— Un jour, dit-il, faudrait que tu puisses voir. Ça n'est pas tellement loin d'ici.

Il resta un moment silencieux, le regard fixe. Puis, se tournant de nouveau vers Pablo, il reprit :

— Mais ici, c'est déjà bien. Tu verras, je suis certain qu'on ne rencontrera pas un chat de la journée.

— Pourquoi avez-vous quitté votre forêt? demanda Pablo.

Le vieux tapa sur la couverture à l'endroit de ses genoux.

— Ma guibolle. Tu comprends, dans les bois, faut être en pleine force si on veut faire sa journée. On travaille par équipe, et un qui n'est plus entier, ce sont les autres qui triment pour lui. Ici, c'est tout de même autre chose.

— Et vous ne retournez jamais dans les forêts où vous étiez?

Le vieux parut surpris.

— Y retourner, demanda-t-il, mais pour quoi faire?

Pablo n'insista pas. Au moment où il avait posé sa question, il avait compris qu'elle n'avait aucun sens.

Maintenant, le jour était là. Il baignait d'une lumière morne les bois dépouillés. Tout était gris. Rien ne semblait vivre. Simplement, de loin en loin, un oiseau s'envolait battant des ailes et disparaissait entre les fûts. Très haut, à ras des nuages, de grands vols de corbeaux passaient en croassant.

Bientôt, le vieux empoigna les guides et dirigea la Noire dans un chemin de terre qui prenait à gauche entre deux coupes. Ils roulèrent un moment avant de s'arrêter sur le replat. Ils descendirent. Le vieux fit tourner la bête pour que la voiture fût prête à partir et commença de dételer. Pablo jeta la couverture et la bâche sur le dos fumant de la jument avant de lui donner son foin.

— Maintenant, dit le vieux, la première chose, c'est la soupe.

— Déjà? Mais il n'est pas encore midi, remarqua Pablo en riant.

Le vieux riait aussi. Il semblait vraiment heureux, et sa joie était comme celle des enfants qui jouent à un métier d'homme.

Prenant sa serpe, il commença à tailler des branches mortes restées là d'une coupe précédente et bâtit un foyer au milieu de l'espace libre. Bientôt la flamme monta, dévora la poignée de foin volée à la Noire, attaqua les brindilles et se mit à ronfler. Dans l'air immobile, la fumée montait droite jusqu'à hauteur des cimes, puis, refroidie, elle s'étirait en longues algues qui planaient, comme accrochées aux branches. Les deux hommes se frottaient les mains autour du foyer.

— Tu comprends, expliqua le vieux en ajoutant quelques bûches plus grosses, dans une heure, il y aura un bon tas de braises et on pourra mettre cuire la soupe. Le feu, quand on est au bois en hiver pour toute la journée, c'est la première chose à faire. Après, on s'occupe du reste.

Quittant leur veste, ils les posèrent dans la voiture, prirent les haches et commencèrent l'abattage.

Pour Pablo, c'était tout un apprentissage à faire, et il comprit vite que la hache est moins facile à manier que la pioche. De plus, la charrue ne lui avait pas durci les mains autant qu'il le croyait, et, dès midi, il avait dans les paumes d'énormes ampoules qui crevèrent.

— Tu regardes tes mains, dit Clopineau tandis qu'ils revenaient près du feu. Je sais, la hache, c'est terrible au début ; mais moi, sans vouloir te forcer à travailler, si j'ai un conseil à te donner, c'est d'insister. Si tu t'arrêtes un jour, c'est tout à recommencer. Autrement, en continuant sans te crever, tu vas te faire. C'est une question de huit jours, pas plus.

En effet, les mains de Pablo changèrent rapidement. L'intérieur devint dur et cessa vite d'être douloureux. Le dessus était griffé et crevassé. Pablo les regardait souvent, le soir, lorsqu'il fumait sa pipe près du feu. Il tâtait l'épaisseur des callosités et les frottait l'une contre l'autre. Elles ne faisaient pas encore le même bruit de râpe que celles du père Clopineau, mais Pablo savait que cela viendrait un jour.

Il n'y pensait pas vraiment, mais il commençait pourtant à ne plus guère avoir d'autres préoccupations que celle du travail fait au cours de la journée et de celui qu'ils entreprendraient le lendemain. Pablo comprenait maintenant tout l'amour du vieux pour le bois. Il lui arrivait même de se demander s'il aurait pu, sans lui, parvenir à sentir vraiment tout ce qu'il y avait dans ce silence de la forêt.

Le moment où il le sentait le mieux, c'était pendant le repas.

Ils s'asseyaient tous deux à côté du foyer, et le vieux tirait de la marmite le lard et la saucisse qu'il posait sur le couvercle renversé et calé dans les cendres chaudes. Ensuite, il prenait la miche et coupait du pain dans la marmite. Ils laissaient tremper le temps de boire un verre de vin, puis le vieux servait. Alors, tout en mangeant lentement, Pablo laissait son regard se perdre dans la grisaille du bois. La fumée abandonnait partout des traces bleues immobiles. Pendant de longues minutes, le silence était parfait. Et là, dans cette minuscule vallée fermée par le ciel bas posé sur le sommet des crêtes, le silence n'était pas comme ailleurs. Il avait quelque chose de plus délicat que celui de la plaine, par exemple, ou des coteaux plantés de vigne. Le moindre bruit prenait une importance considérable. Un craquement de brindille, une étincelle giclant du feu, le cliquetis du bridon que la Noire secouait pour mendier une croûte, tout cela prenait place dans ce silence. Tout paraissait venir à point pour le faire mieux sentir.

Parfois, d'autres bûcherons travaillaient plus haut ou plus bas. Les coups de leurs cognées et leurs cris répondaient aux bruits du travail de Clopineau et de Pablo. L'écho multiple les confondait, mais la vallée ne s'éveillait jamais tout à fait. Elle avait une telle réserve de silence que les bruits n'en venaient jamais à bout. Ils couraient entre les arbres, mais ils ne sautaient jamais la crête. On sentait qu'ils demeuraient là, comme attirés par la terre où ils s'endormaient.

Le soir, pour redescendre avec la voiture chargée de troncs ébranchés, le vieux prenait la bride de la Noire et Pablo marchait à côté du char, à hauteur de la manivelle. Il avait toujours une branche solide à la main, qu'il pourrait enfiler entre deux barreaux pour bloquer une roue, au cas où le convoi s'emballerait. De temps à autre, il se retournait. Derrière eux, avec la nuit qui montait des moindres replis de la terre, la vallée semblait se fermer, s'emmitoufler dans son sommeil épais.

C'était l'hiver. La terre était nue. On pouvait s'approcher d'elle. Rien n'était là pour vous distraire.

Puis, un jour qu'ils étaient au bois, alors qu'ils finissaient de manger, la neige se mit à tomber. Le vieux l'avait annoncée la veille au soir et, le matin, en partant, il avait encore répété :

— Ce soir nous rentrerons avec la neige.

Ce furent d'abord quelques flocons fous qui semblaient chercher un coin de sol à leur convenance pour se poser. Ceux qui arrivaient près du feu fondaient avant de toucher terre.

— Nous allons finir d'ébrancher ce qui est par terre, dit le vieux. Et ensuite, il sera temps de partir.

— Vous voulez rire, on ne va pas s'en aller à trois heures.

— Va toujours. On en reparlera dans un moment.

Et ils se remirent à l'ouvrage. Ils allaient de bon cœur, cognant dur pour se réchauffer et remettre en marche leur sang qui s'était épaissi pendant le repas. Au bout d'un moment, levant les yeux, Pablo vit que tout était déjà blanc.

— Alors, demanda le vieux en riant, qu'en dis-tu?

— Vous aviez raison, je crois qu'il ne faudra pas tarder.

Ils achevèrent tout de même l'ébranchage, mais ils eurent du mal à charger la voiture. Leurs mains mouillées étaient raides. Les troncs glissaient et ils étaient aveuglés par les flocons qui tombaient de plus en plus serrés.

Ils rentrèrent lentement, et la nuit n'était pas loin lorsqu'ils arrivèrent à la maison. Dès qu'elle entendit la voiture, la patronne sortit sur le seuil.

— Alors? cria-t-elle.

— Ah! dit le vieux, tu te faisais du souci pour ta bête? On dirait bien que tu ne me connais pas!

Et il riait, tout blanc de neige, le cou rentré dans les épaules et le capuchon de sa pèlerine rabattu sur les yeux.

Ils bouchonnèrent la Noire et lui donnèrent son foin avant de venir s'asseoir près du feu.

— Cette fois, dit Clopineau, c'est vraiment l'hiver.

C'était l'hiver, en effet, qui s'installait sans bruit autour de la maison. Le feu continuait de ronfler. Le couvert était mis. Personne ne disait mot. Pourtant, il faisait chaud, ici. Et ce n'était pas seulement la chaleur du feu. La vie était là. Toute la vie de la terre s'était réfugiée dans la maison.

Cet hiver-là fut très froid. La neige tenait bon, tassée et dure comme glace.

— Elle en attend d'autre, disait Clopineau.

Il en vint encore, en effet, et pendant longtemps il fallut renoncer à tout travail extérieur.

Mais les hommes ne chômaient pas. Il y avait les piquets qu'il fallait scier de longueur, refendre, épointer, passer au feu. Il y avait à débiter le bois de feu qui s'empilait dans le bûcher. Et puis, quand la bise trop tenace les chassait du hangar, ils se réfugiaient à la cave où il y avait toujours du travail. Pablo apprenait beaucoup de métiers avec Clopineau qui savait tout faire.

— Je crois que la patronne est contente, disait le vieux. Parce que, vois-tu, tout ce qu'on fait là, ça n'a l'air de rien, ça semble du bricolage pour passer le temps, mais c'était tout de même tout du travail à l'abandon. Depuis son accident, le patron n'avait plus le goût à rien. Et le garçon, fallait tout lui dire. Une maison qui s'en va comme ça à vau-l'eau, c'est mauvais signe.

La patronne était en effet une bonne cliente. Elle avait toujours un petit travail à signaler.

— Tenez, disait-elle, pendant que vous êtes à faire de la menuiserie, faudrait voir dans l'écurie à me rafistoler le parc des cabris. Je vais faire porter au printemps, et il y a des planches qui ne tiennent plus.

Les hommes regardaient, tâtaient les planches, auscultaient peu à peu tout l'intérieur de la ferme. La plupart du temps, ils finissaient toujours par se regarder en clignant de l'œil.

— Allez, disait le vieux, pas de rafistolage. Du moment qu'on y est, on a aussi bon compte d'en faire un neuf. Ici, ce n'est pas le bois qui manque.

A la longue, c'était toute la maison qui prenait un air plus propre et plus solide.

— Peu à peu, disait le vieux à la patronne, on va te faire un vrai château.

Tout y passait. L'écurie, la grange, la cave, la cahute à outils, les outils eux-mêmes qu'il fallait réemmancher, aiguiser, affûter. La charrue et la herse, la faucheuse à nettoyer et à graisser. On croyait toujours avoir tout fait, et il y avait toujours à faire.

— Vous n'en finirez jamais, disait la patronne en souriant.

— Si, affirmait Clopineau. Seulement, c'est pas nous qui le dirons, quand ce sera fini. C'est le soleil.

Le soleil brillait souvent, mais le ciel prenait toute sa chaleur et la terre restait de glace. Sur toute l'immense plaine bressane, il n'y avait d'autre vie que les fumées montant des toits et, dessinées en noir sur la neige, les routes où passaient des voitures silencieuses et minuscules. Tout ce qu'on mettait dehors était aussitôt raidi par la bise. Le fumier sortit tout chaud de l'écurie fumait un moment puis, bientôt couvert de givre, il devenait un bloc sur lequel la fourche glissait. Les poules se groupaient à l'angle du bûcher, immobiles, ébouriffées et tassées les unes contre les autres, elles demeuraient là tant que le soleil donnait. Puis, dès qu'il avait tourné l'angle de la maison, elles rentraient pour attendre la pâtée du soir.

La patronne avait tricoté deux cache-nez et un passe-montagne pour son fils qui écrivait en disant que le froid était bien pour eux le pire ennemi. Chaque fois qu'une lettre arrivait, la patronne la lisait à voix basse puis, appelant Clopineau et Pablo, elle disait :

— Venez, il y a une lettre du garçon.

Ils quittaient alors leurs sabots derrière la cuisinière et suivait la patronne dans la chambre du patron. Là, en parlant très fort, elle relisait la lettre. Elle s'arrêtait souvent et regardait son homme. Simplement avec son œil, il savait dire s'il avait compris ou non.

Pablo écoutait, assis sur une chaise à côté de lui. Il écoutait en regardant le feu par la grille du poêle ou les fleurs merveilleuses que l'hiver dessinait sur les vitres. Ce qu'il entendait l'intéressait rarement. Le garçon racontait toujours la même chose. Il parlait des colis partagés, des batailles à coups de boules de neige, des tournées du théâtre aux armées. Il se plaignait du froid et du manque de vin. Il réclamait des colis et, chaque fois, sa lettre se terminait par la même phrase : « Je vous embrasse en espérant que le père ira mieux au printemps. »

Pour Pablo, le garçon était en vacances. Plusieurs fois, il se dit que si le vin avait été à son goût il n'aurait certainement pas trouvé les vacances trop longues.

Le patron était toujours dans le même état. Simplement, il maigrissait beaucoup. Ses joues s'étaient creusées et il était plus pâle. Maintenant, il avait vraiment la tête d'un vieux. Depuis le gros froid, la patronne avait été obligée de lui mettre un bonnet. On ne voyait plus que son visage qui émergeait des draps, et sa tête paraissait encore plus petite, enfouie dans les oreillers. Il ne demandait jamais rien. Jeannette continuait à s'occuper du feu. Avec la bise, les bûches brûlaient plus vite et il lui fallait monter plus souvent. Dès qu'elle entrait dans la chambre, le regard de son père se remettait à vivre. Et, sans bouger, son visage s'éclairait. Puis, dès que la petite s'éloignait, son œil redevenait morne.

Un jour, en le voyant ainsi, Pablo eut la sensation curieuse que le patron ne faisait pas partie de la vie de la maison. Il était un peu de l'hiver entré dans la pièce et que les vivants s'évertuaient à retenir en alimentant le feu.

C'était idiot. Pablo le savait. Mais, à partir de ce moment-là, il eut souvent cette même idée. C'était un peu comme une roue qui a un rayon différent des autres. Quand elle tourne, on ne le voit pas et on n'y pense plus. Quand la roue s'arrête, on y pense, et c'est toujours ce barreau-là qui se trouve juste en face de vos yeux. Ainsi, Pablo pensait au « patron hiver » chaque fois qu'il se retrouvait dans la chambre, assis au même endroit que lorsqu'il avait eu cette vision pour la première fois. Autrement, il ne pensait jamais au patron. D'ailleurs, personne ne devait beaucoup penser à lui en dehors des heures de repas. Jeannette, on ne pouvait pas dire qu'elle pensât. Simplement, elle avait pris l'habitude de monter, chaque fois que le feu risquait de s'éteindre. Il devait y avoir en elle quelque chose qui l'avertissait du temps qu'une bûche mettait pour se consumer, selon le vent qu'il faisait.

Autrement, il arrivait bien à Clopineau de dire par exemple :

— Nous avons mis ce fût sur ces deux-là, je me demande si ça aurait bien été l'idée du patron.

Mais, chaque fois, il avait un geste comme pour ajouter : « Bah! il ne risque pas de trouver à redire, il ne le verra pas. »

Ainsi, tout comme s'il n'y avait pas eu de guerre, tout comme si le patron n'avait été vraiment qu'un peu de l'hiver oublié dans la maison, ils continuaient à mettre en ordre ce qu'il faudrait pour accueillir le printemps que la terre préparait sous son sommeil glacé.

DEUXIÈME PARTIE

XVII

La patronne et la vieille Marguerite restèrent dans la chambre tandis que Pablo descendait avec le docteur.

Les volets étaient clos et il faisait sombre et frais dans la cuisine. Debout devant l'évier, Jeannette pleurait.

— Pauvre petite, murmura le docteur.

Il traversa la pièce et sortit dans la cour. Pablo l'accompagna jusqu'au portail.

— Vous êtes à pied?

— Je me demande comment je pourrais faire pour venir en voiture. Vous n'avez pas vu la route?

— Non, dit Pablo. Je ne suis pas sorti depuis deux jours. Mais cette nuit, de la chambre, on entendait rouler sans arrêt.

— C'est encore pire depuis ce matin, dit le docteur. A croire que les gens sont fous.

Pablo ne répondit pas. Il baissa la tête.

Il faisait très chaud. Le soleil de midi blanchissait le chemin poussiéreux. Il n'y avait pas le moindre souffle d'air.

— J'ai soigné des blessés, cette nuit, dit encore le docteur. Il y en a un qui venait de Dombasle en vélo avec un éclat de bombe dans le bras. Je voulais le garder. Rien à faire, il est reparti. Ce sont eux qui font peur aux gens. Bien sûr, c'est terrible ce qu'ils ont vu, mais je ne crois pas que les Boches viennent bombarder jusqu'ici. Ça ne rimerait à rien. Mais tout le monde veut se sauver. Quand ce blessé a eu fini de nous raconter ce qu'il a vu, ma bonne qui a soixante-sept ans voulait foutre le camp aussi.

Le docteur demeura sans rien dire un instant. Il tourna la tête en direction du cimetière. De l'autre côté, en bas de la pente, il y avait la route. A son tour, Pablo regarda de ce côté. On ne voyait rien que le mur d'où émergeaient quelques croix trop blanches encastrées dans le ciel dur, d'un bleu immobile et lourd. Depuis le cimetière, on devait voir la route. Un instant, Pablo eut envie d'accompagner le docteur jusqu'au tournant, mais déjà le docteur disait en lui tendant la main :

— Il faut vous occuper tout de suite de l'enterrement. Avec cette chaleur, vaut mieux faire vite, d'autant plus que les gens sont tellement bêtes qu'ils risquent de tous foutre le camp avant la nuit.

Le docteur s'éloigna puis, se retournant, il dit encore :

— Pendant l'enterrement, éloignez la petite, ça vaudra mieux.

Pablo resta debout un moment au bord de la route, les yeux fixés sur la silhouette noire du docteur qui s'en allait de son pas un peu saccadé. Au bout d'un moment, le docteur se mit à gesticuler. Il devait parler seul.

— Vous monterez nous aider, pour l'habiller.

Pablo sursauta. La patronne venait de se pencher à la fenêtre de sa chambre pour l'appeler. Il se retourna, le regard encore vague d'avoir fixé cette forme noire qui dansait dans la buée s'élevant de la terre surchauffée.

— Je monte, dit-il.

Il entra dans la cuisine et resta immobile près de la porte, le temps d'habituer ses yeux à la pénombre. Il s'approcha ensuite de Jeannette qui pleurait toujours.

— Pleure pas, murmura-t-il. Pleure pas.

Mais la petite continuait à sangloter. Il caressa plusieurs fois ses cheveux puis la laissa pour se diriger vers l'escalier.

— On va vous demander quelque chose de pas bien drôle, dit la patronne lorsqu'il entra dans la chambre.

— C'est la moindre des choses.

Il s'approcha du lit où le patron était étendu. Les femmes lui avaient noué autour de la tête un grand mouchoir blanc pour tenir sa bouche fermée. Il avait le visage décharné et presque aussi pâle que le mouchoir.

— Il faudrait le soulever pendant qu'on l'habillera, dit la Marguerite.

Pablo s'approcha davantage et se pencha sur le lit. Il y avait longtemps qu'il n'avait pas touché un mort.

— Les pieds d'abord, dit la vieille.

Le cœur de Pablo battait fort. La sueur perlait à ses tempes. Il la sentait couler tout le long de son dos et de sa poitrine. Il empoigna les chevilles du patron. Elles étaient encore tièdes. Pablo eut soudain envie de vomir et il éprouva le besoin subit de parler pour se donner de la force.

— Chez nous, ce n'est jamais la veuve qui fait ça, dit-il.

Il avait parlé sans réfléchir.

— Ici non plus, dit la vieille. Mais à cette saison et avec ce qui se passe, ceux qui ne sont pas aux vignes sont partis.

Ils continuèrent d'habiller le mort, puis, lorsqu'il fut allongé sur son lit recouvert d'un drap propre, la Marguerite lui mit entre les mains un chapelet noir.

— Maintenant, tu peux fermer, dit-elle.

La patronne tira les volets.

— Tu me donneras une soucoupe, j'ai ce qu'il faut autrement et tu pourras allumer.

Tandis que la patronne descendait chercher une soucoupe la vieille tira de la grande poche de son tablier un rameau de buis et une petite bouteille d'eau bénite. Une fois la bougie allumée et la soucoupe posée sur la table de nuit, les deux femmes firent le signe de la croix sur le corps avec le rameau, puis le passèrent à Pablo. Sans rien dire, il les imita et reposa le buis dans l'eau. Il y eut un silence de quelques minutes. Les femmes devaient prier, car leurs lèvres remuaient.

— C'est bon, allons-y.

Depuis que les volets étaient clos, la vieille parlait à voix basse.

Ils descendirent et la patronne dit qu'elle allait faire toutes les démarches.

— Vous mangerez avec nous? demanda-t-elle à la vieille.

— Si tu veux.

— Alors, je vous laisse mettre la table, je m'en vais.

En sortant, elle s'arrêta près de l'évier et dit à Jeannette :

— Tu tâcheras d'aider la Marguerite, hein?

— Laissez, dit Pablo, je vais l'aider, moi.

La patronne disparut. La petite ne bougea pas et continua de sangloter. Tout en mettant la table, la vieille et Pablo la regardaient de temps à autre. Elle avait les yeux fixés sur la porte du fond et rien en elle ne trahissait la vie, à part les sanglots qui la secouaient à un rythme d'une régularité parfaite.

— Elle me rend malade, dit la vieille.

— Oui, moi aussi, ça me fait mal de la voir comme ça.

La Marguerite s'arrêta, posa sur la table la miche de pain qu'elle tenait et s'approcha de Pablo. Baissant la voix et regardant du côté de la porte, elle souffla :

— On dirait qu'elle comprend.

— Mais bien sûr, dit Pablo. Moi, je suis persuadé qu'elle comprend.

— Oui, naturellement, elle comprend que son père

est mort. Mais moi, je crois qu'elle a compris aussi ce qu'elle perd.

Pablo haussa les épaules.

— Tu n'as pas vu, dans ses dernières heures, comme il la regardait? Il savait bien que personne d'autre ne sera comme il était avec elle, à présent.

La vieille eut un geste de lassitude et recommença son va-et-vient dans la pièce. Au bout d'un moment, revenant vers Pablo, elle dit encore :

— Faut dire, bien sûr, que c'est pas drôle une créature pareille.

Pablo avait remarqué aussi l'espèce d'effroi qui avait envahi le regard du patron chaque fois que la petite était entrée dans sa chambre durant le temps qu'il avait passé à se débattre contre la mort.

Ça n'avait duré que quelques heures, et la petite n'avait paru s'apercevoir de rien tant que le docteur n'était pas entré. C'était seulement en le voyant qu'elle s'était mise à trembler et à pleurer.

De nouveau, Pablo s'approcha de Jeannette.

— Tu n'as pas de mouchoir? demanda-t-il.

La petite ne broncha pas. Pablo se dirigea vers le placard, ouvrit la porte et chercha un mouchoir. Puis, revenant près d'elle, il lui essuya lui-même les yeux et le nez.

La vieille le regardait.

— Elle est dégoûtante, dit-elle. Trois ans, on dirait qu'elle a. Trois ans!

Pablo ne répondit pas. Il mit le mouchoir dans la bavette du tablier que portait Jeannette.

— Viens t'asseoir, dit-il.

Il lui prit la main. Elle le suivit et s'assit sur la chaise qu'il lui montrait.

— Quand elle est comme ça, elle a pas plus de vie qu'une plante, remarqua la Marguerite. Mais moi, cette morve qui lui coule toujours du nez, ça me lève le cœur.

Pablo se retourna. Un peu brutal, il lança :

— Alors, regardez ailleurs.

La vieille sursauta, puis, haussant les épaules, elle se dirigea vers la porte, le pot à eau à la main.

Pablo s'était assis sur le bord de la table à côté de Jeannette. Lentement, doucement, sa main caressait les cheveux de la fille.

Maintenant, elle ne le dégoûtait presque plus. C'était la première fois qu'il parvenait à faire le geste de la moucher. Mais il l'avait fait parce qu'il savait qu'elle pleurait trop pour pouvoir obéir. Il l'avait fait comme on cache un objet que l'on ne peut pas voir. On fait ainsi un geste. On a du courage pendant quelques secondes, et après, on peut regarder librement. C'est tout. Il faut faire le geste ou s'en aller.

La patronne revint bientôt. Elle avait dû courir. La sueur ruisselait sur tout son visage. Elle était rouge et essoufflée.

— Alors? demanda Pablo.

Elle reprit son souffle un instant puis, d'une traite, elle expliqua :

— J'ai vu le maire. Il a téléphoné pour le corbillard... Rien à faire. Il n'y a plus que le vieux. Les deux qui font les croque-morts sont partis ce matin.

— On trouvera bien deux hommes pour descendre le cercueil.

— Non, le vieux ne veut pas venir. Il dit que la route est trop encombrée. Et le maire m'a dit pareil. Il paraît que même à pied on ne peut pas aller à contresens.

— Alors, il faudra porter le cercueil?

— Justement, il n'y a pas de cercueil non plus. Le menuisier est parti. Le maire est allé voir. Il n'y en a pas de prêt. Je sais pas ce qu'on va faire... Je sais pas.

En disant cela, la patronne se laissa tomber sur une chaise et éclata en sanglots.

Elle n'avait pas encore pleuré, mais cette fois, les larmes semblaient monter toutes à la fois et tout son corps était secoué. La Marguerite se précipita vers elle et tenta de la calmer, mais à tout ce qu'elle disait, la patronne répondait :

— C'est pas possible... Je sais pas ce qu'on va faire... Je sais pas.

Et ses paroles étaient hachées, déformées par les sanglots.

Pablo resta un long moment sans voix. Décontenancé, il essayait de réfléchir. Machinalement il marcha jusqu'à la porte, écarta le store, jeta un coup d'œil sur la cour inondée de soleil, puis, revenant près de la patronne, il dit :

— Il faut vous mettre à manger. Ça vous fera du bien. Moi, je vais monter chercher Clopineau.

— Clopineau?

— Oui, on verra ce qu'on peut faire.

La patronne s'arrêta de pleurer quelques instants et regarda Pablo à travers ses larmes. Elle avait les yeux égarés, et on aurait dit qu'elle voyait Pablo pour la première fois.

— Clopineau, bredouilla-t-elle encore et, de nouveau, elle éclata en sanglots.

— Vous avez raison, dit la Marguerite. Allez le chercher. Vaut mieux.

Pablo se versa un verre de vin et d'eau glacée qu'il but avant de sortir.

Sur le seuil, il se retourna. Jeannette était toujours assise, raide sur sa chaise. Elle regardait la porte du fond et n'avait pas cessé de pleurer. Derrière elle, le coude sur la table et la tête dans sa main, la patronne aussi continuait de sangloter.

La vieille Marguerite fit un geste en direction de Pablo, comme pour lui dire de se hâter, et se dirigea vers le buffet.

Pablo laissa retomber le store derrière lui et se retrouva seul sous le soleil éblouissant.

XVIII

Pablo marcha longtemps sans lever la tête. Il regardait seulement la terre blanche et craquelée du chemin. De temps à autre, un lézard filait dans l'herbe sèche du talus et Pablo sursautait.

Il contourna le village et atteignit bientôt l'endroit où le sentier commence à grimper entre les vignes.

Il monta ainsi jusqu'au troisième tournant. Là, s'arrêtant soudain, il posa un pied sur le talus et regarda la plaine. Le soleil la faisait miroiter. L'horizon restait vague, et les collines n'étaient ni du ciel ni de la terre. Elles étaient un long ruban mobile qui se soulevait de temps à autre comme une grande bête couchée qui cherche son souffle.

Un instant, Pablo pensa aux derniers halètements rauques du patron. Il revit sa main se tordre et s'agripper au drap.

Le soleil écrasait tout. Aucun bruit ne venait de la plaine. Simplement, derrière Pablo, une langue de terre inculte qui séparait le chemin d'une vigne craquait sous le soleil comme un feu qui couve. Des cricris se répondaient, sciant l'air épais à peine respirable.

Pablo s'était arrêté là parce qu'il savait qu'en levant la tête il verrait le fond de la plaine. Il le regardait et rien n'était changé. Il suffisait à présent d'avancer de quelques pas, jusqu'au bout du tournant, ou de monter sur le talus et Pablo découvrirait toute la plaine, du pied du coteau à l'horizon. Il verrait le village encore caché par la vigne. Il verrait la route aussi. D'abord la route, parce qu'elle était plus loin que le village.

Pablo se retourna, face au coteau qui montait d'une seule traite juspu'à heurter le milieu du ciel poli comme l'acier. La lumière était partout. Elle collait à la terre, enveloppant chaque cep, chaque arbuste, chaque piquet de vigne. Pablo respira profondément jusqu'à sentir la chaleur sèche couler au fond de lui. Des gouttes de sueur tombaient de son front, roulaient sur ses joues ; il en sentait le sel au bord de ses lèvres. Il demeura longtemps ainsi. Puis, reprenant sa marche, il alla jusqu'à déborder la vigne.

Maintenant, il découvrait tout. Et, au premier coup d'œil, il eut l'impression que rien n'était changé.

Il fixa plus longtemps la route.

Elle était presque comme les autres jours. Simplement, sous le double chapelet des arbres, les taches d'ombre et de lumière vibraient. Elles étaient agitées d'un mouvement incessant, d'un long et seul mouvement fait de mille passages.

C'était tout ce que Pablo pouvait voir.

Il regarda ensuite du côté du village.

Rien.

Les maisons tassées, écrasées de soleil et dormant leur sommeil de midi. Entre les toits brûlés, les rues blanches ou violettes.

Au faîte d'un toit, Pablo vit passer un chat noir qui disparut derrière une cheminée, reparut, sauta sur un autre toit en contrebas avant de se couler dans le trou d'ombre d'une lucarne.

Autour de la ferme, quelques poules rôdaient. Les autres, groupées et immobiles, faisaient une tache claire dans l'ombre du bûcher.

Il regarda encore la route. Le long mouvement continuait, essayant de pousser vers le fond de la plaine les taches de soleil qui s'entêtaient à demeurer chacune à sa place, entre les platanes. A force de tendre l'oreille, il finit par percevoir un bourdonnement très vague, que le crissement d'un insecte suffisait à interrompre.

A côté de la route, le soleil continuait d'écraser la plaine endormie.

Pablo passa son avant-bras sur son front ruisselant et se remit à marcher.

Arrivé à la vigne, il grimpa entre deux rangées de ceps et regarda l'ensemble de la plantation. Depuis le matin, le vieux avait bien travaillé. Plus de la moitié des ceps étaient liés. Leurs branches folles avaient été allongées le long des fils de fer et attachées avec des liens d'osier. Lorsque Pablo sortit de la vigne et déboucha sur le replat, il aperçut tout de suite Clopineau assis à l'ombre d'un bouquet de charmilles. Le vieux leva la main.

— Je t'ai entendu monter, dit-il.

Pablo était essoufflé. Il se laissa tomber dans l'herbe à côté du vieux et s'épongea le visage.

— Pour que tu montes à pareille heure, c'est pas la peine de demander, dit le vieux.

Pablo hocha la tête.

— Tiens, bois.

Clopineau lui tendit sa gourde enveloppée d'une serviette mouillée. Pablo but une longue rasade. Le vin était encore frais.

— Hier soir, dit Clopineau, je n'aurais même pas cru qu'il passerait la nuit. Il y a longtemps qu'il est mort?

— Deux heures, à peu près.

— Et il faut que je descende avec toi?

Pablo expliqua le départ du menuisier et des autres.

— Si je comprends bien, va falloir qu'on lui fasse un cercueil?

— Ma foi...

Le vieux soupira, souleva sa casquette, gratta son crâne blanc avant de dire :

— Pauvre Lucien, s'en aller comme ça!

Il demeura silencieux un long moment, rangeant dans sa musette les restes de son repas. Abruti de chaleur, Pablo le regardait sans le voir vraiment.

— Ça fait rien, dit le vieux en se levant, j'avais déjà fait beaucoup de métiers, mais un cercueil, ça m'était pas encore arrivé. Pourtant, le bois, depuis le planter jusqu'à l'abattre, le tailler, le débiter...

Il s'arrêta soudain, regarda vers la route et, tendant le poing, sans crier, les dents serrées sur sa colère, il ajouta :

— Bon Dieu de saloperie! La guerre... La guerre... On a même plus le droit d'enterrer les morts, avec la guerre!

Toujours assis aux pieds du vieux, Pablo leva la tête. Ces mots-là venaient de le réveiller. Il était brusquement tombé de cet univers bleu de brouillard où passaient des ombres blanches, de cette espèce de rêve de soleil et de terre surchauffée où il commençait à voguer, à demi engourdi.

La guerre. Des morts. Des milliers de morts que l'on ne pouvait jamais enterrer. Des morts que la pluie, le vent et le soleil rongeaient peu à peu. Des morts qui creusaient eux-mêmes leur trou dans la terre brûlante.

— Tu viens? demanda le vieux.

Pablo se secoua. Déjà, Clopineau descendait entre les rangs de vigne, son panier d'une main et, de l'autre, son paquet de liens dorés et luisants. Il marchait vite, et sa gourde clissée lui battait les fesses comme un bidon de soldat.

XIX

Il était sept heures du soir lorsqu'ils achevèrent le cercueil du patron. Ils avaient dû renoncer à le faire comme sont faits tous les cercueils. C'était au-dessus de leur savoir. D'abord, en leur ouvrant l'atelier du menuisier, le maire avait dit :

— Servez-vous des outils, mais pas des machines.

— Tu peux être tranquille, avait répondu Clopineau, moi, tout ce qui est mécanique!..

Et, une fois seuls, ils avaient commencé par faire le tour de l'atelier. Il y avait beaucoup d'outils accrochés à des panoplies ou alignés sur des étagères.

— Tout ça, c'est bien compliqué, avait conclu le vieux. Moi, je crois qu'on ferait mieux de prendre ce qu'il nous faut de planches et de clous, et on le fabriquerait aussi bien à la maison.

Et, tout l'après-midi, ils avaient besogné sur le vieil établi branlant installé sous l'appentis. Les canards s'étaient couchés en rond à quelques pas de là, et les avaient regardés du coin de l'œil, sans cesser de guetter le vol des mouches bleues qu'ils gobaient quand elles s'aventuraient à portée de leur bec. A plusieurs reprises, la patronne était venue apporter aux hommes du vin frais. Elle ne pleurait plus. Elle avait seulement les yeux rouges et le visage fatigué.

— Vous pensez que vous y arriverez? demandait-elle.

— Faudra bien, disait le vieux.

Et maintenant, c'était fini. Ils avaient percé des trous et vissé le couvercle. Ils ne voulaient pas être obligés de taper dessus une fois le mort dedans.

Pablo se recula de quelques pas. Le soleil déjà bas entrait jusqu'au fond de l'appentis et teintait de jaune le cercueil de bois blanc.

— Somme toute, dit Pablo, c'est une caisse, quoi!

Le vieux se recula aussi. Il eut un geste d'impuissance et soupira :

— On a fait ce qu'on a pu. Que veux-tu, c'est toujours mieux que rien. Et puis, tu sais, le Lucien c'était pas un homme à aimer le luxe. Je suis sûr qu'il le trouvera très bien.

Pablo regarda le vieux qui s'était déjà remis à dévisser. Il ne plaisantait pas. Il était certainement persuadé que le patron serait heureux de son cercueil.

— Tout de même, dit Pablo, si on mettait une croix dessus?

Mais le vieux devait vraiment penser au patron de toute sa force.

— Tu sais, lui, les croix!

— C'est surtout pour la patronne. Et puis, ça ferait plus cercueil.

Ils cherchèrent deux tombées de bois. Le vieux les rabota proprement, cloua la plus longue sur le couvercle puis, sciant l'autre par le milieu, il cloua les morceaux de chaque côté pour faire les deux bras de la croix.

— C'est vrai, dit-il, ça marque mieux.

Ils rangèrent les outils sous l'établi et Pablo prit la caisse sur son épaule, tandis que le vieux empoignait le couvercle. Arrivés à l'angle de la maison, Pablo posa sa caisse contre le mur.

— Attendez une minute.

Il alla jusqu'à la cuisine.

— C'est prêt, dit-il en écartant le store.

La vieille Marguerite cligna de l'œil. Elle était seule avec Jeannette qui avait fini par s'arrêter de pleurer mais demeurait comme frappée de stupeur.

— Allons, Jeannette, prends la corbeille, on va aller donner aux lapins.

La vieille empoigna une gamelle de pâtée. La petite prit la corbeille d'épluchures et elles sortirent. Pablo fit un signe à la vieille pour indiquer de quel côté elle devait contourner la maison, et, dès qu'elles eurent disparu, il retourna vers Clopineau.

— C'est bon, on peut aller.

— Pauvre Jeannette! soupira le vieux avant de se remettre en route.

En haut, la patronne les attendait.

— Le maire devait venir pour la mise en bière, dit-elle.

— Et le curé? demanda Pablo.

— Il est venu deux fois, il reviendra vers les huit heures.

— Alors, qu'est-ce qu'on fait, on attend?

La patronne hésita. Elle regarda Pablo et le vieux puis la caisse.

— C'est pas bien beau, s'excusa Clopineau. Mais que veux-tu, c'est pas notre métier.

— C'est la guerre, dit simplement la patronne.

Elle garda le silence encore quelque instants puis, se tournant vers le corps, elle demanda à voix basse :

— Vous ne trouvez pas que ça commence à sentir?

— Oui, dit Pablo. Avec la chaleur, c'est forcé.

— Alors, le mieux c'est de le mettre en bière tout de suite et de poser le couvercle sans le visser.

La patronne ouvrit l'armoire et tira d'une pile un grand drap. Elle le déplia.

— C'est sa mère qui l'avait brodé pour notre mariage, dit-elle.

Pablo vit deux lettres compliquées et ornées de petites fleurs. Le drap sentait bon les plantes sèches.

Pendant qu'ils ensevelissaient le cadavre, la patronne eut quelques sanglots ; ils cessèrent dès que le couvercle fut posé sur la caisse qu'ils installèrent au milieu de la pièce sur quatre chaises.

Maintenant que tout était fait, ils restaient là, dans la pénombre, à regarder le cercueil. Au bout d'un moment, Pablo se tourna vers le vieux. Le vieux leva la tête. Son crâne blanc faisait une tache claire. Son regard semblait demander à Pablo ce qu'il fallait faire. Comme Pablo ne bronchait pas, le vieux fixa de nouveau le cercueil, puis, d'une voix qui tremblait beaucoup, il murmura :

— Mon pauvre Lucien, tu n'auras pas eu l'enterrement que tu méritais. On a fait ce qu'on a pu, tu sais. Le cœur y est, va... Le cœur y est.

Pablo crut que le vieux allait se mettre à pleurer. Il le regarda. Son menton tremblait. Pourtant, quittant des yeux le cercueil, il se tourna vers la patronne et demanda :

— Alors, je crois que c'est tout ce qu'on peut faire pour le moment. Maintenant que le soleil est parti, faudrait ouvrir un peu la fenêtre et faudrait voir aussi à s'arranger pour la veillée.

Ce furent deux femmes du village qui commencèrent la veillée avec la vieille Marguerite tandis que la patronne, Pablo et Clopineau allaient se reposer. A deux heures du matin, la Marguerite les réveilla. Exact comme toujours, Clopineau venait d'arriver. Les trois femmes jetèrent encore une fois de l'eau bénite sur le cercueil puis elles s'en allèrent en silence.

— J'ai refait du café, dit seulement la Marguerite avant de sortir.

La patronne prit trois verres sur l'égouttoir, Pablo sortit le sucre du buffet. Ils burent leur café, puis ils restèrent un long moment sans parler, assis tous les trois, les coudes sur la table. La porte était ouverte et, de temps à autre, un souffle de nuit soulevait le store et poussait dans la cuisine une bouffée de fraîcheur.

Ils étaient convenus de ne pas veiller près du mort.

Simplement, tous les quarts d'heure environ, l'un d'eux se levait et montait lentement l'escalier. Ce fut la patronne d'abord, puis Clopineau. Ils restaient en haut quelques minutes seulement.

Bientôt, ce fut le tour de Pablo. Il se leva et monta sans bruit. Arrivé devant le cercueil qu'éclairait la flamme tremblotante d'un cierge à demi consumé, il fit le signe de la croix avec le buis mouillé et resta un long moment immobile. La fenêtre était restée grande ouverte, seuls les volets étaient mi-clos. Plusieurs papillons de nuit tournaient autour de la flamme.

Par l'entrebâillement des volets, une rumeur sourde entrait dans la pièce. Pablo s'approcha, tendit l'oreille. Le roulement continuait, toujours avec la même régularité, la même lenteur. Pablo redescendit et reprit sa place. Il resta un instant à regarder les autres, puis il dit :

— Sur la route, ça passe toujours.

— Oui, dit la patronne. La Marguerite m'a expliqué que bien des gens du village sont encore partis aujourd'hui. Il paraît que les Boches sont à Paris depuis hier.

— La Noémie prétend qu'un soldat leur a dit qu'ils seraient à Besançon avant la fin de cette nuit.

— Est-ce qu'il passe beaucoup de soldats ? demanda la patronne.

— Il paraît qu'il en est passé pas mal, dit le vieux. Mais moi, tu sais, je ne suis pas descendu voir.

— Si seulement je pouvais savoir où il est!

La patronne avait dit cela très vite et les derniers mots étaient montés vers l'aigu d'un sanglot mal retenu.

— Si seulement, dit-elle encore. Si seulement je pouvais savoir!

Puis, laissant tomber sa tête dans ses mains jointes, elle se mit à pleurer sans bruit, avec de longs soupirs qui secouaient tout son corps et faisaient trembler sur ses tempes deux mèches noires échappées à son chignon.

XX

Peu à peu, le chagrin de la patronne s'était apaisé. Ils avaient parlé quelques instants. Clopineau avait essayé de dire que la vigne était belle, mais chaque fois que l'un d'eux entamait une conversation, elle tombait aussitôt. Ils sentaient tous les trois le besoin de parler, mais ils ne trouvaient pas leurs mots. A plusieurs reprises, Clopineau avait piqué du menton.

— Vous devriez monter vous étendre sur mon lit, avait dit Pablo.

Mais le vieux ne voulait rien entendre. Deux fois, il était sorti pour respirer un peu de nuit fraîche. La troisième fois, Pablo l'accompagna. Ils allèrent jusqu'à la route, s'adossèrent à la murette de clôture et Pablo roula une cigarette. Le vieux en fit autant, et ils se mirent à fumer en silence.

— Ça passe toujours, dit le vieux après un moment.

Le grondement de la route continuait. Pablo essayait de chasser de sa tête des images d'exode qui lui revenaient depuis qu'ils avaient commencé cette veillée interminable. Il revoyait la frontière, les femmes, les gosses. La faim. Les blessés. Et les morts. Des morts qu'on enveloppait dans des couvertures et qui restaient là, allongés sur le bord de la route. Des morts à moitié nus, la tête enfouie dans la boue des fossés. Des morts desséchés, boursouflés, et d'autres qui semblaient prêts à se lever pour repartir. Et puis d'autres encore, qui continuaient à marcher, s'accrochant aux vivants. Ceux-là, ils avaient vraiment des visages de morts, avec simplement les deux points des yeux qui vivaient encore intensément. Mais, au moment où leurs yeux venaient de s'éteindre, il suffisait de les allonger au bord de la route pour comprendre qu'ils étaient morts depuis longtemps. Ceux-là, la guerre ne les avait pas tués en les frappant ; elle les avait rongés, usés, vidés lentement.

Dans cette débâcle, personne ne savait plus très bien où s'arrêtait la vie et où commençait la mort. Il y avait beaucoup de vivants couchés parmi les morts et qu'on abandonnait ; il y avait des morts que l'on s'entêtait à soutenir, à traîner le long de la route.

— Le jour ne doit pas être loin, dit Clopineau.

— Oui, il doit être trois heures.

Leur cigarette finie, ils regagnèrent la cuisine. La patronne descendait de la chambre.

— Vous voulez reboire du café? demanda-t-elle.

Les hommes firent signe que oui et la patronne venait à peine de servir lorsqu'un pas sonna sur les cailloux de la cour. Ils se regardèrent. Personne ne bougea. La patronne tenait la cafetière et sa main tremblait.

— C'est le maire, dit Clopineau quand le pas fut plus près.

Ils soupirèrent et la patronne posa sa cafetière sur la table. Le maire entra. Il était essoufflé et rouge. Du seuil, il cria :

— Les Boches sont à Poligny!... On vient de me téléphoner!

Comme personne ne répondait, il répéta :

— A Poligny!... Ça veut dire qu'ils peuvent être là d'ici quelques heures.

— Qui est-ce qui t'a téléphoné? demanda Clopineau.

Tout de suite, le maire s'emporta et se mit à gesticuler en criant :

— Est-ce que je sais, moi? Un officier. Et puis, ça n'a pas d'importance. Ce qui compte, c'est d'éviter que le village soit mis à sac.

— Et alors, qu'est-ce qu'on peut y faire, nous autres? demanda Clopineau sans hausser le ton.

Le maire regarda la patronne, puis Pablo.

— Il ne faut pas qu'ils le trouvent ici, lui.

— Qu'est-ce que ça peut faire? dit Pablo.

Le maire se remit à crier en agitant ses gros bras courts.

— Ce que ça fait? Mais bon Dieu, on dirait que vous ne savez pas qu'ils sont bien avec Franco! S'ils trouvent un républicain espagnol dans le pays, ils vont tout saccager et foutre le feu aux quatre coins du village!

— Mais ils ne sauront pas qui je suis, remarqua Pablo.

Le maire parut un peu décontenancé. Pourtant, criant de plus belle, il reprit :

— Ça ne fait rien, faut que vous partiez. Ils peuvent l'apprendre. Moi je ne veux pas risquer la vie de tous les gens de la commune. Vous n'avez qu'à rejoindre la colonne qui passe sur la route. Vous trouverez bien un camion qui vous prendra. Il y en a des tas qui sont à moitié vides!

Ils le laissèrent crier. Quand il s'arrêta, le père Clopineau attendit quelques instants, puis demanda :

— Tu as du monde pour l'enterrement?

— Il y a Junot, il a déjà creusé la fosse hier au soir. Et moi je viendrai vous donner la main.

— Je pense que le curé pourra nous aider aussi?

— Sûrement, oui.

La patronne paraissait assez calme. Elle se leva et alla vers le buffet, sortit une tasse qu'elle posa devant le maire.

— Vous boirez bien une goutte de café, dit-elle.

Le maire s'assit, tira son mouchoir et épongea longuement son visage gras. Quand il eut terminé, se tournant vers Pablo, il lui dit sans crier :

— Sincèrement, je crois que pour vous aussi c'est mieux de ne pas rester ici. Il y a trop de risques. Ça n'est pas la peine de tenter le malheur, il vient assez vite tout seul.

— Je partirai si vous l'exigez, dit Pablo. Mais pas avant l'enterrement.

Le maire éleva le ton.

— Mais puisque je vous dis que si rien ne les arrête ils peuvent être là dans deux heures!

Clopineau ricana.

— Pourquoi voudrais-tu qu'on les arrête, maintenant?

La patronne avait servi le café.

— Buvez, dit-elle, il n'est pas très chaud.

— Je partirai après l'enterrement, répéta Pablo.

— Alors, dit le maire, il faut l'enterrer tout de suite. Il ne faut pas attendre, sinon, vous ne pourrez plus partir.

— On ne fait pas un enterrement à pareille heure, remarqua le vieux, ça n'a pas de sens.

Le maire frappa la table du poing.

— Et la guerre, hurla-t-il, est-ce que ça a un sens? Et foutre le camp comme ils font tous, est-ce que ça a un sens? Sur trois cent quarante-six habitants au pays, s'il en reste cinquante c'est le bout du monde. Est-ce que ça a un sens tout ça?

Les autres n'avaient pas bronché. Encore une fois, le vieux laissa retomber le silence puis, toujours calme, il expliqua :

— D'abord, ce qui n'a pas de sens non plus, c'est de gueuler comme tu fais dans la maison d'un mort. Ensuite, tu es là que tu cries après ceux qui se sauvent, et tu viens ici pour faire partir Pablo. Je ne comprends pas.

Le maire eut un geste de la tête comme pour dire : « Je renonce à vous faire comprendre. Vous n'y arriverez jamais. » Mais déjà Pablo expliquait :

— A bien regarder, ce n'est peut-être pas plus mal de faire l'enterrement aussitôt que le jour sera là.

Admettons qu'il arrive quelque chose ensuite, tout serait en ordre.

Le maire parut rassuré.

— Il faut faire comme ça, dit-il. Je vais aller prévenir le curé.

Il se leva, puis avant de sortir, s'adressant à Pablo, il dit encore :

— Vous comprenez, ce que je vous demande, c'est pas de partir loin. Le principal, c'est que vous quittiez la commune. Une fois qu'on aura vu comment ça va tourner, on verra ce qu'il y aura lieu de faire.

Dès qu'il fut sorti, le vieux bougonna.

— C'est ça, tu vas dans le pays d'à côté, comme ça, c'est un autre qui sera emmerdé, mais pas lui.

Pablo se contenta de hausser les épaules. Jusqu'à présent, il n'avait senti aucune fatigue. Mais elle venait soudain de tomber sur tout son corps. Il était las, très las, avec dans sa tête toute une foule d'images de l'exode qui se bousculaient.

— Vous croyez qu'on risque vraiment gros à rester? demanda la patronne.

Le vieux la regarda un instant avant de lancer :

— Est-ce que tu aurais envie de partir aussi? Mais au train où vont les choses, avant huit jours la guerre est finie. Et si ça se trouve, on ne verra peut-être pas seulement un Boche dans le village... Ecartés de la route comme nous sommes, qu'est-ce que tu veux qu'ils viennent faire ici? Ce qui les intéresse, c'est les grandes villes.

— On ne sait pas, on raconte tellement de choses. On prétend tellement que ce sont des sauvages.

— Ecoute-moi, Germaine, le meilleur moyen de laisser sa maison au pillage, c'est de l'abandonner. Moi, je suis certain que pour aller à cette vitesse-là, ils ne doivent pas s'amuser à visiter toutes les caves. Tu peut être tranquille.

Le vieux marqua un temps, puis il reprit en se dirigeant vers la porte :

— Maintenant, si tu veux partir, c'est pas moi qui t'en empêcherai.

Arrivé sur le seuil, il souleva le rideau et se retourna vers Pablo.

— Tu viens? dit-il. Si on ne veut pas perdre de temps, faudrait étriller la Noire et préparer la voiture.

Ils sortirent tous les deux. Le jour blanchissait déjà le pan de ciel posé sur la colline.

— Tu comprends, expliqua Clopineau, c'est déjà assez de ne pas pouvoir lui faire un enterrement comme aux autres, faut au moins qu'on donne un coup de brosse à la Noire et qu'on nettoie un peu la voiture.

— Laquelle faut-il prendre?

— Le vieux break, je crois, une fois épousseté, il sera tout de même plus présentable que des chars de travail pleins de terre.

— Vous croyez que ça ira?

— Oui, en enlevant les sièges de derrière, c'est sûrement assez long.

Ils durent manœuvrer les deux autres chars pour pouvoir tirer le break qui se trouvait tout au fond de la grange. Quand il fut dans la cour, Pablo prit un balai pour le nettoyer tandis que le père Clopineau sortait la jument de l'écurie et se mettait à la brosser.

Il faisait jour mais le soleil était encore caché. On le sentait tout proche, prêt à jaillir de la terre.

Dès qu'il eut terminé, le vieux se recula de quelque pas. Il regarda la jument dont le poil luisait. Il regarda aussi le break défraîchi que Pablo avait débarrassé de ses toiles d'araignées.

— Tu vois, dit-il, eh bien, moi, m'en aller comme ça, tiré par mon cheval, à l'heure où on part pour aller aux vignes, je trouve que c'est pas plus mal qu'autrement. Le grand tintouin, ça ne ramène pas les morts, ça coûte des sous à la famille, un point c'est tout.

Le maire arriva bientôt en compagnie du curé qui n'avait pu trouver aucun enfant de chœur et portait lui-même la croix. A quelques pas, deux femmes du village suivaient, l'une portant le seau d'eau bénite et le goupillon, l'autre l'encensoir.

— J'ai bien pensé un moment à appeler la Marguerite, dit l'une d'elles en entrant, mais comme je sais qu'elle est venue veiller, j'ai pensé qu'elle devait dormir, alors j'ai pas osé.

— Vous avez bien fait, dit la patronne.

Tout le monde demeura un instant sans parler. Ils se regardaient tous, attendant un ordre. Ce fut le curé qui bougea le premier. Posant sa croix dans un angle de la pièce, il se dirigea vers la porte du fond. C'était un homme d'une quarantaine d'années, petit et râblé.

— Venez, dit-il.

Les hommes le suivirent.

— Faudrait pas faire trop de bruit, dit la patronne. Si la petite se réveille, ça va être terrible.

Ils montèrent lentement. Dans la chambre, la fenêtre était restée ouverte et les volets mi-clos laissaient à peine entrer un maigre filet de jour. Le cierge touchait à sa fin.

— Vaut mieux ouvrir, on risquera moins de faire du bruit, dit le curé.

Il bénit le cercueil et souffla le cierge tandis que Pablo poussait doucement les volets.

— Pour descendre, on peut pas se mettre plus de deux, remarqua le maire, l'escalier est trop étroit.

— Alors, dit le curé, le grand va prendre devant, et moi derrière.

En disant cela, il avait désigné Pablo. Pablo empoigna le pied du cercueil et recula vers la porte. Dans l'escalier, ils eurent beaucoup de mal. Pablo sentait le bois qui glissait de ses mains. Il n'y avait ni poignées, ni arête saillante. Pablo pensa qu'ils avaient eu tort de si bien raboter les planches.

Une fois en bas, les autres purent les aider et tout fut plus facile pour glisser la caisse dans le break.

Sur le pas de la porte, encadrant la patronne qui sanglotait, les deux femmes les regardaient faire.

La patronne n'avait pas changé de vêtements. Elle avait seulement quitté son tablier et noué un foulard autour de sa tête. Les deux autres femmes portaient également des foulards noirs.

— Qui est-ce qui mène? demanda le curé.

— C'est moi, dit Clopineau.

— Est-ce que vous voulez porter la croix, monsieur le Maire? demanda le curé.

Le maire rentra dans la cuisine et sortit avec la croix.

— Vous pourriez prendre l'encensoir, dit le prêtre à Pablo. Nous mettrons l'eau bénite dans la voiture.

Il passa le seau à Clopineau qui était déjà assis sur le siège.

— Attention qu'il ne verse pas, dit-il.

— Non, dit Clopineau, je vais le poser devant moi, et je le tiendrai entre mes pieds.

Le curé partit. A côté de lui marchaient le maire et Pablo. Le curé récitait ses prières. On avait décidé d'aller directement au cimetière pour gagner du temps.

— Je vous demanderai de dire une messe un autre jour, avait dit la patronne.

Il fallut à peine cinq minutes pour atteindre le cimetière. C'était dans l'ancien que se trouvait la tombe où avaient déjà été enterrés les parents du patron. Quands ils passèrent le portail, Pablo pensa au soir de son arrivée et se demanda où pouvait bien se trouver Enrique. Puis regardant devant lui, au-delà des tombes, il découvrit la plaine. D'ici, il n'y avait que deux prés en pente, le ruisseau, deux autres prés et un champ avant d'atteindre la route. On percevait très bien le bruit des moteurs. Pablo regarda entre les croix. La colonne avançait au pas. Il y avait des véhicules de toutes sortes et beaucoup de piétons. Le long de la route, des gens étaient couchés dans les fossés où ils avaient sans doute passé la nuit. Plus loin, d'autres étaient groupés autour d'un feu. Là encore, Pablo pensa aux morts. Pas tellement à cause des gens couchés dans l'herbe, mais surtout en voyant ceux qui étaient près du feu. Pablo pensa au froid de la mort. A ce froid qui vient avant, et qui prévient ceux qui ont été désignés.

Arrivés devant la fosse fraîchement creusée, ils posèrent la caisse sur le sol et Clopineau fit avancer la Noire de quelques pas.

— Le fossoyeur n'est pas là? demanda le curé.

— Je ne sais pas, dit le maire, il m'avait promis de venir. Mais je vois que les cordes sont là ; il n'est peut-être pas bien loin.

Le curé posa le seau et le goupillon près de la fosse.

— On ne peut pas attendre comme ça sans savoir, dit-il.

—Est-ce qu'on a vraiment besoin de lui? demanda Clopineau.

— Sûrement pas, à nous quatre on peut faire.

Ils passèrent les cordes sous le cercueil et le firent descendre au fond de la fosse. Une fois les cordes retirées, le curé bénit encore le cercueil, récita les prières et tendit le goupillon à la patronne. Le défilé fut vite terminé. Comme tout le monde attendait, le maire remit sa casquette et demanda :

— Est-ce que vous pouvez vous passer de moi? Je voudrais retourner à la mairie. Tout à l'heure, le téléphone ne marchait plus ; on ne sait jamais, on peut avoir besoin de moi.

Le fossoyeur avait laissé sa pelle et sa pioche près de la fosse.

— Si on pouvait trouver deux autres pelles, à trois, on aurait vite fait, dit le curé.

— Venez, dit le maire, il doit y en avoir dans la resserre.

Le maire fit deux pas et, se retournant, il regarda Pablo.

— C'est entendu, j'ai votre parole. Aussitôt fini, vous partez?

— C'est entendu, dit Pablo.

Le curé suivit le maire et revint bientôt avec deux pelles.

— Les femmes devraient rentrer, dit-il.

La patronne sanglotait. Elle s'approcha de Pablo.

— Alors, demanda-t-elle, qu'est-ce que vous faites, vous partez?

— Je lui ai promis.

— Qu'est-ce que c'est que cette histoire? demanda le curé.

Pablo expliqua ce que le maire redoutait.

— Je crois qu'il se fait des idées, dit le curé. Moi, j'ai tout fait pour empêcher les gens de partir, et si tout le monde avait agi comme moi, on ne verrait pas ça.

Il tendit la main vers la route

— C'est bien beau, dit une des femmes, mais faut penser aux jeunes. On raconte tellement de choses!

— Justement, on en raconte beaucoup trop. Moi, je crois que le mieux est de rester chez soi. De toute façon, même pour les jeunes, il est trop tard maintenant pour partir. Où iront-ils? A Bourg, à Lyon tout au plus? Si vous croyez que ça peut les mettre hors de danger!

— Alors, demanda la patronne, qu'est-ce qu'il faut faire?

— Moi, je rentre chez moi, dit une femme. Mon garçon est parti hier avec sa femme et la petite. Je vais faire un baluchon et j'irai dans les bois du val de Geruge. Ils ne viendront pas me chercher là-bas.

Elle s'en alla et l'autre femme la suivit sans rien dire. Pablo regarda la fosse ouverte, prit une pelle et s'approcha du tas de terre.

— Alors, demanda encore la patronne d'une voix qui tremblait un peu. Vous partez, c'est décidé?

Pablo eut un geste d'impuissance.

— Ecoutez, dit le curé. Puisque vous avez promis, je comprends que vous vouliez partir. Mais alors, faites comme cette femme, montez dans les bois, et dès que vous pourrez, revenez au village. Mais surtout ne faites pas la bêtise d'aller vous jeter dans cette cohue. C'est le meilleur moyen d'ajouter à la panique générale. Et puis, ça ne mène à rien. Que ceux du Nord se soient sauvés, ça se comprend, mais à présent c'est la moitié du pays qui va se trouver entassée dans le Midi. Ou bien la guerre va finir, ou bien il va y avoir une grande bataille plus au sud et tous ces civils risquent de gêner les soldats. Moi, je crois que la sagesse, c'est de ne pas aller se fourrer dans cette mêlée.

— C'est bon, dit la patronne, je rentre. J'ai peur que la gosse se réveille.

— Tu devrais emmener la Noire, on n'en a plus besoin, dit le vieux.

Elle prit la jument par la bride et Pablo la regarda un instant s'éloigner.

Le soleil était sorti de terre et versait sa lumière par-dessus le coteau, soulignant d'un trait d'or les contours de l'attelage qui marchait vers lui.

XXI

Pendant que les hommes rebouchaient la fosse, trois avions les survolèrent.

Tout d'abord, ce grondement jailli de la colline et qui leur arrivait d'un coup sur les épaules, leur fit baisser la tête. Puis, lorsqu'il fut passé, ils regardèrent vers la plaine. Les avions filaient en suivant la route comme s'ils avaient voulu tondre les arbres du bout de leurs ailes grises.

Les trois hommes s'examinèrent un instant et, sans un mot, ils se remirent à l'ouvrage.

Comme les autres, Pablo travaillait sans rien dire. Pourtant, au moment où le ronflement des moteurs sautait la colline, il avait senti tout son corps se couvrir soudain d'une sueur glacée. En un instant, il avait pensé à la fosse encore profonde. Il avait dû faire un effort pour ne pas s'y laisser glisser. Ce bruit terrible était entré en lui comme une balle. Et, une fois dans son corps, il s'était répandu partout. Il l'avait empli comme il emplissait l'espace entre le ciel et la plaine.

Ce bruit, c'était un poison, pour lui. Il avait fait de ce qu'il avait encore de calme en lui comme il faisait du silence du matin.

A présent, Pablo serrait le manche de sa pelle. Ses mains crispées tremblaient. Il travaillait plus vite. Et sa sueur coulait toujours.

Quelques minutes s'écoulèrent encore et le bruit des avions avait cessé, lorsqu'ils entendirent des détonations rouler sur la plaine. Ils regardèrent, mais il n'y avait rien d'anormal.

— Vous voyez, dit le curé, c'est en partant sur les routes qu'on court après le risque.

Dès que la tombe fut refermée, ils s'en allèrent. Arrivé devant la maison, le curé reprit sa croix et son encensoir que Pablo et le vieux avaient portés jusque-là et continua seul vers le village.

Pablo et Clopineau entrèrent dans la cour. La Noire était toujours attelée au break arrêté devant la porte de la cuisine. En s'approchant, ils virent des casseroles et du linge dans le fond de la voiture. Comme ils se regardaient, la patronne les appela par la fenêtre du premier étage.

— Montez, j'ai besoin de vous.

En traversant la cuisine, ils virent Jeannette qui mangeait une assiette de soupe. Le couvert était mis pour eux aussi. La patronne était dans la chambre. Sur la table de nuit, il y avait encore le cierge et la soucoupe avec son rameau de buis. L'armoire était grande ouverte et la patronne en tirait des piles de linge qu'elle posait au milieu d'une couverture étendue sur le plancher.

— Qu'est-ce que tu fais? demanda le vieux.

— Vous voyez, je prépare ce que je veux emporter.

— Vous voulez vraiment partir? demanda Pablo.

— Naturellement. Vous n'avez pas entendu les bombes, non? S'ils se mettent à bombarder, on va tout de même pas rester là à attendre d'être tués?

— Mais où veux-tu aller? demanda le vieux. Tu vois bien que c'est les routes et les villes qu'ils bombardent! Moi je suis sûr que ce qu'on a entendu, c'est tombé sur Bourg.

— Et qui vous dit qu'ils ne vont pas détruire aussi le village? Un soldat qui partait a expliqué à la Mélanie Bouchot que, dans le Nord, ils ont tout brûlé. Il ne reste pas une maison sur des kilomètres et des kilomètres de terre. Même les fermes isolées y sont passées.

— Et tu crois que tu vas pouvoir t'en aller bien loin, avec le monde qu'il y a sur la route?

— Je n'ai pas l'intention d'aller sur la route, je veux monter dans les bois. C'est trop tard, maintenant, pour partir.

Elle hésita un instant puis, la voix étranglée, montrant le lit où se voyait le creux qu'avait fait le corps du patron, elle lança :

— S'il n'y avait pas eu ça, il y a longtemps qu'on serait loin.

Elle sortit encore deux piles de linge qu'elle posa sur la couverture, puis, rageuse, elle ordonna :

— Allez, empoignez ça et descendez tout dans le break ; ensuite, vous monterez chercher les matelas.

Une fois en bas, Pablo grimpa sur la voiture pour tout ranger.

— Reste où tu es, dit le vieux, nous te ferons passer les matelas par la fenêtre. Quelle misère tout de même de voir ça, quelle misère!

Il fallut arrêter la patronne. Elle s'affolait, voulait tout emmener et mettait la maison sens dessus dessous. Le vieux finit par se fâcher.

— Tu n'as plus ta raison, dit-il. Tu sais que c'est une jument que tu as, avec un break derrière. C'est pas deux paires de bœufs attelés à un char. Si tu tiens à faire deux cents mètres et à jeter la moitié de ton matériel, libre à toi.

La patronne était désemparée. Le visage défait, les cheveux fous, elle allait d'une pièce à l'autre, prenant ici un objet qu'elle posait deux mètres plus loin.

— Ecoute-moi, finit par lui dire Clopineau. Si les Boches viennent dans ta maison, il leur suffira d'ouvrir la porte. En voyant le fouillis, ils foutront le camp, ils auront l'impression que d'autres ont déjà pillé avant eux.

Les nerfs usés, elle se laissa tomber sur une chaise et se mit à pleurer. Pablo s'approcha.

— Patronne, dit-il doucement. Si vous voulez partir, il ne faut plus attendre.

Le vieux s'assit à côté d'elle et se mit à lui parler lentement, presque à voix basse.

— Voilà ce qu'il faut faire, dit-il. Moi, je n'ai rien à garder dans ma cambuse ; tu vas me laisser tes clefs et je vais m'installer ici. S'ils viennent, il ne faut pas qu'ils trouvent la maison vide.

La patronne avait cessé de sangloter. Des larmes sur les joues, elle regardait le vieux en hochant la tête.

— Pourquoi prendriez-vous tout le risque? demanda Pablo.

Le vieux sourit en disant :

— Moi, que veux-tu que je risque? A mon âge, ils ne vont pas me toucher, ne crains rien. Donc vous me laissez, mais il ne faut pas aller dans les bois de Geruge. Ça ne sert à rien de faire tant de chemin et puis c'est encore une route où ils peuvent être amenés à passer.

— Mais où voulez-vous qu'on aille?

— En Brûlis. Le chemin est à moitié dévoré par les ronces, mais avec le break vous devez pouvoir monter. La Noire est solide, elle a le pied sûr et je ne l'ai jamais vu renâcler à la côte. Suffira que Pablo prenne une serpe pour le cas où il y aurait de trop grosses branches. C'est tout.

— Et vous croyez que c'est un coin où aller?

— C'est le meilleur coin. Aussitôt sur le replat, vous avez le bouquet de frênes et d'acacias et, derrière, la petite combe avec la source des Rougeins qui est à moins de cinq cents mètres plus bas. Et du haut de l'ancienne vigne, vous dominez toute la plaine, comme ça vous serez au courant de ce qui se passe.

La patronne se leva, alla au buffet, ouvrit une

porte et revint bientôt en portant un étui de cuir.

— C'est les jumelles du patron, dit-elle. On va les prendre, comme ça on verra mieux.

Elle avait essuyé ses larmes. Son visage était toujours tendu, mais elle n'avait plus le regard perdu.

— Vous n'avez pas mangé, dit-elle à Pablo.

— Non, ça va, je n'ai pas faim.

Maintenant, c'était Pablo qui avait vraiment envie de partir.

— Et les bêtes? demanda le vieux. Tu sais que moi je ne sais pas traire.

— On va les emmener, dit la patronne, c'est plus sûr.

— Et qu'est-ce que tu feras du lait, là-haut?

— On verra.

Jeannette n'avait pas bougé. Assise de l'autre côté de la table, son assiette vide devant elle, elle ne les quittait pas des yeux.

— Allons, dit la patronne, viens.

La petite se leva et les suivit. Les bêtes étaient encore à l'écurie. La patronne les fit sortir.

— Prenez la Noire et filez devant, dit-elle à Pablo ; je suis avec les bêtes.

— Non, cria le vieux. Fais le contraire. Les bêtes devant, le peu qu'elles écraseront, ce sera ça de fait, et la Noire passera plus facilement.

Poussant devant elles les cinq chèvres et la vache, la patronne et Jeannette quittèrent la cour. Pablo les laissa prendre un peu d'avance.

— Ecoute-moi, dit le vieux. Je suis certain qu'on ne risque absolument rien. Mais on ne sait jamais, si par malheur je me trompais, si j'avais quelque chose à vous dire, je demanderais à la Marguerite de venir me remplacer, le temps de monter vers vous.

Il serra la main de Pablo et tapota l'encolure de la Noire en ajoutant :

— Tiens-la ferme dans la montée, et si tu sentais qu'elle lâche, n'hésite pas à foutre le cul de la carriole dans une haie. Ça vaut toujours mieux que d'esquinter ta bête.

Pablo remercia le vieux et fit avancer la Noire. Quand il se retourna, avant le croisement des chemins, le père Clopineau, debout près du portail, lui faisait un signe de la main.

XXII

La terre des Brûlis était vraiment en friche. Depuis des années la vigne restait à l'abandon, les haies avaient empiété sur le chemin où ne passait plus aucun charroi. Malgré tout, ils purent atteindre facilement le bouquet de hêtres et d'acacias qui marque le sommet du coteau.

Une fois sur le replat, Pablo arrêta la Noire à l'ombre et s'épongea le front. Le soleil donnait ferme et Pablo avait dû, à plusieurs reprises, se frayer un chemin à coups de serpe. Et puis, il y avait autre chose. D'abord, tout le long de la montée, cette tension nerveuse, cette peur de chaque instant qui lui faisait redouter un écart de la jument trop chargée et qui tenait mal sur ces cailloux roulant sous le sabot. Une autre peur aussi, qui ne l'avait pas quitté depuis le passage des trois avions.

Il avait essayé de lutter, de ne plus penser, mais, même en conduisant la Noire, il n'était pas parvenu à occuper suffisamment sa pensée.

Jusqu'à ce matin, il y avait eu le patron. Il y avait eu tout le travail de son enterrement. Il y avait eu ce mort pour les occuper tous. Jusqu'à l'enterrement du patron, la guerre était restée au second plan.

Et puis, d'un seul coup, elle était arrivée. Depuis le passage des trois avions, depuis le roulement lointain des détonations, la guerre était là. Pablo la sentait sur ses talons.

Il la sentait comme il avait senti la fatigue, pendant des jours et des jours. Il la sentait rivée à lui. Il n'était pas question de lutter. Pablo le savait. C'était une maladie tenace, une de ces maladies dont les médecins disent : « Il faut qu'elle suive son cours. »

Tout à l'heure, il avait véritablement eu envie de fuir. Il en avait senti le besoin. Maintenant, il commençait déjà à se demander ce qu'ils étaient venus faire ici.

Laissant un instant la jument qui reprenait son souffle, il revint sur ses pas jusqu'à la ligne de buissons qui bordait le haut de la vieille vigne. Ici, on dominait vraiment toute la plaine. Le village était à droite, à demi caché par une hernie du coteau, mais, vers le sud et l'ouest, la plaine s'étendait sous le soleil.

La route continuait son interminable ondoiement.

Pablo resta un moment sans bouger, regardant par-dessus les branches immobiles.

Son angoisse demeurait. Il savait qu'en quelques instants tout ce qui était là, devant lui, pouvait être changé. Le silence lourd de soleil pouvait se déchirer d'un seul coup et le ciel se couvrir de poussière et de fumée. L'odeur terrible de la poudre lui revenait dans le fond de la gorge et il eut soudain la sensation ridicule d'être venu là pour mieux voir ce qui allait se passer. Pour mieux jouir de la guerre.

— Pablo!

Il sursauta. Son cœur cognait bêtement dans sa poitrine. Il se retourna. La patronne remontait vers lui. Dans le fond de la petite combe toute embroussaillée, Jeannette était plantée, immobile, appuyée sur son bâton et surveillant la vache et les chèvres.

Il revint près de la voiture où la patronne le rejoignit.

— Alors, demanda-t-elle, qu'est-ce que vous en pensez?

Il regarda autour de lui. A part le petit bois où ils se trouvaient et qui était à cheval sur la crête séparant le coteau qui dévalait vers la plaine et la pente allant au creux de la combe, il n'y avait là que des buissons, des plaques d'herbe maigre et des tas de pierraille.

— Et la source? demanda Pablo.

La patronne tendit la main et désigna le point où les bêtes étaient groupées.

— Vous voyez, dit-elle, cette traînée plus verte que le reste, eh bien, c'est là qu'elle coule. Elle est toute cachée sous les herbes, mais l'eau est claire et glacée. Tenez, elle sort de terre sous le rocher qui est un peu plus haut que l'endroit où se tient la gamine.

Pablo regarda encore un moment puis, pensant à ce que leur avait expliqué le père Clopineau, il dit :

— Au fond, c'est vrai qu'on doit être tranquille, ici. Je me demande qui pourrait bien y venir?

— En dehors des chasseurs, il n'y vient jamais grand monde.

— Le mieux, ce serait sûrement de s'installer en bordure du bois, on aurait de l'ombre et au moins on ne risquerait pas d'être vus de la plaine.

Il avait toujours en lui cette même peur, et, en même temps, il éprouvait le sentiment d'être ridicule. De jouer à se cacher d'une chose qui n'existait pas.

Ici, c'était le silence. L'air épais n'apportait aucun bruit. Seules, quelques mouches bourdonnaient, attirées par la Noire qui se secouait de temps à autre dans son harnais. Reprenant la bride, Pablo la fit avancer lentement. Ici, il n'y avait plus du tout de chemin, et la voiture tanguait sur le sol inégal. S'arrêtant bientôt, Pablo demanda :

— On s'installe ici?

La patronne regarda.

— Ma foi, là ou plus loin, je crois que c'est pareil.

Une fois la jument dételée, Pablo la libéra de son harnais.

— Je pense qu'on peut la laisser libre, dit-il, ça m'étonnerait qu'elle aille bien loin.

Ils se mirent à préparer une place et, comme étonnée de se trouver sans attache dans ce pré qu'elle ne connaissait pas, la Noire demeura un long moment près d'eux, à les regarder.

— Allons, va, dit la patronne, va!

La bête s'écarta de quelques pas et se mit à brouter en bordure du bois.

Une fois le sol débarrassé des ronces et des plus grosses pierres, ils montèrent une grande tente avec la bâche à voiture qu'ils avaient apportée. Les arbres servaient de piquets, et la toile tenait avec beaucoup de ficelle. Cette installation les occupa jusqu'à midi. Ensuite, la patronne appela Jeannette et sortit les provisions. Ils mangèrent sans parler, accablés de chaleur.

Une fois le repas terminé, commença le vide.

Tout d'abord, Pablo essaya de dormir, allongé dans l'herbe sous les arbres, mais il faisait trop chaud et les mouches, de plus en plus nombreuses, ne lui laissaient pas un instant de répit. Les yeux mi-clos, il regardait la patronne. D'abord assise au pied d'un arbre, elle avait déplié un vieux journal tiré de leur déballage. Elle l'avait parcouru puis posé à côté d'elle. Ensuite, elle était retournée sous la tente où la chaleur devait être plus lourde encore. Ressortant aussitôt, elle avait marché entre les arbres, s'était assise plus loin sur un tronc mort. Et comme ça, sans arrêt, si bien que Pablo finit par se lever aussi. Il alla d'abord près de la Noire qui ne broutait plus et demeurait immobile sous le couvert des arbres. Il la caressa un moment, lui donna une croûte de pain et rejoignit la patronne. Par habitude, il demanda :

— Qu'est-ce que je fais, maintenant?

A la ferme comme aux champs, c'était la phrase qu'il prononçait chaque fois qu'il avait achevé une besogne.

La patronne le regarda. Elle eut une espèce de sourire triste, souleva ses bras qu'elle laissa aussitôt retomber sur son tablier en soupirant :

— Qu'est-ce que vous voulez faire?

— Bien sûr, dit Pablo. Bien sûr.

Ils demeurèrent un moment immobiles. Plantés l'un à côté de l'autre, les mains pendantes, ils regardaient, entre les arbres, la combe où Jeannette, assise à l'ombre d'un buisson, continuait de garder son petit troupeau.

Au bout de quelques minutes, la patronne soupira et regarda Pablo qui soupira aussi. Alors, sans se consulter, ils se mirent à marcher vers la crête. Ils allaient, sans quitter l'ombre des arbres, lentement, comme s'ils avaient porté une charge énorme. Arrivés à la lisière du bois, ils se coulèrent entre deux buissons et débouchèrent en haut de la vieille vigne.

Là, c'était la fournaise. La chaleur venait autant de la terre que du ciel. L'herbe était rousse entre les vieux ceps dont certains avaient encore leur piquet. Plus loin, au pied de cette terre de lumière, la plaine s'étendait, presque grise. La route remuait toujours.

— On dirait que ça passe moins, dit Pablo.

— Oui, on aurait dû prendre les jumelles.

— Vous voulez que j'aille les chercher ?

— Bah, on verra tout à l'heure.

— Mais si, je vais y aller.

Pablo partit très vite et revint jusqu'à la voiture. Pendant tout le temps qu'il mit pour faire le trajet, pendant qu'il cherchait les jumelles dans le fouillis de la voiture, il eut l'impression de respirer mieux. Mais, dès qu'il eut rejoint la patronne, il retrouva son angoisse.

L'un après l'autre, ils examinèrent longuement la route. Il passait surtout des piétons, des cyclistes, des voitures avec des chevaux. Quelques automobiles ou camions, mais presque pas de soldats. Dans les fossés, il y avait beaucoup d'objets abandonnés.

— Si seulement je pouvais savoir où il est, dit encore la patronne.

— Vous savez, puisqu'il n'était pas sur la ligne

même, il est sans doute déjà parti. Il est peut-être plus tranquille que nous.

Le silence revint. Un silence qui était avec eux depuis leur arrivée. Son poids s'ajoutait au poids de la chaleur, et c'était tout cela qui rendait l'air si pénible à respirer. Même lorsqu'ils parlaient, le silence ne s'en allait pas. C'était à peine s'il s'éloignait de quelques pas, mais on sentait bien qu'il demeurait tout autour, à guetter. Il était sous les haies, dans le bois, couché à même la terre brûlante, prêt à revenir et à peser de nouveau partout. Les soupirs qui leur soulevaient la poitrine disaient tout le poids de cet après-midi où rien ne vivait.

Même la route paraissait morte.

Pablo laissait son regard aller sur la plaine, de village en village. Il ne cherchait rien, et pourtant, quelque chose manquait à la terre.

Regardant de nouveau le coteau qui dévalait devant lui, Pablo demanda :

— Pourquoi appelle-t-on ça Brûlis?

— Au juste, je ne sais pas. Mon père disait que dans le temps, chaque fois qu'on avait essayé de cultiver cette terre, les récoltes venaient bien à cause de l'eau qu'il y a sous la colline et qui fait la source ; seulement, au moment de récolter, tout brûlait. Maintenant, il y a aussi d'autres vieux qui disent que ça ne brûlait pas par le feu, mais seulement par le soleil. Moi, je crois qu'il y a des deux ; le coteau est plein sud, c'est le seul du pays qui soit comme ça, et vous voyez, comme ça tape. Alors, les plantes ont beau boire par le pied, elles finissent toujours par griller.

Ils revinrent lentement sous le bois. Un instant, l'ombre leur parut fraîche.

— Et la vigne? demanda Pablo.

— C'est impossible, maintenant. C'est trop raide, avec une charrue, le cheval ne monte pas. Faudrait tout faire à la main. On ne peut plus, c'était bon dans le temps. Et puis, c'est vraiment trop loin du village. C'est dommage. Ça faisait le meilleur vin de la région. Seulement, avec la pente, il y avait la terre qu'il fallait remonter à dos d'homme après chaque pluie. Ça n'est plus du travail de notre temps.

Revenus près de la tente, ils s'étendirent dans l'herbe tiède. Pablo se mit à regarder les feuilles audessus de lui et le ciel où il lui semblait parfois qu'il allait tomber et s'enfoncer comme dans un océan.

Bientôt, il ferma les yeux. Le temps s'était arrêté. Tout s'était arrêté. La guerre aussi devait s'être arrêtée avant d'atteindre la plaine.

XXIII

Depuis que Pablo était arrivé au pays, c'était la première fois que le temps s'arrêtait. Pablo était comme un aveugle dont la canne ne rencontre plus rien. Il n'avait jamais connu cela. Même au camp, dans les jours de grand vide, il y avait toujours eu Mariana. Bien sûr, à présent aussi elle revenait. Elle revenait toujours plus ou moins, mais elle demeurait vague. Elle disparaissait aussitôt qu'il cherchait à la saisir. Mariana restait le visage calme du portrait sans larme, mais le portrait était transparent Tout, ici, était transparent, impalpable, on ne pouvait s'accrocher à rien. Les heures passaient, mais comme le ciel était vide, on ne les voyait pas passer. On ne les entendait pas non plus parce que le vent aussi avait disparu. Il était parti de l'autre côté de l'horizon avec les derniers nuages ; depuis, on n'avait rien revu. Les arbres attendaient, sans un mouvement. Ils étaient fatigués. Ils demeuraient voûtés, recroquevillés avec tous leurs oiseaux enfermés dans leur ombre tiède. Et là-dessus, il y avait le soleil qui tombait de tout le ciel et s'infiltrait partout.

Rien ne bougeait. Rien ne parlait. Simplement, les insectes bourdonnaient, mais ce qu'ils disaient sans trêve n'avait plus de sens. C'était un long cri plus immobile que le silence. Un interminable trait de scie au cœur du silence même, et qui durerait aussi longtemps que lui.

Et, des heures et des heures, ce silence vous pesait sur le corps.

Pablo restait allongé sur le sol. Il y restait longtemps. Et il sentait en lui quelque chose qui se formait. Quelque chose qui grandissait peu à peu, faisait son chemin comme le sang dans ses veines, jusqu'à emplir tout son corps. Alors il ne pouvait plus tenir. Il se levait. Il marchait sous le bois jusqu'à la crête. Parfois, la patronne le suivait, mais souvent elle le laissait monter seul.

Il allait à grands pas, sans hésiter, comme quelqu'un qui sait bien où il va et qui n'a pas de temps à perdre. Il passait ainsi la rangée de buissons. Et, là seulement, il s'arrêtait.

Il regardait la plaine. Toute la plaine, minutieusement.

Il la regardait longtemps. Mais surtout, c'était la route qu'il fixait. Et toujours du côté du nord.

Vingt, trente fois peut-être, le premier jour. Autant de fois le lendemain.

Et c'était toujours pour ne voir que le vide. Que l'immobilité. Parce que, tout ce passage sur la route, c'était un peu comme le chant des insectes, c'était trop régulier, trop monotone pour être de la vie. C'était une chose qui prenait place dans l'immobilité de la plaine comme la stridulation continue des insectes dans le silence du jour et de la nuit.

Car la nuit était tout aussi vide que le jour. Pablo n'avait plus sa fatigue pour le faire dormir. Il demeurait sans cesse entre veille et sommeil, et ne dormait jamais vraiment.

Il y eut ainsi deux journées et deux nuits.

Trois fois par jour, ils mangeaient. Le soir, ils attachaient les bêtes dans le bois et se couchaient sous la bâche. Il y avait beaucoup de place. Ils ne se voyaient pas, ne se touchaient pas, mais Pablo, plusieurs fois, sortit sans bruit pour aller s'étendre dehors, à même le sol. Là, il retrouvait encore le vide. Le ciel où il allait tomber. Le ciel où les étoiles n'étaient qu'une brume sans vie.

On ne pouvait même pas regarder venir le matin. Tout se passait trop lentement. Il n'y avait plus de mystère. D'ailleurs, pour voir arriver le matin, il ne faut pas le regarder sans cesse. Il faut le quitter des yeux. Avoir autre chose à faire. Se rendormir un moment, ou se mettre à travailler. Ce n'est pas en regardant un ciel vide qu'on peut voir avancer le jour. Le jour n'avance pas dans un ciel tout nu, c'est le ciel lui-même qui devient jour. Mais tout est si lent qu'on a l'impression qu'il ne se passe rien. La nuit recule pas à pas, mais rien n'est là pour lui faire obstacle, pour la retenir ou l'accompagner. Et lorsque le soleil sort de terre, on l'attend tellement, la couleur du ciel autour de lui et déjà tellement soleil qu'il n'y a rien de nouveau. C'est à peine si la terre paraît surprise, tant il lui reste encore partout, sur sa peau tannée, la brûlure de la veille.

Depuis qu'il était au pays, Pablo s'était trop habitué aux matins. Le matin était devenu pour lui, comme le pain et l'eau, une nourriture, une boisson à laquelle on pense vraiment le jour où on ne l'a plus. Depuis des mois, il avait pris l'habitude de découvrir quelque chose à chaque réveil et voilà qu'il ne trouvait plus rien. La nuit ne cachait plus rien ; le jour n'apportait plus rien de nouveau.

Il n'y avait même pas un moment où il pût se dire : « Tiens, voilà le jour, je vais aller regarder la plaine. » Il pouvait y aller n'importe quand. Maintenant ou dans un quart d'heure, c'était la même chose. Il n'y avait que le réveil des deux femmes pour marquer vraiment le moment où le jour était là.

Ainsi, le troisième matin, lorsque la patronne sortit de dessous la bâche, Pablo se leva.

— Alors? demanda-t-elle.

— Je vais monter voir, dit Pablo.

C'était à peu près tout ce qu'ils se disaient tout au long du jour. Et Pablo savait que lorsqu'il redescendrait, la patronne dirait encore : « Alors? », il répondrait : « Rien. » Et il retournerait s'asseoir dans l'herbe.

Il commença par détacher la Noire qu'il caressa un moment puis, comme elle s'éloignait en direction de la source, il monta le long du bois. Il faisait déjà chaud et il n'y avait pas la moindre rosée.

Une fois franchis les buissons, Pablo s'arrêta. Tout de suite, son regard courut le long de la route. Vers la droite d'abord, puis en face du village, puis plus loin jusqu'à l'endroit où tout se brouille, où tout devient un mélange de gris et de vert.

Il n'y avait rien. Plus rien ne passait. La route était vide. Il restait seulement çà et là quelques voitures abandonnées. Dans les petits chemins non plus il n'y avait aucune vie.

Pablo hésita, se retourna vers le bois, regarda encore la route et toute la plaine, écouta, tendu de tout son être, se retenant de respirer.

Rien.

Alors, il redescendit près de la tente. Il marchait vite et quand la patronne le vit arriver, elle demanda :

— Alors?

Mais elle ne le dit pas comme les autres fois. Dans le son de sa voix, il y avait quelque chose de changé. Pablo décrocha les jumelles pendues à un arbre.

— Venez, dit-il, venez.

Jeannette était debout devant la tente. Elle les regardait.

—Il faut détacher les bêtes, dit la patronne.

Aussitôt libéré, le petit troupeau descendit vers le fond de la combe. Ramassant son bâton, Jeannette suivit les bêtes.

— Montons vite, dit Pablo. Montons.

— Qu'est-ce qu'il y a?

Pablo ne répondit pas et la patronne le suivit sans insister. Quand ils arrivèrent à la crête, la route était toujours vide. Pendant un long moment, ils regardèrent sans parler, puis la patronne demanda :

— Qu'est-ce que vous croyez que ça va faire?

— Je ne sais pas.

— Vous croyez qu'ils vont venir?

— Sûrement.

— Vous croyez qu'il n'y aura rien pour les arrêter?

Pablo hésita, tendit l'oreille un moment, puis il dit :

— On n'entend rien.

— J'ai envie de suivre la crête jusqu'au bois des Jourdains. De là-bas, on domine le village, peut-être que je verrai quelque chose.

Pablo la regarda. Elle paraissait calme. Il ne comprenait pas. Lui sentait ses membres trembler. La sueur coulait sur tout son corps.

— Non, dit-il. Si vous voulez, j'irai. Mais je crois qu'il vaut mieux rester là. Il ne faut pas se montrer.

— Mais on peut aller tout le long sans se faire voir.

— On croit toujours. Et puis c'est comme ça qu'on se fait tuer.

La patronne semblait vraiment étonnée. Elle le regarda un instant avant de demander :

— Mais par qui? Il n'y a rien.

Pablo tenta de se reprendre. Il voulut se raidir pour empêcher ses membres de trembler. Mais quelque chose monta soudain en lui. Quelque chose qui couvait depuis des jours et des jours comme un feu d'herbes mouillées.

Il empoigna le bras de la patronne et il la tira derrière les buissons en criant :

— Non. Faut pas. Vous ne pouvez pas savoir ce que c'est. Ça peut venir d'un seul coup. D'une minute à l'autre, ils peuvent être partout et tuer tout ce qui bouge dans les champs sans savoir ce que c'est. Ils peuvent tuer tout ce qui est dans les maisons. Tout. Tout. Ils tuent tout. Parce que la guerre, c'est ça. Il faut tuer. Il faut tuer tout ce qui est vivant. C'est la règle, vous comprenez... Il faut tuer. Il le faut!

Il s'arrêta, comme étranglé. La colère lui mouillait les yeux, lui serrait la gorge. Il était là, debout devant la patronne qu'il n'avait pas lâchée et qui l'observait sans comprendre. Il était là qui criait, la voix rauque, le souffle court. Et il se voyait. Ils se voyait grotesque.

Ils étaient la seule vie sur toute cette terre immense, et il avait peur. Il se sentait malade de peur. Il n'avait pas honte de sa peur, mais il la voyait comme si elle avait habité un autre homme. Il la trouvait bête, sans fondement ; mais il ne pouvait rien faire contre elle.

La patronne le laissa parler. Les mots sortaient de lui par saccades comme une eau qui bouillonne et déborde. Puis, soudain, il s'arrêta. Ses mains se détendirent, lâchèrent les bras de la femme où demeura leur marque rouge et tombèrent le long de son corps. Pendant un instant le silence revint, plus lourd qu'avant, et ce fut la patronne qui prit Pablo par le bras et l'entraîna vers le campement.

— Venez, murmura-t-elle. Venez, on va manger un peu... Ça vous fera du bien.

Maintenant, Pablo était vide. Il n'y avait plus rien en lui, ni peur, ni colère, rien qu'un grand bourdonnement plus sourd que celui des insectes, rien qu'une brume blanche plus aveuglante que le soleil.

Comme un enfant, il se laissa conduire jusqu'à l'entrée de la tente.

XXIV

Le pain commençait à durcir malgré les linges qui l'enveloppaient, mais la patronne et Pablo mangeaient lentement, à petites bouchées. Ils tenaient de la main gauche une large tranche de miche à la croûte épaisse et bien brune. Dessus, leur pouce appuyait un morceau de lard. Ils coupaient de petits carrés qu'ils mâchaient en silence. De temps à autre, ils s'arrêtaient pour boire un verre du vin frais que la patronne était allée chercher sous le rocher de la source.

Pablo ne pensait pas. Sa tête était toujours vide, mais son sang s'apaisait peu à peu. Il regardait le pain et le lard. Il regardait son couteau à la lame toute luisante de graisse. Il regardait le vin où le soleil jouait.

Tout ça, c'était la paix. C'étaient des choses de la paix. Des choses que la guerre ne connaît pas, qu'elle n'a pas le temps de remarquer. Et à mesure qu'il mangeait, c'était un peu de paix qui pénétrait en lui. Elle venait lentement, à petites bouchées elle aussi, et le vin frais se réchauffait aussitôt franchi les lèvres. Il prenait d'abord une partie de la fièvre qui brûlait Pablo et laissait en échange sa fraîcheur empruntée à la terre de la combe d'où jaillit la source pareille à un filet de ciel. Puis, lorsqu'il descendait dans le corps, lorsqu'il avait fini de se réchauffer, c'était lui qui se mettait à donner sa chaleur. Mais c'était là une bonne chaleur, venue elle aussi de la terre et du ciel.

D'une terre plus lointaine, d'un autre été un peu perdu dans un temps où la paix dormait tranquille sur les coteaux brûlants.

Pablo regarda vers le fond de la combe où Jeannette était debout près du buisson. Son bâton posé à côté d'elle, elle mangeait aussi du pain et du lard que sa mère lui avait portés en descendant chercher du vin. Pablo ne distinguait pas son visage, elle était trop loin, mais il devinait ses traits, les mouvements de sa bouche. Elle devait fixer un coin du pré, toujours le même, comme elle fixait un visage ou un objet lorsqu'ils mangeaient à la maison.

Jeannette aussi, c'était la paix.

Ensuite, Pablo regarda la patronne. Elle lui sourit avec l'air de demander : « Ça va mieux? » Il baissa les yeux et recommença de manger.

Il avait presque fini son pain lorsqu'il entendit bêler les chèvres. Il leva la tête. Les bêtes s'étaient mises à galoper. Deux venaient vers la tente, les autres grimpaient sur l'autre versant.

— Qu'est-ce qu'il y a? demanda la patronne.

Ils se levèrent. Jeannette se sauvait aussi sur l'autre versant, mais elle allait moins vite que les chèvres.

Pablo posa son pain et se mit à courir vers la source.

En dévalant la pente, il croisa les deux chèvres qui filèrent sans s'arrêter. Arrivé en bas, Pablo sauta le ruisseau et se trouva où Jeannette avait laissé son bâton. Il allait grimper de l'autre côté pour la rattraper, lorsqu'il vit l'herbe remuer, à quelques pas de lui. Il eut un instant d'hésitation puis, ramassant le bâton de Jeannette, il s'avança vers le serpent qui ne bougeait plus. Il voyait seulement le corps et la queue, la tête étant cachée derrière une grosse pierre.

Pablo s'immobilisa, demeura trois secondes sans respirer, tandis que son bras se levait lentement, lentement. Puis soudain, sifflant dans l'air, la baguette claqua sur le sol. Il y eut un brusque sursaut du corps allongé qui s'enroula et se tordit, montrant son ventre clair. Deux fois encore, la baguette frappa. Pablo regarda ensuite plus loin ; quelque chose bougeait aussi. Un autre reptile filait entre les touffes d'herbe. Pablo bondit, frappa encore par trois fois, adroit, précis, rapide. Mais deux autres reptiles étaient là, à quelques pas, presque immobiles, fixant Pablo de leurs yeux luisants.

Il recula de quelques pas, puis, regardant vers le campement, il aperçut la patronne qui achevait d'attacher les deux chèvres.

— Patronne! Patronne! cria-t-il. Vite, vite, avec un bâton!

Déjà, elle dévalait la pente entre les buissons. Pablo vit qu'elle apportait deux branches. Alors, absolument maître de ses nerfs, il attendit, sans quitter des yeux les deux reptiles. La patronne marcha plus lentement en arrivant près de lui. Il lui tendit la main par-dessus le ruisseau. Elle était rouge et son souffle était court. La sueur ruisselait sur tout son visage.

— Y en a beaucoup? demanda-t-elle.

— Deux là, et ça remue encore là-bas.

Les branches apportées par la patronne étaient plus flexibles que le bâton de Jeannette. Pablo en prit une. Etendant la main, il montra une touffe de chiendent dont les tiges bougeaient.

— Vous voyez? demanda-t-il.

— Oui.

— Alors, allez-y, moi je vais essayer d'avoir ces deux-là d'un coup.

La patronne s'éloigna sur la gauche. Pablo marcha doucement vers les bêtes. Comme il arrivait à portée, elles commencèrent à ramper. Pablo voulut frapper avant qu'elles ne se séparent. Il bondit en avant et la branche fouetta le sol. Une bête se tordit, mais l'autre fila entre les herbes. Elle fit à peine quelques mètres et, déjà, la branche était là. Un claquement, et le reptile s'arrêta, presque coupé en deux.

De son côté, la patronne avait frappé.

Ils achevèrent les serpents qui remuaient encore, puis inspectèrent le terrain autour d'eux. Rien d'autre ne bougeait. Alors, ils se regardèrent et, après un instant d'hésitation, ils se mirent à rire tous les deux en s'épongeant le visage.

— C'est extraordinaire, dit Pablo. J'avais jamais vu ça.

— Le lait, haleta la patronne. Le lait... J'y ai pensé en vous voyant taper.

— Le lait? demanda Pablo.

— Oui, c'est là que je suis venue traire. C'est ça qui les a attirés.

Le premier jour, la patronne avait essayé de faire des fromages avec le lait des bêtes, mais là, ce n'était pas possible. Alors, depuis, elle trayait sans même prendre un seau. Elle recueillait seulement ce qu'il leur fallait de lait pour la journée et laissait couler le reste sur le sol.

— Qu'est-ce que c'est? demanda Pablo.

La patronne regarda de nouveau.

— Il y a juste une couleuvre. Les autres ce sont des vipères. Vous ne les connaissez pas?

— Non, dit Pablo, pas bien.

Ils se tournèrent vers le coteau. Les chèvres s'étaient arrêtées en bordure du bois et Jeannette était près d'elles. Sa mère lui fit signe de venir, mais elle ne bougea pas. Ils se regardèrent encore en souriant et la patronne, remuant les reptiles du bout de son bâton, expliqua ce qui permet, du premier coup d'œil, de reconnaître les vipères.

— Vous croyez qu'il en viendra encore? demanda Pablo.

— Ça se pourrait. Faudra qu'on surveille.

— C'est une bonne chose pour arriver à les détruire.

La patronne se mit à rire.

— Vous pensez pas qu'en temps normal on va s'amuser à foutre du lait par terre pour le plaisir de tuer des vipères?

Ils remontèrent vers le bois.

— On descendra les enterrer, dit la patronne. Sinon, avec le soleil, ça va être une infection.

Arrivé à la tente, Pablo ramassa le reste de son pain et se remit à manger. Il avait très chaud mais il se sentait bien. Ce poids qui l'étouffait depuis des jours avait disparu.

Comme la patronne le rejoignait avec Jeannette et les bêtes, il dit :

— Dans un moment, je descendrai guetter. S'il y en a d'autres par là, faut profiter de l'occasion pour s'en débarrasser.

— J'irai avec vous. Et ce soir, on gardera du lait. Demain, on en mettra dans des assiettes, pour pas que la terre boive tout d'un coup.

— Je suis sûr qu'on en tuera encore.

— Seulement, il va faire chaud, en bas.

— On pourrait faire un abri avec des branches près de la source.

— C'est une idée, oui, faudra voir.

Ils parlèrent encore longtemps ainsi. Ils s'animaient Peu à peu, ils organisaient tout un plan pour mener une grande campagne contre toutes les vipères de la combe.

— J'aurais pas cru qu'il y en ait tant que ça, dit la patronne mais, à bien réfléchir, c'est vraiment un sol à vipères, ici. Et puis, elles y sont tranquilles.

Ils firent du regard le tour du val, s'attardant à chaque murger, fouillant les ronciers avec l'espoir de voir filer d'autres reptiles.

— Faudrait tout de même faire attention à cause des bêtes.

Ils cherchèrent alors le coin où le troupeau serait le plus en sécurité et la patronne appela Jeannette.

— Tu vois expliqua-t-elle, de ce côté du ruisseau, il y a un endroit où il n'y a pas de pierres, tâche de faire en sorte que les bêtes restent toujours par là.

La petite repartit avec son troupeau et ils la regardèrent s'éloigner.

— Ce qu'il faut, dit Pablo, c'est avoir de bonnes baguettes qu'on tienne bien en main et qui soient très souples.

Il chercha la serpe et partit sur l'autre lisière du bois où poussaient des noisetiers. Il choisit des branches. Il en coupa plusieurs qu'il dépouilla de leurs brindilles. Chaque fois qu'il en avait préparé une, il la faisait siffler dans l'air et frappait le sol à plusieurs reprises. Les herbes se couchaient, fauchées comme par une lame.

Quand il revint près de la bâche, la patronne essaya elle aussi quelques baguettes.

— C'est bien, dit-elle. C'est juste ce qu'il faut.

— Maintenant je vais préparer des branches pour faire une claie pour nous tenir à l'ombre.

— Je vais avec vous. Je les rassemblerai à mesure, dit-elle.

Ils s'enfoncèrent dans le bois et Pablo commença de couper des branches.

La patronne en avait déjà réuni un bon tas lorsque, revenant vers Pablo qui tapait à grands coups de serpe, elle lança :

— Arrêtez voir!

Pablo s'arrêta, la main sur la branche qu'il coupait. Le bruit de son dernier coup de serpe courut dans le fond de la combe avant de se taire, comme absorbé par la chaleur qui venait du ciel et de la terre. Ils prêtèrent l'oreille un moment, sans se quitter des yeux.

Un grondement sourd montait de la plaine, parvenant à peine à franchir la colline.

Pablo planta son outil dans la branche qu'il n'avait pas achevé de couper et il dit :

— Venez.

En passant près de la tente, la patronne prit des jumelles et ils montèrent rapidement jusqu'au sommet du coteau.

Une fois de l'autre côté du buisson, tout de suite ils découvrirent la route. En face d'eux, elle était libre. Il n'y avait toujours rien que les voitures abandonnées. Alors, ils s'avancèrent de quelques pas pour regarder plus au nord.

Là-bas, bien avant le chemin qui va de la route au village, une colonne avançait lentement.

La patronne regarda un moment avec les jumelles, puis elle les tendit à Pablo. Elle lui laissa le temps de les régler à sa vue et demanda :

— Alors, qu'est-ce que c'est?

Pablo resta immobile quelques instants puis, abaissant les jumelles et se tournant vers la patronne, il dit simplement :

— Je crois qu'il n'y a pas de doute, c'est bien ça.

— Qu'est-ce que c'est qui marche devant, c'est bien des tanks?

— Oui, il y a quatre chars légers, et derrière des camions...

— Regardez, regardez, souffla la patronne.

Pablo se retourna. Deux motocyclistes, casqués de gris, venaient de déboucher sur la route et attendaient l'arrivée de la colonne.

— Ils viennent du village, sûrement, dit la patronne.

Et tous les deux, sans se consulter, regardèrent le sommet de cette hernie du coteau qui leur cachait le village. Ils restèrent ainsi un bon moment, retenant leur souffle. Enfin, la patronne demanda :

— Vous croyez qu'ils ont fait quelque chose?

— En tout cas, on ne voit pas de fumée, on n'a pas entendu de détonations non plus.

Parvenus près des motocyclistes, les premiers chars s'arrêtèrent un instant. Toute la colonne ralentit puis, comme les motocyclistes repartaient sur la route, la colonne se remit en marche. Les motocyclistes prirent de l'avance et passèrent en face du coteau de Brûlis pour disparaître ensuite vers le sud.

Reprenant les jumelles, Pablo, l'œil au ras des ronciers, regarda défiler le convoi. Il voyait très bien les hommes dont le buste émergeait des tourelles grises. Il voyait aussi ceux qui conduisaient les camions. Il passa les jumelles à la patronne qui regarda la troupe s'éloigner et disparaître. Ensuite, ils restèrent longtemps immobiles. Deux autres camions passèrent encore, plus vite que les précédents. Arrivés à la hauteur des voitures abandonnées ils s'arrêtèrent, des hommes descendaient et poussaient les voitures dans le fossé. Quelques minutes plus tard, un groupe de motocyclistes passa encore, puis ce fut tout.

Le soleil écrasait la plaine où les lointains dansaient. Le vrombissement des moteurs s'était éloigné depuis longtemps, et seul subsistait le bourdonnement des insectes.

Pablo et la patronne demeurèrent un instant face à face, puis sans un mot, lentement, les yeux fixés sur le sol, ils regagnèrent le campement.

XXV

Le reste de la journée fut interminable. Ils commencèrent d'abord par construire près de la source une tonnelle de branchages. Ensuite avant de manger, ils remontèrent sur la crête pour observer la route. Il ne passait plus de convois mais seulement un camion ou quelques voitures de temps à autre. Une fois le repas fini, ils remontèrent encore, puis ils revinrent se mettre à l'affût sous leur tonnelle. Ils y restèrent plus d'une heure sans parler, sans faire d'autre geste que celui de chasser les taons qui se posaient sur eux constamment. Toute la chaleur du jour s'entassait au fond de cette combe. Elle tombait du ciel sur les pierres et les buissons maigres qui la renvoyaient vers le milieu. La source aussi renvoyait le soleil. Tout était lumière, tout piquait, brûlait la peau d'où la sueur coulait sans cesse.

Ce fut la patronne qui se découragea la première ; quittant soudain ses sabots, elle descendit dans l'eau fraîche en disant :

— C'est pas la peine d'étouffer ici. Il en reviendra plus.

Prenant de l'eau dans ses mains, elle s'aspergea le visage. Pablo en fit autant, puis ils remontèrent vers le bois.

Là, il faisait tout de même un peu moins chaud et l'eau qui avait ruisselé le long de leur dos leur procurait encore un peu de fraîcheur.

Pourtant, ils ne pouvaient plus demeurer en place. Vingt fois, ils montèrent pour surveiller la route. A chaque instant la patronne disait :

— Je voudrais tout de même bien voir ce qui se passe au pays.

Mais chaque fois Pablo répétait qu'il valait mieux ne pas prendre de risque inutilement. Il n'avait plus en lui cette peur insupportable, mais une espèce de fièvre. Un agacement qui venait de tout et que tout augmentait : la chaleur plus accablante que les autres jours, les mouches qui ne cessaient de les suivre et le temps qui n'arrivait pas à retrouver son cours normal.

Le temps n'était plus en suspens, il était comme fou. A certains moments il semblait galoper, pour s'arrêter ensuite et revenir en arrière.

Enfin, le soleil se mit à descendre vers le fond de la plaine et se coucha dans une brume plus violette que les autres jours. Pendant que la patronne s'occupait des bêtes et du repas, Pablo fit encore plusieurs fois le trajet du campement à la crête. Comme il annonçait que l'horizon se brouillait, la patronne dit :

— Je m'en doutais. Il a fait vraiment un temps intenable, aujourd'hui. Il y aura sûrement de l'orage cette nuit.

Ils mangèrent, puis la patronne fit coucher Jeannette et ressortit de la tente dès qu'elle se fut assurée qu'elle dormait.

— C'est bon, murmura-t-elle, on peut aller.

Ils longèrent d'abord le flanc de la combe en se rapprochant peu à peu du sommet. La patronne allait devant, s'arrêtant de temps à autre pour prêter l'oreille. Il n'y avait pas de lune, mais le ciel plein d'étoiles versait partout une lumière sans ombres.

Arrivés derrière le bois des Jourdains, ils restèrent un long moment à écouter. Le village était tout près maintenant. Il n'y avait plus qu'à traverser le bois et à dégringoler le coteau. Mais, derrière les arbres lourds de nuit, c'était aussi l'inconnu ; le mystère des jours durant lesquels il avait pu se passer une foule de choses. Ils écoutèrent encore, puis la patronne chercha l'entrée du sentier qui traverse le bois.

L'ayant trouvée, elle marqua une nouvelle pause. Pablo s'avança tout près d'elle et murmura :

— C'est le seul sentier?

— Oui.

— Alors laissez-moi passer devant, je ne peux pas me tromper.

— Pourquoi vous?

— Laissez, dit-il.

Il l'écarta doucement et s'engagea sous la voûte d'ombre. Ici, la nuit était presque opaque et il marchait un peu au juger. Chaque fois qu'il s'arrêtait, il sentait dans son cou le souffle rapide de la patronne qui venait buter contre son dos.

— Je crois que c'est à droite, murmurait-elle. Où à gauche. Ou devant.

Et Pablo la sentait parler contre son oreille, tout près, presque à le frôler de ses lèvres.

A plusieurs reprises, des oiseaux s'envolèrent. Chaque fois, Pablo sursautait. Puis il y eut en face d'eux une lueur vive derrière les troncs et les branches.

D'instinct, Pablo se baissa, mais aussitôt la patronne dit :

— C'est un éclair, mais c'est loin, sur la vallée de la Saône.

Ils débouchèrent enfin au sommet du coteau planté de vignes. La plaine se devinait à peine, toute noyée d'ombre.

— L'orage monte, dit la patronne.

En effet, au fond de l'horizon couraient des éclairs silencieux et tout le bas du ciel était sans étoiles. Ils écoutèrent un moment, puis la patronne avança vers la droite en longeant le bois.

— On va aller jusqu'au pré des Briods ; de là-bas, on verra vraiment.

Ils marchèrent encore quelques minutes jusqu'à une friche qu'ils traversèrent en s'accrochant aux ronces. De l'autre côté, c'était une haie vive plus haute qu'un homme.

— Il y a une trouée plus loin, on va la chercher.

La patronne s'arrêta bientôt puis, s'agenouillant, elle se glissa entre deux plants d'aubépine. Se baissant à son tour, Pablo essaya de passer aussi, mais la patronne n'avançait pas. Elle se tassa sur le côté pour lui laisser plus de place et, le prenant par le bras, elle le tira en avant.

— Glissez-vous à côté de moi, on ne peut pas descendre, il y a un talus.

Il rampa, le flanc collé contre celui de la femme. Une fois engagé, il vit que le pré se trouvait beaucoup plus bas et que la haie était plantée au sommet d'un revers de terrain presque vertical. Après le pré, la dégringolade des vignes puis, tout de suite, les arbres du chemin qui mène à la combe du moulin, et le village.

Les toits se devinaient à peine mais Pablo les sentait si proches. Il lui semblait qu'en se penchant un peu hors de cette fenêtre de branchages, en étendant le bras, il allait les toucher de la main.

A côté de lui, la patronne remua. Avançant sa bouche contre son oreille, elle murmura :

— On croirait qu'on est tout près, mais la nuit, ça trompe.

— Il n'y a pas une seule lumière.

— Non, pourtant, avant, les gens ne se gênaient pas beaucoup.

Pablo réfléchit un instant, puis il dit :

— Ça doit être les Boches qui ont donné l'ordre d'éteindre.

— Alors, c'est qu'il y en aurait au pays?

— Probablement.

ment, et la nuit montant de la plaine gagnait peu à peu sur le ciel, éteignant les étoiles.

Ils se turent. Les éclairs se rapprochaient lente-

— Il y en a peut-être de garde, souffla Pablo.

La patronne bougea encore et il se tourna sur le côté pour lui laisser plus de place. Maintenant, dans la coulée de la haie, ils étaient presque face à face. Pablo sentait sur son visage le souffle de la femme et, contre son corps, sa chaleur qui le gagnait insensiblement.

En dessous d'eux, rien ne vivait.

La patronne avait posé sa main sur le bras de Pablo. Soudain elle le serra très fort.

— Regardez là-bas, souffla-t-elle.

Pablo tourna la tête. Loin, très loin sur la gauche, une lueur montait, violette avec des reflets orange.

— Qu'est-ce que c'est, là-bas? demanda-t-il.

— C'est la direction de Lyon, mais je ne sais pas si ce qui brûle est plus près ou plus loin.

Ils restèrent un moment sans mot dire, puis elle demanda :

— Ça doit être une ville qui brûle?

— Non, dit Pablo, à la couleur, ce n'est pas un incendie ordinaire. Ce serait plutôt un dépôt de carburant.

Pendant plus d'une demi-heure, leurs yeux restèrent fixés sur ce point de l'horizon où la lueur d'un grand foyer palpitait, éclairant parfois le ventre des nuages. Il n'y avait que ça de vivant sur toute la terre et, dans le ciel, seulement les éclairs qui continuaient de monter à mesure que l'ombre opaque glissait sur le tissu d'étoiles.

Enfin, l'incendie diminua. Maintenant, on commençait à entendre rouler le tonnerre et bientôt un souffle d'air se mit à ramper le long du talus. Toute la haie chuchota, se tut, puis recommença de plus belle.

Pablo sentit la femme frissonner.

Il sentit qu'elle se collait davantage à lui. Sa poitrine était chaude et molle contre la sienne. Plusieurs fois déjà, leurs visages s'étaient frôlés.

— Il faudrait rentrer, dit Pablo, l'orage approche.

— Il n'est pas encore là.

— Vous avez froid? demanda-t-il.

— Non.

Pablo sortit le premier de la haie. Une fois debout, il se baissa et prit la main de la patronne pour l'aider à se relever. Cette main était moite et tremblait un peu.

— Vaut mieux se dépêcher, dit-il, si l'orage arrive, ça risque de réveiller la petite, et si elle se voit seule elle aura peur.

La patronne partit devant sans rien dire.

Maintenant, toute la terre chantait. Tout remuait, tout vivait. Le vent était partout à la fois et le bois bruissait de toutes ses feuilles.

Ils le traversèrent d'une traite. Les éclairs plus proches dessinaient les troncs qui sortaient un instant de l'ombre pour se mettre à courir en longues files.

Une fois dans la combe, la chaleur qui restait accroupie entre les deux coteaux leur sauta au visage. Ils suffoquèrent un instant mais, bientôt, un éclair les aveugla. Presque aussitôt, l'air se déchira, craquant comme un arbre énorme qui s'abat sur un amas de branches sèches. Ils se mirent à courir mais la pluie était déjà sur eux. Quelques gouttes énormes d'abord, qui les frappaient comme des grêlons, puis un véritable sac d'eau.

Le temps d'atteindre la bâche et ils étaient trempés.

Aussitôt sous la tente, Pablo alluma son briquet. La patronne s'était laissé tomber à côté de lui. A demi couchée, un coude sur le sol, elle reprenait son souffle. L'eau ruisselait sur son visage, collant des mèches de cheveux sur ses joues et son front. Son corsage trempé épousait la forme de ses seins lourds que sa respiration soulevait par saccades. La flamme du briquet faisait briller ses yeux.

— Vous voyez, dit simplement Pablo.

Elle sourit en haletant.

— Oui, c'est venu plus vite que je ne pensais.

Pablo se tourna vers le fond de la tente. Roulée dans sa couverture, telle que sa mère l'avait couchée, Jeannette dormait, la bouche ouverte.

Un coup de vent souleva la bâche. La flamme se coucha et le briquet s'éteignit. Pablo tenta en vain de le rallumer.

— Plus d'essence, dit-il.

— Ça n'a pas d'importance, pour ce qu'on a à faire maintenant.

Pablo entendit remuer. Elle devait se déshabiller.

— Ne vous couchez pas avec vos habits mouillés, dit-elle, ce serait bon pour prendre la crève.

Pablo se dirigea vers l'entrée de la tente.

— Qu'est-ce que vous faites? demanda la patronne.

— Je vais jeter un coup d'œil aux bêtes.

Il sortit. La pluie l'enveloppa, le vent plaqua contre lui sa chemise trempée. Il s'éloigna de quelques pas et demeura immobile. Peu à peu, la fraîcheur de l'eau le pénétrait. Son sang battait moins fort à ses tempes.

Déjà, le gros de l'orage était passé, filant vers la montagne. Pourtant, les éclairs perçaient encore les nuages, courant sur la terre où les arbres se démenaient.

A chaque lueur, Pablo regardait du côté des bêtes. Attachées en bordure du bois, les chèvres et la vache ne bougeaient pas. Mais la Noire s'agitait et tirait sur sa longe.

Pablo alla près d'elle et la caressa un moment pour la calmer. L'eau ruisselait sur son col et ses flancs, et Pablo sentait le poil frémir sous sa main. Il détacha la jument et l'amena près de la tente. Là, il lui parla encore un bon moment à voix basse. Puis, comme l'orage s'éloignait de plus en plus, il attendit la fin de l'averse, alla chercher une grosse poignée de foin et bouchonna longuement la Noire.

Lorsqu'elle fut à peu près sèche, il la caressa encore en lui parlant à mi-voix. Enfin, quand il sentit la bête plus calme, il regagna la tente.

Là, il se déshabilla sans bruit et s'enroula dans sa couverture.

XXVI

Une fois couché, Pablo s'était mis à frissonner. Mais bientôt, une bouffée de moiteur l'avait enveloppé. Pourtant, il n'avait pas bougé. Il était resté longtemps immobile à écouter le vent qui secouait les arbres et la tente. Il ne pleuvait plus, mais à chaque bourrasque, des gouttes crépitaient sur la bâche.

Jeannette ne s'était pas arrêtée de ronfler, mais la patronne avait dû mettre très longtemps à s'endormir. Pablo l'avait entendue plusieurs fois se retourner en soupirant. Il avait envie de se lever et d'aller coucher seul dans le bois, sur l'herbe mouillée.

Sous cette bâche, il étouffait. L'orage avait chassé là toute la chaleur gluante, tout le poids du jour interminable tapi depuis le crépuscule au fond de la combe. Ici, c'était aussi la nuit, mais une nuit différente de celle qui s'égouttait sur les rochers et les herbes couchées par l'averse. Entre ces deux nuits, il y avait une simple toile imprégnée d'eau, mais qui suffisait à garder prisonnier cet air qui passait mal dans la gorge, qui appuyait sur les côtes. Cet air qui sentait l'odeur des corps où la sueur refroidit, l'odeur des bouches entrouvertes.

Il y avait surtout ces corps qui respiraient, qui vivaient, qui tenaient toute la place.

Et puis, en plus des corps couchés, il y avait aussi Mariana.

Mariana était revenue ce soir, sous cette tente, plus

présente que jamais. Mariana qui n'était plus tout à fait le visage serein du portrait, mais un masque plus douloureux. Pablo avait lutté longtemps contre cette image, contre toute une foule d'idées qui lui venaient, contre la fièvre surtout qui envahissait son corps par bouffées, comme un vent brûlant qui pénètre jusqu'au cœur des maisons.

Puis, à force de lutter, il avait fini par s'endormir.

Et il dormit longtemps, d'une seule traite.

Lorsqu'il s'éveilla, il faisait grand jour et il était seul sous la bâche. Dehors, c'était le silence.

Il se leva. Ses vêtements étaient encore humides. Il en chercha d'autres dans le fouillis des habits entassés au fond de la tente, s'habilla en hâte et sortit.

La patronne remontait de la combe où Jeannette se trouvait déjà avec les bêtes. Quand elle vit Pablo, elle sourit.

— Bonjour... dit Pablo. J'ai dormi longtemps. Vous auriez dû m'appeler.

La patronne haussa les épaules en soupirant :

— Pour ce qu'il y a à faire!

Son visage était crispé et ses yeux battus. Pablo la regarda un moment tandis qu'elle sortait le pain du torchon qui l'enveloppait.

Il aurait voulu parler mais ne trouvait rien à dire. Il se tourna du côté de la combe où le soleil pourchassait entre les buissons quelques maigres écheveaux de brume.

— L'orage n'a pas duré longtemps, finit-il par dire.

— Non.

Le silence revint. L'air crissait déjà de tout un va-et-vient de mouches. La fraîcheur du sol rampait sous la chaleur du ciel. C'était le grand chaud qui s'installait de nouveau. Pablo sentait tout cela autour de lui. Il le sentait en lui, avec le poids qui l'avait oppressé les jours précédents. Et, en plus, il y avait autre chose. Une chose mal définie qui venait à la fois de ce silence de la patronne, et du retour de Mariana. Surtout du retour de Mariana.

Car ce matin encore, le visage douloureux était là, immobile, mais plus présent. Il n'avait plus cette transparence qui permettait à la lumière de l'habiter ; qui permettait aussi à Pablo de continuer à vivre en regardant le monde à travers lui, de respirer l'air qui venait d'au-delà de lui.

— Tenez, dit la patronne, mangez.

Il sursauta. Il s'approcha pourtant et prit le pain et le fromage qu'elle lui tendait.

— Merci, dit-il, puis il alla s'asseoir sur une souche, à quelques pas de la bâche.

Là, il se mit à manger en fixant le fond de la combe. Au bout de quelques minutes, il tourna la tête du côté de la patronne. Elle le regardait, mais aussitôt elle le quitta des yeux. Il mâcha encore lentement deux bouchées de fromage. Un goût aigre était dans sa gorge, qui augmentait à mesure qu'il mangeait. Il se leva bientôt et se dirigea vers la Noire. Dès qu'il fut près d'elle, elle appuya son mufle sur sa poitrine. Il regarda vers la tente. La patronne tournait le dos. Alors, sans la perdre de vue, il coupa son pain en plusieurs morceaux et le donna à la Noire. Puis, quand elle eut tout mangé, il jeta le reste de son fromage dans une touffe de ronces. Il caressa encore longuement la jument et retourna vers la tente.

La patronne n'avait pas bougé. Assise devant l'entrée, les coudes sur les genoux, elle regardait fixement un point du coteau de l'autre côté du val. Son visage était toujours dur et tendu.

Pablo reprit sa place sur la souche qu'il avait quittée pour aller vers la Noire et fouilla le fond de ses poches. Quand il eut trouvé trois mégots, il tira une feuille de son carnet et se mit à rouler une cigarette. Au moment d'allumer son briquet, il se souvint qu'il était vide. Il pensa aux allumettes, mais elles étaient à l'intérieur de la tente où il ne pouvait entrer sans déranger la patronne. Il retira sa cigarette de ses lèvres, roula les deux extrémités entre ses doigts pour les fermer et la glissa dans sa poche. Ensuite, il arracha un brin d'herbe qu'il se mit à mâcher.

Ils restèrent ainsi durant près d'une heure.

A mesure que le temps s'accumulait, qu'il s'élargissait ; à mesure que la journée enveloppait la terre de chaleur et de silence, le poids qui était sur la poitrine de Pablo augmentait. Il lui semblait aussi que quelque chose s'installait entre lui et la patronne, quelque chose qu'un rien suffirait à détruire ; un peu comme une de ces énormes meules d'herbes trop sèches qu'une allumette minuscule peut dévorer en quelques instants.

Pablo évitait de bouger ; simplement, de temps à autre, derrière ses paupières mi-closes, son regard se dirigeait vers la patronne. Chaque fois, il lui semblait qu'elle s'était tassée davantage sur elle-même.

Tout, d'ailleurs, semblait se tasser peu à peu. Chaque arbre, chaque buisson, chaque roncier, chaque touffe d'herbe, tout s'accroupissait sur le sol, courbant l'échine sous le poids des minutes qui s'entassaient une à une dans le creux de la terre.

Ils restèrent ainsi sans penser, presque sans vivre, dans l'attente. Enfin, il y eut sur la gauche, tout en haut de la crête, un bruit de pierres heurtées. Rien, mais assez pour les faire sursauter. Ensemble, ils tournèrent la tête.

Quelqu'un marchait derrière les buissons.

Pablo sentit son cœur battre. Il retint son souffle. Une ombre bougea entre les branches, puis plus rien. De nouveau l'ombre se remit en marche et les branches s'écartèrent.

— Clopineau! lança la patronne.

Ils s'étaient levés tous les deux en même temps et montaient à la rencontre du vieux qui les avait vus et agitait la main en descendant le long du bois.

— Alors? demandèrent-ils.

Le vieux quitta sa casquette et tira de sa poche un

grand mouchoir à carreaux pour essuyer son crâne où la sueur collait ses rares cheveux gris.

— Laissez-moi d'abord souffler... haleta-t-il. Bon Dieu, que c'est haut... Ça fait une paye que j'étais pas monté jusque-là.

Ils regagnèrent le campement, le vieux s'assit sur la souche de Pablo et vida d'un trait le verre de vin que la patronne lui tendait.

— Alors? demanda-t-elle encore.

Le vieux essuya sa moustache. Ses yeux souriaient. Il respira encore un grand coup, puis il dit :

— Eh bien, ma foi, il y a quasiment rien de changé.

— Et les Boches?

— D'abord, paraît qu'il vaut mieux dire les Allemands, c'est plus prudent.

— Mais il y en a au pays?

— Il en est venu pas mal. Ils sont allés à la mairie.

— Mais qu'est-ce qu'ils font?

Le vieux hésita un peu et les regarda l'un après l'autre, avant de dire :

— Ils mangent.

Il y eut un silence.

— Ils mangent?

— Oui, c'est surtout ça qu'ils font. Mais faut dire qu'ils payent. Et en argent français, encore.

— Mais ils mangent quoi? demanda encore la patronne.

— Est-ce que je sais, moi! Ce qu'ils trouvent, pardi! Il paraît qu'hier, dans l'après-midi, il y en a quatre qui sont allés chez la Juliette Rousset. Elle avait un panier avec trois douzaines d'œufs dedans. Ils ont tout acheté. Après, ils sont entrés au café et ils ont demandé qu'on leur fasse une omelette. Et vous me croirez si vous voulez, une omelette avec trois douzaines d'œufs.

Pablo et la patronne se regardèrent.

— Trois douzaines? dit-elle.

— La Juliette l'a juré, et la femme au Nanoux du café nous a fait voir les coquilles... C'est pas de la blague, trois douzaines... Et ils l'ont mangée comme ça, sans pain.

La patronne parut réfléchir un instant, puis elle demanda :

— Et à la maison?

— Il y a ta grosse couveuse noire et blanche que tu croyais perdue qui est rentrée. Quatorze pillots, qu'elle a ramenés. Et juste le soir, j'ai trouvé où elle a couvé ; tu devineras jamais.

La patronne fit signe que non.

— Dans la ferraille qui est entassée derrière le bûcher.

— Sûr que je serais pas allée la chercher là... Mais c'est égal, quatorze pillots à cette saison, c'est autant dire rien. C'est trop tard. Ils ne viennent jamais bien.

— Laisse faire. Ils sont bien drus. En les poussant un peu, tu peux les mener à bonne taille avant les premiers froids.

Ils se turent un instant et Pablo demanda :

— Les Allemands sont venus à la ferme?

— Non, ils sont passés devant en retournant à la route. J'étais dans la cour. Ils m'ont regardé mais ils ne se sont pas arrêtés.

— Et ils ne vérifient pas l'identité des gens?

Le vieux hésita puis :

— Quoi? demanda-t-il.

— Est-ce qu'ils demandent le nom des gens et leurs papiers?

Clopineau parut surpris. Il réfléchit quelques instants puis il expliqua :

— Mais tu ne peux pas te rendre compte. Ils sont tout de suite une vingtaine à être venus au pays, s'ils avaient voulu demander le nom de tout le monde, mais il n'en seraient jamais venus à bout. Et puis, ça leur servirait à quoi?

— Alors, on peut redescendre?

— Tu parles si vous allez redescendre! J'espère bien. Mais moi, je m'en doutais qu'ils ne nous mangeraient pas. En tout cas, c'est ceux qui sont partis qui vont s'en mordre les doigts, parce que maintenant, on ne sait pas bien ce qu'ils vont devenir.

La patronne se leva, fit quelques pas, puis, revenant vers Clopineau, elle demanda :

— Et la guerre, on a des nouvelles?

— Tu sais, il court un tas de bruits, mais la vérité, c'est que personne ne sait rien.

Il y eut un silence. Clopineau ramassa son verre qu'il avait posé dans l'herbe à côté de la souche et le tendit à la patronne qui lui versa du vin en demandant :

— En ce moment, qui est-ce qu'il y a à la maison?

— Mais personne: J'ai fermé les portes, c'est tout.

— Pourtant...

— Mais qu'est-ce que tu veux que ça risque, puisque je te dis que c'est comme si de rien n'était.

La patronne reboucha le litre et le posa dans l'herbe.

— C'est bon, dit-elle. Il n'y a pas à lambiner. On va tout rassembler et descendre. Je n'aime pas sentir la maison sans personne.

Elle se mit à tourner, empoignant un panier ici pour le poser plus loin, allant de la tente à la voiture, puis revenant vers les hommes sans rien faire.

— Bon Dieu, dit le vieux, tu m'as l'air aussi brelingue que l'autre jour. Ecoute-moi, si ça te travaille tant que ça de redescendre, tu n'as qu'à partir devant avec la petite en emmenant les bêtes. Moi et le Pablo, on se chargera de rassembler le bazar et de tout rentrer.

Elle regarda Pablo.

— Clopineau a raison, dit-il, ça se comprend que vous soyez pressée de vous retrouver à la maison. Allez, on s'occupera de tout.

La patronne descendit vers la source et remonta

bientôt avec Jeannette. Elles avaient chacune une baguette et poussaient le troupeau en direction de la crête.

— Et prépare-nous une bonne soupe, cria le vieux, on en aura besoin en arrivant.

Elle partit sans se retourner. Debout devant la tente, les deux hommes regardèrent s'éloigner le petit troupeau. En arrivant à la crête, la patronne qui talonnait ses bêtes avait déjà distancé Jeannette. Elle disparut derrière la ligne des buissons et les deux hommes virent encore un moment la petite qui montait le long du bois, de son pas saccadé, balançant les épaules et agitant de temps à autre son bâton, comme pour diriger les bêtes.

Un instant, elle se détacha sur le ciel, le bâton battit l'air encore une fois, puis il n'y eut plus sur la crête que les buissons ruisselants de lumière.

XXVII

Il fallut deux bonnes journées pour tout remettre en ordre. Deux journées bien pleines avec à peine le temps de jeter un coup d'œil par une fenêtre ou de sortir jusque dans la cour lorsque pétaradait une moto.

— Vous voyez, disait le vieux. Ils ne nous regardent même pas.

Et c'était vrai. Les quelques soldats gris ou verts, casqués ou en calot qui passaient sur leurs motos ou dans leurs petites voitures ne s'arrêtèrent jamais devant la ferme. D'ailleurs, au bout d'une semaine, on n'en vit plus un seul.

La guerre était passée. Elle avait suivi la grand-route, allumant un feu tout au fond d'une nuit d'orage pour marquer l'emplacement d'une étape. C'était tout.

Quelques personnes étaient allées jusqu'à Lons-le-Saunier, puis elles étaient revenues en disant que, là aussi, tout s'était déroulé dans le calme. Les Allemands avaient fait reboucher les trous creusés par les Français près de l'ancien octroi de Montmorot, ils avaient fait prisonniers quelques soldats demeurés sur place, mais à part ça, rien n'était changé.

A la ferme, aussitôt l'ordre rétabli dans chaque pièce, on s'était remis à la vigne pour rattraper le retard.

Et l'armistice arriva tandis que Pablo et Clopineau

étaient occupés au deuxième sulfatage. L'armistice arriva sans faire plus de bruit que la guerre, sans réjouir personne, sans contraindre aucun vigneron à interrompre son travail.

Quand Pablo et Clopineau rentraient, bleus de la tête aux pieds dans leurs vieux vêtements déchirés, ils commençaient par se changer et ils se lavaient sous le robinet de la cour. Puis, en attendant la soupe du soir, ils allaient s'asseoir sur le seuil de la cuisine.

Ils restaient là sans rien dire. Sans voir la nuit qui montait de la terre tout autour d'eux, lentement, engourdissant l'air comme la fatigue engourdissait leurs jambes.

Derrière eux, dans la cuisine, les deux femmes allaient et venaient, préparant le repas et la pâtée des bêtes. Parfois la patronne lançait à Jeannette un ordre bref. Quand la petite ne comprenait pas, elle se mettait à crier pendant quelques instants, puis tout se taisait de nouveau et seul le bruit des sabots traînés sur le ciment meublait le silence.

Lorsque la patronne criait trop fort, les deux hommes se regardaient. Ils ne disaient rien, mais il y avait entre eux quelque chose qu'ils sentaient. Quelque chose comme un accord. Deux fois, comme les cris se prolongeaient et que Jeannette se mettait à sangloter, Pablo, sans se lever, écarta le store et se pencha vers la cuisine. Les deux fois, en le voyant, la patronne s'arrêta de crier. Mais, lorsque Jeannette commençait à pleurer, ç'en était fait pour le reste de la soirée. Elle pleurait pendant tout le repas, suçant ses larmes et sa morve à mesure qu'elle mangeait. Pablo évitait alors de la regarder, mais de l'entendre sangloter suffisait à lui couper l'appétit.

La patronne restait sombre et irritable, et parlait seulement pour le travail.

Les premiers temps, la vieille Marguerite venait chaque soir. En entrant, du seuil, elle demandait :

— Alors, as-tu des nouvelles?

La patronne hochait la tête en grognant :

— Non, rien.

Puis un jour, comme Pablo se trouvait dans la cour, avant de s'en aller, la vieille dit :

— C'est pas la peine que je revienne. Ça ne sert qu'à remuer le fer dans la plaie. Quand il y aura du nouveau, fais-moi signe.

Plusieurs semaines passèrent ainsi. Puis, un soir, en arrivant, les hommes comprirent qu'il y avait quelque chose de changé. En entendant le bruit de la voiture, la patronne était sortie sur le seuil. Dès que la Noire s'arrêta, elle vint à leur rencontre en disant :

— Ça y est. J'ai une lettre. Il est prisonnier.

Les deux hommes sautèrent de la voiture.

— Eh bien, dit le vieux. Tu vois! Tu vois!

Et ce fut tout. Comme les autres soirs, le repas fut silencieux. De temps à autre, Pablo regardait la patronne. Son visage était moins tendu. Son front moins ridé.

Comme ils avaient fini, Pablo demanda :

— Est-ce que la mère Marguerite le sait?

— Oui, dit la patronne, je suis allée la prévenir.

Elle hésita un instant, regarda Pablo, puis le vieux, puis encore Pablo et elle ajouta :

— Je suis allée lui dire; elle a pleuré... Elle a pleuré et puis, après, on est allées au cimetière toutes les deux.

Dans le travail, il arrivait souvent aux hommes de parler du patron. Ils le faisaient sans tristesse. Le plus souvent c'était le vieux qui disait par exemple :

— S'il était là, il serait content de voir cette plantée aussi drue.

Ça n'allait jamais plus loin. Le travail pressait, il commandait chaque geste, et le cerveau suivait la main. On n'avait pas de temps à accorder aux morts. Pourtant, maintenant, c'était différent. Ils se tournèrent vers le bout de la table où la place du patron était toujours vide, puis le vieux dit :

— Faudra bien qu'on trouve le temps d'y aller un de ces jours.

— Oui, dit Pablo, nous irons.

Et ce soir-là, lorsque le père Clopineau fut sorti et que Jeannette eut gagné sa chambre, comme Pablo s'apprêtait à monter lui aussi, la patronne le retint.

— Faudrait que je vous demande quelque chose, dit-elle.

— Quoi?

Elle paraissait gênée. Ils étaient debout tous les deux, entre le bout de la table et la cuisinière.

— Voilà, dit-elle enfin. Je sais que ça vous ennuie de parler de ça, mais faudrait que vous me disiez comment c'est, dans les camps de prisonniers.

Pablo respira profondément. Son visage s'éclaira un peu. Et puis, après quelques secondes, son front se plissa de nouveau.

— Vous savez, dit-il, ça ne veut rien dire. Les camps des Français, en Allemagne, ne sont pas forcément comme ceux où nous étions nous autres.

— Mais est-ce que vous croyez qu'ils risquent d'être maltraités?

Pablo hésita. La patronne avait dans les yeux quelque chose qui disait qu'elle le croirait. Qu'elle attendait vraiment de lui la vérité.

— Ils seront sûrement très bien, dit-il. Il y a une loi de la guerre. On doit respecter les prisonniers. Et, en plus, les camps seront sûrement surveillés par la Croix-Rouge.

Il réfléchit quelques instants, puis il dit encore :

— D'ailleurs, vous verrez qu'il rentrera dans peu de temps puisque la guerre est finie.

Pablo dit bonsoir et monta dans sa chambre.

Une fois la porte fermée, il alla s'asseoir sur le lit sans allumer la lampe. Devant lui, la fenêtre était grande ouverte. La nuit d'été respirait faiblement. Pablo se leva, marcha doucement jusqu'à poser ses coudes sur la barre d'appui. Du côté du ruisseau, des grenouilles coassaient. Dans le jardin, derrière la barrière où grimpaient des liserons, c'étaient des courtilières qui stridulaient, se répondant sans répit.

Pablo demeura longtemps immobile. La lune était sortie de la colline et la plaine s'éclairait peu à peu. Il sentait encore sa fatigue du jour, mais il n'avait pas envie de dormir. Depuis des semaines qu'il vivait comme une machine, ivre de besogne, il avait presque cessé de penser. Mais ce soir sa tête était pleine. Avec l'image du camp, d'autres étaient revenues, plus lointaines, plus menaçantes pourtant.

Un à un des visages se présentaient, des visages qui avaient appartenu à des morts. Il y en avait des centaines et des centaines dont Pablo dressait comme un grand inventaire. Il y en avait tant que Pablo imaginait son pays vide. Désert. Sans aucune trace de vie. Ici aussi, la guerre était passée. Elle n'avait rien fait. Là-bas, elle n'avait rien laissé, que des morts. Les vivants qui restaient, c'était encore la mort, ou la menace de la mort.

Soudain, Pablo sursauta. Derrière lui, le plancher avait craqué. Il se retourna et revint près du lit. Sur le palier, la patronne marchait. Il l'entendit refermer la porte de sa chambre, puis le silence revint.

Les morts, les milliers de morts étaient partis. Ici, il y avait encore des vivants. Il y en avait même ailleurs qui pouvaient revenir d'un jour à l'autre.

Un prisonnier peut être libéré. Il peut s'évader.

Pablo se coucha sans éclairer. Maintenant, il connaissait bien cette chambre. Chaque meuble, chaque objet lui étaient familiers. Son corps connaissait le lit où sa place était marquée.

Il se tourna sur le côté, face à la fenêtre. La nuit chantait toujours, mais à présent, sur le grand rectangle de ciel clair, des ombres passaient, imprécises, sans forme et sans nom. Une seule demeurait, figée, immobile comme quelqu'un qui attend ; comme quelqu'un qui a donné un rendez-vous et qui est certain de ne pas attendre en vain.

Cette nuit, Mariana venait de retrouver toute sa sérénité de portrait un peu fané mais pieusement conservé.

Elle avait retrouvé aussi sa transparence, mais la lumière qui l'habitait était pâle et froide comme un soleil qui renonce à percer une brume de décembre.

TROISIÈME PARTIE

XXVIII

Il restait plus d'une heure de jour lorsqu'ils arrivèrent en haut de la dernière ligne de ceps. Le soleil tapait encore de plein fouet sur le coteau et l'avancée d'un petit bois de vernes coupait le vent frais qui longeait les collines.

— On a gagné la belle heure, dit le père Clopineau en se redressant, la main sur les reins.

— Sûr que nous avons bien marché, dit la patronne.

Le vieux cligna de l'œil en direction de Pablo et lança, s'adressant à la patronne :

— Tu as vu un peu comment il s'y met, à la taille, le garçon ; c'est pourtant seulement son deuxième printemps.

La patronne sourit et hocha la tête. Pablo glissa son sécateur dans sa poche en disant :

— C'est vous qui en êtes cause, père Clopineau. Vous avez le don d'enseigner. Vous auriez fait un fameux instituteur.

Le vieux se mit à rire.

— Tu parles, moi qui sais tout juste lire!

Ils commencèrent à descendre. Entre les rangées de ceps, les sarments demeuraient sur le sol. Là-bas, de l'autre côté, Jeannette avait commencé de les entasser en petits fagots qu'elle liait avec des brins d'avent.

— Jeannette, cria la patronne, descends!

La petite abandonna son travail et les rejoignit en bas de la vigne.

— Jamais elle n'en viendra à bout toute seule, dit la patronne. Quand on aura fini la taille, faudra qu'on se mette tous à fagoter pendant un jour ou deux, sinon les vignes ne seront jamais propres.

Elle fit quelques pas pour aller jusqu'aux lignes où Jeannette avait déjà travaillé.

— Tu en laisses, dit-elle. C'est pas du travail, ça! S'il faut qu'on passe derrière toi, autant que tu ne fasses rien.

Pablo rejoignit la patronne. Il restait quelques sarments par terre, mais très peu en vérité. La patronne s'approcha de la première javelle posée au milieu de l'allée. Elle la souleva par le lien et la secoua. Quelques brindilles glissèrent. Elle la reposa et, se tournant vers sa fille, elle cria :

— C'est ni fait ni à faire, quoi! On dirait bien que c'est la première fois que tu sarmentes!

Jeannette était immobile. Les bras ballants, son sécateur encore ouvert dans la main droite, son paquet de liens dorés enfilé dans la ceinture de son tablier, elle fixait sa mère sans rien dire. Pablo vit que son menton se mettait à trembler et que sa bouche entrouverte se crispait.

— Ce qui reste, dit-il, c'est rien. Ça ne calera pas la galère, va ; il en faut plus que ça pour arrêter la Noire.

Le vieux s'était approché aussi.

— Ce qu'il faudrait, dit-il, c'est qu'elle sarmente sans lier. Puisque nous serons obligés de nous y mettre, qu'elle fasse les tas, moi je passerai avec les liens et on gagnera du temps.

La patronne haussa les épaules et s'éloigna en bougonnant.

— Quand je pense que son père aurait voulu lui apprendre à tailler! C'est pour le coup qu'on aurait rentré la vendange en même temps que les fagots de sarments.

Clopineau s'approcha de Jeannette. Doucement, à voix presque basse, il lui expliqua ce qu'elle devrait faire désormais. Quand il eut fini, pour bien lui faire comprendre, il lui prit son paquet de liens dans sa ceinture et le glissa sous la sienne. Jeannette hocha la tête et grogna. Revenant vers la patronne, le vieux dit en riant :

— Je me demande pourquoi tu voudrais qu'elle se mette à tailler, ou alors, c'est que tu me trouves trop vieux, et que tu voudrais me faire prendre sa place à sarmenter !

La patronne avait toujours son visage dur. Regardant tour à tour Clopineau et Pablo, elle lança :

— Avec vous autres, elle se sent soutenue autant qu'avec son père, et on ne peut plus rien en faire.

Il y eut un moment de silence. Adossé à un piquet, Pablo roulait une cigarette. Lorsqu'il eut fini, il tendit sa blague au vieux.

— Alors, demanda la patronne, on y va?

Pablo la regarda, puis, tournant la tête vers le sud, où le coteau part en mourant lentement sur la plaine, il dit :

— Moi je crois qu'on devrait profiter du temps qu'on a gagné pour aller jeter un coup d'œil à cette terre de la mère Perrin.

— Ça vous avancera à quoi? demanda la patronne.

— Rien, la curiosité, voir comment elle est, c'est tout.

— Elle est en friche depuis à peu près cinq ans, dit le vieux, ça ne doit pas être bien joli.

— Sûrement pas, reprit la patronne, et du moment que je ne veux pas acheter, il n'y a pas de raison d'aller la voir.

Il y eut un silence, puis Pablo reprit :

— Ça nous permettrait de rentrer par le chemin du bas et de voir en passant où en est le blé. Ça ne fait pas beaucoup plus long.

La patronne haussa les épaules puis, ramassant le panier où se trouvaient le reste de leur repas de midi et le litre vide, elle se mit en route en bougonnant.

— Puisque vous y tenez tant que ça...

Ils marchèrent un bon bout de chemin sans rien dire. Le sentier se glissait entre deux talus où l'herbe drue pointait sous le tapis pailleux à demi pourri par l'hiver. Dans les buissons, il y avait partout de la vie qui piaillait en voletant. Le jour s'endormait, étirant au fond de la plaine un duvet de brume mauve.

Ils passèrent près d'une vigne où deux femmes taillaient.

— Alors, lança la patronne, vous en venez à bout?

— On fait ce qu'on peut, le reste attendra.

L'une des femmes s'était redressée. L'autre, plus vieille, continuait son travail.

— As-tu des nouvelles de ton homme? demanda la patronne.

— Oui, il est toujours en Prusse orientale. Et ton garçon, ça va?

— Ça va. Avec les colis que je lui envoie, il ne pâtit pas trop, à ce qu'il dit. Seulement, on les fait travailler dur, dans cette usine.

— Qu'est-ce qu'ils font?

— Je ne sais pas au juste. De la mécanique, quoi, mais enfin ça n'a pas l'air de trop lui déplaire.

La patronne s'arrêta. Puis, comme l'autre femme se remettait à tailler, elle ajouta en reprenant sa route :

— Allons, faites bien. Nous, on va passer par le bas pour voir notre blé.

Ils se remirent en route à la file indienne. La patronne allait devant, puis venait Pablo qui regardait son dos large et sa nuque que le soleil teintait de rouge. Ensuite venait Clopineau, et enfin Jeannette, qui les avait rattrapés tandis qu'ils parlaient aux femmes.

Une fois sur le chemin, Pablo et le vieux se mirent à marcher à côté de la patronne.

— Voilà des femmes qui ne pourront jamais venir à bout de leurs terres, dit Clopineau.

— Et toutes les fermes où il manque un ou deux hommes vont être comme ça, dit Pablo.

La patronne murmura :

— Oui, on a tous notre part de malheur.

— C'est vrai, dit le vieux. Et je sais bien qu'il vaudrait mieux que ton homme soit encore là et que ton garçon soit rentré, mais tu sais qu'avec nous autres, tes terres n'auront pas à souffrir.

— Je sais, dit-elle. Je sais.

Autour d'eux maintenant c'était, d'un côté, la grimpée du coteau où les vignes s'alignaient, encore propres pour la plupart, et, de l'autre côté, le commencement des terres plates. Partout les avoines, les blés et l'orge commençaient à pousser. Entre les grands carrés de tous les verts, de longues bandes de terre brune fraîchement labourées faisaient déjà comme des îlots de nuits dans cette fin de jour. Çà et là, une terre portait encore des herbes mortes, des fanes de maïs en tas ou éparses avec des ronces qui se faufilaient, courant entre les sillons, escaladant les mottes.

— Vous voyez, remarqua le vieux. Ça commence. Que la guerre dure encore deux ans et ces terres-là seront toutes dévorées de vermine. Sûr que ceux qui rentreront auront du pain sur la planche pour tout remettre en état.

Le vieux hocha la tête. Son front se creusait de mille rides et la lumière oblique accusait ses traits. Il y avait sur tout son visage comme le reflet d'une grande douleur.

— Et je ne parle pas de ceux qui ne retrouveront rien.

— Vous croyez que les femmes vendront les terres? demanda Pablo.

— En 1914, il y en a beaucoup qui ont tenu. Mais il y en a aussi qui n'ont pas pu. Et je t'assure qu'à certains moments, les terres ne valaient pas cher l'hectare. Il y en a qui ont su en profiter. Les guerres, c'est comme ça, il s'en trouve toujours pour ramasser ce que les autres perdent.

Ils marchèrent encore sans parler. Le chemin longeait à présent une vigne de trois ans où les piquets n'avaient pas été plantés. La terre était caillouteuse mais le chiendent commençait à mordre sur les rangées du bord et des fils de ronces échappés du talus poussaient des feuilles minuscules entre les mottes. Enroulés autour des jeunes ceps, des liserons de l'an passé, secs et racornis, grelottaient au vent. Le vieux s'arrêta.

— Voilà le plus triste, dit-il.

— C'est la dernière plantée au Léon Boisseau? demanda la patronne.

— Oui, fit le vieux, la dernière.

— Ils ne savent toujours rien?

— Non. Mais tu penses, s'il était prisonnier ou passé en Angleterre comme certains, ça se saurait. Au moment de l'invasion, son régiment était dans le Nord, paraît qu'il a été quasiment haché. Avec une femme comme la sienne, qui n'a pas de santé, la terre est foutue.

La patronne se remit à marcher en disant :

— Elle ferait mieux de vendre pendant que la vigne peut encore être sauvée, après, ça ne vaudra pas grand-chose.

— Que veux-tu, elle espère toujours. Et puis, tu me fais rire, toi, vendre, vendre, faut trouver!

Ils continuèrent. Pablo se taisait. Il regardait chaque terre labourée, chaque vigne, chaque friche. Depuis un an et demi qu'il était au pays, il connaissait bien tout le territoire de la commune. Il l'avait parcouru souvent pour se rendre au travail dans les terres de la patronne, disséminées aux quatre vents. Il les connaissait toutes, mais ce soir, il les voyait comme si elles lui étaient apparues pour la première fois. Jusqu'à présent, il avait appris à connaître les limites de chacun des lopins qu'il avait à travailler, mais les autres ne l'avaient jamais intéressé. Maintenant, il lui venait le désir de les connaître mieux. De savoir à qui ils appartenaient.

A plusieurs reprises, il regarda le vieux. Enfin, comme ils passaient devant une autre vigne que l'herbe commençait à envahir, il dit :

— C'est triste, oui, cette terre qui reste comme ça.

Le vieux hocha la tête.

— Celle-là non plus n'ira pas loin, dit la patronne. C'est trop éloigné du pays. Les vieux Ravier ne peuvent plus venir jusque-là.

Après un long silence, Pablo demanda :

— Vous disiez : « Il y en a qui profitent. » Mais vous croyez qu'on peut leur en vouloir d'acheter la terre?

— Tout ça, dit Clopineau, ça dépend d'un tas de choses. Mais bien sûr, ça fait toujours peine de voir des propriétés à l'abandon.

Ils arrivèrent bientôt à un endroit où le chemin était bordé par une haie d'aubépine plantée de l'autre côté du fossé. Comme la haie s'ouvrait sur une friche, ils quittèrent le chemin en enjambant le fossé.

— Voilà, dit la patronne, ça va jusqu'aux deux cerisiers qui sont là-haut.

Ils regardèrent un moment en silence. La moitié de la parcelle était plantée de vigne dont les piquets émergeaient des broussailles. Le reste devait être inculte depuis plus longtemps encore.

— Sûr que c'était une belle terre, dit le vieux.

— Oui, et rudement exposée, on se demande pourquoi elle n'a jamais pu se vendre, avant la guerre.

— Que veux-tu, les jeunes s'en vont de plus en plus, alors les vieux hésitent à prendre aux cinq cents diables. Ça se comprend.

— Quand on a un bon cheval qui ne demande qu'à travailler, observa Pablo, ce n'est rien de venir jusque-là.

Il hésita, regarda Clopineau puis la patronne et finit par ajouter :

— Surtout pour vous qui avez déjà des champs dans ce coin du pays.

La patronne ne répondit pas. Le vieux attendit un instant, puis, soulevant sa casquette pour se gratter le crâne, il mordit deux ou trois fois sa moustache avant de dire :

— Bien sûr, il y a le pour et le contre. La terre, c'est toujours la terre, mais avec cette guerre, on ne sait jamais ce que l'avenir nous réserve.

— La terre, la terre, dit la patronne. C'est bien beau. Seulement, si un jour il fallait s'en aller, la terre ça ne s'emporte pas. Et quand le moment vient de partir, on est toujours bien content d'avoir quelques sous de côté.

Elle marqua une pause, fit deux ou trois pas en écartant les herbes sèches et se baissa pour regarder un cep.

— La vigne n'était pas seulement vieille. Je suis sûre qu'avec une année de sacrifiée en taillant court, elle pourrait encore se rattraper, seulement, faudrait plus que ça tarde trop.

— Justement, dit Pablo, attendez pas, bon Dieu.

Il avait parlé les dents serrées. La patronne se tourna vers lui, le regarda un instant puis, la voix dure, elle lança :

— Je ne sais pas ce que vous avez à vouloir absolument me faire foutre de l'argent dans cette friche. On dirait bien que vous ne savez pas ce que c'est que de tout laisser tomber. Si vous aviez eu de la terre, dans votre pays, qu'est-ce que vous auriez de plus à présent?

— Rien de plus, coupa Pablo. Mais rien de moins non plus.

Il s'arrêta. Le vieux semblait surpris. La patronne fit un pas comme pour s'en aller, mais Pablo se planta devant elle. D'un seul coup, le sang lui monta au visage et il se mit à crier :

— Je ne vois pas ce que vous pouvez craindre maintenant! Que la guerre finisse d'une façon ou de l'autre, elle finira. Et vos terres, elles seront toujours à vous. Française, boche ou chinoise, qu'est-ce que ça peut vous foutre! Tandis que votre pognon, demain, dans un an, il ne vaudra peut-être plus un clou. Vos billets, vous pourrez en faire du feu pour vous chauffer. Mais ça, vous n'êtes pas foutue de le comprendre.

Il hésita une seconde. La patronne n'avait pas bougé. Elle était devenue très rouge aussi, mais elle demeurait sans mot dire. Soudain, se retournant et marchant vers le chemin, Pablo marmonna :

— Et puis, je suis bien bête de vouloir essayer de vous expliquer quelque chose. Je perds mon temps. Sûr que je perds mon temps!

Arrivé sur le chemin, il ralentit pour attendre les autres. Quand ils furent à côté de lui, ils se mirent à marcher de front tous les trois, sans échanger un mot.

Maintenant, la nuit sortait de la terre par chaque fossé, par chaque ornière, par chaque sillon. Le soleil avait plongé dans la brume de l'horizon où traînaient encore quelques nuages roux. Le reste se fondait en grisaille et les premières étoiles tremblotaient. La bise fraîchissait, mais elle apportait par bouffées des odeurs de feu de bois, de fumier ou de terre fraîchement remuée. De certains prés, c'était un parfum curieux d'herbe et de fleurs qui montait.

En passant devant le blé, ils s'arrêtèrent un instant puis repartirent sans un mot. Comme la petite était déjà loin derrière eux, le vieux l'attendit.

Pablo marchait, regardant de temps à autre la patronne, sans tourner la tête. Il serrait les dents sur sa colère rentrée. En lui, il y avait tout un bouillonnement qu'excitait encore cette odeur de terre neuve qui montait partout autour d'eux. A chaque détour du chemin, à chaque arbre, à chaque haie, il y avait un cri, un bruissement, une bouffée de parfum pour dire que toute la terre recommençait à vivre.

Alors, les poings crispés, Pablo mettait toute sa force à contenir son envie de crier.

XXIX

Au repas du soir, ils restèrent silencieux. Deux ou trois fois, Pablo risqua un coup d'œil rapide en direction des autres, sans même lever la tête. Seule, Jeannette le regardait toujours de son même œil vide et immobile. Pour elle rien n'était changé. La patronne et le vieux mangeaient en fixant le fond de leur assiette.

Aussitôt sa cigarette allumée, Clopineau se leva.

— Alors, c'est toujours entendu, dit-il, demain on attaque la vigne du Bois Rouleux.

— C'est entendu, dit la patronne.

— Bonsoir à tous, dit le vieux, j'irai directement là-haut.

Il sortit. Ses sabots s'éloignèrent dans la cour puis ce fut de nouveau le silence. La patronne se leva, commença de desservir tandis que Pablo achevait sa cigarette. Dès qu'il eut jeté son mégot dans le cendrier de la cuisinière, il se leva et se dirigea vers la porte du fond.

— Bonsoir, dit-il avant de sortir.

— Bonsoir, dit la patronne.

Pablo monta lentement l'escalier de bois dont chaque marche craquait. Aussitôt dans sa chambre, il se déshabilla et se coucha. Sa fenêtre était ouverte et la bise coulait comme une source fraîche dans la pièce. Pablo la sentait sur son visage comme une main. Il essaya de s'endormir mais il y avait en lui trop de colère rentrée. Ce n'était déjà plus la même colère que lorsqu'il avait crié, tout à l'heure, près de la friche. C'était surtout à lui qu'il en voulait, à présent. Il s'en voulait de n'avoir pas su rester indifférent à cette histoire qui ne le regardait pas. Maintenant, il revoyait les premiers temps de son séjour au village. Il se rappelait cette fatigue qui tuait en lui la faculté de penser. Depuis longtemps, son corps s'était habitué au travail de la terre. Ses mains étaient dures, ses reins solides. Certains soirs, il se sentait plus las, mais il n'était plus jamais la bête qui marche, qui mange et qui s'abat d'un bloc, sombrant dans le sommeil aussitôt étendue.

A plusieurs reprises, il se retourna dans son lit, cherchant sur le traversin une place fraîche où poser sa tête.

La patronne et Jeannette étaient montées. Il avait entendu craquer l'escalier, puis le plancher du palier. Maintenant, plus rien ne vivait dans la maison que la bise dont les vagues enjambaient le rebord de la fenêtre, apportant dans la chambre les odeurs de la terre.

Pablo entendit sonner dix heures, puis la demie, puis onze heures. Il ne dormait toujours pas. Même pas de ce demi-sommeil qui repose malgré tout. Au contraire. Il pensait de plus en plus. Tout se bousculait en lui et la sueur montait à son front. Il n'avait sur lui que le drap tout frais de bise, mais c'était encore trop. Et pourtant, il le gardait comme pour se protéger de ce vent qui portait le printemps.

Il souffrait de ne plus être la machine qui ne réfléchit pas, il se sentait mal à l'aise aussi de tout ce que le printemps lui apportait de vie. La fatigue du corps n'est pas seulement une tisane qui fait dormir, mais c'est aussi un contre-poison. C'est un remède qui empêche la sève de printemps de vous entrer dans les veines à mesure qu'on respire l'air neuf ou qu'il vous coule sur la peau.

Un moment, Pablo pensa au ruisseau. L'idée lui

vint d'aller s'y tremper. L'eau glacée descendue tout droit des bois l'attirait. Mais il pensa au trajet, à l'escalier qui craquerait sous son pas.

Plusieurs fois aussi lui revint l'image de Mariana. Mais il la repoussa, s'efforçant d'occuper sa pensée à autre chose.

A vrai dire, il ne pensait plus. Ce qui remuait dans sa tête était un peu comme le vent qui tournait autour du lit. C'était un mélange de tout qui ne donnait rien de bien définissable. Car le vent, c'était à la fois un reste d'hiver qui venait du nord avec un arrière-goût de terre mouillée, et un peu de printemps avec tous les parfums encore incertains de la vie neuve. Et puis c'était aussi le souffle froid de la nuit qui ramassait çà et là des bouffées de chaleur du jour, restées tapies dans le creux d'un fossé ou derrière un vieux mur.

Et il en est de l'air qu'on respire comme du vin qu'on boit : les mélanges vous mettent le cerveau tout de travers.

Cela, Pablo le sentait confusément, sans rien pouvoir faire pour s'en défendre.

Dehors, c'était toujours le même silence, mais un silence qui disait cependant beaucoup. Seulement, ce qu'il disait, on ne pouvait pas l'entendre, on pouvait seulement le sentir. Et le silence de la maison aussi était lourd. Il n'était pas celui d'une maison où la fatigue a tout endormi.

Encore vingt fois peut-être Pablo se retourna. Il entendit sonner une demie puis, avant que le silence ait pu se refermer autour de la maison, il y eut une série de coups sourds. Comme si la maison elle-même se fût mise à battre très loin, jusque dans ses fondations.

Pablo s'assit sur son lit. Il y eut encore d'autres coups, puis les chèvres se mirent à bêler.

— Les bêtes!

Et tout de suite Pablo pensa au feu. D'un bond

il fut debout et, enfilant seulement son pantalon, il sortit.

Sans ouvrir la porte, la patronne demanda :

— Vous allez voir?

— Oui, qu'est-ce qu'il y a?

— Je pense qu'une bête a dû se détacher. Sûrement la Noire, elle remuait déjà beaucoup quand je suis allée traire. C'est la saison qui la travaille. Vous n'avez qu'à fermer le portail et la laisser dans la cour, le frais de la nuit lui fera du bien.

La voix de la patronne était calme. Pablo descendit. Le plancher était froid sous ses pieds nus. En bas de l'escalier il trouva ses sabots et les enfila. Il n'avait pas mis sa chemise et, une fois dehors, la bise le fit frissonner.

C'était bien la jument qui avait réussi à décrocher sa chaîne. Une fois libre, elle s'était approchée des chèvres qui s'étaient mises à galoper dans leur petit enclos. Maintenant, la Noire était retournée dans son box, mais le cul tourné vers le râtelier. Quand Pablo entra, elle vint à sa rencontre et se mit à lui bourrer la poitrine à grands coups de museau.

— Doucement, ma belle, doucement, dit Pablo.

Il la caressa un moment et, assez vite, elle se calma. Il détacha le bout de chaîne qui pendait à son bridon et, comme il le reportait au fond du box, il constata que la bête avait rué dans la mangeoire dont les planches pendaient, déclouées et fendues. Il la fit sortir et, aussitôt dans la cour, il la lâcha. Surprise d'abord, elle le suivit jusqu'au seuil de la cuisine. Il la caressa encore et remonta.

En haut, la fenêtre du palier qui donnait sur la cour était ouverte. Pablo s'approcha. La patronne était accoudée à la barre d'appui. Elle se retourna.

— Vous n'avez pas eu froid? demanda-t-elle.

— Non, il fait bon.

Dehors, il y eut une galopade.

— Venez voir!

Pablo s'avança et, se penchant par la fenêtre, il

aperçut la Noire qui bondissait près du portail, arrachant aux cailloux de la cour des gerbes d'étincelles.

— Elle ne risque pas de s'abîmer? demanda Pablo.

— Non, elle va se fatiguer. Dans un moment, elle se calmera.

La patronne bougea. Pablo la sentit contre lui et son sang se remit à bouillir. La bise eut une bouffée tiède comme un vrai vent du sud. Comme un vent de Catalogne.

— Vous ne dormiez pas? demanda-t-elle en se tournant vers lui.

— Non, et vous?

— Non.

Ils se turent un moment. En bas, la Noire gambadait toujours.

— Vrai, vous ne sentez pas le froid, comme ça?

La patronne posa sa main sur le bras de Pablo, presque à hauteur de l'épaule. Pablo se pencha lentement en avant. Ses bras s'étaient écartés, la patronne s'appuya contre lui et leurs bouches se cherchèrent.

Ils restèrent longtemps ainsi jusqu'à perdre le souffle, puis, se détournant, Pablo la prit par les épaules et l'entraîna dans sa chambre.

Ils s'aimèrent sans un mot, presque rageusement, comme s'ils avaient vraiment voulu se faire mal. Ensuite, ils demeurèrent étendus côte à côte, à écouter battre leur sang qui courait plus vite sous leur peau moite. Après un long moment, la patronne frissonna et se redressa sur un coude.

— Tu as froid, dit Pablo.

— Un peu, oui... Et puis, il faut que j'aille fermer la porte de ma chambre.

— Ne bouge pas.

Il se leva et courut fermer la porte. En revenant, il ferma à clef celle de sa propre chambre.

La patronne avait tiré sur elle le drap et la couverture. Il se glissa vers elle et l'attira contre lui.
— Tu me trouves pas trop vieille? murmura-t-elle.
— Non, dit-il, nous sommes jeunes tous les deux.
Ils restèrent encore sans rien dire pendant quelques minutes, puis Pablo murmura :
— La Noire aussi est jeune.
— Tais-toi! dit-elle. Ne plaisante pas avec ça.
— Tu ne me laisses pas parler. Je dis, la Noire est jeune. Elle est pleine de force. Nous sommes tous pleins de force. Nous avons tellement de force qu'elle nous empêche de dormir.
— Tu ne vas pas t'en plaindre.
Ils se mirent à rire et ils s'embrassèrent.
— Tu ne me laisses pas parler parce que tu sais ce que je veux dire, reprit Pablo. Mais sois tranquille, j'y arriverai tout de même.
Elle chercha sa bouche pour l'embrasser, mais il se défendit. Tout en se débattant, il continuait :
— Et toute cette force que nous avons, il y a des terres pour l'employer. Des terres qui ne demandent qu'à donner. Il suffit de s'y mettre.
Elle renonça à le faire taire en posant sa bouche sur la sienne.
— Si tu veux de la terre, dit-elle, achète-la, tu ne dépenses jamais un sou de ta paye, sauf ton tabac. Et si tu n'as pas assez, je t'avancerai le complément.
— Non, dit Pablo.
— Pourquoi ?
Il hésita :
— Pour un tas de raisons. Et puis, la meilleure, c'est que je n'ai pas le droit.
Par surprise, elle réussit à l'embrasser. Il la laissa faire mais, aussitôt qu'elle éloigna sa bouche de la sienne, il dit :
— Et si on faisait le contraire?
— Comment, le contraire?
— Je te donne ce que j'ai d'argent, tu mets le reste et tu achètes la terre à ton nom.

— On dit que les Francs-Comtois sont têtus, mais je vois que les Espagnols le sont encore davantage.

— C'est sûr. D'ailleurs, c'est du temps où ils étaient espagnols que les Francs-Comtois ont gardé cette tête dure.

Il y eut un silence avec juste la bise qui mordillait le pignon de la maison.

— Écoute, dit Pablo. Je vais essayer de t'expliquer : tu as de l'argent qui vaut tant, aujourd'hui. Par exemple, avec vingt francs, tu peux acheter...

— Tais-toi. Tu me l'as déjà dit. La guerre, c'est toujours la dévaluation. Mais, admettons que tu sois obligé de t'en aller, qu'est-ce que je ferai avec toutes ces terres?

Pablo soupira.

— Tu penses que je vais partir.

Elle se coucha à demi sur lui et, le serrant très fort, elle dit :

— Non, non. Je ne veux pas que tu partes. J'ai dit ça comme ça. Même si les Boches cherchaient les réfugiés espagnols, je te cacherais.

— Et puis, tu vois, même si je partais, même si tu devais laisser tes terres en friche, cultive juste ce qu'il te faudra pour manger, mais ne vends jamais ta terre. Au contraire, ce qu'il faut, c'est en acheter tant que tu peux.

Elle ne répondit pas. Il attendit quelques instants, puis ce fut lui qui l'embrassa. Quand leurs lèvres se quittèrent, elle dit lentement, comme si elle avait parlé pour elle seule :

— Demain matin, j'irai voir la mère Perrin. J'irai. Je te promets.

Alors Pablo l'embrassa de nouveau, en la serrant dans ses bras presque à lui faire mal, comme pour lui montrer cette force terrible qu'il sentait en lui.

XXX

La fraîcheur de l'aube réveilla Pablo. Il se souleva sur un coude et, aussitôt, la patronne ouvrit les yeux.

— On est fous, dit-elle. Et le jour qui est déjà là!

D'un bond, elle fut debout dans sa longue chemise de nuit blanche qui tombait de ses épaules jusque sur ses talons, en marquant seulement la courbe des fesses larges et fortes. Elle alla jusqu'à la porte, tourna la clef doucement puis, avant d'ouvrir, elle dit à voix basse :

— Il vaut mieux que personne ne sache rien. Faudra continuer d'être comme avant.

— Bien sûr, dit Pablo.

Elle allait partir, il lui fit signe de revenir.

— Viens jusque-là.

Il l'attira contre lui et l'embrassa.

— Tu sais ce que tu m'as promis?

— Oui.

Elle sourit encore et sortit. Pablo se hâta de descendre et, une fois dans la cour, il laissa longtemps sa tête sous le robinet d'où l'eau coulait glacée. Comme il s'essuyait, la Noire déboucha à l'angle de la maison et prit le trot pour venir jusqu'à lui.

— Alors, tu es calmée? demanda-t-il.

Il riait en la caressant. A ce moment, la patronne sortit de la cuisine avec ses seaux à traire. Elle s'approcha et dit tout bas :

— Tu la remercies?

Ils se regardèrent en riant.

— Oui. Et je lui dis qu'elle a gagné de quoi employer sa force. Une bonne terre à remettre à neuf.

La patronne fit la moue.

— Et toi, demanda-t-elle, tu en auras encore, de la force, pour la terre? Tu n'as pas tout dépensé cette nuit?

Pablo gonfla sa poitrine. Des gouttes d'eau ruisselaient, s'accrochant à ses poils.

— Je te montrerai, dit-il. Tu verras un peu.

La patronne entra dans l'écurie. Pablo enfila sa chemise et ramassa son savon et sa serviette, puis revint vers la cuisine. La Noire le suivit jusqu'au seuil.

— Attends une minute, dit-il. Je vais te chercher une croûte.

Il entra. Jeannette était en train de casser des sarments qu'elle mettait dans le feu. D'habitude, Pablo disait : « Bonjour, Jeannette », et elle grognait en faisant son tic de la bouche. Mais cette fois Pablo ne dit rien tout d'abord. Il s'arrêta et se mit à fixer la petite. Il lui semblait soudain qu'il ne l'avait pas vue depuis très longtemps. Elle aussi le regardait. Ils restèrent ainsi quelques instants. Enfin, entendant la Noire qui battait du sabot contre les marches de pierre, Pablo dit :

— Bonjour, Jeannette.

La petite grogna et fit son tic de la bouche. Alors Pablo coupa un morceau de pain et sortit le donner à la jument.

Ensuite il prépara un gros casse-croûte de miche et de lard qu'il plaça dans une musette avec un litre de vin et il se mit en route. De la cour, se tournant vers l'écurie, il cria :

— Je monte. Quand vous rentrerez de chez elle, venez tout de suite nous retrouver.

— Oui, cria la patronne. A tout à l'heure.

Pablo se hâta vers le coteau encore baigné d'ombre et qui se découpait sur le ciel de lumière dorée. Il marchait en respirant profondément. Ses jambes étaient un peu lourdes, mais on ne pouvait appeler ça de la fatigue. C'était une chose indéfinissable, qui l'habitait tout entier. Elle avait un peu l'apparence de la fatigue, mais n'enlevait rien à sa force. Au contraire, il se sentait bien d'aplomb sur cette terre qui était là, encore à moitié endormie tout autour de lui et que son pas réveillait en sonnant sur le chemin. Arrivé au grand tournant, où l'on commence à dominer vraiment la plaine, il chercha des yeux la tache rousse de la friche appartenant à la mère Perrin. Il la trouva tout de suite. Elle était entre deux vignes fraîchement labourées et faisait un rectangle plus clair dans l'ombre du coteau. Pablo sourit. Il regarda aussi du côté de la ferme où la Noire broutait le long du mur de la grange, puis il reprit sa route.

Le vieux était déjà au travail. Il n'avait taillé qu'une dizaine de pieds et Pablo pensa qu'il n'était pas là depuis bien longtemps.

— Alors, ça ira? cria-t-il.

Clopineau se retourna.

— Eh bien! il n'y a plus moyen de te tirer du lit?

Pablo se mit à rire, sortit son sécateur et grimpa sur le talus.

— Mais..., demanda-t-il.

Le vieux riait.

— Oui, j'ai mené les trois lignes à la fois, comme ça on restera les uns près des autres.

Ils avaient l'habitude de commencer ensemble et d'avancer à la même vitesse. Ainsi, ils pouvaient parler et, quand Pablo avait besoin d'un conseil, le vieux et la patronne étaient là. Pour avoir mené les trois lignes, il devait y avoir un bon moment qu'il travaillait.

— Il n'y a rien de cassé, au moins, non? demanda Clopineau.

— Non, rien. Mais ça n'est pas la peine de continuer la ligne de la patronne, elle ne viendra pas de bonne heure. On a sûrement le temps de faire au moins une montée avant qu'elle soit là.

Pablo hésita. Il empoigna un sarment, coupa. Deux, trois, quatre coups de sécateur. Puis s'arrêtant soudain, il posa sa main sur l'épaule de Clopineau qui se retourna.

— Qu'est-ce qu'il y a?

Pablo regarda au loin. Il leva la main et pointa le bec de son sécateur en direction de la friche. Le vieux regarda.

— Ça y est, dit Pablo. Elle va ce matin trouver la mère Perrin.

Le vieux hocha la tête.

— Ben, mon vieux. Tu peux dire que tu es fort, toi. Parce qu'elle est réputée pour avoir la tête dure, la Germaine.

Pablo sentit son visage devenir chaud. Le vieux détourna les yeux un instant puis, regardant en dessous, il dit :

— Je ne sais pas comment tu t'y es pris, mais tu es fort. Il n'y a pas à dire... Ça, pour être fort, tu es fort.

Ils s'étaient remis à tailler tous les deux et se tournaient le dos. Après quelques instants, Pablo demanda :

— Vous ne pensez pas que j'ai raison?

Le vieux ne répondit pas tout de suite. Il tailla encore trois ou quatre branches et dit :

— Oui, tu as raison... tu as tout à fait raison. Vous êtes encore jeunes tous les deux. Et quand on est jeune, la terre on n'en a jamais de trop.

Pablo essaya de voir le visage de Clopineau, mais le vieux restait baissé et le dos tourné. Ils continuèrent leur travail sans parler, jusqu'à l'arrivée de la patronne.

Ils étaient presque au sommet de la vigne lorsqu'ils l'entendirent monter. Ils se redressèrent. Elle avait dû venir en courant. Elle soufflait. Pablo lui sourit puis regarda le chemin. Jeannette était encore loin, arrivant de son pas toujours égal, portant à son bras le panier du repas.

Tout d'abord, la patronne ne dit rien. Une main posée sur un piquet, elle passait son avant-bras sur son front. Pablo restait sans impatience. Elle n'avait pas besoin de parler, déjà ses yeux avaient tout dit.

Et ce fut Clopineau qui parla le premier.

— Je crois que tu es en train de faire une bonne affaire, Germaine. D'abord, ça se voit sur ta figure que tu es contente. Et si tu es contente, c'est que l'affaire que tu fais est bonne.

Puis se tournant vers Pablo, il lui tapa sur l'épaule en hochant la tête et en clignant de l'œil.

— Mais celui-là, dit-il en riant, j'ai l'impression que quand il a une idée dans la tête, il ne l'a pas où tu penses, hein?

Ils se mirent à rire tous les trois puis, toujours essoufflée, la patronne dit en désignant Pablo :

— Si je vous racontais la vie qu'il m'a menée, vous ne voudriez pas le croire. Et vous savez, c'est bien pour qu'il me fiche la paix que j'ai accepté.

Pablo fronça les sourcils et fit une grimace pour lui faire comprendre qu'elle avait tort de plaisanter sur ce sujet, puis, sans lui laisser le temps de dire un mot, il demanda :

— Alors, ça marche?

— Bien sûr que ça marche, nous sommes allées à la poste toutes les deux pour téléphoner au notaire. C'est entendu, nous irons à Lons demain après-midi pour signer les papiers.

Pablo respira profondément. Il regarda encore la patronne et se tourna du côté où le coteau finit vers la plaine. Lorsqu'il eut trouvé la tache rousse qui flambait au soleil, il ferma à demi les yeux et murmura :

— Après-demain, on pourra commencer. Après-demain.

Et, se baissant vers le cep suivant, il se remit au travail.

XXXI

Le lendemain, la patronne quitta la vigne aussitôt après le repas de midi. Pablo grimpa sur un talus pour la suivre du regard. A plusieurs reprises elle se tourna en agitant le bras. La dernière fois, elle resta ainsi longtemps, immobile au milieu du chemin qui allait plonger derrière la haie, tout de suite après le tournant. Quand elle eut disparu, Pablo revint s'asseoir près de Clopineau pour achever sa cigarette. Jeannette était debout devant eux, les bras ballants, son sécateur ouvert dans la main droite. Dès qu'ils se levèrent pour reprendre leur travail, elle les suivit et se remit à sarmenter. Pablo l'observait de temps à autre. Elle travaillait lentement mais s'arrêtait peu. Simplement, il lui arrivait de demeurer sans bouger, avec, dans la main, un morceau de cep qu'elle regardait fixement. Lorsque sa mère était là, elle criait :

— Alors, Jeannette, tu t'endors?

La petite sursautait, quelquefois même elle laissait tomber le morceau de bois qu'elle tenait, puis se remettait au travail. Pablo n'avait jamais rien dit, mais il avait remarqué que la petite examinait toujours ainsi les ceps les plus tordus. Comme elle s'arrêtait pour en regarder un, il enjamba deux lignes de vigne et s'approcha d'elle tout doucement. Quand il fut à quelques pas, la petite leva les yeux. Elle n'avait pas tout à fait le même regard que d'habitude. Il y avait, au fond de ses prunelles, comme un vague reflet de vie qui s'estompa bientôt. Pablo s'approcha encore et tendit la main vers le morceau de bois qu'elle tenait. Jeannette eut son tic de la bouche, grogna et lui donna le cep. Il l'examina sur toutes ses faces, l'exposant à la lumière sous tous ses angles. Placé d'une certaine manière, le cep ressemblait un peu à un chat assis. Pablo le montra à Jeannette sous cet angle en disant :

— Chat... Chat... Minet.

Comme la petite ne réagissait pas, il répéta encore plusieurs fois et essaya même de miauler. Puis, voyant qu'elle ne semblait pas comprendre, il se remit à examiner le morceau de bois. Après un moment, il le montra à Jeannette et demanda :

— Lapin? Lapin?

La petite secoua la tête. Sa bouche s'ouvrit davantage et Pablo vit très nettement la petite lueur de tout à l'heure repasser au fond de ses yeux. Alors, se baissant, il fit avancer le morceau de bois par terre, à la manière d'un lapin qui bondit de motte en motte. Jeannette s'accroupit bientôt et suivit des yeux la main de Pablo. Sans s'arrêter il la regarda. Elle avait vraiment les yeux qui vivaient.

Pablo se redressa et se mit à rire. Jeannette grogna et, pour la première fois, il trouva que le tic de sa bouche ressemblait vraiment à un sourire. Il lui rendit le morceau de cep et retourna dans sa rangée de vigne.

Pendant qu'il était près de la petite, il avait oublié la présence du vieux qui l'attendait maintenant et le regardait venir avec un visage tout prêt à sourire.

— Alors?

— Vous avez vu? dit Pablo.

— J'ai vu. On aurait dit que ça lui faisait plaisir que tu sois venu. Je ne sais pas, mais elle te regardait comme je ne l'ai jamais vu regarder personne.

— Peut-être qu'elle est moins bête qu'on ne croit.

Le vieux souleva sa casquette pour se gratter le crâne puis, après avoir longuement mordu sa moustache, il expliqua :

— Ce que tu dis là, son père me l'avait dit souvent. Seulement, un père, c'est un père. On ne sait jamais, ses enfants, il les croit toujours mieux qu'ils ne sont. Pourtant, plusieurs fois il m'avait dit : « Si j'avais le temps de m'en occuper, j'arriverais à en faire une fille comme les autres. »

— Oui, je sais qu'il l'aimait bien.

Le vieux regarda la petite puis Pablo avant de répondre :

— Seulement, la Germaine n'a jamais voulu y croire, elle. Et ça, il me semble que ça compte.

A plusieurs reprises, au cours de l'après-midi, Pablo recommença le jeu du morceau de bois. Chaque fois, il cherchait une forme et souvent il lui fallait avancer deux ou trois noms avant de tomber sur celui qui ferait vivre les yeux noirs de Jeannette et sourire sa bouche à la lèvre pendante. Il essaya en vain des personnages et des objets, Jeannette ne voyait dans les ceps que des animaux familiers, ceux qu'elle soignait chaque jour à la ferme ou rencontrait au village et dans les champs.

Quand la nuit approcha, ils descendirent. Ils marchaient sans parler. Pablo pensait à la terre de la mère Perrin, mais il pensait surtout à Jeannette. Et il y pensait un peu comme un homme qui vient de trouver un outil bizarre, certainement utile, mais dont il ne sait pas se servir.

Lorsqu'ils arrivèrent à la ferme, la patronne achevait à peine de dételer la Noire. Ils rentrèrent le break dans la grange et Pablo pensa que cette voiture n'avait pas servi depuis leur retour des Brûlis. La première fois qu'il l'avait vu sortir, ç'avait été pour emmener le patron au cimetière.

Lorsque tout fut en ordre, ils entrèrent à la cuisine.

— Alors? demanda Pablo.

— Tout est signé, dit la patronne. Tout est fait. En revenant, je suis passée par le pays pour déposer la mère Perrin devant chez elle. Elle était bien contente. Elle n'a plus grand-chose pour vivre et ça lui permettra de tenir quelque temps. Sur la place, j'ai croisé la Marguerite. Je n'avais pas le temps de lui expliquer, alors je lui ai dit de venir manger la soupe.

Elle marqua une pause avant d'ajouter :

— Comme ça va faire de la besogne en plus, j'ai envie de lui demander de venir quelques jours pour nous aider à finir de tailler et de sarmenter.

La vieille arriva bientôt et, lorsque la patronne lui eut expliqué ce qu'elle venait de faire, elle cligna de l'œil en direction de Clopineau :

— Qu'en penses-tu, toi?

— Moi, je dis qu'ils ont raison. C'est une bonne chose que les jeunes aient gros appétit.

La vieille les dévisagea tous longuement et, une fois encore, Pablo se sentit rougir. Il sortit sa blague et roula une cigarette pour se donner une contenance. Il y avait dans la pièce un silence épais, et tous étaient immobiles, attendant ce qu'allait dire la vieille. Enfin, tirant une chaise et s'asseyant devant la table, elle lança :

— La terre, on n'en a jamais de trop, et tant que les bras veulent aller, faut pas hésiter... Et maintenant, Germaine, j'espère que tu vas ouvrir une bouteille. Je sais bien que ton garçon n'est pas là, mais comme, après tout, c'est pour lui que tu travailles, faut que la terre que tu viens d'acheter soit bien venue dans ta maison. Alors, pour que rien n'y manque, faut ouvrir une bouteille.

La patronne sourit et demanda à Pablo :

— Vous savez où sont les bouteilles de Brûlis?

— Oui.

— Allez en chercher une. Et ne la secouez pas trop en la montant.

Pablo descendit. C'était la première fois qu'il touchait à ce casier à bouteilles. A vrai dire, personne n'y avait touché depuis la mort du patron et les toiles d'araignées se déchirèrent comme un voile gris lorsqu'il tira la grille qui grinçait. Le Brûlis, c'était le rang du bas. Pablo se baissa, tira une bouteille et l'éleva doucement en direction de l'ampoule, sans la redresser. Le vin paraissait clair, mais il y avait trop de poussière sur la bouteille, on ne voyait pas grand-chose. Il referma la grille du casier, et, portant la bouteille couchée, il remonta lentement.

— Posez-la sur le buffet, dit la patronne, pendant qu'on mangera, elle aura le temp de chambrer.

Ils se mirent à table. Pendant tout le repas ils parlèrent beaucoup. De la guerre. Des Allemands qui commençaient à être moins convenables que lors de leur arrivée et menaçaient de revenir de ce côté de la ligne de démarcation ; mais ils parlèrent surtout de la terre et du travail. De temps à autre, Pablo regardait Jeannette. Elle n'avait plus sa petite flamme de vie au fond des prunelles, mais elle lui paraissait moins repoussante. Maintenant, même lorsqu'elle mangeait la bouche ouverte, il pouvait continuer de la regarder. Sur le cou et les joues elle avait des traces laissées dans la poussière par la sueur qui avait coulé de son front, mais Pablo pensait que ce n'était pas sale puisqu'il s'agissait simplement de la poussière que le soleil et le vent faisaient monter de la terre. Clopineau en avait aussi, la vieille aussi, et lui, qui ne s'était pas lavé en arrivant, devait en avoir également.

Ce soir, seule la patronne était différente. Elle avait juste passé une blouse sur sa robe grise des dimanches. Son col brodé laissait voir la naissance de ses seins. Son visage sans fard était reposé et sa peau mate était propre. Elle avait tiré tous ses cheveux en arrière et pas une mèche ne s'échappait de son chignon. Plusieurs fois, leurs regards se croisèrent, chaque fois ils se disaient beaucoup de choses que les autres ne pouvaient deviner. A un certain moment, Pablo regarda le réveil, puis fit un clin d'œil en direction des deux vieux. La patronne sourit et se leva pour aller chercher le fromage.

— Je crois que le moment est venu d'ouvrir la bouteille, dit-elle.

— C'est le moment, dit Clopineau.

La patronne posa la bouteille et le tire-bouchon devant Pablo qui se leva et commença de briser le capuchon de cire blonde avec mille précautions. Lorsqu'il eut achevé, tandis qu'il vissait le tire-bouchon, la vieille Marguerite hocha la tête en disant :

— Il sait faire. Il sait faire.

Puis, lorsqu'il eut empli chaque verre, elle ajouta :

— Dis donc, garçon, est-ce que tu sais que c'est un geste de patron, ça?

Pablo se mit à rire. Son visage de nouveau était chaud. La patronne se hâta de lever son verre et de boire à la nouvelle terre.

— Et au retour de tous ceux qui manquent, dit la vieille.

— Et aussi à la fin de la guerre, dit Clopineau.

Ils parlèrent du vin. Ils parlèrent encore de la terre. La patronne et Pablo continuaient de se regarder souvent, mais ils étaient moins pressés, à présent. Il fallait finir le vin, et ils savaient bien qu'on ne boit pas une bouteille de Brûlis comme un litre de rouge.

A un certain moment, comme le vieux parlait de la peine que le vin donnait et qu'il se demandait comment iraient les choses avec de moins en moins d'hommes dans les villages, Pablo se leva sans rien dire et monta dans sa chambre. Les autres se regardaient, encore tout surpris lorsqu'il reparut. Il posa sur la table un grand catalogue qu'il ouvrit.

— Où avez-vous trouvé ça? demanda la patronne.

— Dans la chambre, c'était sur la commode ; il y a un tampon, ça doit venir de l'école d'agriculture où votre fils suivait des cours.

— Sûrement.

Ils regardèrent tous.

— C'est ça qu'il nous faudrait, dit Pablo.

— Et qu'est-ce que c'est? demanda la vieille.

— Vous voyez bien, c'est un pressoir.

— Un pressoir? Ça ne ressemble à rien.

Pablo se mit à rire.

— Tout est très bien expliqué, dit-il. Vous voyez cette grosse cage ronde en bois?

— Oui, comme un pressoir couché, mais plus long?

— C'est exactement ça. Seulement, elle tourne sur elle-même. Et à mesure qu'elle tourne, les deux plateaux de chaque extrémité se rapprochent l'un de l'autre. Ça serre le raisin enfermé, et le jus coule dans ce grand bassin qui est dessous.

— Et comment on le sort de là dedans?

— On ne le sort pas, expliqua Pablo, il sort tout seul. Sur le moteur électrique qui fait tourner le pressoir, il y a aussi une pompe et, vous voyez, on met ce tuyau dans le fût et ça se fait tout seul.

Ils se regardèrent tous pendant un bon moment sans parler, puis ce fut le vieux qui dit :

— Bien sûr, si je comprends bien, suffit d'un homme pour surveiller.

— Même pas. Quand ça arrive au bout, quand c'est trop dur, le moteur s'arrête tout seul.

La Marguerite se mit à rire.

— Ces fourbis-là, dit-elle, c'est bien joli sur le papier mais ça coûte les yeux de la tête, et une fois qu'on les a dans sa cave, on s'aperçoit que ça ne vaut rien du tout.

— Sûrement pas, dit Pablo. Il paraît que dans la région de Bordeaux, toutes les grosses caves sont équipées comme ça.

— Qui te l'a dit?

— C'est dans un cahier qui est aussi dans la chambre.

— Ton garçon t'en avait parlé? demanda le vieux.

La patronne fit non de la tête.

Ils discutèrent encore longtemps, mais les deux vieux ne voulurent pas en démordre. Pour eux, un pressoir, c'était un pressoir, un comme ceux qui se trouvaient dans toutes les caves du village.

— Pourtant, disait Pablo, vous vous rendez compte : on rentre la vendange, on appuie sur la manette, on mange tranquille et on va se coucher. Et pendant qu'on dort, tout le travail se fait.

— Eh bien! dit la vieille, je ne sais pas s'il y en a qui pourraient dormir avec une machine comme ça qui tournerait dans leur cave, mais moi pas. J'aurais bien trop peur que le fourbi s'emballe et que ça foute la maison par terre.

Le vin les avait mis en joie, et ils éclatèrent de rire tous les quatre. Là-dessus, les vieux se levèrent.

— En attendant, dit Clopineau, si vous voulez qu'on s'attelle à votre nouvelle terre demain matin, c'est pas le moment de passer la nuit à table.

Les vieux sortirent, et, dès que Jeannette fut montée, Pablo et la patronne s'embrassèrent.

Demain, il y aurait de la terre à défricher, mais pourtant, ils savaient qu'ils n'attendraient pas jusqu'au jour pour commencer à dépenser la force que leur avait donnée ce vin et qui leur brûlait le corps.

XXXII

Ils avaient décidé de s'y mettre tous les cinq et, le lendemain, le jour pointait à peine que Clopineau était déjà là. Pablo achevait de se laver au robinet de la cour.

— Nous aurons le vrai temps qu'il faut, dit le vieux. Un bon soleil et un peu de bise pour qu'il ne fasse pas trop chaud.

— Vous croyez? dit Pablo.

— J'en suis certain. Tu verras ; elle se lèvera en même temps que le soleil.

La vieille arriva et aussitôt le vieux lui demanda :

— Quel temps va-t-il faire, la Marguerite?

Elle ne leva même pas les yeux vers le ciel.

— Un temps de labour, dit-elle.

— Tu vois, la Marguerite pense comme moi.

Pablo se tourna vers la vieille.

— C'est-à-dire, exactement?

— Eh bien, oui, quoi, un beau temps mais avec assez de bise pour rafraîchir et emporter la poussière.

— Il faudra m'apprendre à connaître le temps.

— C'est facile, dit le vieux.

— Expliquez-moi ce qui vous fait dire que la bise viendra avec le soleil.

Les deux vieux se regardèrent et ce fut la Marguerite qui répondit :

— Ma foi, un tas de choses et rien. Tu comprends,

ça se sent. Le peu de rosée, la couleur du ciel, comment on respire, je ne sais pas moi, ces choses-là, ça ne s'explique pas.

Le vieux hocha la tête pour approuver.

En s'habillant, Pablo interrogeait le ciel, la colline, la plaine. Il flairait à petits coups, comme un chien en quête, mais rien ne lui disait que la bise allait venir avec le soleil. Alors, il regardait les deux vieux, et il avait dans les yeux un peu d'envie.

Aussitôt après le déjeuner, ils attelèrent la Noire au char à plancher. Ils chargèrent la galère et une charrue, des pioches, des fourches, les sécateurs, les égoïnes et le panier avec le repas. Une fois fait, la patronne ferma les portes et ils montèrent tous sur le char. Ils s'installèrent sur le bord du plancher, jambes pendantes, et ce fut le vieux qui prit les rênes.

Le soleil était encore loin et le ciel jaunissait à peine au-dessus de la ligne dentelée du coteau. Partout, traînaient des restes de nuit et il n'y avait personne dans les cultures. De chaque maison, une fumée blanche s'élevait, et ces grands fils clairs étaient la seule vie sur toute la terre.

La Noire allait de son pas régulier, tirant dans le chemin le char qui tanguait comme un bateau. Personne ne parlait. La Marguerite semblait somnoler, Clopineau et Jeannette ne quittaient pas des yeux la croupe luisante de la jument dont les naseaux fumaient. L'un à côté de l'autre, Pablo et la patronne se regardaient de temps à autre. A un certain moment, elle se pencha pour lui souffler à l'oreille :

— Je n'en peux plus, j'ai les reins moulus.

Il sourit. Lui aussi sentait dans ses membres le poids de la nuit, mais il sentait également une grande force qui somnolait, prête à se mettre à l'œuvre. Il ouvrit ses mains, les examina, et tâta la corne de ses paumes. Puis il se retourna et regarda la charrue dont les chaînes bringuebalaient. Le soc luisait comme un morceau de ciel posé sur la voiture.

Ils allèrent ainsi jusqu'à la friche, sans un mot. Et lorsqu'ils arrivèrent, le soleil n'était pas encore dans le ciel. On le sentait, presque à fleur de terre, mais Pablo pensa qu'il aurait le temps de dételer du char et d'atteler à la charrue avant qu'il ne se montrât. Il venait d'y penser d'un coup, et ça lui paraissait une chose très importante. Il enfoncerait le coutre dans la terre juste au moment où le soleil sortirait. Le soleil serait le signal. Il regarderait, et, quand il le verrait pointer, il crierait : « Allez! » et il appuierait de toute sa force sur les mancherons.

Pablo fit glisser la charrue et la patronne empoigna le bout pour la descendre.

— Attendez, cria le vieux, j'arrive.

— Dételez, cria Pablo, dételez.

Le vieux se mit à desserrer les sangles de la sous-ventrière.

— On croirait bien que tu as le feu au derrière, dit-il en riant.

Pablo avait déjà poussé la charrue en face de la première ligne. La patronne le regardait en souriant.

Maintenant, la Noire était en place. Ils accrochèrent les traits, Pablo passa les guides derrière sa nuque et il resta sans bouger. Sur son cou, il sentait le froid du cuir qui le brûlerait tout à l'heure. Le vieux demeura quelques instants sans rien dire. La Noire, d'abord immobile, tirait à présent, allongeant le col pour brouter une touffe d'avoine dont le vert perçait les ronces desséchées.

— Alors, demanda le vieux, qu'est-ce que tu fais?

— Ça va y être, dit Pablo, encore quelques instants.

Et il continuait de fixer le sommet de la colline. Il avait repéré le point exact où le soleil sortirait. C'était juste entre deux bosquets d'acacias qui semblaient courir sur la crête et laissaient voir de la lumière blonde entre leurs pattes grêles. Les autres ne comprenaient pas. La patronne et la vieille s'approchèrent aussi. Sentant qu'il allait être obligé de donner une explication, sans quitter des yeux les deux bosquets, Pablo demanda :

— Alors, c'est bien entendu, on fait comme on a dit. Je passe une fois, comme pour débuter, et vous faites le reste à la pioche, ensuite, un coup de galère pour ramasser la saloperie...

La crête s'alluma. Pablo se tut... Encore le temps de compter quatre... Le jaune virait au blanc. Le cœur de Pablo battait fort. Les autres n'avaient peut-être pas encore compris exactement ; mais ils devaient sentir qu'il se passait en ce moment quelque chose d'important. Un acte grave. Ils ne savaient pas. Mais ils se taisaient, et ils étaient un peu comme à l'église, au moment où il faut baisser la tête.

— Allez! Allez la Noire!

C'était fait : le feu venait de prendre entre les pattes des bêtes posées sur la crête, le soleil pointait juste le sommet de son crâne poli comme un galet. La jument allongea le col, banda ses reins. Sa croupe se gonfla et roula sous sa peau qui s'éclairait de reflets blonds. Il y eut un craquement, comme un feu qui s'allume.

Tout était dans ce craquement. Les broussailles écrasées par les sabots de la Noire pétillaient comme des brindilles, le bois de la charrue gémissait comme une bûche rongée par la flamme.

Pablo s'était soulevé sur la pointe des pieds, tout son poids était sur la charrue. Sa force partait de ses reins. Il la sentait monter le long de son torse, rouler dans les épaules comme une eau agitée de remous et redescendre par les veines de ses bras jusqu'à ses mains. De là, elle passait dans le bois des mancherons qui vibraient. C'était toute la charrue qui palpitait de sa force. C'était sa force qui était là, devant lui, dans ce soc luisant qui ouvrait une longue blessure dans la terre. La charrue vivait du sang de Pablo et du sang de la Noire. A eux trois, ils n'étaient qu'une seule force qui mordait la terre.

Le sol était dur, tassé, et les herbes tendaient leurs

pièges à chaque pouce de terrain. La bête allait lentement, mais elle ne s'arrêtait pas. Les ronces s'étiraient sur le coutre, s'unissaient par trois et quatre et même plus pour faire câble et arrêter la charrue, mais la Noire gonflait un peu plus sa croupe luisante et le câble claquait d'un coup. Toutes les vieilles treilles grelottaient, et c'était comme un signal qui courait devant, le long du fil de fer, pour crier aux ronciers : « Attention! Tenez-vous bien, il en arrive une qui ne ménage pas sa peine! » Mais c'était autant de perdu. La Noire allait, de l'herbe jusqu'à mi-jambe, comme un bateau qui fend une eau tranquille.

Et elle continua ainsi, d'une seule tirée, jusqu'en haut de la vigne.

Là, là seulement, Pablo leva la tête.

Le soleil était posé sur la colline. Il avait à moitié dévoré les bosquets qui flambaient. De larges coudées d'or ruisselaient tout le long du coteau jusqu'à venir déferler autour de Pablo, dans la vigne où tout vivait. Car la bise s'était levée. Pablo ne s'en était pas aperçu, il la sentait seulement à présent et il se tourna de côté pour en respirer une bouffée.

Comme il se tournait, il vit remuer une forme au bord de ses yeux. Il se tourna un peu plus. La patronne était là, derrière lui, qui le regardait.

Ils restèrent un instant sans rien dire. Les deux vieux et Jeannette étaient toujours en bas de la vigne.

— Tu m'as suivi? dit Pablo.

— Oui.

Il ne savait plus ce qu'il fallait dire et ce fut elle qui parla.

— Tourne la Noire, je veux faire le retour.

— Toi?

— Oui.

— Non.

— Si, je veux.

— Ce n'est pas un travail de femme.

— Une ligne seulement... Si je ne vais pas assez profond, tu m'arrêteras.

Pablo sourit. Il avait envie de l'embrasser, mais là-bas, les vieux regardaient. Il fit tourner la Noire et mit la charrue en place. Puis, quittant les guides, il les passa autour du cou de la patronne et se plaça derrière elle. Il vit ses épaules se soulever. Elle devait emplir ses poumons pour se donner de la force.

— Allez, la Noire! cria-t-elle.

Sa tête rentra dans ses épaules ; un instant, tout son corps flotta de droite à gauche, comme si elle allait se coucher sur le flanc. Ses pieds quittèrent le sol en battant le vide. Puis, comme si tout l'attelage se fût enfoncé dans la terre, elle se courba en avant, s'écrasant, gonflant le dos et les reins.

Pablo la suivit à quelques pas, le regard rivé à sa nuque où la courroie noire laissait des traces rouges.

Il y eut plusieurs à-coups, mais aucune halte.

Lorsqu'elle s'arrêta, au bout de la ligne, elle avait le visage inondé de sueur. Elle riait. La vieille aussi et Clopineau de même, qui s'approcha en disant :

— Il a fallu que tu la fasses, ta ligne! Quand je t'ai vue partir derrière, j'y ai pensé. Tu as raison, va, c'est une bonne chose de faire connaissance avec sa terre.

— Oui, qu'elle a raison, dit la vieille. Tracer son sillon le premier jour dans la terre nouvelle, c'est un peu comme avoir des sous dans sa poche la première fois qu'on entend chanter le coucou.

Ils riaient tous, mais déjà Pablo avait retourné l'attelage, déjà il repartait vers le coteau où les bois s'étaient reformés après la montée du soleil.

Il y avait partout de la lumière, il y avait sur toute la terre le rire de la bise qui courait entre les herbes folles. Et ici, dans la friche, parce qu'elle rencontrait davantage d'obstacles, la bise s'attardait. Elle sautait chaque ligne de ceps, retombait dans les allées en fouinant sous les ronces, et faisait un bout de conduite à l'attelage avant de se sauver vers la plaine.

XXXIII

Durant cinq jours ils travaillèrent à la friche. Parfois, la patronne disait :

— Nous sommes fous, voilà le temps de la taille qui tire à sa fin, et il reste encore quatre plantées à faire. On aurait mieux fait de finir par celle-là.

Mais Pablo donnait l'allant. Il plaisantait, il disait qu'avec des jeunesses comme la Marguerite et Clopineau, les hectares de terre devenaient des mouchoirs de poche. Tout le monde riait, et tout le monde se remettait au travail de plus belle.

Cinq jours, de l'aube à la nuit tombée. Cinq jours à lutter contre les herbes accrochées à la terre et aux ceps, à tailler les bois filés ou vieillis. Enfin, au soir du cinquième jour, quands ils se retournèrent avant de franchir le fossé qui sépare la vigne du chemin, ils demeurèrent un moment sans parler. Le soleil avait disparu, mais il restait assez de jour pour éclairer les lignes jusqu'aux cerisiers. Ils restèrent sans mot dire, puis ce fut le vieux qui parla :

— C'est bien, dit-il. C'est bien mieux que j'aurais cru. Et malin serait l'homme qui me dirait maintenant, en regardant cette vigne : « Elle est restée des années sans culture. »

Et c'était vrai. La terre était propre. Nette. Sans un poil d'herbe. Ils avaient même remplacé les mauvais piquets. Le bois clair des nouveaux faisait des traits qu'on voyait de loin en loin comme des balises semées sur une mer calme pour indiquer un itinéraire compliqué.

Il ne restait rien de la crasse qu'un gros tas de cendres encore chaudes, au milieu du champ qui bordait la vigne. Car Pablo avait tout retourné, même ce qui n'était pas planté.

— Ça aussi, c'est une bonne chose, dit le vieux en montrant cette partie de la terre. Tu as tout retourné, tu ne sèmeras rien avant un an, mais tu retourneras encore une fois et les herbes seront bien mortes. Et ce sera une bonne terre bien propre, bien grasse et bien reposée que tu ensemenceras. Moi, j'y mettrais du trèfle. Je le laisserais deux ans, et je le retournerais tout vif. On a beau dire, c'est encore le meilleur engrais.

Ils prirent le chemin de la maison. Sur la voiture, ils ramenaient les vieux piquets qui pouvaient encore faire de bonnes chevilles de feu. Pendant le trajet du retour, chaque fois qu'ils passaient devant une des terres de la ferme, le vieux disait :

— Ton blé est beau, mais ici, l'an prochain, je mettrais des pommes de terre.

On roulait un moment, puis il disait encore :

— Voilà que cette vigne file un peu trop, il faudra qu'on vienne voir ça de jour.

Pablo riait.

— Vous avez raison, je me demande comment vous faites pour y voir encore, à pareille heure.

Car la nuit était là. Ils suivaient le chemin parce que la Noire le sentait, mais tout autour d'eux les terres n'étaient plus qu'une vaste étendue d'ombre qui s'en allait jusqu'au bas du ciel où traînait un soupçon de jour. Sur leur droite, la colline semblait une masse accroupie, sans forme précise. Devant, approchant lentement, le village se devinait à une vague fente de volet mal camouflée. De temps à autre, une porte s'ouvrait, un grand rectangle d'or clignotait puis s'éteignait.

Tous plaisantaient le vieux qui continuait à parler des champs et des vignes que longeaient le chemin.

— Rigolez bien, disait-il. Mais si j'en parle, c'est que je les connais comme ma poche. Moi, quand je passe près d'une terre, je lui demande toujours de ses nouvelles, et comme j'y suis passé ce matin, je peux vous dire comment elles vont, toutes autant qu'elles sont.

Il faisait mine de se fâcher, mais il était heureux. Pablo le sentait. Et il le poussait à parler. Il aimait à l'entendre parler de la terre. D'abord, ce qu'il disait était utile, et puis il y avait le plaisir. Le vieux ne savait guère parler que de la terre, mais, au moins, il en parlait bien. Les mots lui venaient comme une eau claire qui sort d'un rocher. Parfois, il arrivait même à Pablo de l'entendre sans plus faire attention à ce qu'il disait. C'était comme une musique venue d'entre terre et nuit, d'entre ciel et vent. Pablo se laissait aller à rêver, et il se disait alors que c'était le jour finissant qui l'accompagnait, en lui racontant des histoires. Les autres écoutaient aussi, et il fallut la rencontre des premières maisons pour rompre le charme. A cette heure-là, beaucoup avaient déjà fini de traire et portaient les bidons à la fruitière. Quand ils croisaient la voiture, ils criaient :

— Et alors, il n'y a plus moyen? Vous voulez qu'on vous prête une lanterne? Ça alors, les voilà qui travaillent à l'aveuglette, à présent!

Ils riaient. Ils riaient les uns et les autres, pourtant Pablo sentait souvent un peu de jalousie chez ceux à qui la guerre avait pris du monde.

Il y pensait parfois, mais jamais bien longtemps. Le travail le tenait, sans lui laisser jamais le temps de souffler. Et puis il y avait aussi les autres terres qu'il guettait. Il connaissait à présent tout le territoire de la commune et il savait ce qui risquait, un jour ou l'autre, d'être mis en vente. Il n'en parlait jamais. Il était comme le chat qui attend parce que c'est dans sa nature d'attendre au lieu de courir.

Ici, il fallait donner à la terre ce qu'elle réclamait de travail, c'est-à-dire le plus que vous pouviez tirer de vos bras. Ensuite, il fallait attendre le temps de la récolte. Et rien ne pouvait changer l'heure de préparer les sapines. Simplement, on pouvait espérer qu'elles seraient bien pleines et que, d'année en année, il faudrait en préparer davantage.

Mais tout cela, personne ne le pensait vraiment. C'était là, dans le soir et dans le vent ; dans tout ce qui se passe sur la terre au moment où l'on ne distingue plus un chien d'un loup. C'était écrit ou murmuré quelque part, mais dans le langage secret qui est celui des vieux ceps noueux, des sillons où la bise s'arrête un instant avant de s'élancer pour courir d'une traite jusqu'à l'endroit où le ciel s'appuie sur la terre.

Pablo avait encore, en plus du travail de la terre, une autre besogne de chaque jour ; la patronne était comme tous ceux de ce pays : elle voulait « mettre de côté ». Chaque fois qu'une pièce de vin, un veau ou des chevreaux étaient vendus, elle regardait les billets, les comptait plusieurs fois et montait dans sa chambre. Pour elle, aucun placement n'était sûr, il n'y avait que son armoire. Alors il fallait lutter, disputer, expliquer et rabâcher toujours le même refrain. Et chaque fois, Pablo recommençait. Et chaque fois c'était une partie des billets qui devenait charrue neuve, lopin de terre, moulin à vendange.

La patronne finissait toujours par céder. Il y avait en elle quelque chose de jeune, de vif, quelque chose qui était fait pour l'aider à comprendre. Mais en face, pour faire le contrepoids, il y avait cet œil qui va toujours du côté de l'armoire où une pile de drap cache une pile de billets. Le difficile, c'était d'arriver à lui faire admettre qu'un billet ça peut perdre toute sa valeur en quelques heures. Et même quand elle suivait l'idée de Pablo, elle ne semblait jamais tout à fait convaincue.

Le vieux non plus ne comprenait pas toujours. Et,

chaque fois qu'il voyait du matériel arriver ou une terre s'ajouter aux autres, il disait :

— Que d'argent! C'est bien. C'est très bien. Moi, j'aime qu'on achète de la terre... Pourtant, faut toujours se garder une poire pour la soif.

Pablo souriait. Le vieux, ce qu'il pensait, ça n'avait pas d'importance.

Et le temps s'écoulait doucement, une saison poussant l'autre, une besogne en amenant deux ou trois.

Tout autour, il y avait d'autres hommes qui travaillaient aussi, et tout autour, mais bien plus loin, il y avait la guerre. Les journaux en parlaient, les gens aussi, les lettres également, mais c'était loin. La guerre les avait laissés pour compte, et le soleil se levait derrière la colline et se terrait au bout de la plaine sans la rencontrer du regard. La guerre était de l'autre côté de l'horizon, et la bise qui courait entre les rangs de vigne ne sentait que l'odeur tiède des écuries et la bonne fumée des feux de bois chauffant la soupe du soir.

Et les soirs devenaient un seul soir. Les jours un seul et long travail. Même les journées de mauvais temps étaient bien remplies par tout ce qu'il fallait faire à la maison et qui s'accumulait durant les semaines de soleil.

Parfois, les soirs de pluie, lorsque Pablo venait plus tôt s'asseoir à la cuisine, il lui arrivait de s'occuper de l'entretien du feu où bouillait la pâtée des bêtes. Lorsqu'il prenait une bûche dans le panier, il s'amusait à la regarder. Il l'interrogeait, et, avant de la donner à dévorer à la grosse cuisinière, il lui faisait raconter son histoire. Certaines connaissaient les moindres secrets des bois. La vie des bêtes dont l'écorce portait le souvenir d'un passage. Là, c'était une morsure, ici, des coups de bec, sur cette autre, la route argentée d'un escargot. Sur d'autres, il n'y avait rien que le dessin vivant qui peut être tout un monde, le dessin qui ressemble à tout et à rien. Pablo s'y attardait, parce que c'était une chose qui racontait tout ce qu'on avait envie de lui faire dire.

Et puis, il y avait surtout les bûches qui avaient eu deux vies. La première, leur vie d'arbres, était trop loin pour parler. Mais c'était l'autre qui racontait. Et ce qu'elle racontait sonnait chaud dans le cœur de Pablo. Parce que cette deuxième vie, c'était une existence toute simple de piquet de vigne. Mais elle avait souvent un secret. Un secret qui demeurait entre Pablo et ce vieux bois râpé, fendu, rongé de pluie, qui portait encore des crampons de fer ou la trace d'un fil rouillé. Et tout cela disait que le bois venait peut-être d'une plantée achetée depuis peu, où l'on avait remplacé des piquets, rénové des treilles, rajeuni des ceps.

Ce n'était rien, mais c'était assez pour que la chanson du feu qui rongerait cette bûche-là prît un autre ton.

Pablo restait alors pendant de longs moments à l'écouter, les yeux mi-clos, tandis qu'autour de lui, Germaine et Jeannette continuaient d'aller et venir dans la grande cuisine.

QUATRIÈME PARTIE

XXXIV

La neige se mit à tomber vers quatre heures de l'après-midi. Le ciel la promettait depuis plus d'une semaine, mais la bise courait trop.

Tout d'abord, ils ne prêtèrent pas attention aux premiers flocons, puis, comme ils commençaient à leur piquer le cou et les oreilles, ils se tournèrent vers le nord.

— Cette fois, dit la patronne, je crois que ça y est.

— Oui, fit le père Clopineau. Et vous savez ce qu'on dit : « Quand il neige de bise, il neige à sa guise. »

— Si je comprends bien, dit Pablo, ça signifie qu'il peut neiger beaucoup ou presque rien?

Le vieux hésita, regarda la patronne qui souriait, avant de répondre :

— Tu rigoles ; bien sûr, ça veut tout dire, mais moi, je crois surtout que ça signifie : « Personne ne peut dire ce que ça durera. » Et c'est vrai. Quand ça vient comme ça, fin et serré, sans arrêter le vent du nord, on ne peut jamais savoir ce que ça va faire. Tout se brouille d'un coup, et bien malin celui qui pourrait prévoir quelque chose.

Pablo regarda autour de lui. La neige courait entre ciel et terre sans jamais se poser, et pourtant, le sol était déjà blanc. Il n'y avait plus d'horizon et la plaine avait disparu. Le regard allait à peine au bout de la vigne que déjà tout se fondait, devenait blanc et gris, ciel et terre mêlés.

Ils ramassèrent le rouleau de fil de fer, le marteau et les crampons, puis ils prirent le chemin du village. Ils marchaient sans parler, la tête rentrée dans les épaules et un peu penchée à droite, du côté d'où venait la bise.

Comme ils arrivaient en vue de la maison, le vieux dit simplement :

— C'est égal, je crois qu'à présent, le plus gros est fait. Et voilà une vigne que vous vendangerez encore quand je mangerai les pissenlits par la racine.

— Ça se peut, dit la patronne, mais en tout cas, vous boirez sûrement de son vin. Et avec les plants qu'on a mis, avec une terre pareille et tout le travail qu'on y fait, je m'en voudrais que ça ne fasse pas du bon vin.

Dans la cour, la neige tourbillonnait, s'entassant contre le mur de la maison. A l'angle, où la bise s'ouvrait en deux contre la pierre, le sol était encore nu.

Ils tapèrent leurs chaussures contre le seuil et, lorsque la patronne ouvrit la porte, une bouffée de chaleur qui sentait bon le feu de bois leur sauta au visage. Pendant les gros froids, lorsqu'ils voulaient sortir tous les trois, la Marguerite venait passer la journée près de Jeannette. Elle apportait son tricot et s'installait à côté du feu. Et c'était une bonne chose que de trouver la soupe chaude et le couvert posé en rentrant à la maison.

Mais, ce jour-là, il était trop tôt, et la vieille n'avait encore rien préparé pour le repas. Lorsqu'ils arrivèrent, elle les regarda sans se lever de sa chaise. Ses mains sèches étaient posées sur ses genoux, et son tricot dans le creux de son tablier. Elle n'avait pas sa tête des autres jours, et son regard filait comme un trait entre ses paupières mi-closes. Ce soir, elle les regardait un peu comme s'ils étaient revenus d'un long voyage.

Ils secouèrent leurs vêtements et s'approchèrent du feu, les mains tendues. Alors, sans se lever, la vieille demanda :

— Vous l'avez vu?

Ils se regardèrent. Elle reprit :

— L'Henri. Vous l'avez vu?

— L'Henri?

— Oui. Le copain de Pablo. Vous ne l'avez pas vu?

Il y eut un long silence. Des yeux, Pablo fit le tour de la pièce. Il faisait déjà sombre et la cuisinière plaquait un grand rectangle de lumière sur le ciment. Un pied de la table était dans la lueur du foyer. Le bois luisait. Le dessus de la table était éclairé par le reste du jour qui venait de la fenêtre. C'était une lumière froide qui semblait glisser sur le chêne patiné sans le réveiller. Tout au bout, Jeannette était assise. Devant elle, un tas de haricots blancs égrenés mettait une tache claire sur le bois. La petite ne bougeait pas et Pablo ne pouvait voir son visage. Il le devinait. Quand il était entré, elle avait dû sourire. Pablo regarda encore vers le plafond où dansaient des cercles de lumière. Il n'avait envie de rien. Tout ce qui était là lui suffisait. Au bout de quelques instants, la patronne demanda :

— C'est vrai, il est venu?

— Oui. Il cherche le Pablo. Je voulais qu'il attende ici, mais il n'y a rien eu à faire. Je crois qu'il est allé au café.

— Et qu'est-ce qu'il veut au juste? demanda encore la patronne.

— Je ne sais pas... Il avait bu un peu, je crois.

La vieille marqua un temps, soupira, puis reprit :

— En tout cas, maintenant, il parle bien français. On le comprend. Mais il ne m'a pas fait bonne impression. Il m'a raconté que les Allemands l'ont gardé pour le faire travailler, mais il a pu se sauver. Si j'ai bien compris, il se cache. Tout ça ne me dit rien de bon. Rien de rien.

— Et il vous a dit qu'il reviendrait ici? demanda Pablo.

— A la tombée de la nuit, il m'a dit. Parce que je lui ai expliqué que vous ne rentreriez pas avant. Je n'aurais pas cru que la neige vienne si tôt.

— C'est la bise, dit Clopineau. Alors, tu comprends...

— Oui, je sais, mais tout de même.

La patronne se tourna vers Pablo.

— Alors, demanda-t-elle, qu'est-ce qu'il faut faire?

S'adressant à la vieille, Pablo s'informa :

— Il est à quel café, sur la route ou au pays?

— Je ne sais pas. Je ne lui ai pas demandé.

— Alors, dit Pablo, le mieux c'est d'attendre, je ne veux pas aller courir partout avec le temps qu'il fait.

— Et si c'est vrai que les Allemands le cherchent? Qu'est-ce que ça va faire?

— De toute façon, ils ne le trouveront pas ce soir, dit Pablo. Il faut attendre, on verra.

Il y avait dans toute la pièce comme une présence qui les gênait. Quelque chose qui avait dormi longtemps et qui venait de se réveiller. Malgré tout, Pablo se sentait calme. Il éprouvait une sensation bizarre. Il avait l'impression d'être ici et ailleurs, d'être à la fois Pablo et quelqu'un d'autre.

La patronne retourna vers la porte et alluma la lampe. La lumière les fit cligner de l'œil un instant, puis ils se regardèrent. Pablo chercha en vain ce qui était venu tout à l'heure rôder dans la pièce ; la lumière avait tout chassé. Il ne restait rien. C'était passé comme ces vents de printemps qui sont pleins de vie mais trop faibles pour faire du bien ou du mal. Tant qu'ils sont là, ils sèment de la vie partout ; une fois qu'ils ont sauté la haie de clôture, on n'a même plus le souvenir de leur passage.

Pablo alla s'asseoir en face de Jeannette. Il l'observa un instant en souriant. La petite grogna et sourit elle aussi.

— Tu as fait tout ça? demanda Pablo.

Elle secoua la tête et grogna encore. Pablo posa la main sur le tas de graines blanches qu'il se mit à étaler sur la table. Il en fit comme une grande galette ovale dans laquelle il creusa deux petits trous, puis un autre plus grand.

— Les yeux..., dit-il, la bouche.

Posant de chaque côté de la grande galette les haricots qu'il avait enlevés, il dit encore :

— Les oreilles.

Jeannette suivait chacun de ses gestes. Et à mesure que le tas de haricots changeait de forme, son regard se mettait à vivre. Quand ce fut terminé, Pablo demanda :

— Bonhomme?

Jeannette hocha la tête en grognant. Depuis longtemps, Pablo avait appris à lire sur son visage. Et, lorsqu'elle souriait, il savait qu'elle avait compris ce qu'il lui disait. Il savait qu'elle aimait ce qu'il lui montrait. Pablo ne pouvait dire au juste si c'était la façon de grimacer de Jeannette qui avait changé ou lui qui avait appris à comprendre, mais pour lui, chaque tic de cette bouche avait un sens particulier.

Il reforma le tas de haricots puis, prenant les mains de Jeannette, il les posa dessus.

— Allez, dit-il, fais. Fais le bonhomme, toi.

Et Jeannette commença d'étaler les graines. Maintenant, c'était Pablo qui suivait des yeux chaque mouvement de ses mains.

La patronne s'était mise à préparer le repas. La vieille avait repris son tricot.

— Qu'est-ce que tu en penses, toi, Germaine? demanda-t-elle après un long silence.

— Qu'est-ce que vous voulez que j'en pense? Il faut attendre.

— Eh bien, moi, je dis que ce garçon-là porte le malheur sur son visage. D'abord il est maladif, ça se voit. Je l'ai dit le premier jour, c'est un homme qu'il vaut mieux ne pas avoir chez soi. Ces êtres-là, ils s'en sortent toujours. Le malheur n'a pas de prise sur eux. Mais comme il ne les quitte pas, c'est sur les autres qu'il tombe.

— On ne peut pas chasser les gens sous prétexte qu'ils ne sont pas costauds, remarqua le père Clopineau. Après tout, il veut peut-être simplement un peu d'argent. On ne sait pas. Et ensuite, il s'en ira.

— Il s'en ira pour raconter partout qu'il y a un Espagnol ici, lança la vieille. Et avant huit jours, le Pablo sera arrêté.

Pablo se retourna.

— Parce que vous croyez que personne ne sait que je suis ici? Vous croyez peut-être que dans tout le village, depuis plus d'un an que les Allemands ont envahi la zone libre, il n'y a pas eu de bonne langue pour le leur dire? Si personne n'est venu m'arrêter, c'est que personne n'en avait envie. Les Allemands, ils ont d'autres chats à fouetter pour le moment. Ils ont les Américains sur le dos en Afrique, et ici, tous les gens des maquis.

— Justement, dit la vieille. Ils deviennent chaque jour plus mauvais. Mais vous autres, vous ne parlez jamais à personne. Vous êtes là que vous travaillez sans même vous occuper de ce qui se passe à côté, évidemment, vous ne voyez rien.

Pablo se tut. Si, il savait que la guerre avait changé de visage. Il savait aussi qu'elle était un peu partout, mais il avait toujours fait en sorte de l'ignorer. D'elle, il connaissait ce que disaient les lettres du fils ; à part ça, presque rien.

— Il y a des fois, ajouta la vieille, où on se demande si vous ne faites pas semblant de rien savoir.

Pablo la regarda, regarda la patronne, puis il baissa la tête. Il resta longtemps ainsi. Personne ne parlait plus. La bise secouait les volets et la porte. Le feu grondait, dévorant les grosses bûches qui ne disaient plus rien. Ce soir, le bois brûlait sans raconter l'histoire de la forêt ou des vignes du coteau tout doré de soleil.

La guerre était là. Jusqu'à présent, Pablo lui avait tourné le dos, mais elle venait d'entrer dans la pièce. A présent, il ne pouvait plus faire celui qui ne la reconnaît pas. Il le savait, et c'était cette pensée qui occupait toute sa tête, qui l'empêchait d'écouter la chanson de l'hiver et du feu.

Il demeura ainsi sans bouger jusqu'au moment où une main tira sa manche. Il sursauta et leva la tête. Jeannette le regardait, la lèvre pendante. Sur la table, elle avait refait la grosse tête blanche qui riait.

XXXV

Ils avaient presque terminé leur repas lorsqu'un bruit de souliers heurtant le seuil de pierre les arrêta, le couteau en suspens dans la main. Les bouches cessèrent de mâcher. Pablo sentit que tout son sang courait plus vite dans ses veines. La patronne avait pâli. Ses mains tremblaient.

— Ils sont plusieurs, souffla-t-elle.

On frappa trois fois. Il y eut un silence. Pablo se leva, regarda la porte d'entrée, puis celle de l'escalier de la chambre. Le temps d'un éclair, tout un film passa dans sa tête : il montait, allait dans la chambre de Jeannette, ouvrait la fenêtre et se laissait glisser sur le toit du bûcher. De là, il filait par le pré jusqu'au coteau. La tempête de neige l'enveloppait. Personne ne pouvait le suivre.

Tout passa très rapide, très net. Mais il ne fit pas un geste.

On frappa encore et la porte s'ouvrit. Aussitôt, la patronne lança :

— Entrez, et fermez vite qu'il fait un temps de chien!

Les deux hommes entrèrent en même temps qu'une large bouffée de bise toute luisante de flocons.

Pablo sentit alors que tout son sang lui montait au visage.

Enrique et le maire baissaient leur col, secouaient leurs vêtements tout blancs.

— Chauffez-vous, dit la patronne en se levant.

Ils se saluèrent. Pendant quelques instants, tout le monde parla en même temps, puis le silence revint, meublé seulement par le long dialogue du vent et du feu. Quand la chaleur eut dégourdi leurs mains, les deux hommes prirent place à table.

— Est-ce que vous avez mangé? demanda la patronne.

— Non, dit le maire, mais la femme m'attend. Je ne m'arrête pas, je l'ai juste accompagné.

— Moi, je mangerais bien, si vous voulez, dit Enrique en riant.

C'était vrai, il parlait le français avec un accent très prononcé, mais on le comprenait bien. La patronne posa une assiette devant lui. Elle apporta aussi deux verres et Pablo versa à boire.

— Merci, dit le maire, et à la bonne vôtre.

Ils vidèrent leur verre puis, comme la patronne apportait un reste de soupe, le maire parla, lentement, cherchant ses mots.

— Comme je veux pas m'arrêter... j'aimerais bien qu'on cause un peu tout de suite... si ça vous fait rien.

Il regarda Clopineau et la mère Marguerite, hésita, les regarda encore avant de dire, en désignant Enrique et Pablo :

— J'aimerais bien qu'on puisse causer un peu... tous les trois.

Clopineau essuya la lame de son couteau entre son pouce et son index, le ferma et le mit dans sa poche. Il tendit son verre à Pablo en disant :

— C'est bien. Moi, de toute façon, je rentre.

Pablo lui versa un demi-verre de vin qu'il vida d'un trait.

— Vous comprenez, bredouilla le maire, c'est pas que... je voudrais pas...

La vieille Marguerite l'interrompit. Se levant, elle lança en ricanant :

— Des fois qu'on serait des espions, nous autres!

Elle se dirigea vers la porte, jeta son châle sur sa tête et chaussa ses sabots. Clopineau s'enveloppa dans sa pèlerine et sortit derrière elle.

— C'est malheureux, dit le maire. Avec les vieux, un rien les vexe, on ne sait jamais comment s'y prendre.

— Est-ce qu'il faut que je m'en aille aussi? demanda la patronne.

Le maire haussa les épaules.

— Bien sûr que non, dit-il, je sais bien que ce n'est pas toi qui iras bavarder à tort et à travers. Seulement, les vieux, sans vouloir faire du mal, un mot de trop est si vite lâché.

— Vous auriez pu leur dire autrement.

Le gros homme soupira.

— Si tu crois que c'est facile!

La patronne avait empli de soupe l'assiette de Enrique qui mangeait, très calme, comme si tout ce qu'on disait n'avait eu aucun rapport avec sa présence. Le maire les regarda tous les trois, toussa deux fois, puis il dit :

— Moi, je n'ai pas le temps de tout vous expliquer. Il vous dira ce qui lui est arrivé. Ce qui m'intéresse, c'est qu'il ne reste pas ici. Il y a déjà trop de monde au courant. D'abord, il n'aurait pas dû aller au café et parler sans savoir à qui il parlait. Surtout le café de la route. Dans la salle, quand je suis arrivé, il y avait des gens de Lons que je ne connais pas. Savoir ce qu'ils sont. Non, ça n'était pas une chose à faire!

A mesure qu'il parlait, le ton montait, son visage rond s'empourprait et ses grosses mains se mettaient en mouvement.

Enrique s'arrêta un instant de manger, le regarda bien en face et lança :

— Vous allez pas remettre ça? Je vous ai déjà dit que vos discours, ça m'emmerde.

Puis, toujours calme, il se remit à manger. Le maire s'était tu. Pablo l'observa un instant et dit :

— Monsieur le maire, je crois qu'il faudrait nous expliquer ce que vous voulez. Ce qui est fait est fait, ça n'avance à rien d'y revenir.

— Non, seulement si, demain, la Gestapo vient le chercher et qu'on sache que je me suis occupé de lui, c'est moi qui trinquerai.

Enrique se mit à rire.

— Vous n'avez qu'à faire comme moi, dit-il, prendre le maquis, ça en fera un de plus.

Le maire serra les poings. Les muscles de sa mâchoire roulaient sous sa peau.

— Je n'ai pas de conseil à recevoir. Je sais où est mon devoir. J'ai la responsabilité d'une commune, et... et...

Il s'arrêta, les dévisagea tous l'un après l'autre, puis ajouta :

— Et le maquis n'a pas à se plaindre de moi. Si c'était autrement, je ne serais pas ici, et vous non plus.

Enrique se tourna vers Pablo et lança en catalan :

— Tu vois un peu cette grosse citrouille qui voudrait une médaille pour m'avoir amené ici depuis le bistro! Ah! tu parles d'un rigolo!

Enrique riait. Il avait dû boire beaucoup.

— Qu'est-ce qu'il dit encore? cria le maire.

— Rien, dit Pablo. Il a un peu trop bu, c'est tout.

Enrique fronça les sourcils et serra les poings en se tournant vers Pablo. Mais Pablo resta calme, il le regardait en souriant.

— Mange, dit-il, ça te fera du bien.

Enrique se coupa une tranche de pain et se mit à manger ses pommes de terre.

— Alors, demanda Pablo, qu'est-ce qu'il doit faire exactement?

Le maire toussa encore.

— Eh bien, voilà. Il veut aller dans la résistance. Moi, je suis bien d'accord. Seulement, ces choses-là, ça réclame de la discrétion. Moi, je vous l'ai dit, je suis tout à fait pour. Je peux lui dire où il faut aller, seulement, ne connaissant pas le pays, en pleine nuit et avec un temps pareil, il est sûr de se perdre.

— Mais il n'est pas obligé de partir maintenant, remarqua la patronne. On ne va tout de même pas venir le chercher cette nuit?

Le maire se remit à crier :

— Ah! non, hein! Pas d'histoires. Je ne veux pas de lui plus longtemps. Il serait capable de rester tranquille, on pourrait voir, mais bavard comme il est, c'est pas possible!

Enrique continuait de manger, ricanant de temps à autre en marmonnant des injures en catalan.

— Et où voulez-vous l'envoyer? demanda Pablo.

— C'est du côté du Bois des Epaisses, sur le plateau.

La patronne se mit à rire.

— Et vous voudriez qu'il fasse ce chemin-là cette nuit? Mais vous n'y êtes pas, ça fait au moins quinze kilomètres en prenant les raccourcis, et encore, il faut connaître!

— Il n'est pas question de ça, seulement qu'il puisse déjà monter jusque dans les coupes de Vaux. Là, il y a des baraques vides, il pourrait y passer la nuit. Demain, il aurait tout le temps de faire le reste. Vous comprenez, une fois là-haut, il ne risque plus rien... Surtout que, partir tant qu'il neige, c'est une bonne chose, les traces s'effacent tout de suite. Après, ce sera une autre affaire.

— Tu l'entends, ricana Enrique, il pense à tout. C'est un cerveau, ce mec-là!

De nouveau il avait parlé en catalan, et le maire le regardait en mâchonnant sa colère.

— Je risque de me faire pincer pour lui, et encore, il se fout de moi!

— Non, dit Pablo, il plaisante, faut pas faire attention, il est toujours comme ça, lui.

— Ecoutez, dit le maire. Je n'ai plus de temps à perdre. Si vraiment il est recherché, les Allemands viendront ici. Moi, c'est simple, je ne sais rien. Je vous l'ai amené parce qu'il avait déjà travaillé ici avec vous, c'est tout. Le reste, vous vous débrouillez. Seulement, ce qui est certain, c'est qu'ils ne se contenteront pas de voir votre fausse carte d'identité. Ils chercheront à savoir qui vous êtes, et quand ils sauront que vous êtes espagnol aussi, ce sera sûrement pas facile de vous en tirer. Alors, le mieux, je crois que ce serait de partir avec lui.

Pablo eut un mouvement de recul. Il allait parler, mais déjà la patronne lançait :

— Qu'il parte au maquis avec lui? Non mais, vous y êtes bien?

Le maire la regarda en souriant, avec un hochement de tête.

— Ça ne ferait pas ton affaire, bien sûr. Je m'en doutais.

La patronne s'était troublée; très vite, elle se reprit et lança :

— Tout ce que vous pouvez penser, je m'en fous. Ce qui se passe chez moi ne vous regarde pas. J'ai besoin de mon commis parce que mon homme est mort et mon garçon prisonnier. Un point c'est tout!

Cette fois, le maire explosa. Se levant soudain, il frappa la table du plat de la main en criant :

— Moi, je me fous aussi de ce qui se passe ici. Seulement, je ne tolérerai pas plus longtemps qu'il y ait dans la commune un homme qui ne soit pas en règle. J'ai été trop faible! S'il arrivait un malheur au pays à cause de lui, c'est à moi qu'on le reprocherait.

Quand le maire avait frappé la table, Jeannette s'était mise à sangloter. Pablo se leva, alla près d'elle et, la prenant par la main, il la conduisit jusqu'à la porte de l'escalier.

— Monte te coucher, dit-il doucement. Monte vite. Et ne pleure pas. C'est rien. Pleure pas.

Jeannette monta en sanglotant et Pablo revint au centre de la pièce. Debout chacun d'un côté de la table, la patronne et le maire se mesuraient du regard. Enrique continuait à manger, les observant de temps à autre sans s'arrêter.

— Je crois que vous n'arriverez à rien, dit Pablo. Il faut réfléchir.

— Il n'y a pas à réfléchir, lança le maire.

Enrique l'interrompit :

— Il a raison. Tu vas venir avec moi, c'est la seule solution possible.

Pablo regarda Enrique, mais ce fut la patronne qui parla.

— De quoi vous mêlez-vous? D'abord, si vous n'étiez pas venu on n'en serait pas où on en est.

·Enrique se tourna vers elle en riant, puis il lança en catalan :

— Si on n'était pas venu, il y a quatre ans, tu n'aurais pas un Espagnol dans ton lit tous les soirs...

— Enrique! cria Pablo.

— Qu'est-ce qu'il dit? demanda-t-elle.

— C'est pas la peine de me faire un dessin, poursuivit Enrique, toujours dans sa langue natale, mais en se tournant vers Pablo. Et tout ça, je m'en balance. Seulement, ce qu'il faut, c'est se débarrasser de l'autre imbécile. Après, on verra. Alors, dis-lui que tu vas venir avec moi ; qu'il t'explique où il faut aller et qu'il s'en aille. Après, je me débrouillerai.

— Qu'est-ce qu'il raconte? demanda le maire.

Pablo ne répondit pas. Il réfléchit un instant, puis, se tournant vers le maire, il dit simplement :

— Mon camarade a raison. Je vais partir avec lui.

— Non! cria la patronne, vous n'avez pas le droit de me laisser... On ne trouve pas un homme pour le travail... mon garçon est prisonnier...

Puis elle s'arrêta soudain. Son visage s'était crispé.

Son menton tremblait, son regard dur allait de Enrique à Pablo puis au maire pour revenir vers Pablo. Il y eut un long silence. Pablo baissa la tête et il dit à voix presque basse :

— Il faut que je parte... Ça vaut mieux. Il faut que je parte.

La patronne était au bord des larmes. La rage durcissait son visage. Ses lèvres minces remuaient sans cesse. Presque sans desserrer les dents, elle lança :

— Vous êtes tous des lâches. Les femmes qui sont seules n'ont plus qu'à crever... plus qu'à vendre leurs terres.

— On t'aidera..., bredouilla le maire. On verra si on peut te trouver quelqu'un...

La patronne le fixait. Ses yeux mouillés luisaient de haine. Le maire baissa la tête. Pablo n'avait pas cessé de la regarder. Dès qu'elle se tourna vers lui, il cligna de l'œil deux fois en disant :

— Vous devriez comprendre, patronne. On ne se rend pas compte, nous autres, mais ça peut être dangereux pour le village que je sois là.

Elle ne répondit pas tout de suite. Son visage se transforma lentement. Pablo cligna encore de l'œil et désigna le maire d'un signe de tête. La patronne poussa un soupir et s'assit. Le maire releva la tête, les observa tour à tour. Maintenant, c'était elle qui fixait la table.

— Je sais que c'est dur, dit le gros homme. Mais aussi, ça ne pouvait pas durer de cette façon. Tout le village est au courant. Même les gendarmes savent qu'il est espagnol et que je lui ai fait une fausse carte. Ils ferment les yeux, c'est bien, mais il suffirait qu'un imbécile lâche un mot pour que tout soit foutu... Non, tu comprends, Germaine, au point où en sont les choses, la guerre ne peut plus durer bien longtemps ; alors, vaut mieux éviter les complications.

La patronne ne disait rien. Son front s'était empourpré. Dès que le maire se tut, elle se leva et fila vers la porte du fond.

— S'il doit partir, faut que je lui prépare ses affaires.

Elle sortit. L'escalier de bois craqua puis tout se tut. Seule, la bise continuait à secouer les volets et la porte. Le feu, où personne n'avait remis de bûche depuis longtemps, ne chantait plus. Les trois hommes restaient sans rien dire. Au bout de quelques instants, Pablo se décida :

— Il faut que je monte aussi pour préparer un sac... Je vais vous demander de m'expliquer le chemin et à qui on doit s'adresser... Comme ça, vous pourrez rentrer.

Le gros homme s'accouda à la table et posa un doigt sur le bois patiné.

— Vous connaissez le chemin des bois du Moulin?

— Bien sûr.

— Vous le prenez jusqu'en haut.

Là, il s'arrêta soudain, tira sa montre de la poche de son gilet de velours, puis, haussant les épaules, il reprit :

— Bah! voilà qu'il se fait pas loin de huit heures, sûr que ma femme a dû manger sans m'attendre. Si vous voulez préparer vos affaires, je vous expliquerai après, vous me donnerez un papier et je marquerai tout dessus. Et puis, on partira ensemble, je vous ferai un bout de conduite.

Pablo se tourna vers Enrique qui éclata de rire en lançant en catalan :

— Si je comprends bien, tu as su gagner la confiance de tout le monde dans ce charmant petit village.

Tandis qu'il riait très fort, le maire demanda à Pablo :

— Qu'est-ce qu'il dit encore?

Mais ce fut Enrique qui répondit :

— Je dis que, chez nous, ça s'appelle foutre les gens dehors pour être bien sûr qu'ils s'en iront!

Et, de nouveau, il se mit à rire pendant que le maire marmonnait quelques mots d'excuses.

Pablo n'écouta pas. Déjà, il sortait par la petite porte basse quand Enrique s'arrêta de rire pour lui crier en catalan :

— Prends ton temps. Mais tout de même, au troisième coup, pense un peu à nous!

La porte claqua derrière Pablo, mais le rire d'Enrique le suivit jusqu'en haut de l'escalier.

XXXVI

La patronne était assise sur le lit. Lorsque Pablo entra dans la chambre, elle se leva et resta sans parler. Seuls, ses yeux demandaient :

« Alors, qu'est-ce que tu fais? »

Il s'avança et posa sa main sur la vieille commode où étaient empilés des livres et les catalogues des machines agricoles. Il ne disait rien.

D'ici, on entendait moins la bise, mais on voyait les flocons fous courir contre les vitres comme des insectes venus par milliers du fond de la nuit.

— Tu as éclairé et tu n'as même pas fermé les volets, dit Pablo.

Elle tourna la tête du côté de la fenêtre.

— Avec un temps pareil, personne n'est dehors, surtout du côté des terres.

Pablo ouvrit la fenêtre. Aussitôt des flocons entrèrent avec une bouffée d'air glacé. Il se pencha pour tirer les volets. Il ne voyait rien que le rectangle de lumière tombé de la fenêtre. Son ombre aux bras écartés s'étalait sur la neige comme un grand crucifix. Plus loin, c'était la nuit, le vide où rien ne vivait que le miaulement interminable du vent.

La fenêtre refermée, il se retourna.

— Il est parti? demanda la patronne.

— Qui, le maire?

— Oui.

Pablo se mit à rire.

— Ah! tu le crois si bête que ça! Il partira en même temps que nous.

Elle fit un pas et se trouva contre lui.

— Tu ne vas pas partir!

Pablo ne répondit pas. Alors, le prenant par les épaules, elle le regarda en disant très vite :

— Tout à l'heure tu as cligné de l'œil. Tu as fait comme si tu voulais leur laisser croire que tu partais.

Pablo soupira.

— Bien sûr. J'ai pensé que je pouvais le faire. Mais si je reviens, ce sera à recommencer. Cette fois, il a l'air d'y tenir... Et, au fond, ce serait peut-être plus raisonnable.

— Alors tu partirais? Tu irais te battre? Tu me laisserais toute seule avec les terres! Avec toutes les terres que tu m'as fait acheter! Mais je n'ai même plus de quoi payer un homme jusqu'aux prochaines vendanges!

Ce qu'elle disait, il le savait. Et c'était exactement ce qu'il pensait chaque fois que lui venait l'idée qu'il serait peut-être un jour obligé de se cacher. Tout à l'heure, au moment où il montait l'escalier, la phrase et le rire de Enrique lui avaient soudain imposé une autre pensée. Il y avait ça aussi. Bien sûr. Ils couchaient ensemble. Et c'était comme cela depuis un an et demi. Et il leur arrivait encore souvent de faire l'amour, surtout quand le travail ne pressait pas trop, quand la terre ne leur prenait pas toute leur sève. Mais Pablo savait bien que ce n'était pas l'essentiel.

— Il faudrait trouver un moyen, dit-il. Il faudrait que je puisse habiter pas trop loin d'ici. Comme ça, le jour, je pourrais travailler dans les terres, surtout celles qui sont loin du pays.

— Ecoute, il faut que tu restes... Tu vas l'accompagner jusque sur le plateau, et tu reviendras. Faut pas partir sans avoir réfléchi. On trouvera quelque chose.

Elle parlait vite. Pablo la sentait qui s'accrochait à cette idée.

— On aurait dû y réfléchir plus tôt, dit-il. Comme ça, on aurait prévu quelque chose.

Elle l'embrassa et dit :

— Il ne faut pas que tu partes.

Pablo hocha la tête en murmurant :

— On n'a jamais le temps de réfléchir à rien.

Elle s'écarta d'un pas pour mieux le voir, puis elle dit :

— C'est toi qui as voulu tout ce travail.

Il sourit.

— D'ailleurs, reprit-elle, il y a autre chose.

— Quoi?

— Un jour, tu m'as dit que tu ne voudrais plus jamais faire la guerre.

— Ce n'est pas faire la guerre que de se cacher pour ne pas être pris par les Boches.

— Pourtant, il y en a qui se battent. Il y a eu des morts près de Doucier, l'autre jour.

— C'était sur la route.

Pablo réfléchit un instant, puis il ajouta :

— Et puis, je suis espagnol. Les Français ne peuvent pas m'obliger à me battre.

— C'est vrai, mais ça ne fait rien ; je crois que tu risqueras moins à rester dans la région. Tout seul, tu te cacheras mieux qu'avec d'autres. Et puis, si tu refuses de te battre, ils ne te garderont peut-être pas.

Il se mit à rire soudain.

— Je me demande pourquoi on discute, de toute façon, je ne veux pas partir.

La patronne rit également puis elle demanda :

— Et le sac? Faudrait que j'en prépare un tout de même, à cause du maire. Tu pourras le laisser en chemin, tu le prendras au retour.

— Tu n'as qu'à prendre un vieux sac, tu mettras dedans des choses pour Enrique. Il n'a pas l'air bien monté en habits.

— Je vais mettre des habits au patron. Et puis,

si ça ne fait pas assez de volume, j'ajouterai des vieux journaux, tu n'auras qu'à les jeter en route.

— C'est ça. Et faudra aussi qu'on prenne de quoi manger. On couchera sans doute dans les cabanes, alors, tu me mettras une couverture.

Il s'éloigna.

— La couverture, faudra me la rapporter.

— Je descends, dit Pablo. Si je reste, ils vont supposer...

Comme il ouvrait la porte, la patronne demanda :

— Si tu étais vraiment parti, est-ce que tu serais redescendu si vite près d'eux?

Pablo sourit.

— Non, dit-il, sûrement pas.

— Alors!

— C'est pas la peine qu'ils se doutent?

— Si tu crois que le maire ne s'en doute pas? Je sais bien ce qu'ils disent, au pays. Mais s'ils pouvaient savoir ce que ça m'est égal!

Pablo sortit sur le palier. Encore une fois elle le rappela :

— Ecoute!

Il rentra et repoussa la porte.

— Quoi?

— J'ai peur de ne pas savoir faire, devant eux. Vaux mieux que je ne descende pas. Tu diras que je suis fâchée. Je vais te préparer le sac, monte le chercher dans un petit moment.

— C'est bon, dit Pablo.

— Attends encore... Pour revenir, ne prends pas le val du Moulin. De la cabane des coupes, traverse le bois et reste à couvert le plus que tu peux. Ce sera long, mais tu auras toute la journée devant toi. Arrivé sur la crête, va jusqu'en haut des vignes et cherche un coin d'où on puisse voir le maison. Au cas où il y aurait du danger, je fermerais les volets de cette fenêtre.

— Tu penses à tout.

— Vaut mieux se méfier. Je crois qu'il y a rien à

craindre, mais tout de même, ça sert à rien de se risquer quand on peut faire autrement.

— De toute façon, vaudra peut-être mieux que j'attende la nuit pour rentrer.

— Oui, c'est vrai. Déjà, rien qu'à cause du maire.

Pablo réfléchit encore un peu. À mesure qu'ils parlaient, il y avait en lui quelque chose qui se réveillait, qui remontait de très loin. La patronne s'approcha.

— Qu'est-ce que tu as?

— Ça ne va pas être une vie, de se cacher comme ça, soupira-t-il.

— On trouvera une solution. Tu verras. Je suis sûre.

Sa voix tremblait un peu. Ils se regardèrent un moment en silence, puis elle dit :

— Tu m'as promis.

Il fit oui de la tête, se retourna en direction de la porte, avança de quelques pas et demanda encore :

— Et si les volets sont fermés?

— C'est pour plus de précautions que je dis ça. Mais je suis sûre qu'il n'y aura rien.

Pablo ne bougeait pas. Il avait la main sur la poignée de la porte, il regardait la patronne avec un sourire triste.

— Si les volets sont fermés, ajouta-t-elle, va jusqu'en Brûlis. Je trouverai toujours le moyen d'envoyer quelqu'un pour te dire où il faut te cacher.

Il ouvrit la porte lentement, sortit sur le palier, se retourna et sourit avant de refermer la porte. Une fois seul dans l'obscurité, il demeura quelques instants immobile.

Dans la chambre, le plancher craquait sous les pas de la patronne qui devait préparer le sac. Par la cage de l'escalier, arrivaient de la cuisine la voix du maire et le rire d'Enrique.

XXXVII

Sur une feuille de cahier, le maire leur avait dessiné un plan du plateau, avec l'emplacement des deux vallées, des villages et de chaque ferme. Il avait tracé le chemin à prendre en précisant de nombreux points de repère sur le trajet de la cabane des coupes de Vaux au bois des Epaisses. Il leur avait donné aussi, mais sans l'inscrire sur le papier, le nom de l'homme qu'ils devaient demander en arrivant, ainsi que le mot qu'il faudrait lui dire.

Ils avaient chargé leurs sacs. Celui d'Enrique était une espèce de petit baluchon mal ficelé, qu'une vieille ceinture lui permettait de porter en bandoulière. Pablo avait reconnu la toile qui enveloppait le tout ; c'était la veste qu'on leur avait donnée quatre ans plus tôt, à leur départ du camp. Lui avait usé la sienne depuis longtemps. Toute reprisée et rapiécée, elle lui servait maintenant pour les sulfatages. Son propre sac était plus gros et plus lourd, et la patronne y avait attaché deux grosses ficelles en guise de bretelles.

Enrique avait mis une veste du patron et, par-dessus, une vieille pelisse tout élimée mais dont le cuir tenait encore. Il s'était enveloppé la tête dans un grand cache-nez. Pablo s'était habillé comme il faisait pour aller au bois, les jours les plus froids. Il savait qu'ainsi, il ne risquait rien.

Avant d'ouvrir la porte, Pablo se retourna et fit

des yeux le tour de la cuisine. Tout était en ordre et le feu était presque éteint.

— Vous y êtes? demanda le maire.

— Ça y est.

— Alors, c'est bien compris : vous demandez Renard de la part de l'oncle Clément.

— Ça va, on se rappelle, dit Pablo. Maintenant, vous êtes sûr que les coupes où se trouve la cabane sont les premières après les nôtres?

— Absolument sûr, j'y suis passé il y a huit jours en revenant de Bornay.

— Et vous êtes certain aussi que la cabane n'est pas occupée?

— Bien sûr, personne n'a de chantier dans le coin, cette année.

Pablo fit un pas vers la porte, se retourna et demanda encore :

— Elle n'est pas écroulée, cette cabane, au moins?

— Puisque je vous dis que non.

Pablo allait ouvrir quand Enrique s'approcha du maire ; le prenant par le col de sa canadienne, il lança :

— Si jamais tu nous as monté le coup et qu'on soit obligé de coucher dehors, je te préviens qu'on se retrouvera.

Le maire avait reculé d'un demi-pas.

— Je vous donne ma parole, dit-il.

— C'est bon, dit Enrique, on veut bien te croire.

Ils étaient maintenant tout près de la porte. Enrique se mit à ricaner soudain, puis regardant de nouveau le maire, il lui lança :

— Ta parole, c'est bien de nous la donner, mais si tu pouvais me donner du tabac, ça vaudrait encore mieux.

Le maire se mit à rire et chercha dans sa poche.

— J'en ai deux paquets, dit Pablo.

Le maire sortait un paquet de cigarettes entamé. Ils en prirent chacun une qu'ils allumèrent, puis le gros homme tendit le paquet à Enrique qui l'empocha en remerciant.

— Je crois que vous ne manquerez de rien là-haut, dit le maire.

Pablo ouvrit la porte et les laissa sortir. La bise entrait poussant toujours des tourbillons blancs. Il éteignit et referma la porte. Une fois dans la cour, ils restèrent immobiles quelques instants, la tête enfoncée entre les épaules, le souffle coupé.

— Bon Dieu, dit Enrique. On n'y voit rien.

— Si, on s'habitue vite, dit le maire. Allez, venez.

Ils se mirent en route.

Le neige était déjà épaisse. Par endroits, au déboucher des murs ou à l'angle des maisons, la bise avait formé des congères où ils enfonçaient jusqu'aux genoux. En d'autres coins, la route était presque nue et glissante.

Pablo marchait derrière le maire, mettant les pieds dans ses traces. Enrique essaya de rester à côté de lui.

— Marche derrière, dit Pablo. C'est facile, tu verras.

— On fera jamais tout ce chemin par un temps pareil.

Il ronchonna encore un moment en catalan. Puis, comme personne ne répondait, il se tut.

Dans le village, la bise était irrégulière. Elle piaulait dans les fils, secouait les volets, lançait de grandes gifles glacées qui semblaient tomber droit des toits. A certains endroits, on ne la sentait pas du tout, ils respiraient alors profondément comme des hommes qui vont plonger. Puis, dès qu'elle débouchait, ils baissaient la tête davantage et marchaient, le nez enfoui dans leur col relevé, sans respirer, jusqu'à perdre le souffle.

— Je vais vous laisser continuer, dit le maire.

Ils s'arrêtèrent contre un mur de clôture. Ils se devinaient à peine. Seul le maire avait encore sa cigarette dont le point rouge blanchissait à chaque rafale. Il leur tendit la main.

— Bon, eh bien, ma foi, je pense qu'on se reverra bientôt.

— J'espère, dit Pablo.

— Et souviens-toi, grogna Enrique sans sortir la bouche de derrière son col, si tu nous as eus, le jour où on se reverra, ce sera pas tellement drôle pour toi!

— Je suis tranquille, dit le maire.

Ils se serrèrent la main.

— Il y a combien, depuis la coupe que j'ai faite avec Clopineau pour arriver à celles de Vaux?

Le maire hésita.

— Deux, trois peut-être, dit-il, mais pas plus.

— C'est déjà quelque chose, ça fait pas loin de sept kilomètres depuis ici.

— Une fois dans la vallée, vous allez être à l'abri presque tout le long.

— On est des petits veinards! railla Enrique. Ça te donne pas envie de venir avec nous, au lieu de rester là où ça souffle?

— Allez, au revoir, coupa Pablo. J'espère qu'on y verra assez pour trouver la cabane.

— Sûrement, lança encore le maire, c'est tout de suite au début de la coupe.

Ils s'étaient remis à marcher. Cette fois, c'était Pablo qui ouvrait la marche. La neige était encore très fine et sèche. Elle s'écartait bien devant les pieds. Mais, pour le moment, la route allait vers le nord et rien n'arrêtait la bise qui suivait le coteau en sifflant comme une grande lame qui passe sur une pierre à aiguiser.

Malgré son passe-montagne, Pablo sentait le froid engourdir ses oreilles. Il serra davantage son col de fourrure, mais les courroies du sac l'empêchaient de monter aussi haut que d'habitude. Dans ce sac, il devait y avoir près de la moitié du poids en vieux journaux. Pablo pensa un instant à s'arrêter pour les laisser, mais le village était encore tout proche ; et puis, ici, la bise courait trop.

— C'est ce qu'il appelle à l'abri, ton mec! lança Enrique au bout d'un moment.

— Attends, on va entrer dans la vallée tout de suite après le tournant.

Ils marchèrent encore quelques minutes, puis le bruit qui leur emplissait la tête jusqu'à les saouler, se transforma. Au sifflement aigu, s'ajouta d'abord un grondement plus sourd et lointain qui venait au-devant d'eux. Enfin, le sifflement diminua et le grondement se fit plus proche. Ils avaient l'impression que c'était le ciel qui roulait au-dessus d'eux en secouant un chargement de fagots énormes.

— Nous voilà dans la vallée, dit Pablo.

Il y avait encore de grandes vagues de bise chargées de neige qui les fouettaient de flanc, dévalant entre les arbres, mais ils les entendaient venir. C'était un peu comme si un fagot tombé du chargement se fut mis à rouler sur la pente pour remonter de l'autre côté et rattraper le convoi sur la crête. Quand ils le sentaient arriver au-dessus d'eux, ils se courbaient, la tête complètement rentrée. Les arbres craquaient, pleuraient en fouettant de toutes leurs branches, et lâchaient d'un seul coup sur le sol tout ce qu'ils avaient pu garder de neige depuis la dernière bourrasque. Ça tombait en poudre comme un sac de sel fin qu'on vide dans une boîte.

— Saloperie! lançait Enrique, on va être chouettes, en arrivant.

Pablo ne soufflait mot. Même quand l'autre lui demandait de ralentir, il conservait la même cadence. Il savait que c'était le seul moyen d'éviter la fatigue.

Arrivés à l'endroit où le chemin passe sous le rocher à pic, la bise ne se sentait plus du tout.

— Arrête une minute, dit Enrique. J'ai l'épaule coupée, je veux changer de côté.

— Change en marchant, faut pas s'arrêter.

— Si, arrête-toi, juste une minute.

Pablo s'arrêta. Enrique haletait.

— Je sais pas comment tu peux faire, dit-il, moi je suis crevé.

Pablo allait déboucler son sac pour enlever les journaux, lorsque Enrique demanda :

— Alors, c'est bien décidé, tu restes avec moi?

Ils se voyaient encore moins ici, avec l'ombre du rocher.

— Et c'est vrai, demanda encore Enrique, elle était mauvaise, ta bonne femme?

Pablo ne répondit toujours pas. Il rattacha la ficelle qu'il avait commencé de dénouer.

— Allez, dit-il, faut pas s'arrêter, on va s'engourdir.

Enrique ronchonna, mais comme Pablo s'éloignait il se hâta pour le rattraper.

La neige semblait tomber moins serré, mais la bise menait toujours le branle d'un bord à l'autre du val, secouant au passage les arbres les plus hauts. Il y avait par moments de longs craquements comme d'une étoffe qu'on déchire, puis un temps avec seulement le ressac des brindilles bousculées. La bise devait se terrer quelque part un instant, s'étendre sur la neige pour se reposer, puis, se ramassant au creux d'une combe, elle bondissait de nouveau et cinglait le ciel invisible qui gémissait. On l'entendait s'en aller ensuite de l'autre côté, très loin, en direction de la plaine, poursuivie par des claquements de fouet.

Passé les coupes qu'il avait faites avec Clopineau, Pablo ne connaissait pas le chemin, mais il n'y avait qu'à suivre entre les bois. On ne pouvait se tromper. Simplement, quand il verrait un espace nu sur sa droite, il n'aurait qu'à chercher la cabane.

Les ficelles du sac lui chauffaient les épaules, et, plusieurs fois, il pensa aux journaux ; mais, chaque fois, il s'efforça de fixer toute son attention sur le chemin. Il ne voulait pas penser à tout ça. Il y avait le chemin qui s'en allait devant, de virage en virage, et derrière, il y avait Enrique qui suivait, en jurant de temps à autre et en criant :

— Pas si vite, bon Dieu... Je suis crevé!

Pablo allait, buté, sans ralentir le moins du monde. Pourtant, à un endroit bien abrité par le talus très haut, Enrique s'arrêta encore et cria :

— Arrête, je peux plus!

Pablo se retourna. Enrique était adossé au mur de terre et s'était laissé glisser, les fesses sur les talons.

— Tu vas te couper les jambes, cria Pablo en s'approchant.

Mais Enrique ne bougeait pas.

— Allez, relève-toi, on y est presque.

— Ça va, je la connais... ta musique.

Enrique pouvait à peine parler. Pablo pensa encore aux journaux. Il pourrait les jeter et prendre la musette d'Enrique. Il hésita, la main sur la boucle de la ficelle. Puis, se penchant vers Enrique, il lui dit :

— Allez, donne-moi ta musette, et relève-toi.

Il prit la musette et empoigna son camarade par le bras pour l'aider à se mettre debout.

— Je peux tout de même pas te porter!

Enrique respira profondément.

— T'es un bon type, souffla-t-il. Déjà, c'est toi qui passes devant... et encore... tu portes ma musette.

— Allez, t'inquiète pas, j'ai l'habitude de marcher. Viens.

Ils se remirent en route. Pablo allait un peu moins vite. De temps à autre, il se retournait pour demander :

— Ça va, oui?

— Ça va, soufflait Enrique.

Pablo sentait son épaule droite se paralyser sous le double poids du sac et de la musette. Il pensait aux journaux, puis à Enrique. Puis, toujours, il finissait par penser au chemin. Quand ses épaules le cuisaient trop, il pensait à la bouteille des sulfatages ou des vendanges. Et il se répétait vingt fois, trente fois, la même phrase, au rythme de son pas.

— Par ce temps-là... de toute façon... on pourrait rien faire... Par ce temps-là... de toute façon...

Ça finissait par n'avoir plus aucun sens, mais c'était tout de même une suite de mots qui occupait sa tête comme le chemin occupait ses pieds. Après le tournant il y en avait un autre, et après l'autre, encore un autre.

— C'est encore... loin? haletait Enrique.

— Je ne crois pas.

— Ce froid... Ça me coupe le souffle... et pourtant, je suis trempé... de sueur.

— C'est pour ça qu'il ne faut pas s'arrêter.

Ils marchèrent encore longtemps avant d'atteindre les coupes. Enfin, au bruit, Pablo comprit que les arbres devaient être moins nombreux. Il avança davantage. Sur la droite, la neige montait depuis le chemin jusqu'à se perdre dans la nuit avec juste, çà et là, le trait mince et souple d'un baliveau qui se balançait. Le grondement était toujours là, mais c'était surtout les craquements plus distincts, les plaintes plus présentes qui avaient diminué.

Pablo quitta le chemin à une vingtaine de mètres des derniers arbres et se mit à monter à flanc de coteau. Il progressait lentement, les mains en avant, cherchant du pied une bonne prise entre les vieilles souches que la neige rendait invisibles. Derrière lui, Enrique geignait de plus en plus.

Soudain, Pablo s'arrêta.

— Ça y est? demanda Enrique.

— Tais-toi!

Ils tendirent l'oreille. Ici, la bise reprenait déjà de la vigueur. Encore une dizaine de mètres de montée, et ils se trouveraient en plein sur son passage.

— Alors, tu y vois quelque chose?

— Non, dit Pablo, mais j'entends.

Enrique se tut de nouveau, puis se mit à ricaner.

— Qu'est-ce qui te prend? demanda Pablo.

— Le coup du cimetière... Tu vas me faire le coup du cimetière...

— Tais-toi, il n'y a pas de cimetière ici. Ce bruit de tôle, ça ne peut venir que de la cabane.

Enrique ricana de nouveau.

— On va tomber sur un dépotoir ou quelque chose comme ça.

— Tu la fermes, oui? lança Pablo.

Enrique se tut. Pablo retenait son souffle. Il fouillait la nuit de ses yeux que le froid faisait pleurer. Tout était blanc, puis gris, puis noir. Et même le blanc était de la nuit. Pourtant, à chaque tombée de vent, un bruit de tôle battue se mêlait au grognement de la vallée. Il suffisait de savoir d'où il venait exactement.

Trois fois, Pablo l'écouta encore.

— Je me couche là, dit Enrique.

— Viens, c'est là-bas.

Pablo se remit en marche, obliquant à droite, en direction du bois. Il fit quelques pas et s'arrêta. Le bruit était plus proche. Dix pas. Cinq pas. C'était là. En dessous d'eux.

Ils descendirent un peu et se trouvèrent soudain devant une porte en planches. Ils n'avaient rien vu, tout simplement parce qu'ils étaient montés un peu trop loin et que le toit de la cabane rejoignait le sol du côté de l'amont.

— Pour un peu, on la manquait.

Pablo chercha la poignée. Sa main rencontra d'abord la tôle que la bise secouait, puis le loquet. Il le souleva et poussa la porte.

— Ce serait marrant qu'il y ait du monde, ricana Enrique.

— Allez, entre.

Pablo referma la porte derrière eux et chercha son briquet.

XXXVIII

Il y eut d'abord deux étincelles, puis la mèche s'enflamma. Tout de suite, ils regardèrent autour d'eux. La cabane était à peu près carrée. Les murs étaient en planches, le toit en tôle ondulée allait en pente vers le fond où se trouvait un bat-flanc recouvert de fougères sèches. Pablo s'avança. Dans un coin, il y avait un petit poêle de tôle carré. Il toucha les tuyaux rouillés, les tapota. Un peu de suie dégringola.

— Ça doit pouvoir marcher, dit-il.

Enrique s'était approché d'une table, près du mur. Il se baissa.

— Il y a même du bois, dit-il.

— Ce qu'on a oublié, c'est une bougie, mon briquet n'ira pas bien loin.

— Justement, faut faire du feu, ça nous éclairera.

Pablo éteignit son briquet.

— Laisse-moi faire, dit-il.

Il déboucla son sac, le posa à terre et commença de tâter pour trouver la ficelle qui le fermait. La neige avait tout raidi et ses doigts étaient gourds. Enrique avait sorti son briquet. Il l'alluma.

— Laisse, dit Pablo. Je peux faire sans lumière. Vaut mieux économiser les briquets, on en aura besoin.

Enrique referma son briquet en disant :

— C'est idiot qu'on n'ait pas pensé à prendre une bougie.

Pablo fouilla dans son sac. Les journaux étaient tout au fond. Il en sortit un gros paquet, bien serrés les uns contre les autres. La patronne avait peut-être pensé que le maire proposerait de porter le sac un moment. Pablo tira un journal qu'il déplia, chiffonna et enfouit dans le poêle. Ensuite il posa des écorces et des brindilles. Enrique ne bougeait pas. Il le sentait accroupi à côté de lui. Son souffle était toujours précipité et un peu rauque.

D'ici, la tempête n'était plus qu'un grondement sourd de torrent coulant au fond d'une gorge. Seul, le bruit de la tôle heurtant la porte et un sifflement aigu de la bise polissant la neige dominaient.

— Ça y est, tu peux allumer.

Enrique frotta son briquet, la flamme jaillit, tremblota puis s'approcha du papier qui dépassait du foyer. Le journal se tordit, une flamme plus jaune lécha la tôle, hésita, se courba plusieurs fois vers l'intérieur et, s'inclinant d'un coup, se mit à filer comme un lézard entre les brindilles.

— Tu parles d'un tirage! dit Enrique.

— Avec un vent comme ça et le tuyau qui monte tout droit, c'est forcé.

Il y eut cependant quelques retours, deux grosses bouffées de fumée leur sautèrent au visage, puis tout se mit à craquer. Les écorces se tordaient, les brindilles dansaient avant de se briser et des étincelles sortaient en claquant pour venir s'éteindre sur la terre sèche du sol. Pablo remit encore une poignée de brindilles puis deux grosses bûches qui commencèrent bientôt à baver la sève en chantant doucement.

— Il n'y a pas très longtemps que ce bois est là, dit Pablo.

— On s'en fout, pourvu que ça chauffe.

Ils s'étaient assis à même la terre et tendaient leurs jambes vers le feu. Le foyer ouvert éclairait toute la moitié de la cabane. Ils restèrent un long moment sans parler, puis Enrique demanda :

— Si on cassait la croûte?

Pablo se leva et sortit de son sac le torchon enveloppant le pain et la viande. Il sortit aussi le litre de vin, le tendit à Enrique qui le déboucha et but une gorgée.

— Bon Dieu, dit-il, il est glacé.

Il se leva et, prenant une longue écorce, il l'enflamma et se mit à fouiller dans la partie de la cabane demeurée dans l'ombre.

— Qu'est-ce que tu cherches?

— Si on trouvait une casserole, on se ferait du vin chaud.

Il remua plusieurs caisses vides, ouvrit un vieux garde-manger percé et plein de toiles d'araignée puis, sous une autre caisse renversée, il finit par dénicher une poêle à frire et deux casseroles. Il prit la petite et l'approcha du foyer pour s'assurer qu'elle n'était pas percée.

— Elle doit être sale, dit Pablo.

Enrique passa sa main à l'intérieur. La casserole était poussiéreuse. Il fallut prendre de la neige et la faire fondre pour la laver ; une fois l'eau sale jetée, ils firent chauffer la moitié du litre de vin.

— Tu vois, dit Enrique, j'ai bien fait de te dire de prendre du sucre.

Pablo se mit à rire.

— Toi, dit-il, tu es toujours le même : quand il s'agit de bouffer, on peut te faire confiance.

Enrique ouvrit son baluchon et en sortit un quart en métal.

— Tiens, remarqua-t-il, c'est ça que tu as oublié de prendre, toi.

Pablo ne répondit pas. Depuis que le feu s'était mis à pétiller, il avait senti comme une grande chaleur monter en lui, à mesure que l'air se réchauffait dans cette baraque où des ombres énormes dansaient contre les planches. Il lui avait semblé qu'il connaissait déjà cette baraque. Il avait éprouvé presque une impression de bien-être, avec Enrique qui préparait du vin pour eux deux. Et puis, Enrique avait parlé de ce quart oublié, et tout s'était évanoui comme un rêve. Il y avait toujours la flamme et sa chanson, les planches où les ombres dansaient — les planches qui tenaient en respect la bise et la neige — mais Pablo avait de nouveau froid au fond de lui.

Il regarda Enrique qui se mit à rire en disant :

— Bon Dieu, Pablo, tout à l'heure, en arrivant avec le maire, j'étais un peu saoul. Maintenant, ça va mieux... Tu es un chic type. Je suis content de t'avoir retrouvé, tu sais, vraiment content.

Pablo contempla le feu. Maintenant, c'était surtout lui qu'on entendait, lui et la casserole qui commençait à danser. Enrique demeura un moment sans parler, puis il dit :

— Bien sûr, ça t'emmerde de quitter cette bonne femme. Je comprends. C'est normal.

Il s'arrêta encore. Pablo ne le regardait toujours pas. Il ne pouvait plus détacher ses yeux de cette bûche à demi brûlée et posée sur des braises d'où montaient des flammes vives qui filaient vers l'entrée du tuyau. Enrique toussa plusieurs fois et se remit soudain à parler plus vite et plus fort :

— Tu sais, j'en ai bavé. Ils m'en ont fait baver, ces salauds-là. Ils sont bien de la même race que les types à Franco. Et ça me fera plaisir d'en bousiller quelques-uns... Maintenant, ils ont tout le monde contre eux. C'est plus qu'une question de temps, seulement, faut s'y mettre sérieusement. Dans une affaire comme ça, la guérilla, ça compte autant que les bombardements et tout le reste. Et nous autres, c'est la guérilla qu'on va faire. Et puis, un jour, quand le moment sera venu, il paraît que tous les civils seront armés. Il y aura un signal convenu, et dans tous les pays occupés, à la même heure, à la même minute, ce sera chacun son homme. Dans la rue, au cinéma, dans les cafés, partout : un couteau entre les épaules et c'est fini.

Il se frottait les mains, ses yeux brillaient.

Il se leva sur les genoux pour prendre la casserole.

— C'est chaud, dit-il.

Il emplit le quart et le posa devant Pablo.

— Non, dit Pablo, bois d'abord.

— Non, non, toi.

Pablo empoigna le quart de métal brûlant, aspira une toute petite gorgée et le tendit à Enrique.

— C'est bouillant, dit-il, fais attention.

Enrique aspira aussi une gorgée.

— Ça réchauffe drôlement, tiens!

Il reposa le quart par terre, entre eux, et reprit :

— Tu verras, aussitôt que les Boches seront battus, tout le monde va tomber sur le dos de Franco. On va pouvoir retourner chez nous. Et alors, là, c'est eux qui vont comprendre ; ceux qui ont les bonnes gâches en ce moment. Ça va même peut-être se faire en Espagne en même temps qu'ici. Ceux des nôtres qui pourront y aller auront aussi chacun leur type désigné à bousiller quand le signal sera donné.

Il parut réfléchir, sa main se leva en direction du feu, retomba sur sa cuisse maigre et il dit en hochant la tête :

— Si seulement on pouvait choisir son homme... Si seulement...

Il but une autre gorgée et passa de nouveau la boisson à Pablo.

— Vas-y à présent, c'est juste comme il faut.

Le vin était encore très chaud, mais on pouvait le boire et Pablo le sentait descendre en lui avec une bonne brûlure.

— Tu ne crois pas, toi, demanda Enrique, que ça va se passer comme ça?

— Sûrement, sûrement.

Il regarda encore la flamme puis, tendant le pain à Enrique, il dit :

— Tiens, si tu veux manger.

— Tu ne manges pas, toi?

— Non, j'aime mieux me coucher tout de suite.

Il se leva, déplia la couverture et se dirigea jusqu'au bat-flanc. Il remua la fougère d'où monta un peu de poussière odorante. Dans un coin, il y avait deux vieilles peaux de chèvre qu'il roula pour faire un traversin. Puis, quittant ses chaussures, il les posa près du poêle, à côté des sacs qui fumaient et il revint s'étendre. Couché sur le côté, il regardait Enrique dont la silhouette se détachait sur la lueur du foyer. Il paraissait encore plus maigre qu'autrefois. Son cou était mince, et ses oreilles trop grandes semblaient à moitié décollées de son crâne. Tout en mangeant, il continuait de raconter tout ce qu'il avait fait depuis leur séparation. Son engagement pour la Légion étrangère, la débâcle avant qu'il ait pu rejoindre son affectation, et sa fuite vers le sud.

— Tu comprends, expliquait-il, je me disais, du côté de Collioure, ils parlent tous catalan, je me débrouillerai toujours. Seulement, quand les Boches sont venus en zone libre, c'est par les côtés qu'ils ont commencé. Alors, là, j'ai été obligé de me tirer. On m'avait parlé de gars qui résistaient du côté du Massif Central. J'ai voulu y aller, je me suis fait pincer à Castelnaudary, une ville pas loin de la forêt, j'étais presque arrivé.

— Tu as été pris par les Allemands? demanda Pablo.

— Non, des gendarmes français. Mais ces vaches-là m'ont envoyé à Montpellier et c'est là que j'ai été obligé de travailler pour les Allemands.

Il s'arrêta, le temps de remplir son quart et de boire.

— Tu en veux? demanda-t-il.

— Non, merci.

— Oui, alors, j'ai travaillé pour eux. Mais dur, tu sais. Ils veulent fortifier les côtes, ils ont peur d'un débarquement. Et puis, un jour, le bruit a couru qu'on allait nous envoyer tous en Allemagne dans les usines. Alors, là, j'ai tenté le tout pour le tout. Je me suis tiré.

Il s'arrêta. Il avait fini de manger et Pablo le regarda quitter ses chaussures et charger le feu.

— Ferme la porte du foyer, dit-il, ça brûlera moins vite.

Une fois la porte fermée, il n'y avait plus que deux petits carrés de lumière qui éclairaient le sol à mi-chemin entre le fourneau et le bat-flanc. Enrique s'approcha et Pablo se recula pour lui laisser plus de place. Ils se couchèrent côte à côte et étendirent sur eux la couverture et leurs manteaux.

— Tu es bien? demanda Pablo.

— Ça va, si on est aussi bien là-haut, faudra pas se plaindre.

Pablo ferma les yeux. Enrique demeura silencieux un moment puis se remit à raconter ce qu'il avait fait. Ensuite, pendant longtemps, il parla de la guerre. Pablo ne l'écoutait pas, il entendait seulement la chanson des mots. Ces mots dans une langue qu'il n'avait plus entendue qu'en lui depuis si longtemps.

Il ne pensait pas. Il ne voulait pas penser. Peu à peu, la voix d'Enrique se voilait, s'éloignait, mais elle restait suffisamment présente pour l'empêcher de penser.

XXXIX

Quand ils se levèrent, la bise ne soufflait plus, mais il faisait froid dans la cabane.

— Le feu est crevé, dit Enrique.

Il alluma son briquet, prit un morceau de bois et remua les cendres. Quelques braises rouges apparurent, qui clignotèrent un instant.

— Qu'est-ce qu'on fait, on le rallume?

— Ça ne servirait à rien. Il faut partir.

Pablo ouvrit la porte. Un jour sale ternissait la neige.

— Ça n'a pas dû tomber toute la nuit : en regardant bien, on voit encore un peu nos traces.

Pablo se tourna vers Enrique.

— Tu penses vraiment qu'ils t'auraient suivi et qu'ils te chercheraient jusqu'au village?

Enrique se mit à rire.

— Tu déconnes, je dis ça comme ça. Parce que je vois nos traces et que je pense à cette saloperie de tempête qui a duré juste le temps de nous geler. Mais je ne pense pas du tout aux Allemamds. Tu parles, ils ont dû laisser tomber depuis longtemps. Ils se foutent pas mal d'un mec alors qu'ils peuvent en embarquer des milliers d'autres.

Tout en l'écoutant, Pablo avait roulé la couverture. Il s'approcha de son sac. Le moment était venu de sortir les journaux, de donner le reste du linge à Enrique et de lui dire : « Je vais te montrer le chemin à prendre », ou plutôt, de lui remettre le plan du maire puisqu'ils en savaient autant l'un que l'autre, à présent, sur le chemin à faire.

Enrique s'était assis sur une caisse pour enfiler ses chaussures.

— Elles sont presques sèches, mais salement raides, dit-il, la neige, ça travaille rudement le cuir. Il aurait fallu pouvoir les bourrer de papier.

Il y eut un instant de silence. Pablo ne bougeait pas. Le dos tourné, accroupi devant son sac ouvert, il essayait de réfléchir.

— On n'y a pas pensé, dit encore Enrique, on aurait pu les bourrer de fougère.

Il se leva, tapa des pieds plusieurs fois et, demanda :

— Qu'est-ce que tu fais? Tu veux un coup de main?

Pablo enfonça la couverture roulée dans le sac.

— Ça va, dit-il.

— Range pas le pain, on va casser une croûte avant de partir.

Ils mangèrent, debout sur le pas de la porte. Lentement, la neige s'éclairait, mais le ciel demeurait gris. La lumière semblait sortir du sol où elle rampait, incapable de s'élever plus haut que la cime des arbres.

Partout c'était le silence. Là-bas, de l'autre côté du chemin, la forêt était figée. Rien ne bougeait pendant de longues minutes, puis il y avait un glissement, un nuage de poussière blanche coulait vers le sol, une branche se relevait. Parfois, elle en heurtait une autre et c'était alors une autre glissade, un autre nuage. La branche se balançait un instant, puis tout s'immobilisait de nouveau.

Dès la dernière bouchée avalée, ils se mirent en route. Malgré le gel, la neige restait poudreuse et les pieds enfonçaient. Enrique marcha un moment à côté de Pablo puis il se remit à suivre sa trace.

De temps à autre, il y avait dans la forêt un grand

craquement qui courait d'écho en écho sans rien éveiller vraiment. C'était le silence qui s'étirait. Les oiseaux étaient rares, ils volaient bas, et les premiers troncs les cachaient tout de suite.

Ils marchèrent pendant un bon quart d'heure avant d'atteindre l'orée du bois. Lorsqu'ils débouchèrent sur le plateau, Pablo s'arrêta. Il avait le plan du maire bien gravé dans sa tête. C'était là, en face, qu'il fallait prendre. Couper entre ces maisons qui se trouvaient à gauche et cette grosse ferme isolée d'où la fumée montait toute blanche et droite sur le ciel.

— J'ai envie qu'on passe par ce bled, dit Enrique. Il doit sûrement y avoir un café, on pourrait boire quelque chose de chaud.

— Non, vaut mieux éviter les maisons. On ne sait jamais.

— Tu penses qu'il n'y a sûrement pas d'Allemands dans un patelin pareil.

— Il peut y avoir des gendarmes. Et puis, tous les paysans ne sont pas partisans du maquis.

— On les emmerde, les paysans, c'est pas écrit sur nos gueules qu'on cherche un maquis!

— Evidemment, mais deux hommes avec des sacs. Deux types pas du pays, c'est suspect. Les gens se méfient.

— C'est comme ça que vous faites, dans ton bled?

Enrique acheva sa phrase par un ricanement. Pablo eut envie de lui crier : « Continue seul et débrouille-toi. » Il se contenta de hausser les épaules.

— Ma parole, ajouta Enrique, tu es devenu un vrai péquenot.

Pablo s'était remis à marcher. Il ne pouvait pas rentrer à la ferme avant la tombée de la nuit; il savait qu'une fois seul il marcherait plus vite. D'ailleurs, il couperait à travers bois, tout droit en direction de Brûlis. Il n'était jamais passé par là, mais ce devait être bois et friches tout le long.

Il pouvait donc aller avec Enrique jusqu'au milieu du jour. C'est ça. Jusqu'au milieu du jour. Ensuite,

Enrique n'aurait plus guère de chemin à faire seul.

Maintenant, il suffisait de marcher en comptant ses pas. En essayant de garder toujours la même cadence. En s'efforçant de ne penser qu'à cette marche monotone sur ce plateau tout blanc.

Le ciel était encore gris mais il avait par moments comme des soubresauts. A certains endroits, il devenait terreux avec des ombres presque noires. Pablo essayait de deviner l'heure, mais la lumière était trop immobile. De temps à autre, il se retournait sans s'arrêter. Pendant longtemps, les bois de Vaux bordèrent l'horizon d'une ligne noire qui allait en s'amincissant puis, comme le sol s'incurvait, la ligne noire disparut. A présent, le ciel était comme un grand mur sale posé franc sur la neige. Devant eux, le sol remontait jusqu'à une clôture. Le maire l'avait indiquée, il fallait appuyer à droite. Après la crête, ce devait être la grande combe aux trois fermes avec les pâtures et les murettes en pierres sèches.

Pablo pensa que le milieu du jour ne devait pas être loin. Il chercha un point de repère. Quelque chose sur ce blanc trop nu. Quelque chose comme une île pour faire escale. Bientôt, un bosquet de bouleaux émergea. « Là, pensa Pablo. Je m'arrêterai là. »

Arrivé près du bosquet, il ralentit. La crête n'était plus qu'à quelques mètres et le petit bois devait être à cheval.

— On s'arrête? demanda Enrique.

— En haut, dit Pablo sans se retourner.

Quelques mètres avant le sommet, il entra dans le bois. Peu à peu, la combe apparut. C'était bien ça. Les murettes... la route... le ruisseau... Une ferme. Deux. Puis trois.

Toutes les trois fumaient. Les cours étaient balayées et, sur le chemin, on devinait par endroits des traces de roues.

Pablo s'arrêta.

— On casse la croûte? demanda Enrique.

Pablo soupira. Il n'avait pas pensé à cela.

— Si tu veux, dit-il.

— Faudrait qu'on trouve un tronc pour s'asseoir.

— Non, vaut mieux manger et piétiner un peu. Le froid sans remuer, c'est traître.

Ils posèrent leurs sacs et coupèrent du pain et du fromage. Tout était froid et ils mangèrent peu. Pablo sentait son estomac se serrer. Maintenant, c'était fini. Il ne devait pas faire un pas de plus avec Enrique. Pendant tout le temps qu'ils demeurèrent arrêtés, Pablo pensa aux terres, à la ferme, à la Noire, à Germaine, à Jeannette, à Clopineau.

Ce n'était pas un film qui passait dans sa tête, mais simplement une suite d'images immobiles. Des images muettes, qui semblaient aussi figées que tout ce qui était là, autour d'eux, sur ce plateau, dans cette combe où rien ne vivait que le maigre filet de fumée qui se tortillait lentement au-dessus de chacun des trois toits.

— Regarde, dit Enrique.

Pablo avait vu. Une porte venait de s'ouvrir. Un homme sortait en poussant une brouette d'où montait un nuage blanc.

— Il sort le fumier, murmura Pablo.

L'homme vida, rentra, et fit ainsi quatre voyages. Maintenant il y avait une tache brune sur la neige avec encore un peu de vapeur qui glissait lentement.

— Faut finir le litre, dit Pablo.

Ils burent tous les deux et Pablo jeta la bouteille vide sur la neige. Ensuite, il respira profondément, hésita comme avant de plonger dans une eau trop froide, puis, se baissant, il sortit la couverture de son sac. Il en tira ensuite quelques habits et posa le tout sur la neige.

— Qu'est-ce que tu fais? demanda Enrique.

Pablo tira le paquet de journaux et le jeta près du litre vide.

— Mais qu'est-ce que c'est? dit encore Enrique.

Pablo se redressa, le regarda bien en face, puis il dit, d'une voix qui tremblait un peu :

— C'était à cause du maire.

— A cause du maire ?

— Oui, pour lui faire croire que je partais aussi pour longtemps. S'il avait vu un sac trop plat, il se serait méfié.

Le visage d'Enrique se transforma soudain. Son front se plissa et ses yeux se fermèrent à demi. Il serra les poings. Il ouvrit la bouche comme s'il allait parler, puis, après un temps, il éclata de rire.

— Ah! merde, alors! cria-t-il. Ah! bon Dieu, je suis encore plus con que toi, tiens!

— Enrique, commença Pablo, faut comprendre... il y a...

— Te fatigue pas. J'ai compris. Un mec qui est tenu par là, je sais qu'on peut rien y faire. Rien qu'à voir la vieille, j'aurais dû m'en douter!

A son tour, Pablo éleva la voix.

— Enrique, ce n'est pas ça!

Il s'arrêta soudain. Il y eut un bref instant où le plateau tout entier parut résonner de ces mots lancés trop fort. Puis le silence se resserra autour d'eux, venu du fond des terres et coulant dans ce petit val.

Enrique hocha la tête. Son visage se détendit. Il désigna du doigt le sac de Pablo.

— Alors, comme ça, tu as trimbalé tout ça jusqu'ici pour rien?

Il se mit à rire. Pablo pensa que la patronne lui avait dit de rapporter la couverture. Il regarda encore Enrique. Enrique maigre, la poitrine creuse, le souffle court.

— Non, dit-il. Ce sera pour toi. Tu n'auras qu'à mettre ta musette dans le sac. Maintenant qu'il n'y a plus les journaux, ça tiendra.

Ils s'observèrent un moment sans rien dire. Pablo eut un instant envie d'embrasser Enrique. Et il eut aussi la certitude qu'Enrique pensait exactement comme lui. Pourtant ils finirent par baisser les yeux tous les deux en direction du sac.

— J'aurais voulu t'accompagner plus loin, dit Pablo, mais faut tout de même que j'arrive avant la nuit.

Une fois le sac bouclé, il déplia le plan, expliqua encore à Enrique ce qu'avait dit le maire, lui répéta les mots et l'aida pour nouer les ficelles autour de ses épaules.

— Ça ira?

— Faudra bien, dit Enrique en souriant.

Pablo lui tendit la main.

— Au revoir, dit Enrique. Merci. Tu es tout de même un brave type.

Pablo baissa la tête. Il se sentit rougir. Enrique lui serra la main et s'éloigna.

— Si tu as besoin de quelque chose! lança Pablo.

— Entendu!

Enrique traversa le petit bois et se mit ensuite à longer la crête pour contourner la combe aux trois fermes. Pablo le regarda longtemps entre les arbres. Il lui semblait qu'il vacillait un peu, sous le poids de son sac qui lui donnait l'allure d'une bête étrange, avec un corps et des pattes grêles sous une énorme tête.

XL

Lorsque Enrique eut disparu, Pablo demeura encore un moment immobile. Il ne regardait rien qu'un point vague de l'horizon où tout se brouillait, où le ciel noir et la terre blanche formaient une brume grisâtre qui dansait un peu comme une mer lourde. Puis Pablo frissonna. Machinalement, il porta sa main à ses reins comme pour remonter le sac, mais il n'avait plus rien à porter. Son dos était mouillé de transpiration. Il eut un mouvement brusque des épaules, se retourna et partit en suivant les traces qu'ils avaient creusées et qui étaient, sur tout ce qu'il voyait de terre, la seule marque de vie.

Dès qu'il aperçut les bois de Vaux, il quitta les traces pour obliquer sur la gauche. Vue d'ici, la forêt n'était qu'une seule ligne sombre, comme un gros trait de pastel gris avec un autre, plus clair, au-dessus. Pablo ne connaissait pas cette terre. Rien ne pouvait lui permettre de se repérer. Il marchait au hasard, persuadé qu'il allait droit sur les coteaux environnant Brûlis.

Il allait d'un pas long et souple, le corps à peine penché en avant. Il s'appliquait à respirer toujours à la même cadence. Sa tête ne s'occupait que du bon fonctionnement de son corps.

Pour ne faire aucun détour, il dut enjamber quatre barrières de barbelés. Chaque fois, il en profitait pour regarder derrière lui. Le double sillon de son passage filait droit, comme tracé au cordeau. Avant d'atteindre le bois, il aperçut sur sa droite les maisons qu'il avait déjà vues le matin. Il jugea que la distance était bonne, et il pénétra dans le bosquet d'acacias sans obliquer d'un pouce. Là, le sol devenait inégal et bientôt commença la descente coupée de balmes, de fossés, de vieux chemins de traverse. Il lui fallut faire bien des détours, mais il conservait pourtant le sentiment d'être toujours dans la bonne direction.

Ici, quelques oiseaux mettaient un semblant de vie dans le bois. Des vols de corbeaux passaient très haut. Bientôt, le ciel parut s'éclaircir entre les arbres, juste en face de Pablo. Il y eut comme un remous de rivière boueuse et le gris devint jaune.

Pablo marcha encore. Il traversa une longue friche où les herbes s'écroulaient sous lui en craquant. Il enfonçait parfois jusqu'à la ceinture, des ronces retenaient ses pieds. Après, ce fut encore un bois d'acacias, un talus, une haie et un autre talus avec des buissons fous qui traçaient mille traits de crayon sur le ciel où la lumière grandissait. Pablo sentit qu'il approchait. Il courut presque pour gravir le talus, se coula entre deux buissons et déboucha au sommet de la combe de Brûlis, exactement à l'endroit où Jeannette était venue se réfugier, le jour où ils avaient tué les vipères. Au fond, partant du rocher, la source dessinait un filet noir et sinueux dans la neige. Pablo dévala, glissa, tomba, et repartit sur l'autre versant après avoir sauté le ruisseau. Lorsqu'il parvint au bosquet où ils avaient campé, il s'arrêta quelques instants. Son souffle était précipité et il avait chaud. En haut, derrière la ligne des arbustes d'où ils avaient si souvent regardé la route, les nuages venaient de s'ouvrir sur un pan de ciel plein de lumière.

Pablo reprit sa marche et lorsqu'il atteignit le faîte, il s'immobilisa. Au pied du coteau, toute la plaine brillait. Il interrogea le chemin : aucune trace.

Il resta encore un moment à regarder toute cette immense étendue blanche que les routes noires parcouraient, que les villages ponctuaient de masses violettes d'où montaient des fumées blanches ou noires.

Personne n'était venu, il pouvait aller, les volets seraient certainement ouverts. Il suivit donc la ligne des crêtes, demeurant constamment à l'abri de bosquets ou de haies.

Enfin, au sommet d'une grande vigne, à l'endroit où le coteau se courbe un peu vers l'est, le village apparut.

Le ciel s'était refermé, mais un dernier rayon éclairait encore les maisons. Pablo n'eut pas à chercher la ferme. Dans cette buée bleutée qui montait à présent de la neige, il y avait comme une petite flamme immobile.

Rien ne vivait autour de la maison ; simplement, le soleil accrochait cette étincelle à la fenêtre aux volets ouverts. Du toit, la fumée montait, et il sembla un instant à Pablo que l'odeur de soupe chaude et de feu de bois parvenait jusqu'au sommet du coteau.

Il respira profondément et resta appuyé à un piquet de vigne, l'œil fixé sur cette lueur minuscule. La lueur s'éteignit soudain. Le soleil venait de plonger. Là-bas, très loin, le ciel et la terre se confondaient à nouveau.

Alors, sans hâte, Pablo descendit entre les rangs de vigne.

Il n'avait rien fait pour calmer son sang. Il n'avait rien tenté pour mettre de l'ordre dans sa tête et pourtant, il se sentait calme à présent ; à peine fatigué. Il rentrait à la maison, le jour était fini, et demain il y aurait à faire un autre travail.

XLI

Dès les jours suivants, il y eut un grand coup de vent du sud et une grosse bousculade de nuages qui crevèrent à la tombée de nuit. L'averse dura juste ce qu'il fallait pour laver la neige.

— Le temps est avec nous, disait Clopineau en se frottant les mains. Ça va patouiller un peu, mais si le vent tient, ça sera vite assez ressuyé pour qu'on puisse commencer.

Le vent hésita, vira sud-est, puis se remit à donner franc de l'est. Le vieux continuait à se frotter les mains.

— On pouvait pas espérer mieux, disait-il. C'est juste ce qu'il nous faut. Et je suis sûr que ça va tenir.

Il avait raison. Le ciel se débarrassa de toutes ses grisailles, et, en une nuit, le vent acheva de le polir.

Pablo ne dut rester que quatre jours enfermé.

Quatre jours à tourner dans la cuisine comme un lion en cage, sans même oser s'approcher de la fenêtre. Quatre jours à grimper dans sa chambre dès qu'une paire de sabots résonnait dans la cour.

— Tu ferais mieux de rester couché, disait la patronne, tu me donnes le vertigo à rôder comme ça autour de ce fourneau.

Elle disait cela, mais elle le disait en riant. C'était elle qui avait eu l'idée, c'était elle qui avait tout prévu. Tout arrangé dans sa tête durant l'absence de Pablo et qui leur avait exposé son plan, à Clopineau et à lui, dès le premier soir. Tout d'abord, Pablo n'avait rien dit, mais le vieux avait approuvé aussitôt l'idée de la patronne.

— Brûlis, c'est vrai, bon Dieu! On a tout ce qu'il faut pour te construire là-haut une bonne baraque où tu seras tranquille comme Baptiste. C'est le coin le plus délaissé du pays. Je l'ai toujours dit.

Et la patronne avait ajouté :

— Et puis, moi, je suis persuadée que c'est seulement pour quelque temps. Dès que le maire sera un peu calmé, vous pourrez redescendre.

— Alors, c'est pas la peine de faire une cabane, avait dit Pablo ; avec la bâche, je me débrouillerai.

Mais la patronne et le vieux avaient insisté.

— A cette saison, il peut revenir du froid et de la neige. Faut pas rigoler avec ça. Surtout qu'en ce moment, on a le temps.

Et, le matin du cinquième jour, Pablo partit pour Brûlis bien avant l'aube. Il coupa à travers champs, et, dès que le jour se leva, le vieux et la patronne arrivèrent par le chemin avec la Noire et un chargement de matériel.

— Vous n'avez vu personne? demanda Pablo.

— Non. Et après, on a bien le droit de transporter des piquets!

Ils avaient caché les tôles et les outils sous des piquets qui serviraient à la construction. Pour le reste du bois, il n'y avait qu'à se servir. Il suffisait d'abattre et de débiter sur place.

Ce fut d'ailleurs par l'abattage qu'ils commencèrent, car ils avaient décidé de faire la cabane au milieu du petit bois.

— Comme ça, faudra vraiment avoir le nez dessus pour la voir.

Ils mirent cinq jours pour la construire, mais c'était une bonne cabane solide, avec deux épaisseurs de rondins pour les murs, et une pour le toit recouvert de tôles. Ils avaient monté un petit poêle à bois, mais, bien entendu, Pablo ne pourrait faire du feu que la nuit ou, à la rigueur, les jours de vent d'ouest, à cause de la fumée.

Pablo sentait que la patronne était heureuse de pouvoir le garder. Il savait bien qu'elle pensait plus à ses terres qu'à eux deux, mais lui aussi pensait surtout aux vignes qui allaient vraiment avoir besoin de lui.

Quant à Clopineau, à le voir se donner tant de mal pour cette cabane, à l'entendre rire et plaisanter, Pablo pensait à un enfant. Clopineau jouait à construire une cabane. Il jouait à celui qui va se cacher. De fait, lorsque tout fut achevé, quand le matelas de Pablo fut installé sur la claie de branchage, le vieux alla s'y asseoir en disant :

— Bon Dieu, le jour où tu redescendras, c'est moi qui viendrai m'installer ici. Au moins, je serai sûr de pouvoir y crever en paix.

Tant que dura le mauvais temps, personne ne s'aperçut du retour de Pablo, mais quand il fallut se remettre au travail, tout le village sut bientôt qu'il passait ses journées dans les vignes. Alors, la patronne n'attendit pas la visite du maire, ce fut elle qui alla le trouver. Elle y alla même plusieurs fois. Puis, un jour, elle resta plus d'une heure à la mairie. Et le soir même elle montait en Brûlis prévenir Pablo qui l'attendait, assis tout en haut du chemin.

Dès qu'il la vit arriver, il comprit qu'elle apportait une bonne nouvelle.

— Alors? demanda-t-il.

— Laisse-moi reprendre... mon souffle!

Elle était rouge, et la sueur perlait sur tout son visage.

— Tu es montée trop vite, dit Pablo. Viens, tu vas boire un coup, ça te remettra.

Ils allèrent jusqu'à la cabane, la patronne but un demi-verre de vin, puis elle expliqua en souriant :

— Ç'a été dur. Mais cette fois, tu pourras revenir et personne ne te dira rien.

— Comment ça?

— Tu seras en règle.

— Je ne comprends pas.

Elle hésita un peu, le regarda et, se levant, elle s'approcha. Comme il n'y avait qu'un seul tabouret, il s'était assis sur le bord de son lit. Elle s'assit à côté de lui.

— Alors, explique.

— Il n'y avait qu'un seul moyen. C'est le maire qui me l'a indiqué la deuxième fois que je suis allée le voir ; seulement, je ne voulais pas t'en parler avant d'être certaine que ça puisse réussir.

— Et qu'est-ce que c'est?

— Le consul d'Espagne est un ami du préfet. Il te signera tes papiers.

— Le consul d'Espagne?

— Oui, il est à Lyon, et il vient souvent à Lons, à la préfecture.

Pablo fronça les sourcils. Il regarda Germaine un instant puis demanda encore :

— Mais c'est le consul du gouvernement franquiste?

Elle eut une moue pour dire qu'elle ne comprenait pas grand-chose à tout cela. Pablo parla plus fort.

— Enfin, quoi, tu sais bien ce que je suis!... Et moi, je sais bien que ces gens-là n'accepteront jamais de me délivrer une carte!

— Pourtant, c'est ce qu'ils vont faire.

Pablo se leva et se mit à marcher dans la cabane.

— Mais moi je n'en veux pas! Je ne me suis pas battu contre eux et je ne me suis pas sauvé pour accepter de me plier à présent... Ils en sont peut-être réduits à ça pour faire rentrer des hommes en Espagne. Moi, je ne marche pas!

A mesure qu'il parlait, sa voix montait. Germaine le regardait aller et venir dans cette maison minuscule où il ne pouvait pas faire plus de quatre pas sans se retourner. Elle ne l'avait pas encore vu ainsi.

Depuis qu'ils vivaient ensemble, jamais Pablo n'avait eu de vraie colère. Seulement, il y avait soudain quelque chose qui venait de se mettre à remuer en lui. Quelque chose qu'il reconnaissait à peine, mais qu'il n'arrivait pas à calmer.

Quand il se tut, son visage était pâle, ses mains tremblaient. Il y eut un long silence, puis Germaine dit :

— Tu n'as pas compris. Tu t'emportes sans savoir.

— Comment, pas compris !

Pablo avait crié, mais il s'arrêta net. S'asseyant sur le tabouret, le dos contre la paroi de rondins, il demanda d'une voix presque normale :

— Qu'est-ce que je n'ai pas compris ?

— Pourquoi le consul a fait ça.

Pablo ne répondit rien. Elle attendit un instant et poursuivit :

— Le maire lui-même l'a rencontré à la préfecture, il m'a raconté ce qu'ils ont dit exactement. Le maire a expliqué que tu tenais seulement à travailler. Il a affirmé qu'il te connaît bien et qu'il n'a jamais pu croire que tu t'étais battu.

— Et l'autre l'a cru ?

— Il a dit : « Il y en a beaucoup qui se sont laissés entraîner et qui sont partis comme ça, avec les autres, parce qu'ils avaient peur... » Il a dit aussi : « Je sais bien que ceux qui sont dangereux ont déjà pris le maquis. »

Là, Pablo ne cria pas. Il baissa les yeux, demeura un instant immobile, puis se dirigea vers la porte. Dans sa tête, il y avait à présent toute une bousculade d'images. Les courses à la mort contre les engins blindés des franquistes ; les maisons écroulées ; les cadavres d'enfants ; le visage de Mariana, de milliers de Mariana innocentes et belles ; le camp ; la vermine ; la faim ; et puis, plus nette, plus proche, la silhouette grotesque d'Enrique s'éloignant sur la neige. Enrique le chétif, le maigrelet ; Enrique le trompe-la-mort, qui partait se battre, son gros sac sur le dos et son couteau dans sa poche... Son couteau à une lame et un tire-bouchon...

Enrique, le dangereux!

Dehors, la nuit montait lentement du fond de la combe où les buissons avaient tous la même forme et la même couleur. Devant ces buissons, les images passaient, confuses, lentes ou rapides, presque aussi vagues bientôt que le fond de ce petit val, couleur de terre mouillée et de crépuscule.

Pablo resta longtemps ainsi. Puis, comme la nuit avait déjà envahi tout le val, il entendit Germaine se lever doucement et marcher derrière lui. Elle posa sa main sur son épaule.

— Viens, dit-elle, tu peux descendre ce soir ; maintenant ça n'est plus qu'une question de jours pour avoir tes papiers.

Elle ferma la porte de la baraque. Pablo la suivit, comme un animal docile. Il ne parlait pas, ses mains tremblaient à peine. Il n'éprouvait plus de colère, mais avait simplement l'impression d'un vide immense.

Autour d'eux, il y avait la terre engourdie par le soir, tout enveloppée d'ombre et qu'on sentait à peine respirer.

Ils marchèrent ainsi sans parler jusqu'au village. Pour Pablo, il n'y avait plus de parfum, plus de vent, plus rien de vivant sur ce coteau où l'hiver semblait être revenu avec la fin du jour.

Simplement, en arrivant dans la cour, il s'arrêta. La porte de l'écurie était entrouverte. Il s'approcha. A mesure qu'il avançait, une odeur chaude venait à sa rencontre.

Quand il atteignit le seuil, il poussa la porte sans bruit. Aussitôt, la Noire se mit à secouer sa chaîne et à battre du sabot. Clopineau, qui apportait le foin, lui cria :

— Holà, ma Noire! Qu'est-ce qui te prend!

La jument leva la tête, essayant de se retourner dans son box. Alors, Clopineau se pencha vers la porte. Pablo s'avança. Ils se regardèrent sans rien dire et Pablo se glissa entre le bat-flanc et la bête. Il resta là un bon moment à la caresser en lui parlant à mi-voix.

Clopineau avait rempli les râteliers et, à présent, la Noire mangeait. Les deux hommes quittèrent l'écurie et lorsque Pablo traversa la cour, il lui sembla que quelque chose s'était éveillé dans la nuit. Quelque chose d'impalpable qui montait de la terre.

Ils entrèrent à la cuisine. La patronne servait déjà la soupe.

— Allons, criait-elle, ça fait trois fois que je te dis d'ajouter une assiette.

Jeannette se dirigea vers le placard, prit une assiette et se retourna. Les deux hommes s'étaient arrêtés près de la porte, elle leva les yeux vers eux. Quand elle vit Pablo, elle demeura immobile, son assiette entre les mains et grogna plusieurs fois.

— Alors, dit la patronne, tu te décides?

Elle s'approcha de la table. Pablo s'avança aussi.

— Bonjour, Jeannette, dit-il.

Elle grogna encore et tout son visage s'éclaira. Elle souriait. Elle souriait vraiment.

Alors Pablo alla s'asseoir à sa place. Il s'accouda à la table et regarda la soupe qui fumait.

En face de lui, tout en mangeant, le vieux parlait des terres et de tout ce qu'il y avait à faire.

Pablo ne l'écoutait pas, mais le bourdonnement de cette voix était comme un écho à la chanson du feu dans la cuisinière et au murmure de la nuit qui se resserrait tout autour de la maison dont chaque membre craquait.

CINQUIÈME PARTIE

XLII

Le camion quitta la grand-route et s'engagea au pas dans un chemin de terre étroit et défoncé. Au moment où le chemin pénétrait sous bois, le chauffeur freina. Un homme qui tenait une mitraillette s'approcha et fit un signe de la main en disant :

— C'est bon. Allez-y.

Le chauffeur passa une vitesse.

— Tiens, remarqua l'homme à la mitraillette, tu ramènes un nouveau? Qu'est-ce qui peut rappliquer, ces temps-ci, on voit que ça tire à sa fin! Maintenant que le vent ne risque plus de tourner, ils s'en ressentent tous.

— C'est un copain à l'Espagnol, il était déjà de chez nous, répondit le chauffeur.

Pablo n'avait rien dit. Le camion se mit à rouler assez vite malgré les nids de poules et les ornières. La terre était sèche et les cahots faisaient résonner la carrosserie. Au-dessus de sa tête, Pablo entendait taper, contre la tôle, le fusil-mitrailleur des deux hommes qui étaient debout derrière la cabine. Il se retourna. Un pan de veste battait toujours la petite vitre, mais, au-delà, ce n'était qu'un nuage blanc qui cachait les arbres. Mêmes les tonneaux et les sacs rangés dans le camion avaient déjà la couleur du chemin.

— On arrive bientôt, cria le chauffeur.

Il y eut encore trois virages, puis un croisement

gardé par quatre sentinelles. Le camion ralentit, prit le chemin de gauche et s'arrêta devant une maison bâtie dans une clairière. Derrière la maison, deux tractions et trois camions étaient garés sous les arbres. Le chauffeur tourna et recula.

— Faut toujours se garer comme ça, expliqua-t-il, prêt à démarrer. On ne sait jamais, en cas d'alerte...

Le camion arrêté, Pablo et le chauffeur descendirent. L'homme au fusil-mitrailleur avait déjà sauté à terre ainsi que son compagnon qui entra tout de suite dans la maison.

— On décharge le bazar? demanda l'homme.

Le chauffeur ricana.

— T'es maboul! C'est pas notre boulot. Ils enverront une corvée pour trimbaler tout ça.

Trois hommes étaient sortis de la maison. Le chauffeur se dirigea vers eux puis, se retournant, il demanda :

— Tu remontes au camp?

— Oui, dit l'homme au fusil-mitrailleur.

— Alors, emmène le nouveau.

Pablo ramassa son sac, le jeta sur son épaule et suivit l'homme. Ils prirent un sentier qui grimpait sous bois. Bientôt, ils entendirent des voix nombreuses et des bruits de bidons et de casseroles. Le terrain redevint plat et Pablo aperçut les premières bâches entre les troncs de chênes et de foyards. Devant chaque tente, il y avait des hommes assis et qui mangeaient dans des gamelles.

Ils s'arrêtèrent bientôt devant un groupe de trois tentes.

— C'est là, dit l'homme.

— Qu'est-ce que tu veux? demanda un garçon d'une quinzaine d'années.

— C'est pour Enrique.

— Enrique! cria le garçon.

La portière d'une tente se souleva. Enrique sortit en riant.

— C'est toi. Je savais bien que tu monterais. Ça va?

— Ça va, dit Pablo. Et toi?

— Ça va bien.

Ils avaient parlé en français. Pablo le remarqua.

— Viens, dit Enrique.

Ils entrèrent. A l'intérieur, une planche, posée sur des caisses, servait de table et d'autres caisses de sièges. Un homme était assis sur un lit de camp et mangeait.

— Voilà mon copain Pablo, dit Enrique.

L'homme posa son pain sur le lit et tendit la main à Pablo. De l'autre main, il tenait une boîte de conserves.

— Tu as mangé? demanda-t-il.

— Oui, dit Pablo, je vous remercie.

— Ça ne fait rien, ouvre-lui une boîte, Enrique; il nous tiendra compagnie.

— Non, je vous assure..., dit Pablo.

— T'inquiète pas, coupa Enrique.

Pablo n'insista pas. Il prit le pain et la boîte de pâté qu'on lui tendait.

— C'est des conserves américaines, dit Enrique. Les premiers temps, on les trouve bonnes, après on en est dégoûté et puis, à la fin, on s'y fait.

— Et c'est bien pire pour le tabac, dit l'autre. Parce que les conserves, on n'en mange pas trop souvent, mais le tabac, on n'a guère que celui-là.

Ils mangèrent un moment sans parler, puis Enrique dit :

— Ah! je ne t'ai pas expliqué. Celui-là, c'est le lieutenant Dubois. C'est le chef de notre groupe.

Pablo regardait l'homme. Il était petit et mince, à peu près comme Enrique, mais il avait le visage plus pâle et les cheveux coupés en brosse. Son regard était dur et restait souvent immobile.

— Oui, dit-il, ça fait longtemps que ton camarade me parle de toi et qu'il me donne envie de te connaître.

— Au fond, dit Enrique, jusqu'à présent, ça n'avait pas tellement d'importance...

— Je ne veux pas dire qu'il aurait dû monter plus tôt, lança le lieutenant en élevant la voix. Je dis ça simplement parce que c'est exact qu'il y a longtemps que tu me parles de lui. Au contraire, j'ai toujours été d'accord pour avoir juste le nombre d'hommes qu'il nous fallait. Et, même encore à présent, on serait moitié moins que ça vaudrait mieux.

Il s'arrêta pour boire. Pablo se tourna vers Enrique. Enrique le regarda un instant, puis éclata de rire.

— Qu'est-ce qu'il y a, demanda le lieutenant, tu es cinglé?

— Non, dit Enrique, mais je regarde sa tête, et alors je pense à mon message.

— Qu'est-ce que tu avais mis exactement?

Enrique se tourna vers Pablo.

— Tu as le papier?

Pablo chercha dans sa poche et en sortit un papier froissé. Le message était écrit en catalan. Enrique lut à haute voix en traduisant :

« Je te demande de monter tout de suite. Nous avons besoin de toi. Il n'y en a plus que pour quelques jours. »

Le lieutenant se mit à rire à son tour.

— Bien sûr, dit-il, ça peut paraître marrant, mais c'est pourtant vrai qu'on a besoin de lui.

Il s'arrêta, prit un bidon et emplit de vin les quarts posés sur la table. Ensuite, se tournant vers Pablo, il expliqua :

— Tu comprends, on n'a pas assez d'armes pour tous les gars qui sont arrivés ces temps derniers, mais ça, c'est pas un malheur parce que, de toute façon, même si on en avait, on ne pourrait pas leur en donner. Ce sont des gamins pour la plupart. Et on a autre chose à foutre qu'à leur faire les classes. Le principal, c'est qu'on ait un bon groupe franc. Et pour ça, si je pouvais échanger les jeunes que j'ai contre des types comme toi, je les céderais à dix contre un.

Il se mit à rire. Enrique riait aussi. Pablo les regarda un moment puis il bredouilla :

— Vous exagérez, je ne sais pas faire grand-chose.

— Fais pas la fillette, dit le lieutenant, ton copain m'a expliqué ce que vous avez fait en Espagne. Des types comme toi, ici, on sait ce que ça vaut.

Pablo s'était arrêté de manger. Il but quelques gorgées. Le vin lui sembla aigre.

— Tu as été un chic type, dit le lieutenant. Chaque fois qu'on t'a envoyé des gars, tu leur as donné du ravitaillement. Et au fond, tu vois, jusqu'à présent, c'était plus utile que tu sois resté dans ton bled. Seulement, le coup dur est pas loin, les Américains remontent la vallée du Rhône, et on ne veut pas que ce soient eux qui libèrent Lons et les patelins qui sont autour. Ça, c'est notre travail. C'est nous que ça regarde.

— Vous voulez attaquer la ville? demanda Pablo.

— On le fera sûrement.

— Mais vous savez qu'il y a encore beaucoup d'Allemands, à ce qu'on dit.

Ils se mirent à rire en regardant Pablo.

— T'inquiète pas, dit Enrique, on est mieux renseigné que toi. Et le jour où on attaquera, tous les groupes seront dans le coup.

Pablo se tut. Il aurait voulu sortir. Respirer. Il ne voyait plus très clair en lui, et il avait absolument besoin de respirer. Les autres continuaient de manger. Ils avaient posé sur la table un morceau de fromage et des pommes.

— Mange, dit Enrique.

— Non, ça va.

— Il paraît que tu connais le F. M. et les grenades? demanda le lieutenant.

— Un peu, souffla Pablo.

L'homme parut réfléchir, puis s'adressant à Enrique il expliqua :

— Demain, tu lui montreras tous les types d'armes qu'on a ici. Je vais l'affecter à la troisième section. Il n'y a que Bertrand et Godard comme anciens, les autres, on ne les a guère vus à l'œuvre ; ce sera une bonne chose qu'ils aient un type comme lui avec eux.

Dès qu'ils eurent fini de manger, le lieutenant donna quelques indications à Enrique pour le service de la nuit et ajouta en désignant Pablo :

— Pas de garde pour lui avant demain soir et même régime que les anciens. Fais-lui reconnaître les camps. Explique-lui les consignes et tu le conduiras à la troisième.

Ils se levèrent. Le lieutenant leur serra la main et ils sortirent. Une fois dehors, Enrique se dirigea vers une tente plantée un peu plus loin, entre deux troncs de bouleaux.

— Tu vas commencer par poser ton sac, ensuite, on ira faire le tour du camp.

La tente était une grande bâche à voiture qui ne descendait jusqu'au sol que d'un seul côté. Sur le devant et à chaque extrémité, des planches maintenues par de petits piquets faisaient un entourage d'une vingtaine de centimètres de hauteur. A l'intérieur, il y avait de la paille, des sacs vides, des couvertures et tout un désordre de gamelles, de quarts et de vêtements. Quatre fusils et trois mitraillettes étaient debout dans le fond de la tente. Un seul homme était là, assis au pied d'un arbre et qui lisait un morceau de journal.

— Où sont les autres? demanda Enrique.

L'homme se leva.

— Je ne sais pas, chef, ils sont descendus vers le poste.

— Comment tu t'appelles? demanda Enrique.

— Marcel Buatois.

— Celui-là, c'est Pablo. On était ensemble en

Espagne. Il vous apprendra comment on fait sauter un char.

— Je sais, Godard nous a dit qu'il viendrait, mais on n'espérait pas le voir affecter avec nous.

Le garçon semblait tout jeune. Il était grand et mince, blond avec des yeux bleus qui riaient. Pablo remarqua que sa poignée de main était solide.

Enrique avait ramassé une branche. Sans se baisser, il remua quelques vêtements, poussa une gamelle et gratta un peu la paille.

— Faudra lui faire une place, dit-il. Et puis, tu te débrouilleras pour lui trouver de la paille fraîche. C'est dégueulasse, ici! Faudra que je voie Godard.

Il parlait fort, d'une voix sèche et tranchante. Buatois ne répondit pas.

— Viens, dit Enrique, on va faire le tour.

Quand ils eurent fait quelques pas, Pablo demanda :

— Qu'est-ce que tu es, toi, ici?

— Adjudant-chef, dit Enrique. C'est-à-dire que je remplace le lieutenant quand il s'absente. Et c'est moi qui fais presque toutes les patrouilles difficiles avec le groupe de choc.

Ils firent quelques pas sans rien dire. Pablo regardait la forêt où l'ombre semblait sortir de chaque tronc. Ici, ce n'était pas du taillis, mais de gros arbres dont les branches formaient une voûte épaisse toute constellée de minuscules lambeaux de ciel clair. Enrique reprit :

— Tu sais, la guerre d'Espagne, ça leur en fout plein la vue. Toi, si tu étais venu en même temps que moi, tu serais peut-être lieutenant avec tout un groupe à commander. Moi, ce qui m'a gêné, au début, c'est mon accent. Pas tellement parce qu'on ne s'entendait pas toujours, mais tu comprends, pour eux, c'était un peu gênant d'être commandés par un étranger.

Ils marchaient toujours. Pablo ne parlait pas. Il

regardait le bois. Bientôt, ils trouvèrent deux hommes accroupis derrière un tronc couché.

— Ça va? demanda Enrique.

Les hommes se levèrent. L'un tenait un mousqueton, l'autre une mitraillette. Il y avait une musette posée entre eux. Pablo pensa qu'elle devait contenir des grenades.

— Voilà mon copain Pablo, dit Enrique.

— Depuis le temps que tu nous en parles, dit l'homme qui tenait la mitraillette.

— Je vous avais toujours dit qu'il viendrait pour le gros coup.

Ils continuèrent, laissant les deux sentinelles reprendre leur garde.

— Ça, expliqua Enrique, ça s'appelle le poste II, plus loin, à droite, il y a le I. Ce sont les plus dangereux à cause de l'épaisseur du bois. Là, on met toujours des gars très sûrs. Celui qui m'a parlé c'est un des plus anciens; l'autre, c'est un jeune mais il est très bien aussi. Les autres postes sont en lisière, c'est moins délicat; avant, on n'y mettait qu'un homme de garde, mais maintenant, on est assez nombreux pour en mettre deux. Ça fait du bien aux jeunes. Et puis, faut bien leur faire faire quelque chose, seulement, si on les met seuls, ils ont la frousse et ils tirent sans arrêt. Quand on a essayé de les mettre seuls, on avait facilement quatre ou cinq alertes par nuit. En plus, il y a les postes avancés qui sont tout autour du bois, mais c'est trop loin, tu verras ça un autre jour.

— Vous n'avez jamais été attaqués? demanda Pablo.

— Ici, non. C'est trop loin de la route. Dans les forêts, ils n'osent guère y venir. Mais où on était avant, ils nous ont encerclés presque complètement. On avait été vendus. Il est resté quatorze gars sur le terrain, c'étaient tous des jeunes qui connaissaient mal le coin et qui n'ont pas su décrocher assez vite.

Ils marchèrent un moment sans mot dire, et Pablo demanda :

— En somme, vous ne vous êtes battus qu'une fois?

Enrique s'arrêta, le regarda et hocha la tête avant de dire :

— Vraiment, tu n'as pas l'air de savoir grand-chose. Tu n'as jamais entendu parler des attaques de convois allemands?

— Si.

— Eh bien, c'est ça, notre travail. Et tu sais, ça n'est pas toujours du tout cuit. C'est souvent qu'on a des amochés et même des tués.

Devant eux, les bois s'éclaircissaient. Ils arrivèrent bientôt à une grande clairière. C'était une coupe. Il y avait encore les fagots dont on avait fait de petites cahutes pour les sentinelles. Enrique présenta Pablo à plusieurs hommes. Chaque fois, il parlait de la guerre d'Espagne et rappelait que Pablo avait été, sur le front de Madrid, un spécialiste de l'attaque des chars d'assaut. Chaque fois, Pablo baissait la tête. Ils continuèrent leur tour jusqu'à la maison près de laquelle se trouvaient les camions.

— Ici, c'est le corps de garde, dit Enrique. Tu y coucheras demain si tu es de garde. Il y a aussi les chauffeurs qui y couchent, et les armuriers qui ont leur atelier. Et puis, c'est aussi là qu'on enferme les prisonniers.

— Vous avez des prisonniers?

— Pas pour le moment. On ne les garde jamais longtemps.

Enrique fit le geste d'épauler un fusil. Pablo ne dit rien. Ils continuèrent encore, puis ils revinrent au camp. La nuit était presque complète, et plusieurs lampes électriques étaient allumées sous des tentes. Enrique s'arrêtait, criait et la lampe s'éteignait.

Dans la tente où devait coucher Pablo, les autres étaient rentrés.

— Tu es là, Godard? demanda Enrique.

Une voix sortit de l'ombre.

— Oui, on a fait une place à ton pote. Tout au bout, à droite.

Enrique conduisit Pablo jusqu'à l'autre extrémité de la tente.

— Tiens, dit-il, tâche de t'arranger. Bonne nuit.

Pablo se glissa sur la paille qui craquait.

— Tu as assez de place? demanda l'homme qui était à côté.

Pablo reconnut la voix de Buatois.

— Oui, dit-il, ça va.

— Ton sac est là.

Pablo sentit son sac posé au fond de la tente. Il sentit aussi que la paille n'était pas tassée.

— Merci pour la paille, dit-il.

— C'est normal ; si tu as besoin de quelque chose, dis-le.

— Non, ça va, bonne nuit.

— Bonne nuit. Et surtout, si tu te lèves pour pisser, ne t'éloigne pas trop à cause des sentinelles.

— Je sais, Enrique m'a expliqué.

XLIII

Il y eut encore quelques allées et venues dans le camp. Des appels, des bruits d'armes et de vaisselle remuée. Sous la tente voisine, des hommes bavardaient à voix étouffée. Puis, peu à peu, tout se tut. Il y eut alors quelques minutes de silence presque total.

Allongé sur le dos, immobile, Pablo tendait l'oreille. On n'entendait plus que quelques craquements légers de brindilles, quelques frôlements de branches à peine perceptibles.

Puis, peu à peu, la forêt se mit à vivre. Des appels de chouettes, de chats-huants, des cris d'oiseaux que Pablo ne connaissait pas, traversèrent la nuit. Il n'y avait pas le moindre souffle de vent, et pourtant, toute le forêt remuait. C'était comme une respiration multiple et régulière avec, en plus, tout un monde de grignotis, de battements d'ailes, de chuchotements. Jamais Pablo n'avait passé une nuit dans une forêt comme celle-ci. Il pensa un instant aux nuits de Brûlis. Au silence. Au grand silence de la plaine. Ici, il ne devait jamais y avoir de silence. La forêt vivait de la vie de chaque bête, de chaque plante ; elle vivait même du sommeil de tous ces hommes couchés sous des tentes de fortune.

A plusieurs reprises, Pablo eut le sentiment d'une présence toute proche. Il lui semblait qu'une bête était là, à quelques centimètres de son visage, de l'autre côté de la planche. Il se souleva sur le coude et regarda. Il n'y avait pas de lune, mais une clarté laiteuse coulait entre les fûts et flottait sous les branches. Pablo se souleva encore. Sur le sol, quelque chose brillait. Quelque chose comme un ver luisant, mais gros et long. Pablo fixa cette lueur pendant quelques minutes. La lueur semblait remuer. Un peu plus loin, il y en avait une autre. Pablo se souleva davantage. Il allait se lever quand Buatois demanda à mi-voix :

— Qu'est-ce qu'il y a? Tu veux quelque chose?

— Non, dit Pablo, merci.

— Les premières nuits, on dort toujours mal, mais on s'y fait vite. Tant qu'il ne pleut pas, on n'est pas trop mal.

— Il y a longtemps que tu es là?

— Pas loin d'un mois.

Tout en parlant, Pablo regardait toujours la lueur. A présent, elle ne remuait plus. Il hésita un peu, puis, baissant encore la voix, il demanda :

— Je ne sais pas ce que c'est, mais il y a quelque chose qui brille drôlement, là, par terre.

Buatois ne se souleva même pas.

— C'est le bois phosphorescent, dit-il, je n'en avais jamais vu autant. C'en est plein, par ici. Tu n'en avais jamais vu, toi?

— Non.

— C'est du bois à moitié pourri et tout rongé par les vers.

Pablo se recoucha.

Longtemps, il essaya de fixer sa pensée. De comprendre ce qu'il allait faire. Ce qu'il faudrait qu'il dise le lendemain à Enrique. Jusqu'ici, on avait agi pour lui. Les hommes étaient venus, comme ils avaient déjà fait plusieurs fois, mais cette fois-ci, en plus des tonneaux de vin et des sacs de pommes de terre, ils avaient emmené Pablo. Ils n'avaient même pas eu besoin de parler. Ils avaient tendu le mot d'Enrique comme ils tendaient habituellement leur bon de réquisition. Pablo avait fait son sac, il avait dit au revoir et il était monté dans la cabine, à côté du chauffeur. Et tout cela, comme ça, presque naturellement, sans hésiter, sans réfléchir.

Depuis qu'on savait les Américains tout proches, tout le monde vivait dans une espèce de fièvre sourde qui avait gagné les fermes les plus isolées. Le travail continuait, mais parallèlement, il y avait comme une attente cachée. Le sillon tracé, la ligne de vigne relevée ou galérée était peut-être le dernier travail *avant*. On ne savait pas au juste avant quoi, parce qu'on ignorait ce qui allait arriver exactement, mais on savait que c'était avant d'être libéré. On en parlait peu, et pourtant cette attente était là, présente partout, presque palpable. Alors, sans s'en apercevoir, les hommes n'étaient peut-être plus tout à fait les mêmes.

Pablo pensa aux autres visites des gars du maquis venus au ravitaillement. Plusieurs fois, ils avaient parlé d'Enrique. Plusieurs fois, ils avaient dit : « Faudra venir, un jour ou l'autre. » Et, chaque fois, Pablo s'était contenté de sourire. De cligner de l'œil comme celui qui a tout prévu, tout préparé, qui est au courant de tout et attend seulement l'heure d'agir.

Une fois aussi, des Allemands étaient venus. Ils avaient fouillé tout le village, maison après maison. Lorsque Pablo avait présenté sa carte d'Espagnol, de bon sujet de Franco, l'officier lui avait tapé sur l'épaule en disant :

— Maquis, terroristes, tous communistes.

Là encore, Pablo avait souri en clignant de l'œil.

C'était tout. C'était tout ce que Pablo avait vu de la guerre, avec le passage des vagues d'avions allant bombarder des villes qu'il ne connaissait que de nom ; avec le passage plus proche, sur la route nationale, des colonnes de représailles montant piller et incendier les villages de ce Haut-Jura où les résistants pullulaient.

Mais eux, trop près de la plaine, trop loin des villes, ils avaient toujours eu leur travail, un travail fait de peines et de joies, presque un travail de paix.

Pourtant, ce soir, Pablo était là, couché sous une tente où dormaient des soldats. En étendant le bras vers le fond, il pouvait toucher le métal glacé d'un canon de fusil. Plus loin, dans une musette, il y avait des grenades.

Longtemps, il essaya de fixer sa pensée sur la maison. Tout le monde devait dormir. Demain matin, Germaine irait sans doute finir le sulfatage avec Clopineau ; sûrement, ça ne pouvait pas attendre. Pablo pensa encore à Jeannette. A la cuisine avec sa grosse table luisante. A la cave avec ses alignées de pièces et son pressoir. Son beau pressoir neuf à moteur. Son pressoir qui avait coûté les trois quarts d'une récolte et qui n'avait encore servi qu'une seule année. Il pensa aussi à la Noire. A son poulain qu'on avait vendu.

Pour Pablo, tout était là : la maison, les meubles, les êtres ; les terres aussi. Tout était là, un peu en désordre, un peu comme un fouillis d'objets entassés en hâte dans un sac, au moment d'un départ brusqué. Mais tout était aussi présent que cette forêt aux mille bruits, que ces hommes qui dormaient, que ces armes qui sommeillaient aussi.

Plusieurs fois encore, Pablo se retourna. Il le faisait lentement, en évitant de bousculer ce grand garçon qui reposait à côté de lui.

Au loin, un moteur de voiture peinait par à-coups sur une route en lacets. Les oiseaux continuaient à se répondre. Un rossignol poussait d'interminables trilles qui coulaient dans cette nuit comme une source limpide entre des rochers noirs.

De chacun de ces bruits naissait une image. Elle entrait en Pablo, prenait forme, s'éclairait, s'ajoutait à toutes celles de la maison et du village qu'il avait emportées avec lui. Maintenant, il y en avait tant et tant qu'elles se confondaient, formaient tout un monde de vie et de sommeil, de soleil et de nuit, qui l'empêchait de penser.

Bientôt, un pas s'approcha de la tente. Une lampe électrique promena son faisceau étroit sur le visage des dormeurs. Pablo ferma les yeux et vit passer la lueur sur ses paupières closes. La lampe s'éteignit et le pas s'éloigna pour se confondre avec les mille bruits de la nuit.

XLIV

Au matin, à cause de la clairière qui se trouvait à l'est, le camp était ensoleillé. La lumière coulait des feuillages et se répandait sur la mousse en grandes flaques claires. Des hommes passaient sans cesse, du linge séchait sur des ficelles tendues d'un arbre à l'autre, partout on bavardait ou sifflait, c'était un peu comme une petite kermesse avec seulement la musique en moins.

Pablo se promena un moment à la recherche d'Enrique, mais le garçon qu'il avait vu la veille près de la tente du lieutenant lui apprit qu'il était parti en patrouille. Pablo revint près de sa tente. Buatois était là.

— Godard te cherche, dit-il.

— Qu'est-ce que je dois faire?

— Attends-le ici, il veut te montrer les armes.

Pablo s'assit dans la paille à côté de Buatois. Ils demeurèrent un moment sans parler, puis Buatois demanda :

— Tu as dormi?

— Oui.

Il regarda Pablo encore un temps avant de dire :

— Il paraît que vous en avez vu de drôles, pendant la guerre d'Espagne?

Pablo ne dit rien. Simplement, il fit un petit signe de tête. L'autre reprit :

— J'ai l'impression que Godard est drôlement fier qu'on t'ait affecté à notre groupe.

Pablo soupira. Il y eut encore un temps avec simplement la rumeur du camp et le friselis des feuillages où le vent du matin jonglait avec mille papillons de soleil. Puis, comme Pablo ne parlait toujours pas, Buatois demanda :

— C'est vrai que vous aviez autant d'Allemands et d'Italiens que de soldats à Franco en face de vous, à Madrid?

Pablo se tourna vers le garçon qui le regardait bien en face, avec quelque chose dans les yeux qui faisait penser à un enfant réclamant une belle histoire.

— Écoute, dit Pablo, ça m'embête beaucoup qu'on me parle de ça. Je voudrais bien te faire plaisir, mais, tu comprends...

Pablo chercha les mots pour dire la suite. Une suite, qu'il n'avait jamais expliquée à personne, une raison qu'on ne lui avait jamais demandée. Comme il ne trouvait pas, Buatois se mit à rire.

— Tu sais, dit-il, moi je ne suis pas là depuis longtemps, mais les anciens m'ont tous dit que ton copain Enrique était un type intarissable sur ce sujet. Toi, au moins, tu n'es pas comme lui!

— Il ne faut pas m'en vouloir, dit Pablo. Moi, c'est pas pareil.

L'autre avait cessé de rire. Il regarda un moment le visage de Pablo, puis il dit :

— Je comprends... Je comprends.

Pablo voulut parler, amener la conversation sur un autre sujet.

— Qu'est-ce que tu fais, toi, dans la vie? demanda-t-il.

— Etudiant.

— En quoi?

— J'en suis au deuxième bac. Après, je ne sais pas, je ferai peut-être ma médecine.

Il se tut un moment, puis revenant à son idée de la guerre, il dit encore :

— Ça fait rien, c'est drôle qu'un ancien combattant n'ait pas envie de raconter ce qu'il a fait. Moi, mon père a fait 1914, et je l'ai entendu raconter toute la guerre des centaines de fois. Je sais tout par cœur ; pourtant, je l'écoute quand même. Et ce qu'il raconte ne varie jamais d'un seul mot. En fin de compte, je crois bien que c'est des moments les plus durs qu'il a conservé les meilleurs souvenirs. Tu vois, je ne sais pas exactement ce que tu as fait, mais ça m'étonnerait que tu en aies bavé plus que lui ; et c'est pourquoi je suis étonné que tu ne veuilles pas en parler.

Le garçon s'arrêta. Pablo regrettait vraiment de ne pouvoir lui raconter ce qu'il avait fait. Il hésita longtemps, et finit par dire :

— Je n'en ai pas bavé tant que ça. Seulement, tu comprends, là-bas, j'ai tout perdu... même ma femme.

Il avait dit les trois derniers mots, à voix basse. Pourtant, Buatois avait compris. Son visage s'empourpra. Sa main ébaucha un geste maladroit qui demeura en suspens.

— Excuse-moi, murmura-t-il, excuse-moi.

— Il n'y a pas de mal, dit Pablo, tu ne pouvais pas deviner.

Ils demeurèrent un long moment sans se regarder. Autour d'eux, le camp et la forêt continuaient à vivre. En bas, il y avait la vie des hommes, en haut c'était la vie des arbres, et du vent. Et partout, sur la terre et sur les hommes, le soleil courait en petites taches aussi nombreuses que les trous de ciel qui perçaient le feuillage.

— Au fond, dit Buatois sans lever les yeux, nous, qu'on soit ici, c'est normal, mais toi, c'est autre chose!

Pablo se leva et fit quelques pas devant la tente. Tout à l'heure, il avait parlé presque malgré lui de la mort de Mariana. Il l'avait fait pour se libérer ; parce qu'il n'avait rien trouvé d'autre, il avait jeté ces mots comme on jette n'importe quel bâton dans les jambes de celui qui vous poursuit. Maintenant, c'était autre chose. C'était cette chanson de la veille qui recommençait ; qui allait se poursuivre avec les autres. Pablo réfléchit un moment. Ce qu'il fallait, c'était repartir. Expliquer à Enrique qu'il ne pouvait pas, qu'il ne voulait pas être le Pablo qu'il avait annoncé à tout le camp.

Pablo sentait monter en lui une colère chargée de tous les mots qu'il allait dire. Ils venaient bien, ces mots. Ils viendraient bien quand Enrique serait là.

Pablo revint près de Buatois.

— Quand les patrouilles rentrent, demanda-t-il, où vont-elles?

— En bas, au poste de garde.

— Je vais y aller.

— Et si Godard revient ici?

Pablo hésita, eut envie de crier qu'il s'en moquait, mais il s'éloigna sans rien dire et sans se retourner.

La patrouille arriva au poste quelques instants seulement après lui. Il s'approcha tout de suite d'Enrique. Les mots étaient là, sur ses lèvres, ils allaient sortir tout seuls.

— Tu es là, cria Enrique, ça tombe bien!

— Je voulais te dire...

Enrique se retourna vers ses hommes.

— Toi, Ravier, cria-t-il, monte en vitesse, rassemble les anciens de la 3 et de la 4, complète avec les moins cons des bleus pour faire dix hommes et envoie-les ici.

L'homme posa son fusil et partit en courant vers le camp. Il avait à peine fait dix pas qu'Enrique criait de nouveau :

— Ho! Ravier!

L'autre s'arrêta.

— Quoi?

— Neuf hommes seulement, il y en a un ici!

Il se retourna vers Pablo.

— Ecoute, commença Pablo, il faut que je t'explique...

Enrique l'interrompit.

— C'est pas le moment, mon vieux. Les emmerdements arrivent toujours quand le lieutenant est absent. On nous signale des motards boches sur la route de Champagnole et il paraît que ça remue aussi du côté du bas. Je vais repartir avec mes gars, toi tu vas faire ta première sortie.

Là, il se mit à rire.

— Mais moi..., dit Pablo.

Toujours en souriant, Enrique reprit :

— Tu m'excuseras, je pensais qu'on t'aurait foutu la paix pour le premier jour, mais le lieutenant est parti avec douze types, je manque d'anciens, je suis obligé de te mettre dans le coup.

Pablo baissa la tête. Les hommes équipés commençaient à dévaler le sentier. Ils formaient le cercle autour d'eux et lorsqu'ils furent tous là, Enrique expliqua ce qu'il fallait faire. Il chargea Godard du commandement de la deuxième patrouille. Lorsqu'il eut terminé, les deux groupes se séparèrent. Buatois s'approcha de Pablo.

— Je suis content, dit-il, on est tous les deux.

Ses yeux brillaient. Ils avaient pris la couleur du ciel, avec presque autant de soleil.

— Je ne sais pas, dit Pablo.

— Ho! Godard? demanda Buatois. C'est bien lui qui est au F. M. avec moi?

Godard s'approcha. C'était un homme d'une trentaine d'années, large et épais. Ses grosses mains velues tenaient une mitraillette.

— Oui, dit-il, tu connais le modèle 29, puisqu'il paraît que vous aviez le même en Espagne.

— Oui, souffla Pablo, je connais.

— Buatois sait charger, dit Godard, mais il n'a jamais tiré.

Buatois tendit le fusil mitrailleur à Pablo. Un

chargeur était engagé. Buatois portait une musette en bandoulière.

— Il n'est pas armé, dit-il.

— Je vois, dit Pablo.

Godard donna l'ordre de se mettre en marche, et il prit la tête de la file qui se mit à progresser lentement en bordure du bois.

A mesure que le soleil montait, le vent perdait du souffle. Il lui arrivait de s'arrêter longtemps à l'ombre d'une touffe de bouleaux débordant de la forêt. On le devinait au tremblement incessant des feuilles. Il était immobile, respirant fort comme un qui a couru trop vite. Puis, d'un coup, il repartait. Il rampait dans les foins trop mûrs d'où montaient de minuscules nuages de pollen qui luisaient au soleil. Il s'aventurait rarement à l'intérieur du bois. Simplement, au passage, il soulevait quelques branches de la lisière, juste le temps de rouler un regard vers l'ombre bleue. Puis, comme effrayé par trop de mystère, parce qu'il était maintenant un vent de jour, un vent fait pour courir au soleil, il repartait vers le large. Les branches retombaient, caressaient le pré un instant avant de s'endormir. Il n'y avait déjà plus de rosée et il faisait meilleur marcher à l'ombre qu'au soleil.

Lorsqu'ils traversaient un petit golfe de prairie pour couper d'une corne à l'autre du bois, les hommes commençaient à sentir la sueur perler sur leur front. Personne ne parlait. Ils restaient en file indienne, ondulant parfois, s'arrêtant, repartant sans bruit.

Pablo marchait le sixième. Buatois était derrière lui. Tous les hommes qui le précédaient étaient armés de mitraillettes et de grenades. Ceux qui fermaient la marche avaient chacun un mousqueton et portaient, eux aussi, des chargeurs de F. M.

Arrivés à l'endroit où la forêt rejoint le chemin, ils trouvèrent un guetteur. Pablo reconnut le point où le camion s'était arrêté lors de son arrivée.

— Alors, ces motards? demanda Godard.
— Oui, je les ai entendus.
— Tu as entendu une moto, quoi! Rien ne dit que ce soient des Allemands.
— Moi, d'ici, je peux pas voir la route. Mon travail, c'est la garde du chemin. Je les ai entendus, je vous le dis, le reste...
L'homme haussa les épaules. Godard hésita.
— C'est tout de même bien toi qui as fait prévenir?
— Oui, ce sont les gars de la ferme qui sont venus m'avertir.
— Ceux de quelle ferme?
— Je ne sais pas, je ne les connais pas.
— Ils t'ont bien dit que les Boches venaient de Lons?
— Bien sûr. Dans ce sens, ils ne peuvent pas venir d'ailleurs.
Godard eut un geste d'énervement.
— Allez, dit-il, en route.
Ils s'espacèrent en tirailleurs pour traverser un grand pré qui séparait le bois d'où ils sortaient d'un autre moins touffu. Le foin leur montait jusqu'à la ceinture. De temps à autre, à un signe de Godard, ils s'arrêtaient et demeuraient accroupis sans bouger pendant quelques instants. Leur regard courait à fleur de pré. L'herbe ondulait à peine. Le vent achevait de mourir et s'appuyait encore parfois sur les épis d'avoines folles.
Quand ils pénétrèrent de nouveau sous bois, Pablo demanda à voix basse :
— Où allons-nous, maintenant?
— Sûrement à la route, souffla Buatois. A présent, on est dans un bois où on n'a plus de sentinelles.
Ils progressaient plus lentement, s'arrêtaient plus souvent. Le silence du bois était seulement troublé par le chant des oiseaux ou leur vol bref entre deux

branches. Pablo sentait ce silence entrer en lui à grands coups sourds, à la cadence de son sang.

Le sol moutonnait. Chaque fois qu'ils atteignaient une levée de terre, ils s'arrêtaient derrière et attendaient avant de repartir. Là, ils entendaient vraiment battre le cœur de la forêt. C'était un peu comme s'ils avaient ausculté la terre.

A mesure qu'ils avançaient, il faisait plus frais. Malgré cela, Pablo sentait la sueur couler le long de son dos. Sous ses mains, le bois et l'acier du fusil mitrailleur étaient mouillés au point d'être glissants. Mais il ne pouvait changer ses mains de place. Elles s'étaient posées là d'elles-mêmes dès qu'il avait pris l'arme, tout simplement parce qu'elles avaient retrouvé un geste très ancien. Mais c'était tout. Le reste ne suivait pas. Pablo le sentait. Il le sentait au tremblement de ses jambes quand il fallait se lever pour repartir ; il le sentait dans le fond de sa gorge, où un goût de bile demeurait depuis un long moment.

Bientôt, le sol redevint plat et le bois moins touffu.

— On n'est pas loin, murmura Buatois.

Parvenus à une vingtaine de mètres de la lisière qui leur apparaissait toute frangée de soleil entre les troncs violets, ils s'arrêtèrent. Godard continua seul avec un homme.

Agenouillé derrière son arme, Pablo les regardait progresser. Il passa plusieurs fois ses mains sur sa chemise pour essuyer la sueur. Tirant son mouchoir de sa poche, il épongea aussi son front. Rapidement il regarda Buatois. Buatois semblait calme. Il suivait des yeux les deux silhouettes qui s'éloignaient peu à peu, presque en rampant, s'arrêtant au pied de chaque arbre.

Pablo les suivait aussi. Et, à mesure que ces deux ombres se faisaient plus petites, à mesure qu'elles approchaient de la dentelle de lumière, le cœur de Pablo battait plus fort. Pablo attendait. Mais il n'attendait pas le geste du bras que devait faire Godard pour les appeler. Il attendait autre chose. Une chose qui était entrée en lui depuis quelques instants et qui était à présent extrêmement précise. Plus de vingt fois déjà, le film s'était déroulé dans sa tête. Godard et son compagnon allaient arriver au bord du bois. Ils se dresseraient lentement pour voir plus loin. Et là, lorsqu'ils seraient debout, il y aurait une rafale de balles qui les coucherait sur l'herbe. Et les détonations donneraient le signal de la tuerie. Tous les Allemands qui cernaient le bois se mettraient en marche. Le cercle se refermerait peu à peu, et personne, absolument personne, ne pourrait en sortir vivant. Plusieurs fois, Pablo tourna la tête, fouillant le sous-bois. Rien ne remuait vraiment, mais pourtant, tout vivait. Tout semblait vivre de la présence de la mort qui se cachait là, tout autour d'eux, derrière chacun des piliers soutenant cette voûte qui donnait au bois une fraîcheur de tombe. Accroupi ainsi, Pablo sentait l'odeur de la terre. Ses mains touchaient la terre humide et froide, moussue par places, lisse comme la roche du chemin un peu plus loin.

Peut-être qu'on les laisserait pourrir là, sans même les enterrer. Pablo en avait tant vu, de ces cadavres qui s'aplatissent d'eux-mêmes dans la terre qui les suce peu à peu. Dans quelques minutes peut-être, il serait lui aussi un cadavre.

Dans quelques minutes, il sentirait s'en aller sa vie. Il la sentirait peut-être exactement comme Mariana l'avait sentie.

Mariana!

Il fallait cette présence de la mort pour que revînt devant lui l'image de Mariana.

Maintenant, elle était là. Transparente mais présente. Elle avait la forme du visage sans en avoir les couleurs. Les couleurs restaient les couleurs du sous-bois. Et *dans* ce visage, par-delà ce visage, deux formes bleutées remuaient.

Bientôt elles s'immobilisèrent. Pablo retint son

souffle. Ses mains se posèrent de nouveau sur son arme.

Il allait falloir tuer et être tué.

Un temps.

Même les oiseaux ne chantent plus. Même l'odeur de la terre s'est arrêtée de monter.

Le silence est là. Il va se déchirer d'un coup. Une rafale bien serrée. Une rafale et tout se remettra à vivre. A vivre très fort, pour quelques instants seulement.

— Vite... vite!

Les lèvres de Pablo ont à peine remué.

Le visage même de Mariana est absolument figé.

Soudain, les deux ombres bougent. Elles deviennent dorées, lumineuses. Le bras de Godard se lève deux fois et retombe.

Tous les hommes se mirent en marche. Pablo sentit ses poumons s'emplir d'air. Son dos était glacé, sa chemise collait à sa peau.

Ses mains, toujours moites, se crispaient sur son arme, elles la serraient très fort, presque à en trembler.

XLV

Pablo savait à présent que la peur était entrée en lui. Il la sentait. Elle était comme une bête vautrée dans tout son corps. Elle pesait sur ses poumons, elle serrait son estomac, elle lui tordait le ventre comme un mauvais vin qui refuse de passer. Pablo était malade de peur. Il l'avait été tout le temps qu'avait duré la patrouille, il l'avait été aussi depuis leur retour. Il n'avait rien pu manger. Seule, l'eau fraîche lui semblait bonne.

— Bois pas tant d'eau, avait dit Buatois, elle n'est pas bonne à boire pure, c'est de l'eau d'un mauvais gouillat.

Pablo s'était efforcé de sourire. Puis, pour se dérober aux questions, il était allé se coucher sous la tente. Les yeux fermés, pendant deux heures il avait écouté vivre le camp. Et ce camp avait une voix de guerre. Avec le retour des patrouilles, il y avait un bruit d'armes constant, des appels, des ordres, des voix qui racontaient. Personne n'avait rien vu de suspect, mais la menace demeurait.

De temps à autre, Pablo ouvrait les yeux et interrogeait la forêt. Avec le bruit du camp, on ne l'entendait plus, mais il suffisait de la voir pour comprendre tout ce qu'elle pouvait dissimuler de danger. Passé ce layon, c'était presque l'inconnu. Au-delà de cette ligne des postes de garde, la mort pouvait être cachée derrière chaque souche.

Il y avait bien, tout autour des bois, sur la lisière, les postes avancés, mais Pablo les avait vus, tantôt, pendant qu'il patrouillait, les postes étaient tellement espacés qu'en pleine nuit des bataillons d'hommes bien entraînés pouvaient pénétrer dans le bois.

Et la nuit n'était pas loin. Elle commençait à ramper au creux des fossés. Lentement, sans bruit, avec mille ruses, elle encerclait le camp, s'approchant de chaque tente. On ne la voyait pas, mais il suffisait de fermer les yeux pendant cinq minutes ; quand on les rouvrait, on pouvait alors mesurer tout le terrain qu'elle avait gagné.

Ce baliveau, là-bas, qui était un instant plus tôt un long fil de lumière pendu à la voûte, venait de disparaître. Il n'était plus à présent qu'un trait bleuté dans l'ombre du gros hêtre moussu.

Pablo fermait de nouveau les yeux, attendait, se forçait à attendre deux, trois, quatre minutes, puis regardait. L'ombre avait encore monté. Il n'y avait plus que quelques gouttes de lumière accrochées aux branches les plus hautes. Le reste, c'était une clarté qui appartenait déjà autant à la nuit qu'au jour.

Plusieurs fois, il pensa au grenier de la maison du valet pendu. Il revit le crochet tout enveloppé de toiles d'araignées et que cherchait chaque soir le faisceau de sa lanterne. Il revit le patron étendu au milieu de la chambre. Le cercueil de planches mal rabotées. Il revit aussi et surtout Mariana.

Et ça, c'était le signe que la mort rôdait par là.

Pablo pensa encore à Jeannette. Au vieux médecin de Sainte-Agnès : « Cette petite sent la mort comme les chiens la sentent. » Est-ce que Jeannette pleurait, ce soir? Est-ce qu'elle sentait venir la mort de Pablo? Pauvre, pauvre Jeannette!

Deux ou trois fois déjà, Pablo avait eu envie de partir. Tout laisser, son sac et sa couverture, s'éloigner du camp comme en se promenant, et partir à travers bois. Il savait qu'il pouvait aller au juger, de façon à ne rejoindre la route qu'à proximité de la ville. Il sentait la direction. Il ne se tromperait pas, c'était certain.

Il faudrait marcher longtemps, mais, pour ça, il retrouverait ses jambes.

Mais il y avait les sentinelles, il y avait les postes avancés. Ils étaient sans doute trop clairsemés pour protéger efficacement le camp, mais assez serrés pour empêcher Pablo de fuir.

Allemands ou maquisards, les gens avaient des fusils. Ils tenaient la mort entre leurs mains, et c'était de la mort que Pablo avait peur. Une mort qui pouvait surgir à chaque instant. Une mort qui était entrée d'avance en lui et le rendait malade. Il s'était déjà levé à plusieurs reprises, s'était éloigné de sa tente, mais là, ce n'était pas pour fuir. C'était parce que la peur lui travaillait le ventre.

Et la nuit continuait son approche. A chaque minute, c'était un des arbres les plus éloignés qui se fondait avec la masse déjà noyée d'ombre.

Malgré cela, la rumeur du camp montait, presque régulière. On entendait parfois un cri plus fort, ou un ordre, ou bien un éclat de rire qui gagnait peu à peu des groupes d'hommes. Plusieurs voitures étaient rentrées. Il arriva encore un camion qui manœuvra pour se garer puis, quelques instants après, il y eut sur tout le camp un court silence suivi bientôt d'une rumeur plus vive. Dominant le brouhaha, Pablo reconnut la voix du lieutenant qui lançait des ordres. Il se leva sur un coude, regarda vers le centre du camp. Il aperçut de la lumière dans la tente du lieutenant, et les hommes semblaient se disperser lentement.

Bientôt, ceux du groupe arrivèrent en bavardant. Pablo sentit Buatois s'installer à côté de lui.

— Qu'est-ce qu'il y a? demanda-t-il.

— C'est un camion de ravitaillement qui vient de rentrer. Les gars ont ramené un prisonnier, expliqua Buatois.

— Un Allemand?

— Non, un Français. C'est un type de Champagnole. Il y en a plusieurs qui le connaissent.

— Et qu'est-ce qu'il a fait?

— On ne sait pas, ils vont l'interroger.

— Alors, ils l'ont arrêté comme ça, sans savoir?

Buatois hésita. La rumeur du camp était plus étouffée à présent, les hommes discutaient sous les tentes.

— Ça, reprit Buatois, tu peux être tranquille. Il a sûrement quelque chose sur la conscience, puisqu'il s'est sauvé en voyant arriver le camion.

Pablo ne dit rien. Il regarda encore vers le point du bois où le dernier rayon de soleil avait brillé ; à présent, c'était fini. Le jour était mort. Pablo s'étendit de nouveau.

— Tu te recouches? demanda Buatois.

— Oui, pourquoi?

— Tu sais bien que nous sommes de garde.

Pablo soupira.

— On prend ensemble, dit Buatois. Je suis bien content.

— A quelle heure?

— Ce sera à nous dans une demi-heure, mais il faut aller au poste tout de suite.

Ils s'équipèrent et descendirent vers la maison. Là, personne n'était couché. Les chauffeurs, l'armurier et les hommes de garde parlaient devant la porte. Lorsque Pablo et Buatois arrivèrent, Godard, qui commandait la garde, leur passa les consignes. Ensuite, ils entrèrent dans l'ancienne écurie pour installer leurs couvertures.

— C'est bien, expliqua Buatois, d'avoir de neuf à onze ; après, tu as toute ta nuit à dormir puisqu'on ne reprend qu'à cinq heures du matin.

Pablo pensa au jour. A cinq heures, il ferait jour. Mais d'ici là, il y avait huit heures pendant lesquelles la mort pourrait venir sans bruit jusqu'à le frôler.

Il se laissa tomber dans la paille.

— Ça ne va pas? demanda Buatois.

— Si, je suis un peu fatigué, c'est tout.

Pablo se releva et regarda l'écurie. On avait enlevé les bat-flanc et il ne restait que la mangeoire et le râtelier. Ils avaient installé leurs couvertures tout au fond, de façon à ne pas être dérangés.

— Comme ça, expliqua Buatois, on a la tête vers la mangeoire, et j'ai remarqué que c'est très utile. En haut, il y a les chauffeurs qui couchent aussi dans la paille, et, comme le plancher est mauvais, chaque fois qu'ils remuent, on reçoit de la poussière sur la figure.

Buatois éteignit la lampe et ils sortirent dans la cour. Pablo s'écarta du groupe et alla s'asseoir au pied du mur. A travers sa chemise, il sentit la chaleur des pierres. Il pensa au soleil du bas, celui qui mûrissait les grappes tout au long des coteaux. Il pensa à Germaine aussi, à Clopineau, à Jeannette. Aujourd'hui, ils avaient sans doute terminé la plantée du chemin des Trois Haies. Une belle plantée, bien vigoureuse. Mais dans quelques jours, pour peu qu'il tombe une averse, l'herbe repousserait. Il faudrait repasser la galère.

Pablo demeura longtemps les yeux fixés sur un point vague du bois sombre. Puis, d'un seul coup, un rire aigre monta en lui. Un rire qui resta dans sa gorge, collé par la bile qui s'y trouvait depuis deux jours. Un rire qui voulait dire : « Tu vas crever d'une minute à l'autre. Qu'est-ce que ça peut te foutre, l'herbe qui poussera dans les vignes! »

Pablo se leva et s'éloigna pour aller vomir. Mais il ne put que cracher. Son estomac était vide.

Comme il revenait vers la maison, il vit que les hommes entraient dans l'écurie. Une voix cria :

— Fermez la lourde qu'on puisse éclairer!

D'autres hommes étaient restés dans la cour.

— Ah! te voilà, dit Buatois, je te cherchais.

Il tendit un mousqueton à Pablo.

— C'est ça qu'il faut prendre?

— Oui, pour la garde l'un prend une mitraillette et des grenades et l'autre un mousqueton.

Ils se mirent en marche vers le bois.

— Le premier tour, on prend au poste IV, expliqua Buatois. Tu verras, c'est peinard.

Ils relevèrent les trois premiers postes, le I et le II dans l'obscurité compacte du bois où les hommes se devinaient à peine, où seuls luisaient des débris de branches phosphorescentes qu'ils éparpillaient à grands coups de pied. Le poste III était près de la clairière, mais assez loin du camp. Le IV se trouvait aussi en bordure du bois, mais à vingt mètres à peine des premières tentes.

Dès que Godard et la relève se furent éloignés, Pablo regarda vers le bois. On parlait fort sous une tente, et il reconnaissait la voix du lieutenant et celle d'Enrique.

— Ils doivent être en train d'interroger le gars, souffla Buatois.

Ils se turent. A présent, les voix étaient moins fortes. Pablo s'avança de quelques pas. D'ici, il voyait la lumière. Il entendait mieux aussi.

— Tu vois bien, disait le lieutenant, tu vois qu'on peut s'entendre... Mon vieux, on sait tous ce que c'est que d'avoir besoin de fric. Seulement, entre nous, c'est pas cher, hein, deux mille balles, pour un camp où il y avait tout de même cent cinquante bonshommes. Ça met pas le gaillard bien cher au kilo.

Il y eut plusieurs rires. Quelqu'un parla, mais Pablo ne put comprendre. Ensuite, toujours en riant, le lieutenant reprit :

— Allez, dis-moi combien ils t'ont offert pour moi?

— ...

— Allons, dis-le, quoi, histoire de rigoler. C'est toujours marrant de savoir à combien on est estimé.

Un silence encore, puis ce fut la voix d'Enrique qui monta :

— Tu parles, oui, saloperie!

— Tais-toi, cria le lieutenant. Je t'interdis de le toucher, tu entends. Il nous a tout avoué, maintenant, c'est fini. Il s'est conduit comme un salaud, c'est entendu, mais ça n'est pas à nous de le condamner. Il y aura des tribunaux pour ça. D'ailleurs, il n'est pas le seul à s'être trompé. C'est la guerre, c'est la guerre. En tout cas, moi, je ne lui en veux pas. Au contraire, je regrette d'avoir été obligé de cogner un peu fort tout à l'heure. Mais à présent on est copains... N'est-ce pas, qu'on est copain?

L'homme devait parler à voix basse, Pablo ne l'entendait absolument pas.

— Tiens, reprit le lieutenant, détachez-lui les mains et versez-lui un canon, ça le remettra.

— En fait de canon, moi je lui foutrais deux balles dans la tête tout de suite, criait Enrique.

— Oui. Eh bien, que personne n'essaie, sinon ça pourrait barder!

Il y eut encore un long silence. Ils devaient boire.

— Alors, dit le lieutenant, combien ils t'avaient promis pour ma pomme?

Un grand éclat de rire suivit la réponse de l'homme.

— Je te croyais plus cher que ça, dit Enrique.

— Là, mon lieutenant, cria un autre, moi, je serais vexé. Mille balles pour un chef de groupe, c'est gâcher le métier!

— Non, attendez, faut pas s'emballer, dit le lieutenant. Mille balles à lui, plus ce que touchaient ses copains, ça finit par chiffrer.

Un instant, ils parlèrent tous ensemble, puis la voix du lieutenant monta, rêche, coléreuse, crachant les mots.

— Donc, tu reconnais que vous êtes plusieurs. Tu t'es foutu de moi tout à l'heure. Dis-nous les noms. Allez, dis.

De nouveau Enrique hurlait :

— Tu parles, salaud, tu parles, dis!

L'homme gémit plusieurs fois, puis poussa un grand cri. Pablo vit bouger la toile de la tente. Il y eut un bref silence puis un homme dit :

— Je crois que vous avez tapé un peu fort, mon lieutenant. Vous l'avez sonné.

— Va chercher une poignée de paille et ôtez-lui ses godasses. On va le réveiller!

Pablo fit un pas en direction de la tente.

— Reste là, murmura Buatois en le retenant par le bras.

Pablo s'arrêta.

— Viens, on n'est pas à notre poste. On pourrait se faire coincer, reprit Buatois en le tirant en arrière.

Ils revinrent à la clairière.

— C'est dégueulasse, dit Pablo. Il faut que je voie Enrique.

— Tais-toi. C'est peut-être dégueulasse. Moi aussi, ça me révolte. C'est un sale travail que je ne voudrais pas faire, mais ce type-là doit avoir des complices. Il faut les connaître. Si j'ai bien compris, c'est lui qui a vendu le camp où on était avant. Autrement dit, il a quatorze morts de chez nous à son actif. Ça aussi, c'est dégueulasse.

Pablo ne dit rien. Derrière eux, les éclats de voix continuaient. Bientôt, l'homme poussa un hurlement qui s'arrêta net. Pablo écouta encore. Plus personne ne parlait.

— Tu crois qu'ils l'ont tué? demanda-t-il.

— Non. Sûrement pas, il en a encore trop à raconter.

Des hommes quittèrent la tente du lieutenant. Pablo les entendit s'éloigner en parlant, puis ce fut le silence. Un silence épais, de quelques instants seulement, comme si toute la forêt se fût arrêtée de respirer pour écouter avec Pablo si l'homme se plaignait encore.

Et, bientôt, tout se remit à vivre. Pablo et Buatois

s'étaient assis côte à côte sur une énorme souche. Ils écoutaient. Ils regardaient.

Rien ne bougeait et tout bougeait. Sous la clarté qui tombait des étoiles en vagues molles comme des fils de brume, chaque buisson, chaque silhouette d'arbre s'animait.

A chaque cri de chouette répondaient un écho et un autre cri qui trouvait lui aussi sa réponse et son écho. C'était un dialogue sans fin d'arbre à arbre, de branche à branche. Et tout cela vivait tellement, tout cela était si clair, si précis, qu'on ne pouvait pas en avoir peur.

Mais c'était ce qu'on ne voyait pas, ce qu'on n'entendait pas qu'il fallait redouter. C'était ce qui pouvait ramper en silence et surgir des arbres d'un instant à l'autre.

Tant qu'on avait interrogé le prisonnier, Pablo n'avait pensé qu'à lui ; à présent, sa peur le reprenait. Une peur contre quoi rien ne pouvait agir. Pablo était lucide. Extrêmement lucide. Il le sentait. Il se répétait qu'il était le même homme qui avait combattu en Espagne. Celui dont le portrait en dynamitero avait été fait par Enrique avant son arrivée. Il se répétait cela. Mais chaque fois le visage de la mort revenait devant lui. Le visage de la mort qui avait les traits de Mariana.

Toute la clairière, tout le bois étaient peuplés de milliers de Mariana ensanglantées et douloureuses. Toutes étaient à la fois mortes et mourantes, toutes se débattaient contre une mort qui les habitait pourtant depuis longtemps.

De temps à autre, Pablo regardait Buatois. Buatois était calme. Sa mitraillette sur ses genoux, une main tenant son menton, il devait contempler la nuit. Vingt fois, Pablo eut envie de dire : « Tu vois, là-bas, un casque... Un fusil qui se lève. » Vingt fois, il se retint.

Buatois, c'était encore un jeune. Il était le dernier entré au groupe franc avant Pablo. Mais Pablo était là à titre d'ancien. « On met un jeune avec un ancien, avait expliqué Enrique ; si on ne mettait que des jeunes, ils auraient peur, ils tireraient constamment. »

La peur. La peur qui entre en vous et qui n'en sort plus. Qui ne peut plus en sortir autrement que par le trou d'où coulera votre vie.

— Est-ce qu'on a peur de la mort jusqu'à la dernière seconde?

— Qu'est-ce que tu dis?

Pablo sursauta. Il avait parlé haut sans s'en rendre compte.

— Rien. Je pensais à quelque chose.

Buatois se mit à rire.

— Alors, c'est que tu penses en espagnol.

— Comment?

— Oui, tu as parlé en espagnol.

Pablo avait dû parler catalan. Il ne dit rien. Un long moment s'écoula, puis Buatois remua.

— Encore une heure, dit-il.

Pablo ne broncha pas. Il était immobile, paralysé par tout le froid de cette nuit qui pénétrait en lui, glaçant sur son corps la sueur qui continuait de couler. Pendant une heure encore, il demeura ainsi, sans un geste, serrant les mâchoires pour ne pas claquer des dents, et suant sa peur à grosses gouttes.

XLVI

Lorsqu'ils arrivèrent à la maison, Godard éclaira sa lampe de poche pour leur permettre de trouver une place. Au moment où Pablo et Buatois s'agenouillaient sur leurs couvertures, il ricana.

— Vous feriez aussi bien de vous tirer un peu vers le milieu, des fois que le voisin du haut prendrait envie de pisser.

Pablo regarda vers le plafond.

— Non, fit l'autre, pas si haut, dans la crèche, comme le petit Jésus, pas plus.

La lampe de Godard éclairait la mangeoire. Pablo se leva. Le prisonnier était là, couché sur le dos. La lampe n'éclairait pas son visage mais seulement sa chemise qui était tachée de sang. Ses pieds ne reposaient pas dans la mangeoire ; liés ensemble par un fil de fer, ils étaient attachés à un barreau du râtelier à fourrage.

— Allez, couchez-vous, dit Godard.

Pablo retira sa couverture et s'étendit. Godard quitta le poste.

Ici, l'obscurité était complète. Des hommes ronflaient. D'autres respiraient fort. Le prisonnier gémissait. A trois reprises, il bougea. Chaque fois, sa tête heurtait le bois de la crèche et il gémissait plus fort.

Pablo tremblait. Il sentait la fièvre le gagner. La

sueur baignait toujours son corps mais, entre des bouffées de chaleur qui lui donnaient des nausées, il frissonnait.

Le prisonnier remua encore. Son fil de fer grinçait contre le barreau de fer du râtelier. Malgré lui, Pablo pensa au fil de fer du cimetière, la nuit de son arrivée au village.

L'homme se mit à geindre plus fort et Pablo comprit qu'il était bâillonné.

— Y va pas la boucler! dit une voix.

— Ta gueule, ordure! cria quelqu'un en cognant contre le bois de la mangeoire.

L'homme se tut. Maintenant, Pablo pensait à la forêt. Il pensait à la clairière où la mort rôdait, silencieuse et invisible, entre les arbres. La mort couleur de nuit ; la même qui avait, cet après-midi, la couleur du sous-bois cendré ou des prés tout ruisselants de soleil. Ici, dans l'écurie, elle était moins présente. Elle n'était guère que dans cette crèche où un homme était attaché.

Pablo se souleva doucement.

— Qu'est-ce que tu fais? demanda Buatois.

— Rien.

Pablo demeura quelques instants immobile, fixant la nuit, dans la direction d'où venait le gémissement. Puis, prenant sa couverture, il se mit à enjamber les corps et marcha vers la porte.

— Où vas-tu? demanda la sentinelle quand il sortit.

— Je suis malade. Il faudrait que je sorte trop souvent, ça réveillerait les autres chaque fois, j'aime mieux coucher dehors.

Il s'isola un moment dans un fourré puis, se roulant dans sa couverture, il s'étendit au pied du mur, à quelques pas du factionnaire qui demanda :

— A quelle heure tu reprends?

— Cinq heures.

Pablo se tut. Tout autour de lui la nuit respirait, criait, frissonnait. Partout des ombres rampaient qui le cherchaient entre les branches, entre les arbres, entre les tas de fagots pour prendre ce reste de vie misérable qui grelottait au fond de lui.

De temps à autre, la sentinelle se mettait à marcher de long en large dans la cour. Pablo voyait passer ses souliers tout près de son visage. Il sentait sous sa joue le sol trembler.

Tout tremblait dans cette nuit. Tout avait la même fièvre que lui. La peur avait pénétré la terre et les arbres, elle était entrée jusqu'au cœur des pierres, tout à l'heure chaudes de soleil et glacées à présent. La peur suintait des murs. Coulait sur le sol comme une pluie d'averse, s'élevait jusqu'aux branchages comme une brume.

Toute la nuit palpitait de peur. Tout reniflait, tout flairait la mort. Tout à l'heure, au moment où la lune sortirait de terre, les hommes, les arbres, les cailloux se mettraient à hurler à la mort comme des chiens. Et la mort n'aurait plus qu'à frapper au hasard pour faire taire les gueulards.

Il y aurait encore des morts, beaucoup de morts, des centaines, des milliers de morts. Des morts qui auraient tous le visage douloureux de Mariana.

— Quoi?

— Ça va pas? demanda l'homme en se penchant sur Pablo.

— Qu'est-ce qu'il y a?

— Je ne sais pas, mais tu as gueulé en espagnol, j'ai pas compris ce que tu disais.

— C'est rien, souffla Pablo, je devais rêver.

L'homme se remit à marcher. Pablo se cala davantage contre le mur et tira sa couverture sur son visage pour essayer de ne plus voir cette nuit où la mort et la peur continuaient leur ronde dans la forêt.

XLVII

Et le jour se leva sur la ronde des arbres. Dans la clairière, tout dansait. Les chênes, les ormeaux, les bouleaux aux troncs blancs et les charmilles aux branches plus torses que jamais piétinaient quelques lambeaux de nuit encore accrochés aux ronces qui couraient entre les souches. A chaque instant, Pablo fermait les yeux, mais la danse continuait dans sa tête. Et alors, à cette farandole se mêlaient des dizaines et des dizaines de Mariana toutes plus belles, toutes plus mortes les unes que les autres.

— Faudra demander le toubib, disait Buatois, tu trembles comme une feuille.

Pablo hochait la tête, les dents serrées, les mains crispées sur le canon de son fusil dont la crosse était posée entre ses pieds.

— Tu n'as jamais eu de palu? demanda encore Buatois.

— Non.

— C'est drôle, tu as les mêmes symptômes que mon père qui est paludéen.

Pablo ne regardait plus le fond de la clairière. Il ne regardait rien. Il voyait seulement cette danse, ce tourbillon d'arbres, de terre, de ciel, de visages qui reprenait inlassablement.

Pourtant, il pouvait encore penser. Dans sa tête, tout s'ordonnait mieux que cette nuit. A côté de lui, il y avait Buatois qui veillait. Et puis, à présent, la nuit était passée et les Allemands ne viendraient plus. Sa peur était toujours là, mais ce n'était plus une mort tapie à quelques pas de lui qu'il redoutait. C'était quelque chose de plus vaste. C'était une chose indéfinissable mais qui était plus en lui qu'autour de lui.

Il y avait près d'une heure qu'ils avaient repris leur garde lorsque Enrique sortit du bois et s'avança vers eux. Pablo le vit, mêlé à tout ce qui tournait déjà en lui.

— Vous êtes tombés sur le meilleur poste, dit Enrique en s'asseyant à côté d'eux.

— Oui, dit Buatois, ici, on a du champ libre, on ne risque pas de surprise.

Il y eut un silence. Dans la tête de Pablo, chaque mot résonnait. Un instant, il pensa qu'il était à la ferme, dans la cave, et qu'il venait de se glisser à l'intérieur d'une grande pièce à vendange pour la laver. A présent, dans cette clairière où le matin luisant vibrait de chants d'oiseaux, Pablo entendait sonner les mots comme à l'intérieur d'un grand tonneau.

— Eh bien, nous, dit Enrique, on a fait du bon travail. Si on peut continuer à faire parler ce vendu à la milice, on connaîtra bientôt toute la bande qui a dénoncé à peu près tous ceux de chez nous qui ont été arrêtés depuis deux ans.

Personne ne répondit. Dans les arbres, les oiseaux continuaient de s'appeler. Dans la tête de Pablo, l'écho roulait, les sons se chevauchaient.

— Dommage qu'on l'ait pas coincé plus tôt, dit Enrique ; à présent, c'est un peu tard.

— Vous avez du nouveau?

— Rien de précis, mais je crois que d'ici une semaine, les Américains seront là.

— Alors, on va bouger? demanda Buatois.

— Sûrement, oui.

Enrique se tut un instant puis, poussant Pablo du coude, il lança :

— Tu te rends compte, d'ici un mois, la guerre peut être finie. Après, à nous de jouer.

Il marqua encore un temps puis, parlant en catalan cette fois, il ajouta :

— Tu te rends compte, Pablo : rentrer en Espagne et retrouver les salauds qui nous ont vidés. Retrouver les mecs qui ont foutu le feu à ma baraque. Tu te vois un peu en face des types qui ont liquidé ta femme!

Pablo hochait la tête. Une tête où résonnaient des mots qui ne voulaient rien dire. En français, en catalan, c'était exactement la même chose. Les mots étaient comme autant de notes de musique frappées au hasard et lancées au vent et courant d'un bord à l'autre de la clairière.

Mariana! Enrique n'avait jamais connu Mariana. Ici, en France, personne n'avait connu Mariana.

Mariana, c'était un prénom qui voulait dire mort. Depuis, il y avait autre chose. Il y avait eu des coteaux de vignobles, une jument noire, une fille à la lèvre pendante et à l'œil mort, une femme forte comme un homme. Tout ça, c'était un peu comme une île de vie dans un monde de guerre et de mort. C'était là-bas, dans le soleil, de l'autre côté du bois qui tournait.

Il suffirait de se lever, de marcher tout droit.

Mariana, elle, ne revivrait plus jamais!

Dans la tête de Pablo, les mots sonnaient. Des mots qui s'échappaient des phrases prononcées par Enrique :

— Guerre... tuer... liberté... libération...

D'autres sonnaient aussi, qui s'échappaient des phrases lancées par Buatois :

— La paix... la nécessité de se battre pour la paix...

Il y avait ainsi un long dialogue de mots hachés, entrecoupés par ceux que l'écho renvoyait :

— Guerre...

— Paix...

— Espagne…

— Vengeance…

— Libération…

Et, dans la tête de Pablo, ces mots se mêlaient à d'autres qui montaient du fond de sa fièvre : « La Noire… La vigne… Patronne… Jeannette… Clopineau… La grande cuisine… le feu de bois… La peur. La peur de la guerre… La peur de la mort. »

Le soleil est maintenant au-dessus du bois et plonge dans la clairière. Il va se mettre en marche vers le sud. Il suffira de marcher dans la même direction que lui. En quelque sorte, il suffira de suivre le soleil.

Enrique et Buatois parlaient toujours. Pablo les sentait à côté de lui. Il se leva. Les arbres et le ciel se mirent à tourner plus vite. Pablo posa son fusil contre la souche, entre les deux hommes. Il fit un pas… deux pas… trois pas.

Les arbres, la terre, le ciel tournaient de plus en plus vite.

— Qu'est-ce qu'il y a, il est saoul?

La voix d'Enrique emplit toute la clairière. Pablo hésita, fit encore un pas.

— Non, il n'a rien bu, mais je crois qu'il est malade.

Encore trois, quatre, cinq pas.

— Où vas-tu?

Pablo s'arrête. Cette fois, il tourne avec la terre et le ciel. Il va plonger dans le ciel par-dessus les arbres.

— Oh!…

C'est tout ce qu'il peut encore entendre, avec le bruit à peine perceptible de pas précipités.

D'un seul coup, la nuit est revenue, au beau milieu du matin clair.

SIXIÈME PARTIE

XLVIII

« Renvoyé dans ses foyers pour inaptitude physique », Pablo était libéré. Le certificat signé par le médecin, visé par le lieutenant et portant le tampon des Forces Françaises Libres était dans sa poche. Les Forces Françaises Libres, c'était l'armée, et dans l'armée, quand il s'agit de délivrer des papiers, rien ne va jamais vite. Et il avait fallu attendre huit jours. Une longue semaine après la libération de la région. Une semaine dans cette forêt où demeurait une partie du groupe.

Depuis les premiers jours, Enrique et le Corps franc avaient plié bagage pour suivre l'armée de débarquement. Il ne restait ici que des jeunes fraîchement arrivés ou des officiers de réserve qui s'étaient hâtés de revêtir leur uniforme aussitôt après le passage du dernier traînard allemand.

Et ces gens-là, questions paperasses, ils savaient s'y prendre. Et pendant ces quinze jours, Pablo était resté allongé sous sa tente. La vie était revenue en lui, la forêt ne l'effrayait plus ; simplement, elle l'oppressait. Il regardait souvent du côté du sud-ouest. Là-bas, derrière les arbres, il y avait des coteaux qui dégringolaient vers la plaine. Et sur ces coteaux, le soleil gonflait de sucre des grappes déjà lourdes.

Pendant huit jours, Pablo avait attendu, mais à présent le certificat était dans sa poche, son sac était sur son dos et il marchait dans le bois.

Arrivé à l'endroit où le bois rejoint le chemin, Pablo sauta le fossé. Un factionnaire était là. C'était un jeune que Pablo ne connaissait pas.

— Où vas-tu?

— Je rentre chez moi.

— Tu as une permission?

Pablo chercha le papier. L'homme regarda puis, levant les yeux, il demanda :

— Tu as été blessé?

— Non, dit Pablo, je suis malade.

— Ah!

Il y eut un silence. Pablo plia le papier qu'il remit dans sa poche.

— Et ils te laissent partir à pied? Ils ne te remmènent pas jusqu'à Lons en voiture?

— Non, il n'y a pas de camion avant deux jours, j'aime mieux rentrer à pied.

— Salut, dit l'homme.

— Au revoir, dit Pablo.

Et il se remit à marcher. Autour de lui, c'était une suite de prés séparés par des avancées de la forêt qui venaient souvent jusqu'au chemin.

Non, Pablo n'avait pas été blessé. D'autres avaient été blessés, d'autres tués au cours de l'attaque de la ville. Mais à ce moment-là, Pablo était couché. Malade. Fiévreux. Sous sa tente, il avait écouté les détonations des bazookas, l'aboiement des grenades. Au retour, Buatois lui avait raconté l'attaque. Ça n'avait duré que quelques heures. « Dommage, avait dit Buatois, que tu n'aies pas pu venir! »

Oui, dommage, mais on ne se bat pas quand on a la fièvre. On ne peut pas se battre lorsqu'on a des jambes qui refusent de vous porter.

Pablo pensa soudain à la forêt. Cette forêt pareille à celle qui était là, tout près. Il s'écarta du chemin et gagna les premiers arbres. L'ombre était tiède. Le pré venait d'être fauché et le vent charriait des odeurs de foin. Ici, ils s'étaient arrêtés, le jour de la patrouille. Ils avaient guetté longtemps la lisière de l'autre bois avant de s'engager dans l'espace découvert.

Pablo respira profondément. Il avait marché vite et la sueur coulait sur son visage. Il posa son sac, sortit son couteau et coupa une branche de noisetier qu'il débarrassa de ses brindilles.

Autour de lui, tout respirait régulièrement. Tout était calme et les arbres se balançaient lentement dans le vent. Il demeura un long moment debout dans le soleil. Il était seul. Absolument seul. Rien ne pouvait venir de l'ombre du bois. Aucune arme ne pouvait être braquée sur lui. Dans ses veines, son sang coulait sans heurt, il n'avait plus au fond de la gorge cette amertume qui l'empêchait de goûter, de sentir les parfums qu'apportait le vent chaud.

Il ramassa son sac et repartit vers le chemin.

Au moment où le soleil arriva au-dessus de lui, Pablo avait déjà dépassé la vallée de Revigny. Il avait préféré ne pas suivre la route, et c'est en plein bois qu'il s'arrêta pour manger le pain et la tablette de chocolat qu'il avait emportés. A présent, tout dormait. Le vent s'était couché tout au fond de la vallée, entre les arbres qui bordent la Vallière. Pablo le devinait de temps à autre au mouvement d'une cime, à un remous de feuillage. Mais ici il n'y avait que le gros soleil qui coulait en silence sur les herbes fanées, se glissait entre les charmilles pour poser des taches de lumière sur la poussière du sentier.

Parce qu'il était resté de longs jours sans marcher, Pablo sentait déjà la fatigue monter le long de ses jambes et gagner ses reins. Mais cette fatigue-là, c'était son amie. Elle couvait dans ses muscles sans jamais l'inquiéter vraiment. Elle n'oppressait pas sa poitrine, n'empêchait pas son cœur de battre.

Depuis le matin, il marchait dans les prés et les bois, et respirait toujours librement. Pas un instant il n'avait eu le sentiment que la mort était embusquée au détour du sentier. Chaque fois qu'il avait aperçu un homme dans un champ, il avait levé le bras en criant :

— Alors, ça ira?

Et chaque fois, l'homme avait répondu :

— On fera bien aller.

Ou encore :

— C'est un peu sec, mais il n'y a pas trop à se plaindre.

Et bientôt, il allait repartir. Toujours en suivant la course du soleil qui commençait déjà à tourner. Une fois passé le village de Moiron, il filerait sur Vaux, ensuite, après Geruge, il trouverait les premiers acacias. Cette fois, il n'aurait plus à se cacher comme le jour où il était rentré après avoir conduit Enrique. Il prendrait le chemin. Il passerait près des coupes. Les baliveaux devaient être beaux. Et une fois sorti des bois, ce serait le village devant lui, et, sur la gauche, la fuite des coteaux tout plantés de vignobles.

Là, il ne resterait que quelques minutes à marcher avant d'atteindre la ferme. La nuit ne serait sans doute pas bien loin. Germaine serait rentrée, Jeannette mettrait le couvert. Clopineau serait peut-être encore près des bêtes.

Pablo se leva. Ses jambes s'étaient engourdies et son sac lui parut plus lourd. Il marcha pourtant, et retrouva bientôt sa cadence.

Non, il n'avait pas été blessé. Il marchait à présent comme autrefois et sa maladie lui avait seulement laissé un peu de fatigue que le travail allait effacer.

Plusieurs fois il pensa qu'Enrique, Buatois et les autres devaient marcher aussi, quelque part, en direction de l'Allemagne.

Est-ce qu'ils avaient eu à se battre? Est-ce qu'ils avaient eu des morts, des blessés? A Lons, avant de partir, les Allemands avaient incendié tout un quartier. Ils avaient fusillé beaucoup de monde. Un instant, le visage de Mariana passa devant les yeux de Pablo. Des Mariana, il devait y en avoir encore quelque part qui respiraient pour la dernière fois.

Loin d'ici, vers l'est et vers le nord, sous ce même soleil dans des bois pareils à ceux-ci, il y avait sans doute, à la minute même, des hommes et des femmes en train de mourir.

Ici, la guerre était passée. Elle avait suivi sa route, dont Pablo s'était écarté. Elle avait laissé des décombres, des cadavres, des places vides. Mais elle était partie.

Pablo marcha encore. Le soleil descendait. Dans une heure, Pablo marcherait avec le soleil en face de lui. Il marcherait vraiment *vers* le soleil.

Il eut envie, un instant, d'obliquer à gauche et de couper tout droit sur Brûlis. Il pensa qu'ainsi, la plaine et le village lui apparaîtraient d'un coup. D'un coup, il pourrait voir toutes les terres. Il hésita. Non. Ce serait trop long. Une fois sur Brûlis, il faudrait refaire le chemin à flanc de coteau jusqu'à la ferme. Il avait bien retrouvé sa cadence, mais sa fatigue était là, malgré tout, qui lui commandait de prendre au plus court.

Alors il se remit à marcher.

Non, il n'avait pas été blessé. Il ne s'était pas battu.

En traversant Geruge, Pablo vit qu'il y avait des guirlandes tendues entre les maisons, des drapeaux aux fenêtres, et, sur la place, une estrade fleurie pour des musiciens. Il s'approcha d'un gamin.

— C'est la fête? demanda-t-il.

Le gosse s'arrêta de mâcher.

— Non, mais depuis la Libération, ça danse à peu près tous les soirs. Il y a des soldats qui viennent. Des Américains et des Français. Qu'est-ce qu'ils nous donnent comme chewing-gum!

Pablo remercia et reprit sa marche. Quand il sortit du village, le soleil atteignait presque la cime des premiers acacias. Sur la plaine, tout devait être cuivré.

Pablo baissa la tête à cause du soleil.

Non, il ne s'était pas battu. Il n'avait pas été blessé; à présent, il marchait. Il revenait vers les terres qui l'attendaient.

XLIX

Arrivé dans la cour de la ferme, Pablo s'arrêta. Il faisait presque nuit. Dans la cuisine, la lampe était allumée et les volets étaient encore ouverts.

Il avait pris par le sentier pour contourner le village, et marché vite, de plus en plus vite à mesure qu'il approchait. Il avait presque couru, poussé par une grande joie qui couvait en lui et s'était mise à flamber dès qu'il avait respiré un parfum de maison.

Et puis, soudain, au moment où il franchissait le portail, voilà que sa joie s'était figée. Voilà qu'il n'osait plus continuer. Il regarda vers la fenêtre, mais de là, il ne pouvait apercevoir qu'un coin de table. Son cœur battait fort. Il respira longuement et regarda vers l'écurie. Là-bas aussi, il y avait de la lumière. Germaine devait traire. Clopineau donnait peut-être aux bêtes. Pablo pensa à la Noire. Il hésita un instant, puis se mit à marcher vers la cuisine.

Arrivé devant la fenêtre, il s'arrêta. Jeannette était seule, debout, immobile à côté du fourneau. Le couvert n'était pas encore mis. Il se dirigea vers la porte qu'il ouvrit doucement.

Dès qu'il entra, Jeannette se retourna. Pablo sourit. Les mains de Jeannette se mirent à trembler. Tout son visage remuait, sa bouche s'ouvrait pour grogner.

Pablo avança vers elle.

— Bonsoir, Jeannette.

Elle ne bougea pas mais grogna encore à plusieurs reprises. Ses mains s'était levées en direction de Pablo. Elles étaient sales. Pablo les empoigna pourtant et, attirant la petite contre lui, il l'embrassa deux fois sur chaque joue. Elle grogna encore et quand il se recula, elle agrippa sa manche pour le retenir.

— Ma pauvre Jeannette, dit-il. Ma pauvre Jeannette.

Pablo attendit quelques instants, puis comme elle se calmait un peu, il lui dit doucement.

— Tu ne te laves plus, à présent.

Jeannette fit son tic de la bouche, et balançant les épaules, toujours de son même pas, elle se dirigea vers l'évier.

Elle se lavait lentement, tournant la tête de temps à autre vers Pablo qui souriait. Il s'approcha.

— C'est bien, dit-il. C'est bien. Tu avais déjà oublié qu'il faut se laver?

Comme Pablo revenait vers la table, des sabots sonnèrent contre le seuil. La patronne entra, puis Clopineau.

Ils restèrent un instant immobiles, puis la patronne avança.

— Bonsoir, Pablo.

— Bonsoir, patronne... Bonsoir, Clopineau.

— Te voilà, dit le vieux. On se demandait si tu n'étais pas parti avec les Américains.

— Non, vous voyez, je suis revenu le plus vite que j'ai pu.

La patronne avait posé son seau de lait.

— Alors, Jeannette, mets le couvert, dit-elle. Pablo doit avoir faim.

Elle-même apporta un litre de vin et des verres.

— Vous êtes venu comment? demanda-t-elle.

— A pied.

— A pied depuis là-haut?

Pablo riait.

— Oui. Autrement, il aurait fallu attendre deux

jours de plus, j'ai pensé que le travail devait presser ici... Comment ça se présente?

La patronne et le vieux hésitèrent. Puis le vieux dit :

— Bien. La récolte sera bonne, je crois.

Pablo vida son verre. Il regardait la patronne, mais, chaque fois que leurs regards se rencontraient, elle se tournait ou baissait les paupières. Elle avait ses cheveux relevés. Une mèche folle battait sa nuque blanche. Pablo eut soudain envie de se trouver seul avec elle.

— Je voudrais bien voir les bêtes..., dit-il. Vous venez avec moi, patronne?

— Non, non, allez, faut que je prépare le manger.

Sa voix sonnait drôlement. Pablo se leva et sortit.

A l'écurie, tout était propre et en ordre. La Noire « chanta » aussitôt qu'il eut ouvert la porte. Il resta près d'elle un long moment, puis revint à la cuisine.

A présent, il faisait nuit. La fraîcheur tombait. Pablo sentait sa chemise mouillée qui collait à son dos.

— Je vais monter me changer avant qu'on se mette à table, dit-il.

Il était presque arrivé à la porte du fond, lorsque la patronne l'arrêta :

— Attendez!

Pablo se retourna. Elle fit quelques pas dans sa direction. Il sourit.

— Vous avez peur que je ne sache pas trouver seul?

Il s'effaça pour la laisser passer. Elle baissa les yeux.

— Non, faut que je vous explique... Toutes vos affaires sont rangées là.

Elle n'alla pas jusqu'à la porte de l'escalier. Obliquant à gauche, elle passa derrière Pablo et ouvrit le placard. Comme elle demeurait le dos tourné, Pablo regarda Clopineau. Clopineau eut un haussement d'épaules à peine perceptible et baissa les yeux à son tour.

Enfin, après une minute interminable, la patronne s'éloigna du placard. Ses yeux luisaient. Elle retourna vers la table, puis se mettant à couper le pain pour la soupe, la tête toujours baissée, elle expliqua :

— Mon Pierre est rentré. Il a repris sa chambre. Alors, en vous attendant, j'avais tout mis ici, dans le placard.

Pablo ferma les paupières un instant. Il venait d'avoir la même impression que dans la clairière. Il lui avait semblé soudain que tout, dans la pièce, allait se mettre à tourner. Mais non, il rouvrit les yeux et, se penchant à son tour vers le rayon où son linge était empilé, il prit une chemise et se changea. Ensuite, retournant vers la table, il s'assit à sa place, en face de Jeannette.

A présent, le couvert était mis. Et au bout de la table, à la place du patron, qui était si longtemps restée vide, il y avait une assiette. Elle faisait sur le bois patiné de la table une tache claire dont les yeux de Pablo ne parvenaient pas à se détacher.

Soudain le vieux demanda :

— Alors, ça n'a pas été trop dur? Vous vous êtes battus à ce qu'il paraît.

Pablo ne réfléchit pas ; tout d'abord il fut surpris et demeura comme vide, avec, en lui, les mots de Clopineau qui résonnaient drôlement. Puis tout de suite après, un personnage qu'il avait oublié depuis longtemps s'imposa à lui, presque palpable. C'était un de ceux qui avaient été tués près de Madrid, au moment où beaucoup avaient vraiment compris ce qui se passait. C'était un homme d'une cinquantaine d'années qui répétait toujours : « Il n'y a qu'une vraie raison de se battre, une seule ; c'est l'espoir que la guerre qu'on fait sera la dernière. Seulement, une fois qu'on sait qu'il n'y aura pas de dernière, qu'une guerre en prépare une autre, alors, là... »

Pablo ne leva même pas les yeux vers Clopineau.

Il resta immobile et silencieux. Le vieux n'insista pas.

La soupe était trempée. La buée montait de la soupière vers la lampe et son ombre molle jouait sur la table. L'assiette blanche semblait une eau tranquille où court un voile de brume que perce le soleil. Et la brume prenait la forme de mille objets, de mille visages qui se mêlaient. Les uns étaient d'ici, les autres venaient de très loin ; d'autres pays et d'autres temps. Ils passaient sans repos, d'un bord à l'autre de ce rond de lumière, semblaient se perdre et finissaient toujours par revenir. Lorsque Jeannette ou la patronne passaient à côté de la table, la buée se couchait, des remous donnaient à l'ombre une autre vie. Les formes couraient plus vite ou s'arrêtaient un instant, les visages grimaçaient, souriaient, semblaient se moquer.

Pablo ne réfléchissait pas. Il attendait. Ses vêtements étaient sur le rayon du placard. Bien repassés et pliés. Il n'y avait plus qu'à les ranger dans son sac, remettre le sac au dos et s'en aller.

Il allait falloir se lever, faire dix pas. S'arrêter devant le placard, mettre le linge dans le sac, reprendre son bâton de noisetier et sortir. Et il faudrait faire tout ça d'une traite, sans s'arrêter, sans regarder personne.

— Je ne pense pas qu'il tarde beaucoup, mais, si vous avez faim, on peut commencer sans l'attendre.

Pablo sursauta. Il se tourna vers la patronne et dit :

— Non, moi, j'ai le temps.

— Eh bien, moi, dit le vieux, puisque c'est trempé, donne-moi donc ma soupe, je n'aime pas me coucher tard.

La patronne servit Clopineau.

— Vrai, vous ne voulez pas manger tout de suite? demanda-t-elle à Pablo.

Il tendit son assiette. A présent, la buée montait vers lui. Au passage, elle frôlait son visage. Elle sentait bon le lard fumé et les choux. Au camp, il avait souvent pensé à cette odeur mêlée à celle du feu de bois. Il regarda vers la cuisinière. Dans le foyer, deux bûches flambaient. A côté, il y avait un grand panier tout plein de bûches qu'il avait coupées l'hiver précédent. Certaines étaient grises, sans écorce, toutes rongées, et portaient de nombreuses marques de crampons et des blessures rouillées. Celles-là, elles provenaient des vieux piquets arrachés aux terres qu'ils avaient achetées pour les remettre en culture. Ces terres, Pablo les revoyait l'une après l'autre. Toutes bien situées, toutes refaites, replantées, fumées et propres comme des sous neufs.

Plusieurs fois, il regarda Clopineau. Mais le vieux mangeait sans lever la tête, sans dire un mot, suçant sa moustache entre chaque cuillerée de soupe.

— Vous ne mangez pas? demanda la patronne.

Pablo empoigna sa cuillère.

— Si, je vais manger.

Il remua sa soupe un instant puis, avant de porter sa cuillère à sa bouche, il demanda :

— Alors, comme ça, les prisonniers sont rentrés?

— Non, dit la femme, mais le Pierre s'était évadé depuis plus d'un mois. Il était en Suisse, il a pu rentrer aussitôt les Boches partis.

Pablo se mit à manger. A présent, il lui semblait qu'il avait eu peur pour rien. Le fils était rentré, il avait repris sa chambre. Il n'y avait rien de plus. Pablo leva encore la tête vers la patronne et, cette fois, elle resta un long moment avant de baisser les yeux. Pablo essayait de comprendre ce qu'elle pensait, mais il voyait seulement qu'elle était triste.

— Et ça s'est bien passé, pour lui? demanda-t-il.

— Oui.

— Il n'a pas à s'en plaindre trop?

— Non, les derniers temps, il était dans une ferme où il mangeait pas trop mal et il n'avait pas à craindre les bombardements.

Ils se turent un moment. Pablo mangea encore

quelques cuillerées. A présent, il se sentait presque heureux. Presque détendu.

— Et les terres, demanda-t-il, il les a vues?

Elle fit oui de la tête et baissa les yeux.

— Qu'est-ce qu'il en pense? demanda encore Pablo.

Elle ne répondit pas. Le vieux avait achevé sa soupe.

— Verse-moi un demi-canon, je me rentre, dit-il.

Pablo lui versa à boire.

— Vous ne voulez rien d'autre? demanda la patronne.

— Non, ça va. Il est plus tard que d'habitude, je ne veux pas me charger l'estomac, sinon, je ne dormirais pas.

De nouveau, Pablo sentit un peu d'angoisse. Le vieux avala son vin et se leva.

— Allons, bonsoir à tous, dit-il.

Il sortit et Pablo écouta son pas qui s'éloignait dans le silence de la nuit. Quand il n'y eut plus rien que le ronronnement du feu, Pablo regarda Jeannette, puis Germaine, puis encore Jeannette.

La petite ne l'avait guère quitté des yeux depuis son arrivée. Chaque fois qu'il se tournait vers elle, il voyait sa bouche s'entrouvrir et ses yeux s'agrandir. Tout le visage de Jeannette souriait. Germaine demeurait sombre. Pablo attendit encore un peu avant de demander :

— Qu'est-ce qu'il y a? On dirait que quelque chose ne va pas?

Germaine se leva, alla jusqu'au fourneau et remua les pommes de terre qui cuisaient dans la cocotte de fonte. Puis, revenant à sa chaise, elle s'y laissa tomber et posa ses deux coudes sur la table. Pablo attendit. Le silence était sur eux comme une nuit froide. Deux fois, les lèvres de Germaine bougèrent imperceptiblement.

— Alors, finit par demander Pablo, parlez... S'il y a quelque chose, il faut parler.

Elle releva la tête ; un soupir souleva sa poitrine.

— Il va se marier.

Elle s'arrêta encore.

— Eh bien, c'est normal. Il était déjà fiancé avant de partir.

— Oui, oui, oui ; c'est normal, dit-elle, très vite. C'est normal de se marier, mais c'est pas normal de... de...

Elle s'arrêta. Son menton s'était plissé, ses lèvres tremblaient.

— Alors, dis... qu'est-ce qu'il y a?

D'un coup, avec sa voix qui s'étranglait à chaque phrase, elle lança :

— Ils ne veulent pas rester à la terre. Il a trouvé un commerce à acheter à Lyon. C'est elle qui lui a monté la tête. Ils veulent aller à la ville. Et ils vont vendre pour acheter ce commerce. Tout. Tout...

Elle ne pleurait pas, mais les mots restaient dans sa gorge. Ils s'arrêtaient pour devenir des sanglots qu'elle retenait à force de volonté. Tout son visage était crispé.

Pendant un long moment, ils se regardèrent. Pablo avait posé sa cuillère. Ses poings étaient serrés. Le visage de Germaine fit encore une grimace.

— Il est chez elle... Ils ont dû retourner chez l'homme d'affaires... Demain, ils vont tous venir... Avec ses parents à elle. Et ceux qui doivent acheter... Et l'homme d'affaires!

Elle avait presque crié la dernière phrase. Pourtant ses yeux restaient secs. Pablo attendit quelques instants avant de demander :

— Et toi? Et toi, s'ils vendent tout, qu'est-ce que tu vas faire?

Là, elle baissa la tête.

— Qu'est-ce que tu vas faire? répéta Pablo.

— Ils vont m'emmener avec eux.

Elle avait dit ça d'une voix que Pablo ne lui connaissait pas. Une voix sans colère, sans tristesse, sans haine. Une voix qui prononçait des mots vides.

Ils restèrent longtemps immobiles, puis, quand elle

releva la tête, Pablo vit deux grosses larmes couler sur ses joues bronzées. Il la regarda longtemps sans rien dire.

En quelques jours, elle était devenue une vieille femme.

Pablo attendit encore puis, se levant, il marcha jusqu'au placard et se retourna.

— Est-ce que je peux coucher en face, pour cette nuit?

Germaine fit oui de la tête sans le regarder. Alors, sans se presser, il chercha la lanterne, l'alluma, mit ses habits dans son sac et sortit.

L

Il n'y avait pas de lune. La nuit était épaisse. Toute la clarté des étoiles demeurait dans le ciel où elle tremblotait comme une brume de printemps. Le vent qui venait des collines était encore tout tiède de la chaleur du jour restée couchée sur la terre. Il sentait la forêt, il sentait la pierraille brûlée des coteaux. Il sentait aussi le village aux feux allumés pour la soupe du soir ; le village où les écuries ouvertes soufflaient dans la nuit leur odeur de bêtes en moiteur et de fumier levé.

Le village vivait ; la vie du vent se mêlait en passant à la vie des hommes.

Pablo s'arrêta. Il colla contre sa jambe le verre de la lanterne pour mieux embrasser toute la nuit.

A présent, il respirait. Rien que d'avoir retrouvé le vent de nuit, il se sentait moins oppressé. Il traversa la route. Le vent était partout autour de lui. C'était un de ces vents faibles mais réguliers et d'humeur égale. Un vent comme ces coureurs de marathon qui vont toujours de leur même foulée longue et souple, suivant le rythme de leur respiration bien réglée. Un instant, Pablo pensa que le vent était pareil à ces chiens qui sont toujours dans vos jambes : parfois, ils vous agacent, mais quand ils ne sont pas là, on se dépêche de les appeler. On peut tout faire avec le vent autour de soi. On peut passer des jours à travailler, des nuits à veiller ou à dormir ou à faire l'amour.

Pablo se retourna et regarda la maison. Il pensait à présent à ce vent de printemps qu'il avait senti courir sur son torse nu, la nuit où il s'était levé pour aller voir la Noire. Il pensa à Germaine. A l'achat de leur première terre.

Tout à l'heure, au moment où il s'était approché du placard pour prendre ses affaires, il avait senti un grand vide en lui. Une envie de partir. De tout laisser. A présent, il était presque calme, presque indifférent. La maison allait se vendre, les terres aussi, peut-être en plusieurs lots, peut-être à un qui arracherait les vignes ; Germaine allait partir. Tous s'en iraient...

Pablo se retourna soudain. Une lumière venait sur le chemin. Il demeura immobile, la lanterne bien appuyée contre sa jambe.

C'était le fils qui revenait. Il posa son vélo sous la fenêtre et entra. Un instant, sa silhouette se découpa sur le rectangle de lumière puis la porte se referma.

Maintenant, il n'y avait plus, autour de Pablo, que la nuit. Une nuit qui gardait très haut toute sa pauvre clarté tremblotante. Une nuit qui n'éclairait pas la terre. La lueur qui tombait de la fenêtre sur le sol de la cour était sale. Seul, le vent continuait de vivre vraiment. Mais pourtant, dans le vent aussi, quelque chose était changé. Les parfums qu'il portait étaient moins chauds et moins distincts. Ils se mêlaient pour n'être plus qu'une odeur de forêt plus lointaine, plus mystérieuse, un peu sauvage.

Pablo respira encore longtemps ce souffle de la terre avant de faire les quelques pas qui le séparaient de la vieille baraque.

Une fois arrivé, il posa sa lanterne, souleva le loquet, puis s'arc-bouta contre la porte. Lorsqu'il ouvrit, un peu de poussière tomba du plafond. Ramassant sa lanterne, il entra et repoussa la porte sans la bloquer complètement.

Ici, rien n'était changé. Pablo promena partout le faisceau de sa lampe qui s'immobilisa sur le crochet enveloppé de toiles d'araignées. Le crochet du pendu... La lampe tremblait un peu. Pablo regarda l'escalier, revint encore au crochet, puis monta lentement. Les marches craquaient toujours. En haut, il y avait un peu plus de paille que lorsqu'il était venu avec Enrique. L'odeur de moisi de la pièce du bas montait jusqu'ici. Il ouvrit le volet, posa sa lanterne puis, sortant sa couverture, il l'étendit sur la paille. Quittant seulement ses chaussures, il se coucha.

La nuit frôlait à peine les tuiles. Elle était pourtant là, tout autour de la baraque, vivante et tiède. Pablo la sentait. Peu à peu elle se faisait plus lourde. Elle était autour de lui aussi, elle était même en dessous. Différente, moins mobile et plus épaisse d'humidité. Son odeur montait entre les planches et par l'escalier. Elle luttait avec celle du dehors qui entrait par l'ouverture et coulait sous le toit.

En pénétrant dans la baraque, Pablo avait réveillé la nuit.

Et cette nuit qui montait avait frôlé les murs froids, le crochet de fer, les poutres noires. Celle qui venait du dehors avait couru sur la terre chaude, entre les herbes, entre les lignes de ceps, entre les acacias de la colline. Partout, elle avait butiné un peu de vie.

Dans la pièce du bas, la nuit était en prison. C'était une nuit qui demeurait là même pendant le grand soleil. Elle n'était pas comme l'autre qui fait chaque jour le tour de la terre avant de revenir. Elle restait là, accroupie entre quatre murs, à conserver son parfum de mort.

Toujours immobile, Pablo les écoutait lutter. Elles se battaient en souplesse, avec des ruses infinies et presque sans bruit. A peine de temps à autre un froissement, un soupir, un gémissement étouffé. Parfois un craquement léger, très léger. Pourtant, elles luttaient. Pablo le sentait. Et à mesure que se poursuivait leur combat, montait en lui une crainte vague, qui pesait peu à peu sur sa poitrine.

Les deux nuits se battaient, mais c'était tout un monde qui luttait contre un autre monde.

Pablo n'apercevait pas bien ce qui pouvait résulter de ce combat. Il lui semblait même, par instants, qu'il était en train de rêver tout éveillé et que son rêve était grotesque. Cependant, la crainte était toujours là, qui pesait sur lui.

En se couchant, il avait un peu espéré que la fatigue de sa journée de marche l'aiderait à trouver le sommeil ; mais, à présent, il comprenait que, là aussi, c'était un combat qui se livrait. La fatigue était toujours là, mais la peur également, et, pour l'instant, c'était la peur la plus forte. Elle le tenait éveillé, les yeux ouverts, attentif, guettant le moindre geste des nuits.

Mais les nuits se battaient depuis longtemps déjà, et ni l'une ni l'autre ne montrait le moindre signe de fatigue. Pablo passa sa main sur son front. Il savait que sa fièvre revenait.

Il s'assit sur la paille, chercha ses chaussures et les enfila. Puis, sans prendre sa lanterne, à tâtons, il descendit.

Une fois dehors, il se mit à marcher en direction de la colline. Ainsi, il avait tout le vent contre sa poitrine et son visage. Il le sentait qui l'enveloppait, qui chantait à ses oreilles avant de s'en aller courir sur la plaine invisible.

Là, il n'y avait plus aucun combat de nuit. Il n'y avait qu'une nuit où les arbres, les vignes, les maisons se devinaient à peine, une nuit où la vie coulait comme une source fraîche venue du sommet des collines où les arbres chantaient.

Et Pablo marcha longtemps ainsi.

Puis, lorsqu'il sentit que l'air fraîchissait, lorsque

sa fatigue lui parut assez bien répartie dans tout son corps, il revint en direction de la baraque.

Il avait marché sans réfléchir. Sans chercher à mettre de l'ordre dans sa tête, mais la marche et la fraîcheur du vent avaient fait le travail.

A mesure que le temps passait, la brume de chaleur s'était dispersée et la clarté des étoiles était maintenant plus intense. Les maisons se détachaient plus blanches sur le fond de la plaine, les chemins couraient entre les vignes comme de grands liserons pâles. Il n'y avait plus aucune lumière au village.

Pablo avait presque atteint la baraque lorsqu'il vit une ombre remuer sur le mur, à côté de la porte. Il s'arrêta, marqua un temps et à mi-voix, il demanda :

— Qu'est-ce que c'est?

L'ombre remua encore.

— C'est moi... je te cherchais.

Germaine s'approcha de lui.

— Où étais-tu? demanda-t-elle.

— J'avais besoin de respirer un peu, j'ai marché.

Ils firent quelques pas sur le sentier. Arrivé près de la porte, Pablo demanda :

— Qu'est-ce que tu voulais?

— Viens, il faut que je te cause.

Elle entra et monta la première. Une fois en haut, elle se laissa tomber dans la paille.

— Assieds-toi, dit-elle.

Pablo s'assit à côté d'elle. Il y eut un silence puis il demanda :

— Alors, qu'est-ce que tu voulais me dire?

Elle hésita quelques secondes et murmura :

— C'est terrible. C'est terrible, tu sais!

Dans l'obscurité, sa main avait trouvé celle de Pablo. Au son de sa voix, à la façon dont elle le serrait, il comprit qu'elle allait se remettre à pleurer. Il chercha quelque chose à dire, mais sa tête était vide. Ou plutôt, dans sa tête, il n'y avait plus à présent que la chanson du vent de nuit, la chanson de la colline.

— Si tu avais été là, peut-être que je n'aurais pas cédé, dit-elle. Mais toute seule... Et il y avait si longtemps qu'il était parti...

Pablo ne trouvait toujours rien à répondre. A présent, il pensait à Germaine. Uniquement à elle. Tout à l'heure, à la cuisine, il l'avait vue vieillie, ridée, alourdie et voûtée.

— Est-ce que tu crois que je peux encore faire quelque chose pour toi? demanda-t-il.

Germaine avait lâché sa main. Il y eut un silence.

— Qu'est-ce que tu comptes faire? demanda-t-elle.

Il eut un ricanement.

— Moi? Qu'est-ce que tu veux que je fasse, à présent?... Demain, je partirai.

— Tu ne peux pas partir comme ça.

— Comment, comme ça?

— Il y a des mois et des mois que je ne t'ai pas payé.

— Est-ce que j'ai réclamé quelque chose?

— Non, mais ce qui est dû est dû.

Pablo réfléchit un instant avant de dire :

— Si je n'ai pas exigé d'argent, c'est parce que je voulais que tu continues d'acheter des terres. Disons que c'est un peu comme si j'avais fait un mauvais placement.

— Pourquoi tu dis ça?

— Parce que c'est vrai, j'ai toujours fait avec toi comme si j'avais travaillé pour moi.

— Mais pourquoi tu me parles des terres?... Tu crois donc que ça ne me suffit pas, ce qui m'arrive?

Les derniers mots avaient eu du mal à passer dans sa gorge.

Ils étaient sortis de sa bouche tout déformés : moitié mots, moitié cri. Elle allait pleurer, Pablo le savait. Il l'avait compris avant même de monter ici. Il savait aussi pourquoi elle pleurait. A présent, il savait tout. Il comprenait tout. Il imaginait ce qui devait se passer en elle. Et il cherchait toujours quelque chose à dire.

En lui-même, il cherchait des mots pour consoler Germaine et, en même temps, il cherchait son propre chagrin. Il revoyait tout ce qu'il avait fait avec elle. Il revoyait toutes ces terres achetées une à une, tout ce qu'il avait encore de projets aussi, et voilà qu'au fond de lui, il ne trouvait pas la moindre miette de chagrin.

À ses côtés, Germaine pleurait doucement. Il ne la voyait pas : il l'entendait à peine, mais il devinait son visage de femme presque vieille où les larmes devaient couler. Il devinait sa poitrine lourde, affaissée, ses épaules épaisses et rondes secouées de sanglots.

Et tout cela, c'était en dehors de lui. Ce soir, il se sentait dur comme les pierres du vieux mur.

— Puisque c'est une affaire décidée, dit-il, il n'y a plus à pleurer. Du moment que tu as accepté, il faut t'en prendre à toi. Seulement, ce que je ne comprends pas, c'est que vous vendiez tout. Tu aurais pu vendre juste ce qu'il leur fallait pour partir, et toi, tu pouvais tout de même rester.

Germaine renifla et toussa plusieurs fois.

— Ça n'aurait pas été suffisant, dit-elle. Il faut la maison et les terres. L'homme d'affaires l'a dit : l'un sans l'autre, ça perd toute sa valeur.

— Bien sûr, ça n'est plus une ferme et quelques terres que tu vends, c'est un domaine. Un grand domaine. Une exploitation en plein rendement, avec du matériel en état, avec...

A mesure qu'il parlait, sa voix s'était durcie, il s'arrêta soudain, marqua un temps puis, détachant les mots, il demanda :

— Mais au fait, c'est peut-être ça que tu es venue me demander? De rester, pour être passé au successeur avec le matériel? Ça se fait, je crois, de céder les valets avec le reste!

Germaine s'était arrêtée de sangloter, elle attendit quelques instants avant de répondre. La lueur qui entrait par l'ouverture était plus laiteuse que tout à l'heure. Un peu de lumière pâle se mêlait au vent de nuit et, à présent, ils commençaient à se voir. Pablo se pencha de son côté. Ses yeux mouillés luisaient. Comme elle ne se décidait pas à répondre, il lança :

— Tu ne lui as pas expliqué, à ton garçon, ce que ça représente un domaine comme ça? Tu n'as pas essayé de lui faire entendre raison? Et d'abord, est-ce qu'il y a une loi qui t'oblige à vendre parce qu'il te le demande? Moi, je ne connais pas les lois françaises, mais il me semble que tu dois avoir le droit de dire ton mot, dans tout ça!

Cette fois, Pablo était en colère. Il n'avait pas trouvé de chagrin en lui, mais une bile tiède lui montait à la gorge. A présent, il criait presque :

— Quand je pense que je te croyais forte et que tu te laisses manœuvrer comme ça!

Il s'arrêta net encore une fois. Germaine s'était remise à pleurer. Et, de la voir, de l'entendre, Pablo venait de penser à Jeannette.

— Et Jeannette? demanda-t-il.

— Jeannette?

— Enfin! quoi, elle a droit aussi à quelque chose? Et d'abord, qu'est-ce que vous allez en faire? Vous n'allez tout de même pas l'emmener à la ville avec vous?

Il y eut un long silence. Germaine avait baissé la tête. Pablo attendit, le regard fixé sur les cheveux où une grosse épingle luisait. Enfin, sans faire un geste, Germaine murmura :

— Pierre voudrait qu'on la fasse soigner. Il dit qu'en la mettant dans une maison...

— Vous voulez la faire enfermer, quoi?

— Non, elle serait... Enfin, c'est un hôpital.

Pablo empoigna le bras de Germaine. Un instant, il le serra dans sa main, sans rien dire. Puis, sans colère, mais avec des mots qui sifflaient, il lança :

— Tu t'en fous de cette gosse, hein? Vous vous en foutez tous. Vous voulez vous en débarrasser...

Il aurait voulu crier. Menacer. Il était sur le point

de dire : « Ça ne se passera pas comme ça! » mais il se retint.

Lui, il n'était rien. Rien qu'un Espagnol réfugié, en situation plus ou moins régulière. Il était celui qu'on peut jeter dehors sans même lui donner de raison. On n'aurait même pas à le jeter dehors, puisqu'il était parti volontairement.

Parti pour se battre!

Et soudain, Pablo pensa au bois. A la clairière. La douleur de sa peur lui pinça de nouveau le ventre, l'espace d'un éclair. Tout passait devant lui. La Libération. Les bals des villages. Les fêtes. Les combats. Le départ d'Enrique et des autres. Il revit aussi la silhouette grotesque d'Enrique chargé de son énorme sac et s'éloignant dans la neige. Enrique, le combattant.

Mariana!

Mariana et des millions d'autres morts!

Non. Pablo ne s'était pas battu! Pas cette fois... Il n'avait pas pu.

Germaine ne pleurait plus. Les minutes coulaient. Sur les tuiles, la nuit passait, froissant un crêpe de deuil aux reflets à peine visibles. Elle passait lentement, sortant de derrière la colline pour s'en aller tout au bout de la plaine.

Très loin, du côté des Bois du Moulin, des oiseaux de nuit se répondaient. Derrière la baraque, il y eut une bataille de chats qui dura longtemps, avec des hurlements de nouveau-né qu'on étrangle.

Tout passait dans la tête de Pablo, sans ordre, mais sans bousculade. Après cette bouffée de colère qui l'avait gonflé tout à l'heure, il se sentait faible. Un frisson courut le long de son dos. Toujours immobile, Germaine soupira plusieurs fois.

— Alors, finit-il par dire presque à mi-voix, qu'est-ce que tu voulais me demander?

Elle aussi parla bas, en cherchant ses mots.

— On ne doit pas vendre avant la récolte... Novembre, sûrement... Alors, si tu pouvais... Enfin, si c'est possible... Je voulais te demander...

Pablo l'interrompit.

— C'est entendu, je resterai tant qu'il faudra.

Germaine se leva. Elle alla jusqu'à l'escalier. Son pied frotta le plancher, cherchant la première marche. Là, elle s'arrêta et dit encore :

— Je voudrais que tu n'en parles pas avec Pierre.

Pablo ricana.

— Je sais me tenir avec un patron!

— Non, bredouilla-t-elle, c'est pas ça... Mais, tu comprends, c'est mon petit.

Pablo avait à peine entendu le dernier mot qu'elle avait murmuré sans ouvrir les lèvres. Et pourtant, rien que ce mot...

Pablo se secoua brusquement, comme un chien qui sort de l'eau. En bas, la porte venait de se refermer. Germaine était venue en chaussons. Il ne l'entendit pas s'éloigner. Il se roula dans sa couverture et s'allongea, la tête sur son sac.

Il n'y avait plus de combat entre la nuit de la maison et celle du dehors. Il n'y avait plus qu'une nuit qui pesait en silence sur Pablo. Elle n'était pas vraiment froide, elle ne sentait pas vraiment la colline non plus. Elle était une nuit sans saveur, presque obscure, où seuls quelques visages mettaient des taches de lumière.

Parmi ces visages, il y avait surtout des visages de morts. Et puis, plus présent peut-être que les autres, il y avait le visage de Jeannette. Un visage sale, à peine plus vivant que les autres.

LI

Le soleil n'était pas encore dans le ciel que déjà Clopineau et Pablo arrivaient à la vigne. Après plusieurs jours d'écurie, la Noire avait marché bon train, trottant sur chaque replat, allongeant le pas dans les montées.

Aussitôt à la vigne, le vieux se mit à relever les sarments fous qu'il attachait aux treilles. Pablo dételа la jument de la voiture pour la mettre à la galère.

— C'était temps que tu rentres, lança le vieux, l'herbe commence à gagner.

Tout le long du chemin, ils n'avaient guère parlé que pour échanger quelques réflexions sur les terres qu'ils longeaient.

Pablo empoigna les mancherons.

— Allez, ma Noire, cria-t-il, d'un coup en haut!

La bête partit, franche et puissante comme toujours.

Arrivé au sommet de la vigne, Pablo se retourna. Le vent couchait encore entre les feuillages un long nuage de poussière soulevé par la galère. Le ciel luisait, bien propre et filant d'une seule traite jusqu'à l'horizon. Encore dans l'ombre, la plaine s'étirait. Les fumées qui montaient des villages se mêlaient, retombaient en grisailles pour s'effilocher en courant au ras des toits.

Depuis qu'il était levé, Pablo n'avait pas encore pensé vraiment. Il avait revu sa nuit. Le visage de

Germaine, sa voix étranglée. Mais il n'avait pas pensé. Il avait réussi à occuper son esprit ailleurs.

Seulement, à présent, il y avait à ses pieds toute cette terre qui s'étendait à perte de vue. Et voilà que montait en lui une immense mélancolie. Et cette mélancolie lui venait brusquement, comme ça, sans prévenir, simplement à la vue de cette plaine qui s'éveillait.

Il regarda le village, la ferme, la baraque du valet pendu où il avait couché. Et puis, longtemps, il regarda la route. La route noire bordée d'arbres aux troncs marqués de blanc dans les virages. La route où il avait vu passer la guerre. Elle venait du fond de la plaine. Elle longeait le pied des coteaux et disparaissait avant d'atteindre la ville. Là, elle se partageait. Il en partait un bras dans la montagne, et l'autre vers le nord. C'était par là que la guerre était venue. C'était aussi par là qu'elle était partie. Et un jour, par là aussi, reviendraient Enrique et les autres. Par là reviendraient ceux qui seraient encore vivants. Ils reviendraient marqués par la guerre pour défiler dans des rues pavoisées et danser sur des places avec des filles bien vivantes.

Un instant, sur la plaine passèrent des images de mort et de ruine. Des pierres écroulées et des rues tachées de sang. Des images banales, comme on en voit dans les revues. Des images devenues banales à force de guerres répétées. Malgré lui, Pablo passa ses mains sur son pantalon comme pour les essuyer. Puis il les regarda un instant sans les voir. Et soudain, haussant les épaules, il empoigna les mancherons et fit tourner la Noire.

A partir de ce moment-là, il évita de s'arrêter. Le travail n'était pas dur pour la bête et la descente lui permettait de souffler.

Enfin, sur le coup de dix heures, ce fut le vieux qui sortit de la vigne en criant :

— Est-ce qu'il ne serait pas l'heure de casser une croûte?

Pablo acheva sa descente et rejoignit Clopineau qui s'était assis sur le bord de la voiture, face à la plaine. Depuis longtemps, le soleil tapait dur, et ils sentaient peser sur leurs épaules sa bonne brûlure franche.

— Tu n'as donc pas faim? demanda le vieux.

— Si, un peu.

Pablo ouvrit le panier. Germaine avait tout préparé pour la journée. Ils commencèrent à manger en silence. Le vieux fixait un point de l'horizon. Pablo regardait le village. Plusieurs fois le vieux se tourna vers lui pour se verser à boire ou se couper un chanteau. Pablo ne bronchait pas. Il savait que le vieux parlerait. Il attendait. Et, de fait, le vieux finit par demander :

— Alors, qu'est-ce que tu vas faire?

Pablo acheva de mâcher sa bouchée de pain, et dit simplement :

— Continuer.

Clopineau fronça les sourcils. Son front plissé disait qu'il n'avait pas compris. Après un temps, il demanda :

— Continuer quoi?

Comme pour lui, Pablo souffla :

— Continuer de vivre.

Le vieux sourit.

— Allons. Ne dis pas d'imbécillités. Je crois qu'on se connaît assez pour que tu me parles franchement. D'abord, est-ce qu'elle t'a mis au courant de tout?

— Oui.

— Et alors, qu'est-ce que tu deviens, toi, dans tout ça?

Pablo fit un geste de la main en direction de la plaine. Le vieux le regarda un instant puis, s'emportant peu à peu, il se mit à parler.

— Mais bon Dieu, ça n'a pas de sens, tout ça! Tu sais bien que je ne suis pas aveugle. J'avais compris depuis longtemps que tu n'étais pas un valet dans la maison. Je ne suis pas un enfant de chœur, tout de même.

Pablo eut un ricanement.

— Et alors? je ne vais pas aller dire au fils : « Tu n'as pas le droit de vendre cette ferme parce que j'ai couché avec ta mère! » Vous voyez un peu la comédie que ça ferait?

— Je te croyais plus intelligent. Tu ne comprends donc pas que ce garnement a mené sa mère par le bout du nez. Qu'elle s'est laissé rouler comme une andouille! Mais il suffirait que tu lui causes en face, une bonne fois. Que tu lui expliques ce que c'est qu'une ferme comme la sienne, avec les terres que vous avez ajoutées à ce que son père avait laissé...

— Mais il s'en fout pas mal de tout ça!

— Bien sûr, qu'il s'en fout. Seulement, quand tu lui auras expliqué aussi qu'en vous laissant travailler, toi et la Germaine, il pourrait se la couler douce, peut-être qu'il changera d'avis. Parce que tu sais, ce garçon-là, je le connais bien, moi. Il n'avait pas mauvais fond, mais ils l'ont pourri. C'est un paresseux et un amuseur. Et sa future doit être dans le même genre. Ils veulent aller en ville parce qu'ils pensent que là-bas les grives vont leur tomber toutes rôties dans la bouche. C'est tout. Rien de plus!

Pablo regardait toujours vers le fond de la plaine. La ligne bleue des collines se précisait à mesure que le soleil montait. Les points d'eau luisaient, les maisons piquaient la verdure de taches rouges et blanches. Lorsque Pablo clignait les paupières, la plaine ressemblait à une vaste prairie fleurie.

Fouillant à présent les alentours du village, Pablo dénombrait les terres de la ferme. Les anciennes, les nouvelles ; il regardait aussi toutes celles qui les séparaient ; toutes celles qu'il pouvait espérer acheter ou échanger pour unifier le domaine. Un long moment il resta ainsi, à réfléchir. Le vieux s'était arrêté de manger mais il ne bronchait pas. A quelques pas de la voiture, la Noire broutait l'herbe du talus.

Comme Pablo ne parlait toujours pas, le vieux finit par sauter à terre.

— Seulement, dit-il, faire quelque chose c'est encore temps pour le moment. Mais après, quand l'affaire sera conclue, ce sera une autre paire de manches.

Il était debout devant Pablo toujours penché sur le bord de la voiture. Pablo baissa les yeux.

— C'est bon, dit-il, je vais descendre.

Il sauta de la voiture, attacha la Noire à un piquet de clôture et, se tournant vers le vieux, il cria :

— Je prends le raccourci. D'ici une heure, je suis là.

Il entra dans la vigne qui dégringolait de l'autre côté du chemin et se mit à descendre à grands pas entre deux rangées de ceps.

Il n'avait pas, comme au temps des sulfatages ou des vendanges, une bouille pleine pour le pousser dans le dos. Mais il sentait une force bien plus grande. Une force comme il n'en avait peut-être pas connue depuis des années et des années.

Lorsqu'il avait fallu peiner pour refaire des terres, pour défricher et replanter, il avait trouvé en lui une grande réserve de force. Mais celle qu'il venait soudain de mettre à vif était différente. Il ne savait pas bien où et dans quelles circonstances il s'en était servi, mais c'était loin, très loin.

Pourtant, il la retrouvait neuve et jeune, prête à servir encore.

Tout le long du trajet, il coupa droit à travers prés et vignes. Et à mesure qu'il approchait de la maison, il serrait les poings, comme pour s'assurer que cette force qu'il venait de retrouver était toujours là.

Plus il descendait, plus la plaine diminuait, plus le ciel plein de soleil grandissait. Partout il y avait de la lumière chaude, et le vent qui courait volait un chant d'oiseau à chaque haie.

LII

Le souffle précipité, ruisselant de sueur, Pablo s'arrêta dans la cour. La force était toujours là, en lui, bien vivante et chaude comme un animal prêt à bondir.

Le temps de respirer encore deux ou trois fois et, déjà, il lui sembla qu'elle palpitait moins. Alors, sans plus attendre, il marcha vers la porte de la cuisine. Il entra.

Personne!

La marmite de fonte était sur la cuisinière où une bûche flambait.

Pablo sentit frémir sa force qui s'impatientait. Il alla jusqu'à la porte du fond, l'ouvrit et cria dans l'escalier.

— Pierre!... Pierre!

En haut, il y eut un bruit de pas, un bruit de porte.

Pas un instant, Pablo ne pensa à Germaine ou à Jeannette. Il attendit, la main sur le chambranle. Son cœur battait encore très vite, mais déjà son souffle était plus régulier.

Le pas traversa le palier et Pierre apparut. Il s'arrêta au bord de la dernière marche, posa une main sur la rampe et se pencha en avant pour demander :

— Qu'est-ce qu'il y a? Je vous croyais à la vigne!

Pablo avala sa salive.

— Non, je suis redescendu. Il faut que je vous parle.

— Pas maintenant, je n'ai pas le temps, je finis de m'habiller et je pars.

Pierre fit demi-tour et disparut.

Pablo demeura quelques secondes sans bouger, puis il monta l'escalier. La porte de la chambre de Pierre était ouverte ; Pablo entra.

— Je m'excuse, dit-il, mais il faudrait que je vous parle avant que vous sortiez.

Debout devant la glace, Pierre nouait sa cravate. Il se retourna et s'avança, la main tendue, souriant.

— Bonjour. Comment ça va, depuis le temps?

Pablo lui serra la main.

— Ça va. Et vous? Vous n'avez pas été trop malheureux?

Pierre retourna devant la glace et se remit à nouer sa cravate.

— Non, dit-il. Ça n'était pas marrant tous les jours, mais j'en ai tiré ma peau, c'est le principal.

Le garçon avait changé. Plus large, plus épais aussi, il était rouge de figure comme son père avec, pourtant, dans le visage et surtout les yeux, quelque chose de plus dur qui le faisait aussi ressembler à sa mère.

— Ah! dit-il en venant s'asseoir sur le bord du lit, faut que je vous remercie, vous avez bien aidé ma mère pendant que j'étais en Allemagne.

— Justement, dit Pablo, c'est un peu à ce sujet que je voulais vous parler.

A présent, Pierre était occupé à enfiler ses chaussettes. Il sourit en disant :

— Oui, je sais, ma mère m'a dit qu'elle vous doit encore pas mal de gages en retard ; vous inquiétez pas, on vous réglera tout ça.

La force de Pablo remuait. La bête faisait le gros dos, ses muscles tremblaient.

— Ecoutez, ce n'est pas pour ça que je suis venu. C'est plus grave.

Pierre se leva en lançant :

— Alors, on verra ça plus tard ; pour le moment, j'ai autre chose à foutre.

Pablo recula, ferma la porte et se planta devant.

— Si vous me laissez parler, il y en a pour deux minutes, pas plus.

L'autre avait cligné de l'œil et serré les poings. Il était plus petit que Pablo. Un instant, il sembla le soupeser du regard, puis il dit :

— C'est bon, dépêchez-vous.

— Il paraît que vous avez l'intention de vendre...

— C'est presque fait.

— C'est impossible. On ne vend pas un domaine pareil. Est-ce que vous vous rendez compte de ce que ça représente?

— Oui, plusieurs millions.

Là, Pablo se mit à crier.

— Je ne parle pas des sous. Je parle du travail, de tout ce qu'il a fallu endurer pour y arriver...

Pierre l'interrompit. Cette fois ce fut lui qui cria :

— Non, mais, sans blague! Est-ce que vous êtes venu me faire la morale? Est-ce que vous pensez que j'ai des leçons à recevoir d'un type qui est resté bien peinard ici pendant que je faisais le couillon à la guerre et ensuite chez les Boches? Qu'est-ce que vous avez fait, vous, pendant ce temps? Vendu le vin et le reste au marché noir pour acheter des terres.

— Mais enfin...

Pablo ne put pas continuer. Pierre criait trop fort et déjà il sentait sa force faiblir.

— Vous avez travaillé, c'est encore une chance! Vous ne pensez pas qu'on allait vous nourrir à rien foutre.

Il s'arrêta le temps de respirer puis, plus bas, il ajouta :

— Et quand je dis nourri, je me comprends.

Pablo soupira. A présent Pierre ne criait plus. Il s'était même arrêté de parler. Mais Pablo ne trouvait plus rien à dire. En quelques mots, le garçon lui avait tué toute cette force qu'il avait crue si solide.

— Qu'est-ce que vous avez foutu, hein? reprit

Pierre. Ne vous en faites pas, je suis au courant de tout. Pendant que d'autres se faisaient casser la gueule, vous vous faisiez un petit royaume. Si j'avais pu laisser ma peau dans un bombardement, ça vous aurait bigrement arrangé, hein?

Pablo ne répondit pas. Il y eut un silence de quelques instants. Ils restèrent à se dévisager. Les mains de Pablo tremblaient. Soudain, à une vitesse folle, un film se déroula dans sa tête. Il faisait un bond en avant. Il empoignait Pierre à la gorge, le couchait par terre en criant : « Ne vends pas ou je te tue! Jure-moi que tu ne vendras jamais cette terre! » L'autre l'insultait. Alors, le maintenant d'une main, Pablo le frappait du poing en plein visage. L'autre ne criait plus, Pablo frappait encore... encore et encore! Le sang coulait sur le plancher, le poing de Pablo était en sang. Et quand il lâchait le cadavre de Pierre, les gendarmes étaient déjà là. Et tout le monde insultait le réfugié espagnol qui venait de tuer un ancien prisonnier. Et pendant qu'ils emmenaient Pablo, on étendait Pierre sur le lit où était mort son père. Et une fois mort, il ressemblait vraiment à son père.

Pablo passa sa main sur son front. Devant lui, Pierre était toujours immobile, les deux poings sur les hanches, l'œil dur. Pablo baissa la tête. Il y eut encore quelques instants de silence. Pablo ne regardait rien, mais ses yeux embrassaient toute cette chambre. Derrière Pierre, il y avait la fenêtre grande ouverte sur l'envolée des vignes et des champs. Dans le rectangle de ciel, une alouette monta, fit trois bonds et disparut.

— Alors, demanda Pierre, on n'a plus rien à se dire, je crois?

Pablo fit non de la tête mais ne bougea pas. Pierre retourna vers son lit, prit sa veste et l'enfila. Puis, revenant vers la porte, il dit :

— C'est bon, laissez-moi aller, je ne suis pas en avance.

Pablo s'écarta et ouvrit la porte. Le garçon sortit et descendit le premier. Pablo suivit, mais lorsqu'il entra dans la cuisine, Pierre en ressortait déjà par la porte de la cour.

La patronne était debout devant la table, occupée à mouler ses fromages. Quand elle vit Pablo traverser la cuisine, elle s'arrêta, eut un mouvement du menton comme si elle allait parler, mais Pablo cessa de la regarder et elle ne dit rien.

Arrivé sur le seuil, il vit Pierre accroupi devant le portail et qui gonflait sa bicyclette. Il s'avança. Jeannette sortit du bûcher avec une corbeille de sarments. Elle le regarda et sourit. Pablo sourit aussi et reprit le chemin de la vigne.

Il marcha sans se retourner, sans lever la tête en direction de la colline.

A présent, le soleil était brûlant, mais Pablo ne le sentait pas. Sur ses épaules, il y avait autre chose qui pesait.

Plusieurs fois, il leva devant lui ses mains ouvertes et les regarda.

Entre ses yeux et ses mains, entre ses yeux et la poussière aveuglante du chemin, entre ses yeux et tout ce qu'il essayait de regarder, il y avait une brume où se mêlaient des images de vie et de mort. Le visage du patron étendu dans son cercueil de fortune, celui de Pierre, buté et un peu railleur, celui de la patronne qui n'exprimait plus jamais rien de précis, celui de Mariana, aussi, qui tentait parfois de se faire une petite place au premier rang. Et puis un autre, un autre qui demeurait loin derrière, immobile, figé dans sa crasse et son sourire, figé dans ses larmes. Un pauvre visage tel que Pablo l'avait si souvent fui des yeux alors que le soleil accrochait une perle verdâtre entre le nez et la bouche entrouverte.

Celui-là ne s'imposait pas. Il demeurait au dernier plan, laissant les autres se bousculer pour une part de haine ou de regret.

LIII

A son arrivée à la vigne, Pablo s'était remis à travailler sans dire un mot. Le vieux n'avait rien demandé. A midi, ils avaient mangé en silence, assis côte à côte à l'ombre d'un bouquet de vernes. Puis, jusqu'au soir, ils avaient continué leur tâche, réguliers et infatigables, comme de bonnes machines.

Simplement, à trois ou quatre reprises, parvenu au faîte de la plantée, Pablo s'était arrêté le temps de suivre des yeux le tracé tortueux de la route. Il n'avait pas pensé, il n'avait pas dit : « Tel jour je bouclerai mon sac et je partirai dans telle direction avec l'intention de faire ceci ou cela. » Non, il n'avait rien décidé. Pourtant, il avait plusieurs fois regardé la route ; cette route qu'il n'avait jamais suivie bien loin autrement que des yeux. Cette route où il avait vu passer la guerre.

Et puis, sur le fond de la plaine, la brume du soir s'était levée où le soleil s'enfonçait à présent avant de disparaître.

Quand ils atteindraient la ferme, la nuit ne serait pas encore là, mais le jour serait déjà de l'autre côté de la terre.

Ils étaient assis côte à côte, les jambes ballantes sur le devant de la charrette que la Noire tirait de son pas un peu lourd.

Aujourd'hui, il ne s'était rien passé qu'une journée de travail sous le soleil.

A un certain moment, vers le milieu de l'après-midi, Pablo avait bien vu une automobile noire s'arrêter devant la maison. Des gens étaient descendus. Puis la voiture avait parcouru les chemins les meilleurs, ralentissant à certains endroits. Clopineau l'avait sans doute remarquée aussi, mais lui non plus n'avait rien dit.

Maintenant, ils rentraient, et ils savaient qu'ils allaient trouver le couvert mis pour la soupe du soir.

Arrivés dans la cour, ils dételèrent. Le vieux emmena la Noire tandis que Pablo emplissait de foin les râteliers. Ensuite, ils allèrent se mettre à table.

La patronne trempait la soupe. Jeannette vint s'asseoir à sa place.

— Alors? demanda la patronne au bout d'un moment.

— C'est fait, dit Pablo. Tout est galéré et relevé. Demain nous ferons celle du coteau Berchut.

Sa voix était douce, absolument calme.

La patronne servit la soupe et s'assit à son tour. Elle toussa plusieurs fois. Elle remua sa soupe, coupant le pain et les légumes avec sa cuillère. Son front était ridé, ses sourcils se plissaient.

Pablo sentit qu'elle voulait parler, et il eut envie de dire : « Allez! Qu'est-ce que vous attendez, au point où on en est? » Mais non, il ne dit rien. Il était calme. Il se sentait bien ; un peu engourdi comme la plaine sous les brumailles du soir. Il avait le temps, tout le temps devant lui.

Elle mangea une cuillerée puis, toussant encore, elle dit :

— Ils sont venus... cet après-midi.

Pablo regarda au bout de la table. Le couvert de Pierre n'était pas mis. Il ne l'avait pas encore remarqué. La patronne précisa :

— Il ne soupe pas ici ce soir. Il soupe chez ses futurs beaux-parents.

Clopineau continuait de manger. Pablo mangea aussi. De temps à autre, il regardait la patronne.

Elle ne le quittait pas des yeux et son regard semblait dire : « Aide-moi, il faut que je parle. » Mais Pablo ne broncha pas.

Enfin, après plusieurs minutes, elle se décida :

— C'est fait... Tout est fait... Ils viendront le 1er novembre.

Pablo hocha la tête pour dire qu'il avait compris. La patronne reprit, toujours en marquant un temps entre chaque phrase :

— Ils sont cinq... Il y a deux fils et une fille... Alors, bien sûr, ils n'auront besoin de personne.

Encore une fois, il fit signe qu'il avait compris. Le vieux s'arrêta de manger.

— Pour moi, dit-il, ça n'a pas grande importance, je refuse des journées à tout le monde dans le pays. Et puis, à mon âge, il ne m'en faut pas tant pour assurer ma soupe et mon tabac.

Pablo s'était tourné vers lui. Le vieux se tut un instant puis, sans regarder la patronne, il dit :

— Seulement, pour Pablo, c'est plus ennuyeux.

Il mordit sa moustache. Pablo haussa les épaules. La patronne toussa de nouveau. Ils se tournèrent vers elle.

— Je crois que ça peut s'arranger, dit-elle. J'ai pensé...

Pablo l'interrompit. Toujours calme, mais d'une voix un peu dure, il dit :

— Il n'y a rien à arranger. Je sais ce que j'ai à faire. Au 1er novembre je serai parti.

— Pourquoi? demanda-t-elle. Si on peut faire autrement.

Il se tut. Le vieux avait posé ses coudes sur la table, il attendait, l'œil mi-clos.

— Vous avez bien entendu ce que Clopineau a dit : dans le pays, un homme qui veut travailler, il ne manquera jamais de rien.

— C'est vrai, dit Clopineau, seulement, journalier, pour un vieux comme moi, ça peut aller, mais pour un qui aurait plus de besoins...

La patronne ne le laissa pas continuer. D'une voix plus assurée, elle reprit :

— Un homme en pleine force qui aurait un bon cheval et qui voudrait faire du travail à la tâche, dans des pays comme ici, où on manque de bras et où les tracteurs ne pourront jamais venir, ça n'a plus rien à voir avec un journalier.

Un instant, Pablo ferma les yeux pour l'écouter. Ce n'était pas à ce qu'elle disait qu'il prêtait attention, mais seulement à sa voix. Elle parlait comme au temps où il s'agissait de discuter l'achat des premières terres. Il rouvrit les yeux. Elle s'était redressée. Il remarqua qu'elle avait mis un beau corsage, sans doute pour recevoir les visiteurs et l'homme d'affaires.

— Qu'est-ce que tu parles de cheval? demanda le vieux.

Elle se redressa encore un peu et, fixant Pablo, elle dit :

— Il y a deux choses qui sont entendues. Les gens qui achètent ne prendront pas les terres et la cabane de Brûlis... Ils ne prendront pas la Noire non plus.

La Noire! Pablo n'avait pas beaucoup pensé à la Noire, dans tout cela.

— Et pourquoi? demanda-t-il.

La patronne parut hésiter, puis elle dit :

— L'argent qu'on vous doit, on vous le paiera. C'est une chose due, ça n'a rien à voir. Seulement, en plus, on vous laisse Brûlis et la Noire.

Elle marqua encore un temps avant de dire un peu plus bas :

— Je sais bien que la Noire n'est plus toute jeune, mais tout de même; et puis, elle peut encore porter une fois. Et Brûlis, avec la cabane bien arrangée... Une autre à côté pour la jument...

Pablo se mit à rire. Les autres le regardèrent.

— Pourquoi tu ris comme ça? demanda le vieux.

Il ne répondit pas et, se tournant vers la patronne, il demanda :

— Est-ce qu'on pourrait avoir la suite, je voudrais aller me coucher.

Elle se leva, servit les haricots au lard et ils se remirent à manger. Au bout d'un moment, le vieux demanda :

— Mais qu'est-ce que tu veux donc faire?

Pablo haussa les épaules sans rien dire.

— Il n'a pas autre chose à faire, dit la patronne. C'est sûrement une meilleure solution que de partir sans avoir rien en vue.

Rejetant soudain sa chaise en arrière, Pablo se leva brusquement et cria :

— Je ne vous demande pas de vous occuper de moi, non? Je ne demande pas la charité! Je suis peut-être bien bas, mais pas encore là!

Sa chaise était tombée. Jeannette se mit à pleurer. Il la regarda, les poings serrés. Elle ne l'avait pas quitté des yeux. Elle pleurait comme toujours, la bouche ouverte, le visage presque impassible, les épaules à peine secouées par les sanglots.

— Tais-toi, dit la mère. Tais-toi.

Pablo se baissa et releva sa chaise. Il demeura quelques instants debout, les mains sur le dossier, les yeux fixés sur Jeannette, puis il s'assit.

— Pleure pas, Jeannette, dit-il, pleure pas, mon petit.

Mais Jeannette continuait.

— Allons, dit sa mère, monte te coucher, va, ça te calmera.

La petite se leva.

— Monte, dit Pablo. C'est rien, va. C'est rien!

Lorsqu'elle eut disparu, se tournant vers la patronne, Pablo demanda :

— Alors, qu'est-ce que vous allez en faire, de la petite, en fin de compte?

Germaine soupira.

— C'est arrangé aussi, dit-elle. Elle n'ira pas à l'asile de Bourg. Elle ira chez les sœurs, à Lons. Elle sera mieux soignée. Nous, ça nous fera plus loin pour venir la voir, mais au moins, les jours de foire, elle aura des gens d'ici qui pourront aller lui dire bonjour.

Pablo redressa la tête. Germaine le regardait. Ses yeux étaient plus luisants et sa voix moins assurée. Ils mangèrent le fromage en silence ; les deux hommes roulèrent une cigarette puis, comme ils se levaient tous les deux, la patronne demanda :

— Alors, qu'est-ce que vous décidez?

Pablo souffla sa fumée, regarda tour à tour le vieux, Germaine, la place vide de Jeannette et de nouveau Germaine en disant :

— On verra. Je vais réfléchir. On verra.

Et il suivit Clopineau qui se dirigeait vers la porte.

LIV

Et le travail continua. Chaque jour qui passait alourdissait les grappes d'un peu plus de soleil. Bientôt reviendrait le temps des vendanges, il fallait préparer la cave et tenir les vignes bien propres.

La saison allait, poussant la vie des hommes comme elle poussait la vie des plantes.

Clopineau, Pablo, la Noire et, quelquefois, Jeannette continuaient le travail, toujours à la même cadence, toujours en traitant les terres de la même façon. La patronne les accompagnait rarement. Quand elle venait, il y avait une gêne pour eux et pour elle.

Avec les jours qui diminuaient, les soirs qui commençaient à fraîchir, revenait le temps de s'asseoir à la cuisine, une fois les bêtes soignées, et de fumer une pipe en attendant la soupe. Ce fut le vieux qui donna le signal. Pablo le suivit, bourra sa pipe, l'alluma et se mit à fumer.

Sa traite terminée, la patronne rentra et commença de faire sa cuisine. Déjà le vieux somnolait. Pablo le regarda, regarda Jeannette, puis la patronne. Il y avait toujours la buée qui montait de la bouillotte, toujours aussi la fumée de la pipe, mais la vapeur restait vapeur et la fumée demeurait fumée. Ni l'une ni l'autre n'éloignait plus les objets ; tout, dans cette cuisine, était comme à n'importe quelle heure du jour. C'était le soir, c'était l'heure de la pipe du repos, mais il manquait quelque chose dans cette pièce. Quelque chose était parti, quelque chose que Pablo n'avait jamais remarqué *avant*, mais dont l'absence bouleversait tout.

Le premier soir, il demeura sur sa chaise jusqu'à l'heure du dîner. Le lendemain, une fois sa pipe terminée, il sortit un moment dans la cour. Le troisième soir, après le pansage des bêtes, il dit à la patronne :

— Vous m'appellerez quand la soupe sera servie.

Elle fit oui de la tête, et Pablo s'éloigna. Il contourna la maison. De l'autre côté, contre l'appentis où se trouvait l'établi, une souche servait de plot pour l'appointage des piquets. Les coups de hache répétés l'avaient légèrement creusée. Pablo s'y assit, le dos contre le mur de planches. C'était presque un bon fauteuil de repos. La chaleur de tout un après-midi de soleil était encore dans le bois et Pablo la sentait pénétrer en lui. Il bourra sa pipe et l'alluma.

Devant lui, il y avait toute la fuite de la plaine et du coteau que la nuit disputait à un restant de jour tiède. Le silence aussi était venu. Ce silence fait de mille bruits du soir. Çà et là, des étoiles s'éclairaient dans le ciel ; d'autres s'éclairaient sur la plaine, solitaires ou par groupes. D'autres encore couraient en clignotant.

Et il y eut ainsi bien des soirs, depuis la fin du travail jusqu'à l'heure où la patronne, s'avançant sur le seuil, criait :

— A la soupe!

Pablo n'avait toujours rien dit au sujet de Brûlis, et personne ne lui en avait reparlé. A vrai dire, il n'y pensait même pas. Il vivait en attendant le dernier jour. Il l'attendait sans hâte, presque sans crainte.

Simplement, lorsqu'il se trouvait seul, le soir, il lui arrivait de regarder un point de la nuit. Il n'y avait rien, là-bas, que la masse du coteau à peine plus sombre que le ciel. Pourtant, à force de fixer le même point, il finissait par voir apparaître comme une déchirure en forme de triangle. Parfois, il pensait à un coin de ciel qu'on aurait essayé d'enfoncer dans le coteau pour le fendre comme une grosse bûche. D'autres soirs, il pensait à une pointe de flèche fichée dans la terre. Et cette flèche voulait dire : « Là! Ici! Tu vois, c'est ici, la terre qu'on appelle les Brûlis! Une terre dont personne ne veut parce qu'elle n'est plus d'époque. Elle est trop loin. A présent, on ne peut plus trouver d'homme pour la cultiver. D'ailleurs, ce ne sont pas les bonnes terres qui manquent. »

Et chaque soir, il y avait un moment où Pablo se taisait de toute sa force pour laisser parler ce triangle de ciel qui lui montrait un point de la terre. Et chaque soir, le triangle de ciel trouvait à dire quelque chose de nouveau.

Pourtant il n'inventait jamais rien. La plupart du temps, il se bornait à raconter des choses que Pablo savait depuis longtemps, mais qu'il avait simplement oubliées. Il parlait de la terre, il parlait de la Noire, il parlait des hommes, aussi. Des hommes qu'on peut voir de loin comme Pablo les avait vus lorsqu'ils passaient sur les routes de la plaine, avec tout leur matériel de guerre et de mort.

Et lorsque la pensée de Pablo revenait à la route ; lorsqu'elle se mettait en marche pour essayer de rejoindre ceux qui étaient partis, il y avait toujours un moment où l'obscurité se faisait plus épaisse, où la route elle-même butait contre la nuit. Alors, Pablo tournait la tête, et aussitôt, son regard revenait au petit triangle de ciel enchâssé dans la colline.

Deux ou trois fois seulement, Pablo revit l'Espagne. Mais chaque fois, il y retrouvait la guerre et la mort. Alors, il se sauvait. Et il le faisait sans honte, sans regret. Il n'emportait rien avec lui que l'image de Mariana.

D'autres souvenirs aussi revenaient : ceux de la forêt où chaque arbre était une menace de mort. Alors, il arrivait à Pablo de sentir son sang lui monter au visage. Il lui arrivait même de baisser la tête ou d'interroger la nuit tout à l'entour. Il lui arrivait aussi de regarder au-dessus de lui, sur la gauche, à l'endroit où se trouvait la fenêtre de la chambre de Pierre. Mais Pierre n'était pas là. Pierre n'était presque jamais là. Pourtant, de cette fenêtre, il y avait quelques mots qui tombaient, des mots lourds comme des silex : « Pendant que d'autres se faisaient casser la gueule... »

Alors Pablo soupirait. Il se secouait comme un chien qui veut se débarrasser de la terre mouillée collée à ses flancs. Et là, il y avait toujours une foule d'images qui revenaient, un essaim de mots qui bourdonnaient : Mariana. L'homme couché dans la crèche, les pieds liés, le visage en sang. L'Espagne encore; mais celle où, de nouveau, il faudrait se battre. La route qui mène vers le nord, vers des hommes en train de mourir ou de tuer.

Il y avait tout cela et même, dans les mains de Pablo, le froid d'un fusil mouillé de sueur. D'autres mots aussi passaient, apportés là par le vent frais couleur de nuit. Ces mots-là, ils avaient de curieuses tonalités. Ils étaient parfois comme un chœur parlé, un chœur fait de voix venues de loin ou d'à côté. Mais toujours ils avaient un ton de reproche, évoquaient la guerre, la liberté, le devoir, le courage.

Pablo secouait la tête. Il regardait la plaine et le coteau voilés d'ombre. Parfois, aussi, une autre image s'imposait : le crochet du plafond, le crochet du valet pendu.

Alors il se levait. Il marchait vite, dans le pré, jusqu'à la haie. Et puis il revenait pour repartir encore. Comme ça, longtemps, et ses dents mordaient le tuyau de sa pipe, ses poings se serraient à enfoncer ses ongles dans la corne de ses paumes.

Pourtant, chaque fois, il finissait par s'arrêter, le regard fixé sur le triangle de ciel.

Alors, il s'asseyait de nouveau sur la vieille souche et il fermait les yeux.

Son sang s'apaisait peu à peu. Autour de lui, la terre achevait de s'endormir. Loin, très loin dans le nord, plus loin encore de l'autre côté de la terre, des hommes continuaient la guerre.

Mais ici, c'était une nuit de paix qui enveloppait le coteau et la plaine où achevaient de se préparer les prochaines vendanges.

EPILOGUE

Le dernier dimanche de novembre, Pablo se leva un peu avant l'aube. Il soigna sa jument, prit sur la table sa musette préparée la veille et s'en alla par le sentier de la crête. Depuis un mois, c'était la première fois qu'il s'éloignait de Brûlis.

Lorsqu'il arriva où le coteau s'incurve un peu, le ciel s'éclairait déjà. La grisaille pesait sur les lointains, mais une lumière d'hiver coulait entre les nuages et la colline. Pablo ralentit le pas. D'un revers de main, il rejeta sur ses reins cette musette gonflée qui venait lui battre le flanc.

Là, à quelque vingt pas sur la gauche, se trouvait la haie d'où ils avaient guetté le village, la patronne et lui, un soir, alors qu'un grand feu s'allumait tout au fond de la plaine et que l'orage montait, éteignant les étoiles.

Pablo s'arrêta, ses épaules se soulevèrent deux fois ; puis, longeant le petit bois, il repartit plus vite.

Le ciel s'éclaira un instant d'une lueur moins grise qui demeura comme accrochée aux vignes et aux friches du coteau. A gauche, dans le creux, le village encore baigné d'un reste de nuit commençait à fumer. Sans s'arrêter, Pablo le regarda plusieur fois. Il eut un peu peur ; mais non, il sentit tout juste un léger pincement dans sa poitrine.

Il se remit à marcher, toujours suivant les crêtes, et bientôt le village se trouva derrière lui.

Dans le chemin, sautant les haies, venant tantôt par le travers, tantôt à sa rencontre, le vent courait à la poursuite des feuilles rousses.

Et Pablo marcha de la sorte pendant deux bonnes heures avant d'atteindre la ville. Aux premières maisons, il se renseigna. C'était simple : un mur, un autre et puis la première rue à gauche.

Devant la façade aux fenêtres fermées derrière des barreaux, il demeura immobile un long moment avant de se décider à sonner. Enfin, il tira la poignée de cuivre bien astiquée. Un temps. La porte s'ouvrit et il entra. Aussitôt, la porte se referma derrière lui et il se trouva seul dans une pièce minuscule, toute en hauteur et mal éclairée par une petite ampoule placée au ras du plafond presque noir.

Pablo sentit son cœur se serrer.

Un pas approcha, étouffé par une cloison. Un guichet s'ouvrit et Pablo devina l'ombre d'un visage derrière une grille de bois. Une partie de la cloison se mit à pivoter et une niche se présenta devant lui. Il fit un pas.

— Inscrivez sur l'ardoise le nom de la personne que vous venez voir et votre nom à vous.

Déjà, l'ombre s'éloignait de la grille et le portillon claquait. Pablo regarda la niche. Il y avait une ardoise posée sur une planchette et un crayon pendu à une ficelle. Il s'approcha, inscrivit deux noms et se recula d'un pas. La niche disparut.

Plusieurs minutes s'écoulèrent d'un silence épais, qui venait des murs gris, un silence qui ne s'était pas éloigné vraiment, un silence qui semblait ici depuis toujours et pour toujours.

Enfin, à droite, une autre porte s'ouvrit et Pablo pénétra dans une pièce un peu plus grande. Là aussi, il faisait sombre et froid, mais il y avait une table, un banc et des chaises, et le vieux bois luisant était malgré tout un peu de vie. Pablo s'assit, sa musette sur ses genoux, et se remit à attendre, avec toujours ce silence qu'il sentait autour de lui comme une brume.

Puis, après un long moment, il y eut un nouveau bruit de pas approchant, et une clef tourna dans la serrure d'une porte basse. Pablo se leva. La porte s'ouvrit et Jeannette entra.

Aussitôt la porte refermée, elle fit un pas, deux, et s'arrêta. Encore un pas, puis elle s'arrêta de nouveau. Son visage marquait une hésitation. Ses paupières battirent ; sa bouche se plissa légèrement, ses lèvres tremblèrent ; elle eut un mouvement en avant, puis leva les mains et sourit.

Alors, ce fut Pablo qui marcha jusqu'à elle. Il la prit dans ses bras, la serra contre lui et l'embrassa deux fois sur chaque joue.

Ensuite, il s'éloigna un peu et se retourna, le temps d'essuyer d'un revers de manche deux larmes qu'il venait de sentir au bord de ses paupières. Puis, prenant Jeannette par la main, il l'entraîna jusqu'à la table.

— Viens t'asseoir, dit-il. Viens t'asseoir.

Jeannette s'assit en face de lui. Elle grogna encore par trois fois et tout son visage continua de sourire. Pablo venait de poser sa musette sur la table, et, tandis qu'il l'ouvrait, la petite suivait des yeux chacun de ses gestes.

Il en sortit des pommes, des noix, deux paquets de bonbons et une boîte de gaufrettes.

— Ça, dit-il, les gâteaux et les bonbons, c'est Clopineau qui me les a montés de l'épicerie. Tu sais, Clopineau? Tu te rappelles?

Elle grogna en hochant la tête. Pablo se mit à rire.

— Et tu sais, il te dit bien des choses, Clopineau. Il viendrait bien te voir, mais il est vieux. Ça fait loin... Et puis, les autres, il y en a qui avaient promis de venir, mais les jours de marché, les visites ne sont pas permises, alors, faudrait qu'ils viennent exprès, le dimanche... Ils n'ont guère le temps... tu sais comment ça fait, avec les terres et les bêtes et tout...

Jeannette souriait toujours. Pablo sortit encore de sa musette un petit sac de papier. Il l'ouvrit, et en tira une grappe de raisin à moitié sec.

— Tu vois, dit-il, je l'ai grappillée. Ce sont des raisins de Brûlis. C'est plein d'herbe, mais il en mûrit toujours quelques-uns quand même. Tu verras, ils sont tellement sucrés qu'on dirait de la confiture.

Pablo se tut un instant. Il y avait des jours et des jours qu'il n'avait pas autant parlé. Il développa un bonbon qu'il tendit à Jeannette. Elle se mit à le sucer et il sembla à Pablo qu'elle était vraiment heureuse. Il hésita un moment puis, comme le silence se refermait, refroidissant toute la pièce, il reprit :

— Tu sais, ils sont là depuis plus d'un mois, les nouveaux. Tout de suite après ton départ, qu'ils sont arrivés.

Il fronça les sourcils, regarda Jeannette qui croquait son bonbon et poursuivit un peu plus bas, comme pour lui :

— On est parti juste la veille, la Noire et moi. J'ai emmené le break avec une vieille galère et une bonne charrue... Avant, j'avais déjà fait un voyage de foin et de bricoles à moi.

Jeannette approcha sa main du sac de raisin. Pablo lui en donna une grappe qu'elle se mit à manger. Elle mâchait toujours de la même façon, ouvrant la bouche toute grande ; cependant, Pablo ne la quittait pas des yeux.

— Tu sais, dit-il, jusqu'à présent, j'ai eu bien à faire à construire une écurie pour la Noire et à m'installer à peu près. Mais l'an prochain, je crois que, tout bien réfléchi, la vieille vigne, je la remettrai en état.

Il se mit à rire et ajouta :

— Je t'apporterai du raisin. Et puis, peut-être que je pourrai te faire sortir pour les vendanges.

Il resta un instant à réfléchir. Il voyait sa cabane.

Il pensait au bois préparé pour le feu, au foin de la Noire. A présent, décembre pouvait venir, souffler en courant sur la plaine et tirer l'hiver derrière lui ; là-haut, tout était paré.

— Et même, reprit-il, la Noire et moi, on a du travail dans les coupes, trois fois plus qu'on ne pourra jamais en faire d'ici le printemps. Tout le monde nous demande. Et pourtant, je n'ai pas remis le nez au village depuis que je suis en Brûlis. Mais chaque fois que Clopineau vient me donner la main, il me parle d'un tel qui aurait besoin d'une journée avec un bon cheval.

Jeannette avait fini son raisin. Pablo la regardait toujours et il était heureux de l'avoir trouvée bien propre. Il l'observa encore un moment sans rien dire puis, plongeant la main dans sa musette, il en tira un morceau de cep biscornu qu'il posa sur la table. Jeannette se pencha un peu. Son visage était soudain devenu grave. Elle fixait le morceau de bois. Sa main s'avança lentement au ras de la table, comme une bête craintive.

Elle toucha d'abord le cep du bout de ses doigts. Puis, l'empoignant, elle le souleva et se mit à l'examiner en le tournant et le retournant sans cesse. Enfin, après un long moment, elle le posa sur la table. Le sourire était revenu sur son visage. Elle leva la tête vers Pablo. Pablo parut chercher un instant. Ses lèvres remuèrent plusieurs fois, puis il dit, presque à voix basse :

— La Noire... La Noire...

Jeannette grogna. Sa main trembla un peu et tout son visage acheva de se détendre. Elle reprit alors le morceau de cep et le fit avancer sur la table.

— La Noire, répéta Pablo. Tu vois, c'est la Noire... C'est bien la Noire.

Et, à mesure que la petite faisait avancer le morceau de bois tout autour de la table, Pablo parlait plus fort. Il faisait comme s'il avait vraiment parlé à la Noire. Et, chaque fois qu'il criait : « Hue! », le morceau de bois avançait plus vite. Et, chaque fois qu'il disait : « Hau! », le morceau de bois s'arrêtait.

Et comme ça, pendant un long moment.

Ensuite, Pablo tira d'autres ceps de sa musette.

Il y en avait que Jeannette repoussait après les avoir longuement examinés. Mais il y en avait qu'elle alignait à côté de la Noire. Il y avait des vaches, des poules, des canards, et même un coq.

— Je t'en trouverai d'autres, dit Pablo. J'ai deux vieilles plantées qu'on m'a demandé d'arracher. Ça va faire un gros tas de bois, tout ça. Je t'en chercherai d'autres.

Mais Jeannette paraissait fatiguée. Elle avait repris son visage qui ne disait rien. Longtemps encore, Pablo la regarda, immobile et silencieux.

Enfin, remettant dans sa musette les morceaux de bois dont Jeannette n'avait pas voulu, il se leva. La petite se leva aussi. Elle portait sur sa robe grise un grand tablier bleu. Pablo dit :

— On va mettre tout ça dans ton tablier.

Jeannette releva les deux coins de son tablier, exactement comme elle faisait dans les prés pour ramasser des salades sauvages. Pablo déposa dans le creux de toile les fruits, les bonbons, les gâteaux et les vieux ceps.

— Au revoir, dit-il.

Le visage de Jeannette se crispa légèrement. Pablo fit un pas, s'inclina en avant, à cause de la bosse que faisait le tablier, attira Jeannette contre lui et l'embrassa.

— Va, dit-il, va! Je viendrai tous les dimanches. Je te promets, tous les dimanches.

La petite demeura sans bouger. Debout, une main tenant le tablier et l'autre pendant le long de son corps. Ainsi, elle ressemblait vraiment à la petite fille que Pablo avait connue le soir de son arrivée au village. Simplement, elle était propre. Mais elle avait à peine grandi, sa poitrine était toujours absolument plate et son visage celui d'une enfant de douze ans.

Pablo souleva la main et ébaucha un geste lent, en répétant à voix basse :

— Va... Je reviendrai...

Jeannette pivota et s'éloigna, toujours de son même pas, les pieds un peu écartés, les épaules allant de droite à gauche.

Derrière elle, la porte claqua. Pablo regarda autour de lui. Il était seul. Pourtant, la porte par laquelle il était entré venait de s'ouvrir. Il passa dans l'autre pièce, marchant avec précaution, à cause du silence qui se refermait déjà et qu'il sentait plus lourd.

Il attendit un instant devant l'autre porte qui s'ouvrit sur le vent de la rue grise.

Une fois sur le trottoir, il resta un long moment à respirer.

À présent, les nuages couraient au ras des toits. Le vent qui prenait la rue en enfilade portait quelques gouttes de pluie froide.

Pablo regarda encore une fois cette façade morte et murmura :

— Tous les dimanches.

Puis, longeant les murs, il partit de son pas un peu lourd.

Une fois franchies les limites de la ville, au premier buisson, il s'arrêta, tira son couteau de sa poche et, cherchant une branche à peu près droite, il se coupa un bâton.

Le vent avait faibli. La pluie tombait plus serrée, collant des feuilles à la terre du chemin.

La tête enfoncée entre les épaules, un peu voûté, Pablo se remit à marcher.

Lyon, 1958-30 juin 1959.

OUVRAGES
DE
BERNARD CLAVEL

Divers

Édit. du Sud-Est : Paul Gauguin.
Édit. Norman C.L.D. : Célébration du bois.
Édit. Bordas : Léonard de Vinci.
Édit. Robert Laffont : Le Massacre des innocents. — Lettre à un képi blanc.
Édit. Stock : Écrit sur la neige.
Édit. du Chêne : Fleur de sel (photos Paul Morin).
Édit. universitaires Delarge : Terres de mémoire (avec un portrait par G. Renoy, photos J.-M. Curien).
Édit. Berger-Levrault : Arbres (photos J.-M. Curien).
Édit. J'ai lu : Bernard Clavel, qui êtes-vous ? (en coll. avec Adeline Rivard).
Édit. Robert Laffont : Victoire au Mans.
Édit. H.-R. Dufour : Bonlieu (dessins J.-F. Reymond).
Édit. Duculot : L'Ami Pierre (photos J.-Ph. Jourdin).
Édit. Actes Sud : Je te cherche, vieux Rhône.
Édit. Albin Michel : Le Royaume du Nord (photos J.-M. Chourgnoz).
Édit. Hifach : Contes du Lénan (illustrations J.-P. Rémon).

Pour enfants

Édit. La Farandole : L'Arbre qui chante. — A Kénogami.
Édit. Casterman : La Maison du canard bleu. — Le Chien des Laurentides.
Édit. Hachette : Légendes des lacs et rivières. — Légendes de la mer. — Légendes des montagnes et forêts.
Édit. Robert Laffont : Le Voyage de la boule de neige.
Édit. Delarge : Félicien le fantôme (en coll. avec Josette Pratte).
Édit. École des Loisirs : Poèmes et comptines.
Édit. de l'École : Rouge Pomme.
Édit. Clancier-Guénaud : Le Hibou qui avait avalé la lune.
Édit. Rouge et Or : Odile et le vent du large.
Édit. Flammarion : Le Mouton noir et le loup blanc. — L'Oie qui avait perdu le Nord. — Au cochon qui danse.
Édit. Albin Michel : Le Roi des poissons.
Édit. Nathan : Le Grand Voyage de Quick Beaver.
Édit. Claude Lefranc : La Saison des loups (bande dessinée par Malik).

ACHEVÉ D'IMPRIMER
LE 23 OCTOBRE 1991
SUR LES PRESSES DE
L'IMPRIMERIE HÉRISSEY
À ÉVREUX (EURE)
POUR ROBERT LAFFONT

Imprimé en France
N° d'éditeur : 33648
N° d'Imprimeur : 55829
Dépôt légal : 4ᵉ trimestre 1959